존 애 원

세계 최초의 민간 무료 의료시설

존애원

구료제민

하용준 장편소설

은행나무

목차

2권

구료제민

1권

구료제민

도망치지 않은 의녀

1

한양 도성 안, 그것도 대궐에서 하룻밤 사이에 큰 역모가 일어났다는 소식이 전해졌다. 상주의 선비들은 술렁였다. 또 얼마나 많은 사람들이 죽어나갈지 걱정이 이만저만 아니었다. 그런데 그 역모가 성공했다는 말이 뒤이어 들려왔다. 남촌의 선비들은 종잡을 수가 없었다.

읍내에 다녀온 집사가 정경세에게 말했다.

"마님, 역모가 아니라 반정이라고 합니다!"

반정군은 임금을 쫓아내고 그의 비호 아래 온갖 권력을 누리던 정인홍과 광주로 도망친 이이첨을 잡아다가 극형으로 다스렸으며, 내명부를 장악하고 관원의 인사와 온갖 이권에 개입해 왔던 김 상궁도 목을 쳐 긴 장대 끝에 매달았다.

그동안 조정에서 소외받고 있던 사람들은 잔뜩 기대에 부풀었다.

"이제 새 세상이 오려나."

선전관이 잇따라 새 임금의 명을 받들고 왔다. 정경세를 홍문관 부제학으로, 전식을 홍문관 부수찬으로 삼는다는 교지였다. 두 사람이 조정으로 불려가자 다른 사람들도 내심 설렜다. 기대는 틀리지 않았다. 그로부터 얼마 지나지 않아 이준은 홍문관 교리, 이전은 지례현감, 고인계는 성균관 전적에 제수되었다. 또 조정은 김제군수, 강응철은 사근도 찰방 벼슬이 내려졌다.

선비들이 대거 벼슬자리에 나아간 뒤로 남촌은 텅 빈 듯했다. 하지만 서로 마주치는 고을 사람들은 다 기뻐했다.

"끈끈한 우정으로 문회도 열고 뱃놀이도 하면서 인내한 보람이 있군."

"우리 상주 남촌의 선비들이야말로 바로 나라의 동량이지, 암."

애종이 걱정되었다. 폐주의 권신들이 다 목이 달아났다면 그 아래에 있던 사람들도 무사하지 못할 것이었다. 그들도 어찌되었건 전조를 받든 건 매한가지가 아닌가. 전례로 볼 때 반정 후에는 그 전 사람들은 씨를 말리는 것이 보통이었다.

수십 명을 처형하고 수백 명을 귀양 보낸 반정군은 재빨리 요직을 차지해 나갔다. 그리하여 좌의정에 정창연, 예조판서에는 이정구가 올랐다. 두 사람은 삼의사의 도제조와 제조로서 김 상궁에 붙어먹은 어의와 어의녀를 파직시켜 유배에 처하고 여러 의관들도 차등 있게 처벌했다. 이제 남은 것은 의녀들에 대한 처분이었다.

"의녀들을 다 내치면 어느 누가 대군마마들과 내명부를 돌볼 수 있겠습니까?"

"어의녀를 귀양 보냈으니 그 정도면 충분한 줄 압니다. 나머지 경력이 있는 의녀들은 그대로 두어야 합니다."

"들으니 김 상궁의 말을 듣지 않은 의녀도 있다던데 그게 누구입니까?"

"아니, 그런 간 큰 의녀가 있었단 말입니까?"

의녀들 사이에서도 누가 죄를 얻어 벌을 받을 것인가 말이 무성했다.
"어의녀님이 귀양을 갔으니 적어도 수의녀님들도 따라가야 하지 않겠니?"

별난이의 말에 다른 의녀들이 반론을 제기했다.
"수의녀님들이 무슨 죄가 있다고?"
"적어도 애종 수의녀님은 무사하실 거야. 김 상궁이 주는 노리개며 값비싼 약재를 다 마다하셨다잖아?"
"그 서슬 퍼런 자리 앞에서 매번 그러기도 어렵지."
"그런데 이번에 반정이 일어나지 않았으면 김 상궁이 우리 애종 수의녀님을 괘씸하게 여겨서 해코지를 하려고 했다더라고."
"흥, 꼭 죄가 있어야 벌을 받는 건 아니지. 어디 두고 보라고."

반정군이 우르르 들이닥쳤다. 모든 의녀들을 한 자리로 내몰았다. 전의감 뜰이었다. 월대에는 도제조 정창연과 제조 이정구가 앉아 있었다. 반정군은 의녀들을 둘러쌌다. 초관이 의녀들에게 호령했다.
"달아나려는 자가 있다면 그 자리에서 참수하겠다."

의녀들은 다 고개를 떨군 채 숨도 제대로 쉬지 못했다. 도제조가 맨 앞에 앉아 있는 애종에게 물었다.
"내 그간의 일들을 소상히 알아보았네. 전의감 수의녀는 폐조의 요망한 상궁이 온갖 위협과 유혹을 했음에도 그에 굴하거나 넘어가지 않고 꿋꿋이 버틴 사실이 있는가?"
"그런 일은 잘 기억이 나지 않습니다. 다만 소녀는 의녀로서 맡은 소임만 수행했을 뿐입니다."

애종의 대답을 들은 도제조와 제조는 서로 바라보며 고개를 끄덕였다. 제조가 적어온 것을 반정군 초관에게 내주었다.

"알려주게."

초관이 큰 목소리로 읽어 내렸다.

"내의원 어의녀에 애종, 내의원 수의녀에는 천생, 전의감 수의녀에는 단춘, 혜민서 수의녀로는 삼덕……."

다 읽고 난 초관이 물러났다. 도제조 정창연이 말했다.

"자네들에게는 앞으로 상감마마와 종실, 그리고 대군마마와 내명부의 안위를 돌보는 막중한 책임이 부여되었네. 매사 맡은 일에 성심을 다하게."

의녀들은 다 애종이 어의녀가 된 것을 축하했다. 애종은 여러 수의녀들과 상의해 모든 의사에 있는 대령의녀, 간병의녀, 침구의녀, 탕약의녀들에게 인사발령을 냈다. 또한 초학의녀들도 정식 의녀로 삼았다. 별난이는 동활인서 탕약의녀로 발령났다.

별난이는 애종이 어의녀가 된 것에 자포자기 심정이었다. 정상적인 방법으로는 도저히 애종을 따라잡을 수 없을 것만 같았다. 애종이 의녀의 최고 지위인 어의녀에 올랐으니 자신은 그보다 더 높이 되어야 했다. 대궐 안에서 어의녀보다 높은 자리, 그것은 임금의 후궁이 되는 것이었다. 별난이 인생 최대의 목표였다. 그런데 후궁이 되기에는 나이가 너무 많았다. 그보다 더한 약점도 있었다. 처녀가 아니라는 점이었다.

'비상한 묘책이 왜 이리 안 떠오를까.'

반정 세력의 주축을 이룬 서인은 조정의 요직을 차지하면서도 정경세 등과 같은 정치적 상대편인 남인도 다수 등용시켰다. 하지만 그것만으로 어수선한 민심을 안정시키기에는 미흡했다. 그리하여 새 임금이 등극한 것을 축하하는 의미에서 특별히 과거를 실시하기로 했다.

그런데 반정 세력은 자신들의 입맛에 맞는 사람들을 뽑기 위해 술수를 부렸다. 반정에 참여했거나 참여한 사람들의 친인척만 과거에 응시하도록 제한하자고 의견을 모은 것이었다. 그리고 그 과거의 명칭을 거사를 일으킨 데 공헌한 사람들에 대한 과거시험이라는 뜻에서 거의과라고 이름 붙였다. 그런 전례 없는 과거시험을 베풀 것이라는 소문이 나돌기 시작했다. 사람들은 반정 세력에 지푸라기 같은 연줄이라도 대려고 안달이었다.

정경세가 임금에게 진달했다.

"거의과라니 당치도 않사옵니다. 또다시 전과 같이 편 가르기를 해서는 안 될 것이옵니다."

임금은 그 말을 옳게 여겼다.

"인재를 고르게 등용해야 할 것이다. 모든 사람들이 응시할 수 있는 공정한 과거시험을 열도록 하라."

문무과 과거시험에 이어 머잖아 의원과 의녀 취재가 열린다는 소식이 존애원에 전해졌다. 의학당 원의생들과 존애원 원의녀들은 술렁였다.

"우리도 해볼 만하지 않겠어?"

"글쎄, 의학당 자체 시험에 통과해야 의원 취재를 보낼 것이라던데?"

"그러면 그 예비 시험부터 준비해야겠군."

의원 취재에 입격하지 못한다 하더라도 낙방한 자들 중에서 차점자들을 각 도와 각 군영에 심약으로 뽑는 관행이 있었다. 그러니 의관이 되지 못하더라도 의관에 준하는 자리가 20개가 넘으니 충분히 해볼 만한 것이었다.

새 어의가 심약에 대한 폐단을 임금에게 진달했다. 임금은 단호하게 명을 내렸다.

"자격이 없는 사람들이 조정 대신이나 내명부에 뇌물을 바치고 심약으로 나아가는 일을 일체 엄금하라. 또한 전과 같은 부정을 도모하는 자가 발각될 경우에는 국법에 따라 군역에 충당하라. 더욱이 기존에 발탁되어 나아가 있는 지금의 심약들에 대해서는 해조(해당 관아)에서 그 자격을 정밀하게 실사하라."

임금의 전교를 듣고 팔도의 의관 지망생들은 속시원해하며 크게 환호했다. 존애원 의학당 원의생들도 점차 꿈에 부풀었다. 의학교수들은 원의생들을 대상으로 자체 시험을 실시했다. 그 결과 몇 사람을 제외하고는 다 합격했다. 박지지가 말했다.

"취재 시험은 이보다 더 어렵네. 다들 자만하지 말고 남은 기간 동안 열심히 공부하게."

사람들이 의학당을 바라보며 농담처럼 하는 말, 상주의 소나무가 남아나지 않겠다는 그 말을 증명이라도 하듯이 원의생들은 밤늦도록 관솔불을 밝혀 놓고 의술 공부에 매달렸다. 각자에게 주어지는 관솔의 양이 한정되어 있었다. 그들은 관솔을 아껴 쓸 꾀를 냈다. 관솔을 잘게 쪼개 놓고 불꽃이 사그라들만 하면 하나씩 집어넣어서 다시 불을 밝히며 의서를 읽는 것이었다.

한양으로 가는 날이 되었다. 박지지는 취재를 보러 가는 원의생과 원의녀들에게 엿을 한 가락씩 나누어 주었다. 남은 존애원 사람들은 그들을 약뱅이들 너머까지 배웅했다.

"부디 꼭 입격하고 돌아오게."

"아마 다들 척척 잘 붙을 걸세."

전에 없이 많은 사람들이 한꺼번에 떠나고 난 뒤 존애원과 의학당은 썰렁하기 이를 데 없었다. 장 서방이 말했다.

"우리 담야 의원님이 가신다면 입격은 따 놓은 당상인데 말입니다."

엷은 웃음으로 대답을 대신하고는 그 자리를 피했다. 의관이 되려고 의술을 배우고 익힌 것이 아니었다. 처음 정경세의 말에 따라 존애원의 종이 되었다. 그때부터 자연히 의술에 관심이 가게 되었고 눈을 뜨게 되었을 뿐이었다. 백화산에 약초를 캐러 다니면서 약할미와 천수인을 만났고 그들에게서 귀중한 약초에 대한 지식과 의술의 경험을 얻었다.

그렇게 보낸 세월이 어언 20여 년. 정다운 존애원 사람들과 함께 지내면서 날이면 날마다 아픈 몸을 이끌고 찾아드는 환자들을 정성껏 돌보는 것이 가장 큰 사명이라고 믿었다. 그들은 내게서 희망을 찾고 나는 그들의 희망을 증명하는 일, 그들이 완쾌해 활짝 웃는 모습을 보는 것은 그 무엇과도 바꿀 수 없는 보람이었다.

백성을 위하는 일은 백성 속에서 찾아야 한다. 전 어의 허준이 백성들 속에서 고금에 빛나는 의서를 지었듯이 나 역시 백성들 틈에 있으면서 의술을 더 연구하고 여러 가지 난치병과 불치병에 대한 치료법을 찾고 싶었다.

그동안 정경세와는 별도로 나 역시 내 신분을 추적해 왔다. 그 결과 이제 어느 정도 짐작하게 되었는데 만약 내가 종실인 것이 사실로 판명된다 하더라도 그 신분으로 돌아가고 싶지는 않았다. 고대광실 같은 집에 비단옷, 비단이불, 기름진 음식, 수많은 집안 종들 속에 파묻혀서 거들먹거리는 것 외에 과연 어떤 인생을 살 수 있을 것인가.

이른 아침이면 갑장산 위로 뜨는 찬란한 해, 약뱅이들에서 자라나는 약초 향기, 환자들에게 처방되어 수십 개의 약탕관에서 달여지는 약 내음, 굶주린 사람들을 위해 하루 종일 찧어대는 방아 소리, 문턱이 닳도록 존애원을 드나드는 천태만상 사람들의 모습, 서산 위에 비끼는 아름다운 저녁노을, 원의녀들과 원의생들이 밤마다 방마다 불을 밝혀 놓고 낭랑히 글 읽는 소리…….

종실이라는 지위가 내게 얼마나 큰 부귀영화를 누리게 해줄지는 몰라도 나는 언제까지나 사시사철 아름다운 존애원의 정경 속에서 살고 싶었고 누가 뭐래도 영원히 존애원 사람으로 남고 싶을 뿐이었다.

그때 장 서방이 외쳤다.

"돌아옵니다요!"

박지지와 함께 의사에서 환자를 보다가 잠시 놓고 대문 밖으로 나갔다. 원의생들이 무리를 지어 돌아오고 있었다. 그들의 얼굴이 하나같이 밝았다. 그들 뒤로는 원의녀들이 따랐다. 그녀들은 다 고개를 들지 못하고 땅바닥을 보며 걸어오고 있었다. 맨 앞에 선 사람은 유후성이었다. 박지지가 그의 손을 잡고 말했다.

"먼 길 잘 다녀오는가?"

"예, 원임 나리."

"그래 취재를 보러 간 일은 어찌 되었는가?"

"우리 존애원 의학당 원의생들이 무려 9명이나 입격했습니다."

"그리고 아깝게 낙방한 사람들 중에 4명은 심약으로 배정되었습니다."

유후성을 비롯해 한언협, 김건, 유달 등이 보기 좋게 입격했다. 유후성은 의관이 되어 애종을 만날 꿈에 부풀어 있었다. 김건이 말했다.

"그런데 지난날 의학당에서 쫓겨났던 나만갑과 정훤도 입격자 명단에 이름이 올라와 있었습니다."

"존애원 의학당에조차 들지 못했던 이형익, 반충익이 의원 취재에 낙방하고는 행패를 부리다가 쫓겨나기도 했습니다."

"많은 일들이 있었군. 다들 애썼네."

그런데 취재를 보러 간 원의생이 다 돌아온 것은 아니었다. 낙방한 원의생 중에는 존애원으로 돌아오지 않고 그대로 떠난 사람들이 많았다. 박지지가 말했다.

"그 사람들은 실력이 모자란다기보다 아쉽게도 운이 따르지 않아서 그런 것이니, 어디에서든 약방을 차려도 돌팔이 소리는 듣지 않을 걸세."

돌아온 원의녀들은 속이 많이 상해 있었다. 양춘이 말했다.

"우리가 시골 출신이라서 푸대접을 당했어."

"나이 제한 없다고 해도 실제로는 어린 계집아이들 위주로 뽑은 거야."

연이어 불만을 쏟아냈다.

"애초에 될 일이 아니었어."

"아무 것도 모르고 욕심만 컸던 게지."

"설령 뽑혔다 해도 어린 의녀들 밑에서 자존심 상해서 견디겠나."

그러다가 서로 위안하는 말로 바뀌었다.

"다시 돌아와서 보니 우리 약방만한 곳도 없는 것 같아."

"그래 우리 약방에서 일할 수 있는 것에 만족하자."

"우리 약방이 없었다면 우린 지금까지도 그저 일자무식한 아낙네에 불과했을 거야."

육점어미와 옥산댁이 차례로 말했다.

"어쨌든 말로만 듣던 한양 구경 한번 잘했지 뭐야."

"그런데 제일 높은 자리에 앉아 계셨던 그 어의녀라는 분, 나이는 좀 있어 보이더라만 참으로 인물도 곱고 근엄하신 모습이 보기 좋더군."

"나도 몰래몰래 자꾸 쳐다봤지. 마치 하늘에서 내려온 선녀 같았어."

애종은 의녀 취재 결과 최종 입격한 사람들의 명단을 살펴보았다. 대부분 한양 출신의 나이 어린 계집아이들이었다. 시녀 산홍이 말했다.

"그런데 어의녀님, 특이한 일이 있다고 합니다."

"무슨 특이한 일?"

"상주 땅에 존애원이라는 약방이 있는데 거기서 의학을 배운 의원들이 이번 취재에 많이 입격했다고 합니다."

"그래? 그 명단을 좀 구해 오너라."

애종은 산홍이 구해온 의원 취재 입격자 명단을 살펴보고는 실망감을 감추지 못했다.

"왜 그러십니까?"

"아, 아무 것도 아니다."

내 이름이 없어서였다.

'혹시 담야가 낙방한 것일까? 낙방할 실력이 아닌데……'

두루마리를 내려놓은 애종은 산홍에게 말했다.

"동활인서로 갈 것이다. 채비하거라."

별난이는 넘쳐나는 환자들을 감당하지 못할 지경이었다. 혜민서가 주로 몰락한 양반이나 중인들이 찾아오는 곳이라면 활인서는 상민들과 천민들에게 의술을 베푸는 곳이었다.

애종은 분주한 동활인서 풍경을 가만히 바라보다가 눈코 뜰 새 없이 바쁜 별난이를 발견했다. 힘겨워하는 기색이 역력했다. 애종은 수의녀의 처소에 든 뒤에 산홍을 보내 별난이를 불렀다. 애종 앞에 앉은 별난이는 갑자기 북받치는 서러움을 참지 못하고 울음을 터뜨렸다.

"흐흑, 이럴 줄 알았으면 의녀가 되지 말 걸 그랬어요."

"겨우 이 정도 힘든 것도 못 참고 후회하느냐?"

"겨우가 아니에요. 이곳 동활인서 일이 얼마나 힘든지 어의녀님은 모르실 거예요."

동활인서 수의녀가 버럭 나무랐다.

"시끄럽다. 어느 안전이라고 함부로 입을 놀리는 게냐."

"흐흑, 그만두고 싶지만 돌아갈 데가 없어요."

"왜 돌아갈 데가 없느냐? 백화산도 있고 존애원도 있지 않느냐?"

"부끄러워서 어찌 그곳으로 다시 돌아간단 말씀이에요? 다들 손가락질을 할 게 뻔한데."

애종은 한심스러운 눈길로 별난이를 바라보았다. 별난이는 훌쩍이면서 입을 열었다.

"어의녀님이 부러워요. 시키기만 하고 아무 것도 안 하셔도 되잖아요."

2

새 임금이 등극한 지 일 년도 되지 않아 평안도 영변에서 반란이 일어났다. 많은 군사를 거느리고 있던 부원수 이괄이 임진왜란 때 큰 공을 세웠던 한명련 등과 함께 거사를 일으킨 것이었다.

임금은 사태의 심각성을 깨닫고 급히 효유했다.

"역적 이괄의 부하 중에서 이괄을 베어 그 머리를 바치는 자에게는 무조건 일등공신으로 삼고 그 자손 대대로 벼슬을 내리겠다."

그러나 이괄의 군사는 일사분란하게 평양을 지나 빠르게 남하했다.

그런 소식이 전해지자 도성 안 백성들은 크게 동요했다.

"반란에 그칠 것인가, 아니면 또 다른 반정이 될 것인가."

"임금도 대궐을 떠난다는 말이 있으니 어쨌든 피난은 가고 볼 일이네."

임금은 정경세에게 영남검찰사의 임무를 맡기고 전식에게는 어가를 지휘하는 태복시 정의 소임을 내렸다. 전식은 종묘사직의 신주를 받들고 어가를 호종해 남쪽으로 길을 잡았다. 귀천군 등의 종실과 여러 대신들이 어가를 좇았다. 애종은 내의원과 전의감의 의녀들을 이끌고 몽진 행렬을 뒤따랐다.

임금의 어가는 수원 용인을 거쳐 천안에 도착했다. 사람들은 다 기진맥진이었다. 가마나 말을 타지 않은 사람들은 발이 부르트고 물집이 다 잡혔으며 또 무릎이 아파 절룩거렸다.

어의는 내의원 의관들에게 영을 내렸다.

"상감마마께 올릴 어탕제를 속히 달이도록 하라."

탕약사령들이 지고 온 짐을 풀었다. 갖가지 약재를 비롯해 약로와 약탕관을 내려놓았다. 처방이 내려왔다. 애종은 의녀들에게 약재의 검수를 지시했다. 낯선 젊은 의관이 의녀들에게 맡기지 않고 직접 신중하게 약재를 살폈다. 애종은 그가 지난번 취재에 입격해 내의원에 들어온 사람이라는 것을 직감했다.

"어의녀님, 소관 김건이라 합니다."

"반갑습니다. 그런데 의관께서는 어디 출신이십니까?"

"상주 남촌에 있는 존애원 의학당에서 의업을 닦고 익혔습니다."

"오, 존애원?"

"어의녀님도 존애원을 아시는군요?"

"왜 모르겠습니까? 혹시 그곳에 아직도 박지지 원임 나리와 담야라는 의원이 있습니까?"

"있다마다요. 그 두 분이 의국을 이끌어 가고 계십니다. 담야 의원님은 의술이 출중하신 데도 의원 취재도 안 보시고 장가도 안 가시고……."

김건의 말을 듣고 애종의 얼굴이 활짝 펴졌다. 그러면 그렇지 하는 얼굴이었다. 또 한 사람이 다가왔다. 그는 유후성이었다. 김건이 웃으며 말했다.

"유 의관도 저와 함께 존애원 출신이시지요."

유후성이 인사를 했다. 애종은 놀랐지만 얼른 표정을 감추고 미소를 지으며 화답해 주었다.

"대단한 존애원이군요."

유후성이 무어라 말할 새도 없이 애종은 자리를 떴다. 유후성은 뒤따라가 말을 붙여 볼까 했지만 보는 눈이 많아서 그럴 수 없었다.

'이렇게 만났으니 반은 이루어진 거야. 나머지 반은 차차 성사시켜야지. 차차…….'

영남검찰사 정경세가 문경새재를 넘었다. 함창에 도착한 그는 관아에 의청을 설치하고 의병을 모집하는 방문을 붙였다. 대구에서 경상감사 민성징이 찾아왔다. 두 사람은 군사와 군량을 모을 방법을 의논했다.

한편 어가를 따라가지 않고 남촌에 낙향해 있던 이준은 의병을 모아 의승군이라고 이름을 지었다. 그런 뒤 함창으로 정경세를 찾아갔다. 정경세는 이준을 크게 반겼다. 이준은 정경세가 몸이 편치 않음을 보고 물었다.

"머리가 어질어질한 병이 또 도지는가 봅니다. 허리도 시큰거리는 것이 걷기가 몹시 불편합니다."

"속히 의국에 사람을 보내겠습니다."

변란이 일어나 관군과 반란군이 서로 싸우게 되면 화살에 맞거나 칼에 베이거나 찔려 다치는 사람이 속출할 것이었다. 박지지와 함께 도상을 치료할 약재를 준비하고 있다가 이준이 보낸 살치(심부름꾼)를 맞이했다.

"정우복 영감이 편찮으셔서 의원님을 모셔오라고 합니다요."

"자네가 함창에 다녀오게."

힘이 장사인 장 서방이 동행하기로 했다. 가는 도중 만약의 사태에 대비하기 위해서였다. 그는 박달나무로 깎은 몽둥이를 들고는 침을 퉤퉤 뱉고는 붕붕 휘둘러 댔다.

"어떤 놈이고 간에 걸리기만 해 봐라."

그런 장 서방이 믿음직했다. 나는 등에 커다란 약궤를 짊어졌다. 또 불의의 사태에 대비해 보검을 챙겨들었다. 장 서방이 웃으며 말했다.

"의원님의 검술 솜씨도 한번 보여주시지요?"

"검술이라고 할 것도 없습니다. 자, 어서 가십시다."

함창 관아에는 정경세와 이준과 민성징이 함께 들어있었다. 정경세는 방으로 들어서는 나를 보고 무심코 엉거주춤 일어서려다가 도로 앉았다. 그것을 본 이준과 민성징이 이상하게 생각해 나와 정경세를 번갈아 보았다. 정경세가 자신보다 더 높은 사람이 들어왔을 때 하는 행동을 보이려다가 말았기 때문이다.

그런 행동을 모른 척하며 말했다.

"마님, 소인이 진맥을 하기 전에 먼저 급한 소피부터 보고 오십시오."

"아, 알겠네."

그제야 민성징이 스스로 의문을 해소했다.

"허허, 소피가 마려웠던 게로구려."

정경세는 바깥에 나갔다가 잠시 후에 들어왔다. 그가 두 번 다시 내 앞에서 그런 행동을 하지 않았으면 했다. 하지만 차마 그런 말을 꺼낼 수는 없었다. 정경세가 스스로 알아서 처신해 주기만 바랄 뿐이었다.

정경세를 진맥하고 나서 말했다.

"현훈(어지럼증) 증세입니다. 시도 때도 없이 땀이 잘 나고 허리가 여기저기 시큰거리면서 다리가 뻣뻣하게 당기면서 아프시지요?"

"그렇네. 자네가 말한 대로일세."

"가미천궁산과 가미용호산을 처방하겠습니다. 가미천궁산은 식후에 드시면 되지만 가미용호산은 반드시 두림주(검정콩으로 빚은 술)에 타서 공복에 하루 세 번 드십시오. 그러면 곧 효험을 보실 수 있을 것입니다."

그 곁에 앉아 있던 민성징이 말했다.

"나는 발에 고질병이 좀 있어서⋯⋯."

"버선을 벗어보십시오."

그는 발톱이 다 죽어가도록 무좀을 앓고 있었다.

"식초를 더운 물에 타서 자주 발을 담가 두십시오. 다만 두 발을 서로 비비면 안 됩니다. 그런 뒤에는 햇볕에 따가울 정도로 말리십시오."

"그게 다인가?"

"한여름에 봉선화를 채취해서 햇빛에 잘 말려 두었다가 진하게 달여서 그 물에 발을 담그기를 자주 하면 발톱이 다 살아날 것입니다."

"옳아? 자네 말을 듣고 보니 어린아이들이 손톱 발톱에 봉선화 꽃잎으로 물들이는 것도 다 무좀을 예방하는 요법이 되겠군 그래?"

"아이들의 그런 행동이 전혀 근거가 없는 것은 아닙니다."

"잘 알겠네. 그런데 나는 왜 정우복처럼 약을 처방하지 않는가?"

"마님의 증세는 속에 든 병증 때문이고 감사또 영감의 증세는 그저 살갗에 있는 증상일 뿐입니다. 그러니 살갗에 바로 처방하는 것입니다. 약을 드셔서 무좀을 치료하기는 어렵습니다."

"허허허, 내 그간 많은 의원을 봐 왔지만 오늘 이런 명쾌한 의원은 처음이로다."

민성징의 감탄에 이어 정경세가 말했다.

"자네가 그동안 의술을 깊이 연마했음을 오늘에야 알겠네."

"소인은 두 분 영감의 약을 준비하겠습니다."

허리를 굽히고 나왔다. 두 사람은 변란에 대해서 걱정하기 시작했다.

도원수 장만이 이끄는 관군이 저탄(황해도 평산군에 있는 예성강 상류 지역)에서 이괄이 이끄는 군사에 맞서 싸웠으나 크게 패하고 말았다. 반란군은 거침없이 개성을 거쳐 남하했다. 그 상황을 전해들은 임금은 천안에서 다시 어가를 일으켜 공주로 피신해 갔다. 임진강을 건넌 이괄의 군사는 큰 싸움 없이 무악재를 넘어 한양을 점령했다.

미처 도망치지 못한 도성 사람들은 이괄을 환영했다. 한양을 버리고 도망친 임금보다 위풍당당하게 들어온 그의 편에 선 것이었다. 이괄의 군사들은 재빠르게 대궐과 조정의 각사를 수색하며 닥치는 대로 값나가는 것들을 거두어들였다.

"의녀님은 왜 피난을 안 가시오?"

"여러분들을 두고 어찌 갑니까요. 제 적정은 마시고 얼른 쾌차하셔요."

별난이 혼자 동활인서에 있는 환자들을 돌보고 있었다. 반란군이 무악재를 넘었다는 말을 듣고도 별난이는 도망치지 않았다. 도망쳐

갈 곳도 없거니와 도망치고 싶지 않았다. 임금과 조정이 바뀌면 바뀌는 대로 그런가 보다 하고 살면 그만이라는 생각이었다. 지난 반정도 그러하지 않았던가? 누가 권력을 차지하든 백성들에게는 바뀌는 것이 하나도 없었다. 그때마다 정권의 눈 밖에 나서 감옥에 있던 사람들만 풀려날 뿐이었고 그 빈자리에는 또다시 새로 들어선 정권이 못마땅해 하는 사람들로 채워질 따름이었다.

우당탕탕 소리가 나더니 반란군 한 무리가 들이닥쳤다. 그들은 칼을 빼어들고 여기저기 뒤졌다. 굴신을 하지 못하는 중환자들이 있는 의사에 이르렀다. 신을 신은 채 환자들 사이를 마구 밟고 다니는 것을 본 별난이가 그들에게 호통을 쳤다.

"뭘 하는 짓들이오? 환자들이 보이지 않소?"

"아니 이년은 뭐야?"

반란군은 별난이를 에워쌌다. 그녀는 눈 하나 깜짝하지 않았다.

"여기서 썩 나가시오! 환자들이 안정을 해야 하오."

"네 이년, 누구더러 명령이냐? 죽고 싶어서 환장했어? 엉?"

별난이가 벌떡 일어났다.

"그래, 죽고 싶어서 환장했다. 어쩔래?"

반란군은 별난이의 기세에 오히려 움찔했다.

"네놈들은 백성을 살리려고 난을 일으켰나, 아니면 죽으려고 일으켰나? 백성을 살리려고 일으켰거든 그만 다른 데로 가보고 죽으려고 일으켰거든 당장 우릴 다 죽이거라."

반란군들은 할 말이 없어 서로 쳐다보았다. 그 중 하나가 말했다.

"거 참, 희한한 년이로군. 여긴 내버려 두고 그만 가자!"

반란군이 사라졌다. 환자들이 모두 입을 모아 별난이의 담력을 칭송했다. 그리하여 별난이는 의관이고 사령이고 간에 다 도망치고 아무도 없는 동활인서에 가녀린 의녀의 몸으로 혼자 남아서 환자들을 지켜낸 영웅이 되었다.

"역적들이 한양 도성을 점령했다니 큰일이외다."

이괄은 한양에서 더 이상 임금을 쫓지 않았다. 몽진하는 임금을 호종하다가 중간에 슬그머니 빠져서 돌아온 선조임금의 10번째 서왕자 흥안군을 새 임금으로 추대할 채비를 서둘렀다.

그런데 도원수 장만이 평양에서부터 반란군을 뒤쫓아 와 무악재에서 큰 전투가 벌어졌다. 이괄은 모든 면에서 유리한 입장에 있었음에도 불구하고 자만하다가 대패하고 말았다. 그리하여 도성 백성들은 다시 관군의 편에 섰다. 이괄은 군사를 이끌고 광주로 물러났다.

그 즈음 천안에서도 반격이 시작되었다. 광주에서 이천으로 후퇴해 있던 반란군의 장수들은 사태가 여의치 않다고 판단해 살길을 꾀했다. 관군이 포위해 다가오자 그들은 반란군의 막사에 불을 지른 뒤에 수장 이괄과 부장 한명련의 목을 베어버렸다. 그러고는 순순히 관군에게 투항했다. 그로써 석 달에 걸쳐 나라를 뒤흔들었던 이괄의 반란은 끝을 맺게 되었다. 그때 이괄의 군사들은 뿔뿔이 흩어졌는데 그 중 항왜 수백 명도 어디론가 종적을 감추었다.

장 서방과 함께 정경세에게 쓸 약초를 구하러 다녔다. 작약산 비탈을 헤매고 있는데 저 앞에서 짐승 같은 것이 보였다. 큰 나무 뒤에 몸을 감추고 자세히 살펴보았다. 짐승이 아니라 사람이었다. 그것도 하나가 아니라 셋이었다. 조선사람의 차림새가 아니었다. 장 서방이 속삭였다.

"항왜들입니다."

"그들이 왜 여기에?"

장 서방이 낙엽을 잘못 밟아 주르르 미끄러져 내려갔다. 그 바람에 그들도 우리를 발견했다. 무어라 알아듣지 못할 소리를 지르며 달려왔다. 손손이 장검을 들고 있었다. 보검을 빼어들었다. 장 서방은 박달몽 둥이를 들고 그들에 맞설 채비를 했다. 긴장된 순간이었다.

"이요오!"

항왜들이 덤벼들었다. 머리를 내리쳐 오는 칼을 몸을 돌려 피하면서 허리를 베었다. 그러고는 자세를 낮추어 항왜의 목을 찔렀다. 장 서방은 몽둥이로 항왜의 칼을 쳐낸 뒤 머리통을 쳐 박살냈다.

순식간의 일이었다. 우리는 서둘러 항왜의 머리를 베어 관아로 돌아왔다. 또 다른 항왜들이 배회하고 있을지도 모를 일이었다. 정경세에게 사정을 얘기했다.

"아마도 반란군에 가담했다가 그 진영에서 도망쳐 영남으로 넘어온 놈들일 것이다."

정경세는 항왜들에 대해서 크게 걱정했다.

"이놈들이 장차 나라의 화근이 될 것이다."

왜란 때 귀화한 뒤로 팔도 전역에 흩어져 살면서, 특히 삼남 곳곳에 왜촌을 이루고 살면서 평소에는 숨죽여 지내다가도 나라에 아주 작은 빈틈이 보이거나 어떤 사소한 일로써 때가 왔다 싶으면 마수를 드러내듯이 슬그머니 준동하곤 했다.

사실무근의 괴담을 퍼뜨려서 귀가 얇은 백성들을 술렁이게 하고 흉흉한 소문을 떠돌게 하며 끊임없이 거짓말을 지어내어 그들이 뜻하는 대로 민심을 혼란으로 이끈 다음 얼핏 듣기에 그럴싸한 궤변으로 백성들을 선동하여 환란을 일으키거나 옥사를 일으켜 덕망 있는 신하들을 무고하고 임금과 백성을 갈라치기하여 마침내 나라를 도탄에 빠뜨리려는 것이었다.

정경세는 하령했다.

"함창현 관아의 남문 밖에 항왜의 수급을 높이 매달도록 하라."

혹시라도 더 있을지 모르는 그들의 준동을 미연에 방지하고자 하는 일환이었다.

"이제 도성으로 돌아가야 하지 않겠습니까?"

"먼저 선영에 고해야겠습니다."

정경세는 남촌으로 돌아와 선묘에 배알했다. 그런 뒤 존애원에 들렀다. 박지지가 그의 건강을 염려했다.

"영감, 병세가 누그러질 때까지 돌보는 사람이 있어야 합니다. 담야 의원을 딸려 보내겠습니다."

그러자 정경세는 한마디로 일축했다.

"그럴 것 없네. 도성에도 용한 의원들이 많네."

그는 영남검찰사의 위용을 갖추고 한양을 향해 떠나갔다.

3

임금은 몽진을 끝내고 어가 행차를 놓아 환궁했다. 그러고는 그 즉시 역적에 빌붙어 대역무도한 죄를 지은 흥안군을 교수형에 처했다. 그것을 시작으로 하여 이괄의 형제를 처형하고 가족들은 귀양 보냈으며 반란에 가담하거나 부역한 자들을 대대적으로 색출해 처벌했다.

일찍이 반란군이 한양에 입성하자 뒤도 돌아보지 않고 가장 먼저 도망치다시피 했던 동활인서 의관 나만갑이 슬그머니 돌아와 있었다. 그는 환자들이 주고받는 소리를 엿들었다.

"그 난리에 우리를 버리지 않은 사람은 오직 별난이 의녀님뿐이지. 암."

"칼을 든 반란군 놈들 앞에서 큰소리치던 모습이 아직도 눈앞에 생생하네 그려."

환자들은 피난 갔다가 돌아온 의관이나 사령들을 곱게 보지 않았다. 그저 입만 열면 별난이 칭찬이었다. 치료를 하러 의관과 의녀가 오면 거부하기 일쑤였다. 별난이를 불러오라는 것이었다.

나만갑은 체면이 몹시 상했다. 그때 마침 역적에 협력한 사람들을 고발하는 자에게는 상을 내리겠다는 방이 나붙었다. 나만갑은 익명으로 별난이를 고발했다. 반란군이 도성을 점거했을 때 도망치지 않고 그들에게 빌붙었다는 내용이었다. 그렇지 않고 어떻게 연약한 몸으로 멀쩡하게 살아남았겠느냐는 것이었다.

동활인서에 좌변포도청 포도군사들이 서슬 퍼렇게 들이닥쳤다. 그들은 다짜고짜 별난이를 끌고 갔다. 그녀는 아무 영문도 모른 채 전옥서에 수감되었다.

"이유라도 알려주시오!"

소리치는 별난이에게 옥졸들이 육모방망이를 들어 보이며 위협했다. 무서운 마음에 더 이상 항의할 수도 없었다.

"어의녀님, 동활인서에 있던 별난이가 하옥되었다고 합니다."

"별난이가? 무슨 일로?"

"지난 변란 때 다들 반란군을 피해 도망갔는데 혼자 남아 있었다지 뭡니까요."

"남아서 뭘 했다더냐?"

"태연히 환자들을 치료했다고 하는데 누가 그 말을 믿겠습니까?"

의녀들 사이에는 별난이가 도성에 남아 반란군에 부역을 했나 안

했나를 두고 쟁론이 벌어졌다. 부역을 했을 것이라고 추측하는 쪽은 별난이가 멀쩡한 몸으로 살아남았다는 게 그 증거가 아니냐고 했고, 부역을 하지 않았을 것이라고 하는 쪽은 아무리 무도한 반란군이라고 해도 환자와 함께 있는 의녀에게 무슨 짓을 할 수 있었겠느냐는 주장이었다.

애종은 전옥서로 가서 별난이를 면회했다.

"어의녀님, 저는 정말 반란군을 털끝만큼도 도운 적이 없습니다. 제발 절 좀 여기서 나가게 해주세요."

"다들 피난을 갔는데 너는 왜 혼자 남아 있었느냐?"

"일어나지도 못하는 환자들을 두고 어찌 저 혼자 살자고 도망친단 말입니까요?"

별난이가 그렇게 거룩한 생각을 했다니 애종은 기특하게 생각되었다. 평소의 행동으로 보면 도망을 갔어도 제일 먼저 갔어야 할 별난이였다. 그런 그녀가 드디어 철이 들고 진정한 의녀의 면목을 갖춘 것 같아 대견스럽기까지 했다.

"일신을 잘 보전하고 있거라. 내 애써 보마."

애종은 별난이의 구명을 위해 어의가 나서줄 것을 요청했다. 그런데 그는 난색을 짓는 것이었다. 애종은 거듭 부탁했다.

"의관들이 아들이라면 의녀들은 영감의 딸자식과 같은 사람들 아닙니까? 영감께서 나서주지 않는다면 누가 별난이를 구해줄 수 있단 말입니까?"

"내가 나서고 싶지 않은 것은 아니네만……."

어의가 말꼬리를 흐렸다. 애종은 그가 끝내 외면할 것을 알고 우회적인 방법을 택했다.

"정 그러시다면 소녀가 의관들을 직접 설득해 보겠습니다."

그런 말을 듣고도 어의는 군기침으로 일관했다. 애종은 내의원을 비롯해 전의감, 혜민서, 동활인서, 서활인서에 있는 모든 의관을 찾아 다녔다. 하지만 어느 의관도 나서려 하지 않았다.

　나만갑은 노골적으로 애종에게 불만을 나타냈다.

　"법사에서 조사를 해서 죄가 있으면 벌을 받는 거고 없으면 풀려날 것인데 무슨 구명을 한다고 어의녀가 설치고 다니나 그래."

　"그러다가 다치지. 암, 다치고말고."

　애종은 유후성에게 호소했다. 그런데 그는 침묵으로 일관하는 것이었다. 애종은 유후성에게 한 번 더 애원하다시피 했다.

　"유 의관님, 의관님은 별난이가 아주 모르는 사람도 아니잖습니까?"

　"미안하오. 내가 나설 일은 아닌 것 같소."

　"지난날 약초꾼일 때는 사람다운 면모를 지니고 있던 분이 의관이 되고 나니 어찌 사람다움을 잃고 있습니까? 더 좋은 사람, 더 훌륭한 사람이 되려고 글을 읽고 의술을 익힌 것이 아닙니까?"

　"아, 아무튼 나는 이만 가오."

　그는 황급히 자리를 떴다. 애종의 입에서 저절로 한숨이 나왔다. 그의 태도를 이해하지 못하는 바가 아니었다. 그는 어릴 적에 굶주림을 면할 방편으로 이웃 약초꾼을 따라다니다가 어른이 되어서는 존애원 약부가 되었고, 약초를 캐는 틈틈이 의술 공부를 했으며, 그 뒤 의학당 원의생이 되어서는 본격적으로 의술을 익혔다. 그러다가 의원 취재를 보아 마침내 당당히 입격하기까지 그의 발자취는 인간승리라고 해도 좋았다.

　'그래, 어떻게 그 자리까지 왔는데 남의 일에 괜히 끼어들어 위험을 감수할 순 없겠지.'

유후성에게 별난이가 남이라면 별난이에게는 남이 아닌 사람은 아무도 없다는 뜻이 되었다. 만약 애종 자신에게도 불가피한 일이 닥친다면 유후성은 남의 일인 양 철저히 외면할 것 같았다. 애종은 그동안 그에게 가졌던 일말의 호의적인 감정을 깨끗이 거두어들였다.

의관들의 서명을 받지 못한 애종은 언문으로 별난이를 구명하는 상소문을 지은 뒤에 의녀들의 서명을 받았다. 그 연명 상소문을 본 어의는 애종을 만류했다.

"어의녀께서 도대체 무슨 짓을 하고 있는 줄이나 아시오?"

"무슨 짓이라뇨? 무고한 사람의 목숨이 달린 일입니다."

"여차 하면 어의녀께서도 다칠 수 있기에 하는 말이외다."

"이 일로 제가 죄를 얻는다면 달게 받겠습니다."

애종은 연명 상소문을 중궁전에 올렸다. 내용을 읽어본 중전은 애종을 불렀다.

"이 의녀가 역적에게 빌붙지 않았다는 증거가 있는가?"

"아뢰옵기 황공하오나, 빌붙었다고 단정할 만한 일이 없사옵니다. 의녀는 단지 움직일 수 없는 환자를 차마 두고 달아날 수 없었다고 하옵니다."

앞서 어의가 그랬던 것처럼 중전도 난감해졌다.

"자네들이 다 같은 의녀라서 덮어놓고 두둔하는 건 아니겠지?"

"어찌 그런 마음을 먹을 수가 있겠사옵니까. 천부당만부당한 말씀이옵니다."

중전은 임금에게 말하지 못하고 망설였다. 그런데 그때 뜻하지 않은 일이 일어났다. 동활인서 환자들이 연명 상소를 올린 것이었다. 의관들도 하나 남지 않고 다들 제 살 길을 찾아 도망쳤는데 오직 연약한 의녀 혼자 의사에 남아서 병세가 위중한 환자들을 돌보며 지켰으니 상을 내리면 내렸지 어찌 죄인으로 몰 수 있느냐는 항변이었다.

드디어 별난이 사건은 임금의 귀에 들어갔다.

"의녀가 반란군이 온다는 소리를 듣고도 도망치지 않고 태연히 환자들을 보살폈다고 한다. 경들은 이 말이 이해가 되는가?"

신하들은 그 누구도 감히 입을 열지 못했다. 자칫 잘못 말하면 반란군이 온다는 소리를 듣고 도망간 임금과 도망치지 않고 남아서 제 할 일을 다 한 의녀의 구도를 만드는 것이 되었다. 그것은 더 나아가 백성을 버린 임금과 백성을 버리지 않은 의녀로 보기 좋게 대조되는 상황이 될 판이었다.

그 불편한 논의를 충분히 인식한 정경세가 침묵을 깨뜨렸다.

"전하, 전하께옵서는 종묘사직을 지키려 한 것이옵고 의녀는 환자를 지키려 한 것이옵니다. 두 경우 다 직분에 충실한 것인데 전하께옵서 어찌 백성을 버린 일이겠사옵니까. 이 나라 모든 백성을 건지려 잠시 부득이했던 것이옵니다."

정경세가 말을 이어가는 동안 대신들은 칼날을 깔고 앉아 있는 듯 숨소리도 내지 않았다.

"의녀에게 큰 상을 내리시어 본보기로 삼으시옵소서. 그리하여 앞으로 대소신료들이 다 직분에 충실하도록 하옵소서."

임금의 용안이 비로소 풀렸다.

"그 말이 지극히 옳다. 의녀에게 비단 1필을 내리도록 하라. 또한 동활인서에 그대로 두기는 아까운 인재가 아닌가. 내의원으로 옮겨주도록 하라."

애종은 감옥에서 풀려나 내의원으로 들어온 별난이를 따뜻하게 맞이했다. 그러나 별난이는 애종에게 고마워하기보다는 제 팔자가 살 팔자라는 식으로 떠벌렸다. 다른 의녀들이 전부 이맛살을 찌푸렸다.

어가도 따르지 않고 각자 살 길을 찾아 도망쳤던 의관과 의녀들이 별난이를 눈엣가시처럼 여겼다.

"소관은 부모님이 갑자기 편찮으시다는 전갈을 받고 다녀온 것뿐입니다."

"소관은 지병이 도져서 고향으로 내려가 자리보전하고 있었습니다."

"소녀는 남들처럼 피난을 가야 되는 줄 알고 따라나선 것뿐 다른 뜻은 없었습니다."

"소녀는 부모님을 따라갔는데 그게 죄가 됩니까?"

애종은 어의에게 강력하게 건의해 그들에게 다 무단이탈의 죄를 묻고 의적에서 삭제한 다음 문외출송시켜 버렸다. 남대문 밖으로 쫓겨난 의관 나만갑과 정환이 돌아서서 침을 퉤 뱉었다.

"내 다시는 이 문 안으로 들어서나 봐라."

지나가던 백성들이 웃었다.

"이것 봐. 네놈들은 이제 그 안으로 들어갈래야 들어갈 수가 없는 처지인데 뭘 그런 말을 다 하고 그러나. 어서 갈 길이나 가봐. 어서."

반란이 진압되었어도 도성 민심은 어수선하기만 했다. 이괄이 군사를 이끌고 도성을 점령했을 때 많은 백성들이 이괄의 편에 붙어서 대궐로 쳐들어갔는데 그 중에는 내탕고의 보물을 훔친 사람이 적지 않았다.

피난 갔다가 돌아온 임금이 그러한 사실을 알고도 민심을 빨리 안정시키기 위해 불문에 부쳤지만 그들은 오히려 그것을 두려워했다. 자다가도 불시에 잡혀 갈지 모른다는 두려움에 휩싸인 것이었다. 또 조정의 관원들 중에서도 도망치다가 반란군에게 슬그머니 빌붙었던 자들이 없지 않았다. 그들은 그러한 사실을 아무도 모르기를 바랐지만 세상인심은 그렇게 아량이 넓지 않았다. 시간이 지날수록 누가 언제 어떻게 역모에 가담했는지 여러 가지 말들이 샘물처럼 끊임없이 솟아나고 있었다.

그들은 모두 가만히 앉아 있다가 목이 달아날 바에야 다시 큰 화란이 일어나기를 은근히 바랐다. 그리하여 근거 없는 말을 지어내어 서로 선동하여 도성의 민심을 요동치게 만들었다.

"장차 또 변란이 일어날 것이다!"

요상한 차림을 한 술사 한 사람이 무리를 이끌고 다니며 떠들어댔다.

"천지신명이 내게 의탁했으니 모두 내 말을 들을지어다."

북을 치고 다니는 그를 백성들이 하나둘 뒤따랐다. 그는 종각거리에 이르더니 큰 소리로 말했다.

"곧 도성 전체가 불타오를 것이다. 성을 나가는 자는 살 것이고 머무는 자는 죽을 것이로다."

사람들이 허둥지둥 우왕좌왕했다. 이윽고 포도청에서 군사들이 나와 그를 붙잡았다. 그는 끌려가면서도 백성들에게 요사스러운 소리를 그치지 않았다. 포졸 하나가 그의 입을 냅다 갈겨버렸다.

"에라, 이놈아!"

"욱!"

포도대장이 몸소 엄하게 형신했다. 그는 고문을 당하면서 바보짓을 하는가 하면 미친 듯이 소리를 지르기도 하고 괴상망측한 주문을 쏟아냈다. 임금은 허황된 말로 민심을 동요시킨 죄를 물어 그 술사를 효시토록 했다.

한번 흐트러진 민심은 안정되지 않았다. 불안해진 백성들은 짐을 등에 지거나 보따리를 가슴에 안고 도성을 벗어나기 시작했다. 그 수

가 점차 많아지더니 얼마 지나지 않아 사대문을 메우고 길이 막힐 지
경이었다.

　조정 대신들은 근심하지 않을 수 없었다.

　"지금 상황이 마치 적병이 쳐들어온 때와 같습니다."

　"아둔한 백성들이야 그렇다 치더라도 글줄깨나 읽었다는 사대부들
조차 식솔을 이끌고 나서고 있는 형국이니."

　"종친(왕실의 친족)과 의빈(왕실의 사위)에서도 짐을 싼 사람들이 적지
않다고 합니다."

　"설령 예기치 않게 변란이 일어난다 하더라도 신하와 백성이 어찌
감히 상감을 버리고 먼저 제 살길을 찾아 도피할 수 있겠습니까. 실상
이 이러한데도 엄히 문책하지 않는다면 걷잡을 수 없는 소요가 일 것
입니다."

　임금은 드디어 효유했다.

　"누구를 막론하고 이달 그믐날까지 본래 살던 곳으로 돌아오라. 만
약 어길 시에는 조정의 관원이라면 영원히 사판에서 삭제하라. 또 선
비들은 10년 동안 정거(과거를 못 보게 함)토록 하라. 상민에 있어서는
도피를 가고 아무도 없는 빈 집에서 살고 싶어 하는 자가 있다면 그
자의 소유로 삼도록 하라."

　모든 불안은 반란 소식을 들은 임금이 겁을 먹고 대궐을 떠났기 때
문에 일어났다. 백성들은 임금이 언제라도 자신들을 버리고 떠날 수
있다는 확신을 하기에 이르렀다. 만백성의 어버이라는 임금이 자식과
같은 백성들을 지켜주지 못할진대 백성들 스스로 미리 살 길을 도모
하는 것은 당연한 일이었다.

　그것을 아는 대신들은 민심의 불안을 잠재울 묘안을 찾는데 골머리

를 앓았지만 좀처럼 뾰족한 수가 떠오르지 않았다. 그때 지존의 장막 뒤에 있던 3의 권력자들이 나섰다. 바로 종친과 의빈이었다. 그들은 한자리에 모여서 대책을 논의했다.

임금의 고모부가 되는 동양위 신익성이 말했다

"달래야 됩니다. 겁을 줘서는 안 된다는 말이요. 백성들이 기한 안에 돌아오면 조세를 면제하거나 감면해 준다고 회유해야 합니다."

그 뒤를 이어 귀천군이 입을 열었다.

"동양위 대감의 말씀에 동감입니다. 돌아온다면 아무 죄도 묻지 않겠다, 일상을 영위하고 생업에 종사하라고 타일러 알아듣도록 하는 것이 좋겠습니다."

또 다른 종친이 말했다.

"두 분의 말씀이 옳습니다. 다만 상감께서 도성의 방비를 튼튼히 해 다시는 역적의 무리가 도성 안에서 활보하는 일이 없도록 하겠다고 전교를 내리셔야 합니다. 그래야 도성민으로서의 자긍심을 가지고 살지 않겠습니까?"

그들은 회의 결과를 건의 사항 형식으로 의정부에 넘기기로 하고 끝마쳤다. 귀천군이 앞서 나오는데 뒤에서 동양위가 불렀다.

"귀천군, 발이 넓은 귀천군에게 부탁이 한 가지 있소이다."

"제게 부탁이라뇨?"

"어디 용한 의원 좀 아는 사람 없소?"

"의원이라면 어의와 의관이 삼의사에 많이 있지 않습니까?"

"에이, 여러 번 보여 봤지만 그 사람들은 내 병을 못 고쳐요."

겉으로는 멀쩡해 보여서 귀천군이 물었다.

"어인 병이길래 그러십니까?"

"여기서 말하기는 좀 그렇고. 하여간 내 말 못할 지병이 있는데 아주 괴로워 죽겠소."

"그러면 제가 한번 알아보겠습니다."

"고맙소. 꼭 좀 부탁하오."

귀천군이 집으로 돌아오니 정경세가 와서 기다리고 있었다. 그러잖아도 귀천군은 그간 미루어둔 일을 해결하려고 그를 한번 만나려던 참이었다.

"이제 반란도 진압되었고 종사가 바로잡혔으니 제 아우의 신원을 회복시켜야 하지 않겠습니까?"

"귀천군 나리, 소관도 아주 불편하옵니다. 제군 나리께 하대를 하자니 이만저만한 고역이 아닙니다."

정경세는 잠시 말을 끊었다가 이었다.

"그런데 말씀이옵니다. 혹시 제군 나리께서 본인의 신분을 알면서도 숨기고 있는 것은 아닐는지요?"

"아우가 제 신분을 알고 있다?"

"그러하옵니다. 소관이 보기에 의술을 좋아하고 사람의 병을 고치는 걸 천직으로 생각하는 것 같사옵니다."

"그 천한 일을 천직으로 여기다니 당치도 않습니다."

"만약 제군 나리의 정체가 밝혀진다면 모든 존애원 사람들은 그간 무엄한 죄를 지은 게 되옵니다. 큰 혼란이 야기되지 않겠사옵니까?"

"모르고 그런 것인데 무슨 죄가 되겠습니까?"

"실수도 죄가 되고 몰랐어도 죄가 되옵니다. 상황에 따라서는 존애원이 문을 닫아야 할 수도 있사옵니다."

귀천군은 신중한 정경세의 말을 듣고 급한 마음을 다소 누그러뜨렸다. 아무에게도 폐를 끼치지 않고 나의 신원을 복원시키는 일이 생각보다 만만치 않다고 여겼다. 두 사람은 무엇보다 나의 의중을 모른다는 것이 큰 걸림돌이었다.

"그런데 어떻게 그 나이가 되도록 혼인을 하지 않았습니까?"

"소관이 좋은 처자를 골라 몇 번 짝지어 주려고 했지만 그때마다 제 군 나리께서 완곡히 거절했사옵니다."

"오히려 잘 된 일입니다. 만약 이전에 상민이나 천민의 딸을 취했다 면 그 또한 지금은 곤란한 일이 되지 않겠습니까? 그러나 이제는 그런 문제도 엄두를 낼 때가 되었습니다. 그러니 빨리 방법을 찾아 제자리 를 찾게 하고 한 집안을 이루도록 해야 합니다."

"소관도 그러한 나리의 말씀에는 공감을 하고 있사옵니다."

"영감이 좀 도와주십시오. 제가 아우를 만나서 다 얘기하겠습니다. 존애원에는 털끝만큼도 피해가 가지 않도록 하겠습니다."

정경세는 귀천군에게 하라 마라 할 자리에 있지 않았다. 다만 불쑥 귀천군과 함께 내 앞에서 나의 신분에 대해 얘기를 불쑥 꺼낸다는 것 이 왠지 내키지 않았다. 조정에서 오랜 녹을 먹은 육감이랄까. 내가 순 순히 받아들일 것 같지 않은 예감이 자꾸만 드는 것이었다.

"귀천군 나리, 나리와 저는 한 발 물러서 있고, 제 3자를 시켜서 제 군 나리를 넌지시 떠보는 건 어떻겠습니까?"

"제 3자를? 그것도 좋겠습니다."

"그렇다면 과연 누가 적임이겠습니까?"

귀천군은 곰곰이 생각하다가 고개를 들었다.

"믿고 맡길 만한 분이 있습니다."

동양위의 속셈

1

어떤 사람이 토사곽란 증세로 존애원을 찾았다. 즉시 평위산을 처방해 주었다. 급하게 써야 하는 구급약은 미리 만들어 놓고 그때그때 용이하게 쓰고 있었다. 평위산을 복용한 그는 이내 토하는 증상이 멎고 설사를 멈추었다.

"의원님, 고맙습니다요."

"장의 기능이 약하니 돌아가거든 매실차를 만들어서 자주 드십시오."

그때 밖에서 귀인의 행차를 알리는 소리가 들려왔다.

"휘이, 물렀거라! 동양위 대감 행차시다!"

동양위? 그는 영의정을 지낸 신흠의 아들인데 선조임금의 딸인 정숙옹주와 결혼해 부마가 된 사람이었다. 전 임금 때 대비를 폐하는 것은 불가하다고 해 쫓겨났다가 반정이 일어난 뒤 현 임금이 들어서자 신원이 복원되었다. 항렬로 치면 현 임금의 고모부가 되었다. 그는 성격이 호방하고 활달하며 무인다운 기풍이 있었다.

박지지가 얼른 밖으로 나갔다. 그를 뒤따랐다. 반당(호위무사)들이 말을 탄 그를 사방에서 호위하며 존애원 대문 앞에 이르렀다. 동양위는 말에서 내렸다. 박지지가 공손히 선절을 했다.

"의원 박지지가 동양위 대감을 뵙습니다."

"이렇게 마중을 나와 주어 고맙소."

박지지는 그를 안내해 도청에 오르게 했다. 조정에 출사하지 않고 남아 있던 낙사계 계원들이 다 인사를 했다. 동양위는 그들에게 일일이 덕담을 해주었다. 긴장되고 서먹한 분위기가 다소 누그러졌다. 박지지가 물었다.

"한데 대감께서 이 누추한 의국에는 어인 행차이십니까?"

"내 말 못할 지병이 있어 오랫동안 고치지 못했는데 이 의국에 용한 의원이 있다길래 찾아와 봤소. 그 의원의 이름을 담 뭐라고 들은 것 같은데……."

"아, 담야 의원 말씀이군요. 아주 출중한 의원입니다. 그런데 우리 담야 의원은 어떻게 아셨습니까?"

"그 뭐, 한양 땅에까지 그 성명이 들리길래 숨은 명의가 아닌가 싶었소."

박지지는 믿지 못하겠다는 눈치였다. 내 의술이 한양에까지 알려졌다는 것은 어딘지 모르게 미심쩍었다. 그렇지만 그가 그렇게 말하는데야 꼬치꼬치 캐물을 수는 없었다. 박지지는 나를 불러 동양위에게 인사를 시켰다. 그는 예사롭지 않은 눈으로 나를 살피는 것이었다. 그러더니 곧 안색을 바꾸어 웃음을 띠었다.

"의원이 내 지병을 고쳐준다면 큰 상을 내리겠소."

그 말에는 사례를 하지 않고 물었다.

"어인 병증을 앓고 계시는지요?"

"다들 있는 데서 말하기는 좀 그렇고, 허험, 험!"

목사 이호신이 뒤늦게 소식을 듣고 판관을 비롯한 여러 관속들을 이끌고 존애원으로 달려왔다.

"대감, 읍내 관아에 있는 객사로 가시지요."

동양위는 좋은 말로 사양했다.

"이 의국에 머물면서 치료를 받겠습니다."

그러고는 힘주어 당부했다.

"상주는 넓은 땅이 아닙니까? 공무에 바쁘신 목사또께서 앞으로 사사로이 나를 보러 이곳에 오는 일은 없도록 하십시오."

"대감께서 그리 말씀하시니 성가시게 하는 일이 없도록 하겠습니다. 다만 불편한 것이 있으면 언제든 사람을 보내 알려주옵소서."

목사가 떠난 뒤 계원들도 다 물러가 주었다. 박지지가 내게 말했다.

"대감을 잘 살펴드리게."

박지지도 자리를 떴다. 그리하여 동양위와 나만 남았다. 그는 돌아앉더니 바지를 벗었다. 속곳까지 다 벗고는 다시 돌아앉아 사타구니를 보여주었다. 나도 모르게 양미간을 찌푸렸다. 사타구니에 온통 습진이 번져 있었다. 차마 못 볼 지경이었다.

"고칠 수 있겠소?"

"어찌 장담하겠습니까마는 한번 치료해 보겠습니다."

홰나무 열매와 가지를 가져다가 삶았다. 그러고는 그 물을 식힌 다음에 대야에 붓고 방으로 들고 들어갔다.

"이 물로 사타구니를 자주 씻으시면 효험이 있을 것입니다."

"처방이 이게 다인가?"

"드실 약을 준비하겠습니다."

팔미지황환을 지어서 다시 도청으로 갔다. 그러고는 동양위가 보는 앞에서 화로에 소주를 끓여서 환약을 풀었다. 그는 약 한 사발을 달게 마셨다.

"어, 좋다. 역시 술은 빈속에 마셔야 진미를 느낄 수 있지."

"술이 아니고 약입니다."

"암, 알지. 알고말고. 그런데 꼭 술을 마시는 기분이라서 말이야. 허허."

"그런데 대감, 낭습에 좋은 것이 있는데 정월이나 되어야 구할 수 있습니다. 처방을 써 드릴 터이니 도성에 있는 의원들에게 약을 지어 드시면서 기다리셨다가 그때 다시 오십시오."

"정월이라면 얼마 남지 않았군. 먼 길을 오고가는 것이 번거로우니 그때까지 그냥 여기 있도록 하겠네."

그는 넉살 좋게 말했다. 박지지에게 그 말을 알렸다.

"거 참. 억지로 내칠 수도 없고. 할 수 없군."

"사람들이 다 불편해하지 않겠습니까?"

"달리 도리가 없지 않은가?"

존애원 사람들보다 계원들이 몹시 불편해했다. 동양위가 도청을 차고 앉아 처소로 쓰고 있으니 그들이 들르더라도 앉아 있을 데가 없었다. 자연 계원들의 발길은 뜸해졌다. 동양위는 방안에 들어있는 때가 거의 없었다. 무슨 궁금한 것이 많은지 존애원 안팎을 둘러보는 것을 일과로 삼았다. 그러면서 의문 나는 것이 있으면 꼭 나한테 물었다.

"밤에 저 불빛들은 뭔가?"

"아래쪽 행랑에서는 원의녀들이 민간에서 손쉽게 찾을 수 있는 약재 공부를 하고 있고 저 위쪽 의학당 동재와 서재에서는 원의생들이 뜻을 세워 의업을 닦고 있습니다."

"오, 대단한 걸? 그렇다면 내가 도움이 좀 되고 싶은데 뭘 도와주면 되겠는가?"

가만히 있어 주는 게 도와주는 것이라는 말을 어찌 하겠는가. 단번에 거절하면 그가 민망해질까 봐 좋은 말을 했다.

"말씀만으로도 고맙습니다. 차차 생각해 보겠습니다."

존애원 탐색을 다 끝낸 동양위는 자주 의사에 들렀다. 곁에 앉아서 내가 환자들을 진맥하고 치료하는 것을 지켜보았다. 그가 의술에 관심이 생겼나 했다. 그런데 그는 박지지가 진료할 때에는 관심을 두지 않았다. 그게 이상했다. 오직 나에게만 눈길을 두고 있는 것이었다.

긴 겨울이 끝나고 해가 바뀌었다. 백화산으로 갈 채비를 했다.

"어딜 가시는가?"

"전에 말씀드린 대감의 약을 구하러 가려고 합니다."

"그래? 그럼 나랑 같이 가세."

동양위는 얼른 따라나섰다. 반당들이 말을 대령했다. 하지만 그는 나랑 같이 걷기를 원했다. 그들은 뒤에서 말고삐를 잡고 따라왔다. 무슨 이유에선지 번번이 감시하는 느낌 같은, 아니면 주시하는 느낌이랄까. 왠지 그에게 일거수일투족 관찰 당하는 기분이 들었다.

"그런데 그 약이란 게 도대체 뭔가?"

"산개구리입니다."

동양위는 놀랐다.

"개구리?"

"사타구니 낭습에는 해동 무렵의 산개구리가 특효입니다."

깊은 계곡에 이르러 돌 틈 사이를 뒤졌다. 개구리는 아직 경칩이 되기 전이라 겨울잠에서 깨어나지 않고 있었다. 잡는 것은 어렵지 않았다. 동양위도 팔을 걷어붙이고 개구리를 잡기 시작했다.

"알배기, 그러니까 암캐구리를 잡으셔야 합니다."

"암컷인지 수컷인지 어찌 구분하는가?"

"암놈은 알을 잔뜩 배고 있으니 허리와 배가 불룩합니다."

반나절도 안 되어 고리짝 하나를 가득 채웠다. 고개를 들고 약할미 오두막과 저승골 쪽을 번갈아 보았다. 가보고 싶었지만 동양위한테 알려주고 싶지 않았다. 내게 무슨 까닭으로 그가 자꾸 접근해 오는지 알지 못했기 때문이다.

존애원으로 돌아와 고리짝을 내놓았다. 원의녀들은 징그러워하면서 근처에도 오지 못했다.

"아이고, 의원님. 아무리 약이라지만 그걸 어떻게……"

하는 수 없이 직접 대추와 마늘을 넣고 개구리탕을 한 솥 가득 끓였다. 동양위는 비위도 참 좋았다. 끼니때마다 그걸 먹었다. 넓게 퍼져 있던 사타구니 습진이 점차 줄어들더니 어느새 깨끗이 없어졌다.

"허허. 내가 명의를 잘 찾아오긴 했네 그려."

"명의라니 당치 않습니다."

"고마우이, 담야 의원. 이 은혜를 뭘로 갚으면 좋나 그래?"

낭습이 다 나아서 곧 한양으로 돌아가려나 했더니 동양위는 여러 날이 지나도 떠날 생각을 하지 않았다.

"병이란 것은 자칫 잘못하면 재발할 수도 있지 않겠나? 그래서 완전히 다 나았다 하는 확신이 들 때까지 좀 더 눌러앉아 있는 것이니 과히 신경 쓰지 말게."

핑계치고는 어딘지 좀 구차스러웠다. 하지만 임금의 고모부가 계속 머무르겠다는데 누가 감히 그만 돌아가 달라고 할 수 있으랴.

가만히 겪어보니 동양위는 예전 저승골에 살았던 천수인이나 역모의 누명을 쓰고 존애원으로 숨어들었던 박치의와는 또 다른 느낌이 있는 사람이었다. 머리가 아주 뛰어나 보이는데도 하는 말은 소박하고 넉살이 좋았으며 항상 농담을 즐겼다.

부마가 되면 벼슬길에 오를 수 없는 것이 국법이었다. 다만 의빈이라는 호칭으로 허울 좋은 명예직의 벼슬을 내려주는 것이 고작이었다. 그것으로 만족해야 할 뿐 아무리 좋은 재주를 가지고 있다 하더라도 썩힐 수밖에 없었다. 받아놓은 부귀영화 속에서 느끼는 비운이라면 비운이었다.

낭습을 싹 고친 뒤부터 동양위는 나를 명의라고 불렀다. 아무리 그렇게 부르지 말라고 해도 막무가내였다.

"어이, 명의!"

그는 손을 흔들며 의사에 들어섰다. 사람들이 처음에는 그의 고귀한 신분 앞에서 어쩔 줄 몰라 하다가 시간이 지날수록 귀인도 우리와 똑같은 사람이라는 것을 깨닫고는 졸이던 마음을 풀고 스스럼없이 대하고 있었다.

환자들이 그를 보고 웃는 얼굴로 인사를 했다.

"대감마님 오십니까요."

뒤돌아보면서 쏘아붙이듯이 말했다.

"그놈의 명의 소리 좀 하지 마시라고 해도, 나 참."

"내 맘일세."

그는 의사의 분위기를 보더니 슬그머니 내 옆구리를 자꾸만 찔렀다. 놀러 나가자는 뜻이었다. 박지지는 눈치가 없는 사람이 아니었다. 내게 어서 나가보라고 눈짓을 했다. 그러자 동양위가 내 약궤를 둘둘 말아서 싸 드는 것이었다.

"아직 침도 다 안 뺐습니다."

그는 멋쩍어 하면서 웃었다. 환자들에게 꽂아놓았던 침을 다 갈무리하고 일어났다. 어떤 환자 한 사람이 내 뒤통수에 대고 말했다.

"두 분이 참 의좋은 형제간 같습니다."

의사 밖으로 나왔다. 뜰에 내려선 동양위가 주위를 살피더니 내 귀에 대고 말했다.

"우리 오늘은 읍내로 가서 풍류를 즐기도록 하세."

그는 기녀집에서 놀고 싶어 했다. 내키지 않았지만 내 팔짱을 꼭 끼는 데에야 거절할 수 없었다. 관아 동문 밖에 기녀집이 즐비했다. 낮에는 관아의 남문 앞에 펼쳐져 있는 시장이 번화가였고 밤이면 동문 쪽에 즐비한 술집이 환하여 사람들이 북적였다.

동양위는 그 중 한 집을 정해 들어갔다. 익히 단골집인지 기녀들이 쏟아져 나와 그를 반겼다. 그는 뒤돌아보며 말했다.

"저분은 조선 최고의 명의시다. 잘 모셔야 한다. 알겠느냐?"

기녀들은 호들갑을 떨며 양쪽에서 내 팔짱을 끼고 안으로 인도했다. 동양위를 따라 큰 방으로 들어갔다. 밀촉불이 두 촛대나 환하게 켜져 있었다. 사방이 화려한 것이 마치 별천지 같았다.

이윽고 상이 차려졌다. 코머리 기녀가 들어와서 먼저 한잔씩 치고는 기녀들에게 잘 모시라는 말을 남기고 나갔다. 그때부터 동양위는 연신 내게 술을 권했다. 입에 댔다 떼기만 한 것 같은데도 어느새 취해서 눈앞이 어질했다.

언제 정신을 잃었는지 몰랐다. 눈을 떴다. 쓰러져 자고 있었던 모양이었다. 몸을 일으켰다. 동양위는 여전히 기녀들을 앉혀 놓고 호탕하게 웃으며 술잔을 기울이고 있었다. 기녀 하나가 다가와 내게 꿀물을 권했다.

"우리 명의님은 술이 처음이신가 봐요?"

머리가 지끈지끈했다. 꿀물 한 사발을 다 들이키고는 동양위에게 말했다.

"대감, 그만 돌아가시지요."

"허허. 정 가고 싶다면 명의 먼저 가시게."

그 자리에 더 있기 싫어서 나왔다. 그러고는 존애원으로 길을 잡았다. 어두운 밤이었다. 초롱 하나 들고 나오지 못한 것이 후회되었다. 하지만 길을 잃을 염려는 없었다. 읍성 남문 밖 도의생의 행랑에서 채약부로 일을 할 때 매일같이 다녔던 길이었다.

읍성 남쪽을 휘감아 흐르는 남천을 따라 걸었다. 다리에는 힘이 없고 갈증이 났다. 소호(현재의 경북대상주캠퍼스 앞을 흐르는 남천)에 이르러 길 아래로 내려갔다. 시냇물로라도 목을 축일 작정이었다. 그때 검은 복면을 한 사람들이 나타났다. 깜짝 놀라 뒷걸음질 쳤다.

"웬 사람들이오?"

팔가계 의생들이 나를 해치려 한다는 생각이 퍼뜩 들었다. 그들은 칼을 빼어들었다. 칼날이 달빛을 받아 번쩍였다. 천천히 벌려 서면서 에워싸더니 한꺼번에 덤벼들었다. 연이어 노려드는 칼을 피하다가 시냇물 속으로 들어갔다. 반대편 기슭으로 올라서려는데 어느새 바짝 뒤따라왔다. 급한 마음에 그만 넘어지고 말았다.

그런데 뒤따라 온 그들 중 하나가 내 앞에 칼을 던져주는 것이었다. 그러고는 손짓으로 집으라는 시늉을 했다. 영문을 몰랐다. 서슬 퍼런 칼날이 날아들었다. 얼른 땅에 떨어져 있는 칼을 집어 들고 막았다.

"챙!"

그들의 칼을 몇 차례 막아내다가 힘에 부쳤다. 덩치가 큰 자가 내 칼을 쳐내는 힘이 워낙 센지라 그만 칼을 놓치고 말았다. 남은 자들 중 한 사람이 칼날을 내 목에 들이댔다. 숨만 가늘게 쉴 뿐 꼼짝도 할 수 없었다. 그런데 웬일인지 그들이 서로 쳐다보더니 칼을 거두고는 빠른 걸음으로 시내를 다시 건너 사라져 갔다.

하도 순식간에 벌어진 일이라 꿈을 꾸었나 했다. 영문을 모를 일이었다. 그들은 누구였을까? 칼을 들고 덤벼놓고는 왜 나를 해하지 않고 그냥 갔을까?

그날 이후로 의식적으로 동양위를 피했다. 그 역시 도청에 들어 한동안 바깥출입을 하지 않았다. 시일이 흐르자 그의 동정이 먼저 궁금해진 것은 나였다. 반당들 중의 우두머리인 도두반당에게 물었다.

"대감께서 어디 편찮으신 건 아닙니까?"

그는 묘한 웃음을 지었다.

"글쎄요."

동양위가 모습을 드러냈다. 그는 마치 아무 일도 없었다는 듯이 말했다.

"오늘 이 사람들이 격검을 할 것인데 명의도 구경 좀 해보겠는가?"

격검이라는 말에 호기심이 생겼다. 정경세가 준 검법서를 가지고 혼자 수련만 했지 상대가 없어서 시험을 하지 못한 아쉬움이 늘 마음에 남아 있었다. 지난 변란 때 함창 작약산에서 장 서방과 함께 항왜를 제압한 것은 얼떨결에 한 일이고 천운이 따른 것이었다.

반당들의 검술 솜씨는 실로 놀라웠다. 아니 눈부시다는 표현이 옳았다. 워낙 빨라 그들의 칼날은 눈에 보이지도 않을 정도였다. 그런데 문득 낯익은 느낌이 들었다. 읍내에서 존애원으로 돌아올 때 복면을 하고 내게 덤벼들었던 자들이 이들인가?

내 발 밑에 목검이 한 자루 떨어졌다. 동양위가 말했다.

"한 몸 지킬 수 있는지 어디 좀 볼까?"

목검을 집어 들었다. 그러고는 도두반당과 격검을 했다. 몇 합 겨루어 보니 도저히 그의 상대가 되지 않았다. 그가 칼을 거두고 말했다.

"의원님께서는 검술의 요체는 잘 익혔으나 격검의 경험이 부족하여 임기응변으로 대처하는 바가 다소 부족할 뿐입니다."

"아무것도 모르고 휘두르는 칼을 그렇게 말해주니 고맙소."

"그만하면 어설픈 칼잡이는 충분히 상대할 수 있겠어. 자, 그만 돌아가지."

멀리 웅이산에서 백화산으로 붉은 노을이 가득 펼쳐져 있었다. 보기에 참 찬란했다. 동양위는 노랫가락을 흥얼거렸다. 그도 살벌하고 긴장된 도성에서의 일상을 까맣게 잊고 자유분방한 전원생활에 흠뻑 빠져든 것은 아닌지 궁금했다.

여름이 되었다. 그를 데리고 다녔다. 백화산 깊은 계곡의 폭포 아래에 있는 소에 들어가서 먹을 감기도 하고 함께 자맥질도 했다. 보는 사람은 아무도 없었다. 반당들만 사주 경계를 할 뿐이었다. 그들이 있는 듯 없는 듯 여겨진 지 오래였다.

존애원에서 서남쪽으로 조금만 가면 정경세의 생가가 있었는데 그 앞으로 너른 연못이 펼쳐져 있었다. 동양위와 같이 들어가 연도 캤으며 다리에 붙은 거머리를 서로 떼어주며 장난도 쳤다.

약초를 수확할 때가 되었다. 약뱅이들에 가서 가득 자라는 약초 내음도 흠씬 맡게 해주었다. 밭고랑 사이로 목초액을 뿌리고 다니며 하나하나 약초의 이름과 효능과 포제하는 방법까지 알려주었다.

"독초든 잡초든 잘만 쓴다면 사람을 살리지 않는 풀이 없지요."

동양위가 약초밭둑에 앉았다. 무심코 그 곁에 앉았다. 산들바람이 이마를 스치고 지나갔다. 시원했다. 동양위가 불쑥 물었다.

"이보게, 명의. 자네가 만약 임금의 형제라도 계속 이러고 살겠는 가?"

갑자기 가슴이 뜨거워졌다. 그동안 까맣게 간과하고 있었던 것이 떠올랐다. 그는 중종임금의 증손부사위. 귀천군은 중종임금의 증손. 두 사람은 8촌 처남과 자형 사이였다. 종친부에서 8촌은 형제나 다름 없는 관계였다. 동양위가 귀천군의 부탁을 받고 내게 무언가 떠보려고 온 것은 아닐까? 오랫동안 앓아온 지병도 고칠 겸.

그에게 반문했다.

"대감께서는 이러고 살고 싶은 생각이 들지 않습니까?"

동양위는 한동안 말이 없었다. 그는 나와 단 한 번 주고받은 말 속 에서 모든 것을 판단한 듯했다. 그는 담담한 어조로 말했다.

"천하의 큰 약절구는 천하를 고치지만 시골 약방의 작은 약절구는 몇 사람만 고치는 데 그친다네. 천하의 약절구가 시골 약방의 약절구 노릇을 해서는 안 되네."

"고대광실에 놓인 약절구는 쓰임이 없을 것입니다."

"어찌 쓰임이 없겠는가? 존재 그 자체가 쓰임이거늘."

그는 또 말을 이었다.

"상감마마를 자문하고 신하의 언행을 살피며 민풍을 듣는 일, 그러 한 소임을 어찌 시골 약방의 일에 견주겠는가."

동양위는 나를 설득하러 온 것이 분명했다. 귀천군의 동생으로서 종친의 자리를 되찾으라는 뜻이었다. 그는 그 말을 하기 위해 지난 일 년 동안 나와 같이 생활했던 것이 틀림없었다. 서두르지 않고 차근차 근 친밀감을 쌓으며 나의 언행을 살피고 나의 속을 헤아려 왔던 그의 용의주도함에 놀랄 뿐이었다.

아무리 감추려고 해도 감출 수 있는 일이 아니라는 데에 생각이 미쳤다. 그렇다면 현재의 내 생활을 유지하면서 그들이 받아들일 만한 제의를 해야 했다. 동양위를 똑바로 보며 말했다.

"대감의 말씀대로 신분은 되찾겠습니다. 하지만 더 이상 아는 사람은 없어야 합니다. 또 지금의 생활을 버리지 않을 것입니다."

"알겠네. 내 귀천군과 정우복 외에는 비밀로 할 것을 약속하지."

동양위는 말끝에 웃으면서 덧붙였다.

"이제부터 자네와 나는 처남 자형 사이일세. 허허."

2

박지지가 근심 어린 눈빛으로 내게 물었다.

"자네, 동양위 대감과 너무 허물없이 지내고 있는 건 아닌가?"

그의 말뜻을 짐작하고도 남았다. 나는 어릴 적에 정경세의 종에서 존애원의 종으로 옮겨진 천민이었다. 존애원에서 자라면서 의술을 몇 가지 익혀서 비록 의원 소리는 듣고 있지만 어디까지나 천한 신분인데 하늘 같은 의빈과 막역하게 지내다가 나중에 불경죄를 얻지나 않을까 하는 우려를 내비친 것이었다.

"죄가 된다면 벌을 받아야지요."

"사람 참."

"이제 또 약재 값이 들썩이고 있습니다. 미리 대비를 해야겠습니다."

"그래야지. 약재창에 있는 약재들을 잘 변고해서 적어도 장마철이 돌아올 때까지는 차질이 없도록 하게."

해마다 봄철은 약재의 봉상으로 팔도가 술렁였다. 지난해 봄부터 가을까지 채취하여 겨우내 말린 약재들을 내놓게 되는데 어느 약재가 남아 돌지 어느 약재가 품귀를 보일지는 귀신도 몰랐다.

경상감영의 젊은 심약 정환은 존애원 의학당 출신이었다. 그는 이괄이 반란을 일으켰을 때 도망친 죄를 얻어 문외출송을 당한 자였는데 먹고 살 길이 막막해 되거나 말거나 하며 심약에 지원했다. 그런데 운 좋게 입격해 경상도에 배정받은 것이었다. 심약 정환은 상주 팔가계에 맥문동과 상기생(뽕나무 겨우살이)을 요구했다.

도의생은 난감했다. 올해는 맥문동도 상기생도 다 귀하기 때문이었다.

"하필 우리에게 그 약재들을 봉상하라고 한단 말인가."

"아마도 다른 데서도 많이 나지 않아 그런 것 같습니다."

많이 나지 않는 것이 아니었다. 애초에 상기생이 자라는 뽕나무에는 그 밑동마다 함부로 채취하는 것을 금하는 봉표를 해 놓고는 의생들이 돌아가면서 산막을 치고 수직을 하도록 돼 있었다. 그런데 의생들이 귀찮아하면서 채약부들에게 수직을 시켰는데 그들도 산속에서 지내기 싫어 다 집에서 먹고 자고 하는 통에 화전을 일구는 백성들이 아무도 지키지 않고 봉표만 해 놓은 뽕나무들을 성가시게 여겨서 몰래 다 뽑아내어 땔감으로 써버린 것이었다.

그런 사실을 안 목사 이호신은 도의생을 불러 불호령을 내렸다.

"이달 말까지 반드시 상기생의 수량을 갖추어 놓도록 하라."

봉상을 하지 못하면 해당 관장이 그 책임을 져야 하는 까닭이었다. 도의생은 팔가계의 계회를 소집했다.

"이 일을 어찌하면 좋겠는가?"

"존애원에는 상기생이 있을 법하니 그곳에 요구하는 수밖에는 없을 것 같습니다."

"무슨 명분으로 존애원에다 상기생을 내놓으라고 한단 말인가?"

"굳이 우리가 나설 것은 없습지요."

목사는 존애원에 상기생을 바칠 것을 요구했다. 박지지는 조세와 부역이 면제된 존애원이 관아에 약재를 바칠 의무가 없지만 봉상 약재가 부족하다는 말을 듣고 비축하고 있는 상품의 상기생 외에 맥문동까지 읍내 관아로 보내주었다. 그렇게 하여 수량을 채운 도의생은 약재들을 경상감영으로 보냈고 심약 정환은 그것들을 내의원으로 봉상했다.

내의원 제조와 부제조가 자리한 가운데 어의와 의관들, 어의녀와 의녀들이 다 봉상 약재를 살펴보기 시작했다. 그리하여 품질이 아주 못 미치거나 가짜 약재를 골라내곤 했다.

"다음은 경상도에서 올라온 것입니다."

여러 가지 약재 중에서 상기생 차례가 되었다. 여러 의관과 의녀들이 의심했다.

"상기생이 아닌 것 같습니다."

"잎이 어쩐지 얇고 힘이 없는 것이……."

어의가 말했다.

"이건 뽕나무 겨우살이가 아니라 단풍나무, 동백나무 등에서 채취한 것을 섞은 것일세. 가짜이니 돌려보내게."

봉상했던 상기생이 내의원으로부터 퇴짜를 맞고 반품되자 심약 정환은 그 퇴품을 상주 관아로 내려 보냈다. 목사는 펄쩍 뛰었다.

"가짜 생기생이라니?"

"아마도 존애원에서 가기생을 바친 듯합니다."

"내 이놈들을! 여봐라, 당장 그 의국의 원임 놈을 잡아들여라!"

존애원으로 나졸들이 들이닥쳤다. 그들은 큰 소리로 박지지를 찾왔다. 그가 의사에서 나오자마자 오라를 지웠다.

"네 이놈, 가짜 약재를 바친 죄이니라. 가자."

이 무슨 날벼락인가 했다. 내 두 눈으로 질 좋은 상기생과 맥문동을 약재창 고지기가 싸 주는 걸 똑똑히 봤는데 가짜 약재라니? 뭔가 잘못됐다 싶었지만 어디서 뭐가 잘못됐는지 알아낼 길이 없었다.

자칫 잘못하다간 존애원이 문을 닫아야 할지도 몰랐다. 가짜 약재를 봉상한 것은 군왕을 기망한 죄가 되었다. 그것은 역모 다음으로 무거운 죄목이었다. 존애원은 침울한 분위기에 휩싸였다.

그러던 중에 어떤 사람이 찾아와서 약재를 한 가지 내놓고는 나더러 봐 달라는 것이었다. 자세히 살펴보니 뽕나무 겨우살이가 틀림없었다. 그런데 잘 쪄서 말린 것이 어쩐지 존애원에서 봉상 약재로 읍내 관아에 바친 것과 똑같은 느낌이 들었다.

"이건 상기생이 맞습니다만, 어디서 난 것입니까?"

"잘 알겠소."

그는 대답도 해주지 않고 얼른 싸 가지고 자리를 떴다. 그로부터 얼마 지나지 않아 읍내에 암행어사가 출두했다. 유곡역 역졸들이 모두 변복을 하고 읍내로 들어와 있다가 어사 이경여의 신호를 받고 관아를 들이쳤다.

어사는 그간 은밀히 조사를 해 존애원의 상기생이 가기생으로 바꿔치기가 된 사실을 밝혀냈다. 도의생이 팔가계 의생들과 짜고서 가짜 상기생을 경상감영에 봉상하고 그것을 넌지시 심약 정환에게 알렸다. 정환은 가짜임을 알면서도 버젓이 내의원에 봉상했다. 그런 뒤 퇴짜를 맞자 존애원에 모든 죄를 뒤집어씌운 것이었다.

한편 빼돌린 존애원 상기생은 상주 팔가계 의생들이 포대갈이를 한 뒤 구매자를 물색하고 있었다. 그때 멀리서 상주로 흘러들어 뭐 돈 될 만한 약재가 없나 하고 기웃거리던 약재상이 있었다. 그는 황해도 안악군 출신의 잠상 전송산이었다. 팔가계 의생들은 빼돌린 상기생을 그에게 팔아먹었다. 그는 그것을 의주로 가지고 가 중국 상인에게 다른 값비싼 약재들과 함께 몰래 팔아넘기려다 그만 발각되었다. 한양으로 압송된 그는 제발 살려만 달라고 하면서 모든 것을 실토하고 말았다.

사헌부에서는 이전부터 약재의 봉상과 관련해 각 도의 심약과 각고을의 의생들 사이에 비리와 부정이 깊이 뿌리박고 있다는 첩보를 입수하고 내사를 해왔는데 이번에 의주에서 약재 잠상들을 대거 잡아들인 것이었다.

임금은 전교했다.

"급히 각 도에 어사를 파견해 실태 조사를 면밀히 하라. 그리하여 비리와 부정의 주범들을 가려내어 엄벌하라."

어사 이경여는 주범인 경상감영 심약 정환과 상주 도의생을 하옥하고 공범인 팔가계 의생들과 채약부들까지 모조리 상주의 의적에서 삭제했다. 또한 경상감사 김치에게는 경고조치하고 상주목사 이호신은 노쇠하여 공무를 내팽개치고 있다고 장계를 올려 파직시켰다.

"그러면 우리 상주에는 의원과 채약부가 하나도 없게 되네?"

"왜 하나도 없어? 존애원이 있지 않은가?"

"걱정도 팔자일세. 아마도 다른 의원들이 사람 많은 이 상주 땅에 약방을 차리려 앞 다투어 몰려들 것이네."

"그럼 채약부는?"

"그들은 조세와 부역을 면해주지 않나? 아마 읍민들이 서로 하려고 줄을 설 걸?"

어사 일행이 존애원에 들렀다. 앞서 내게 상기생을 내놓고 물었던 사람은 그의 시종이었다. 박지지가 그들을 크게 환대하며 고마워했다.

"동양위 대감께 사례하시오."

어사가 떠나갔다. 의문이 들었다. 동양위가 상기생 파동을 어떻게 알았다는 말인가? 그리고 암행어사는 그에게 무슨 이야기를 들었길래 특별히 존애원 상기생 사건을 조사했단 말인가? 의빈의 힘이 막강한 건지 동양위의 수완이 남다른 건지 알 수 없는 일이었다.

박지지가 내게 웃으며 말했다.

"허허. 자네가 동양위 대감과 잘 지낸 보람이 있네 그려."

동양위는 고민하고 있었다. 귀천군과 정경세에게 나에 관한 얘기를 전해주어야 했다. 그런데 정경세의 맏아들이 두창(천연두)에 걸려 사경을 헤매고 있었다. 도성 전역에 병이 두루 번져 대낮에도 길에 사람이 없는 상황이었다. 그들과의 만남은 돌림병이 가라앉거든 도모하는 것이 옳다고 여겼다.

동양위는 집사를 불렀다.

"도승지 댁에 뭘 좀 보내야 하지 않겠나?"

"마땅한 약재가 있다면 보내면 좋겠지만 두창에는 이렇다 할 약이 없다고 하니…….''

고민하던 동양위는 인삼 한 채(750g)를 보냈다.

내의원과 전의감에서는 강원도에서 보내온 인삼을 마지막으로 봉상 약재에 대한 간품을 다 끝냈다. 퇴짜를 놓아 반품할 것은 반품하고 수품할 것은 수품해 다 갈무리했다. 매년 봄철이면 찾아오는 가장 큰 업무였다 의관과 의녀들이 다 한숨을 돌리며 한가해졌다.

"이제 곧 율도 약전의 김매기가 시작되겠군."

"좀 쉴 만하면 다른 일거리가 기다리고 있으니, 원."

"그래도 혜민서나 활인서 의녀들에 비하면 팔자 좋은 줄이나 알아."

별난이가 탕약방에서 유후성과 마주쳤다. 그들은 처음엔 서로 못 알아보다가 자꾸만 어디서 본 적이 있는 사람 같다는 느낌이 똑같이 들었던 차에 서로를 알아본 것이었다.

"의관님이 되시니 의젓해졌습니다?"

"그래? 별난이 너도 그 가리마(의녀가 쓰는 모자)가 아주 잘 어울리는구나."

"어의녀님은 만나보셨어요?"

"으응, 그, 그래."

별난이는 주위를 살피고 나서 낮은 목소리를 냈다.

"아직도 좋아하시죠?"

유후성에게는 남모를 시름이 있었다. 별난이가 감옥에 갇혀 있을 때 애종으로부터 요청받은 그녀의 구명 운동을 거절한 것이 큰 부끄러움이었다. 별난이는 그것을 까맣게 모르고 있었다. 또 그로 말미암아 애종이 자신을 대하는 태도가 어딘지 모르게 싸늘해진 것을 돌이킬 방도가 없었다.

그때는 왜 그렇게 용기가 없었는지 후회되었지만 이미 늦은 일이었다. 온갖 고생을 하면서 어렵게 오른 내의원 의관이라는 자리, 놓치고 싶지 않았다. 무슨 일이 있더라도 그 자리에서 버티고 그 자리를 지키고 싶었다.

어의가 애종과 함께 내의원으로 왔다.

"도승지 영감의 장자가 두창에 걸려 생사를 헤매고 있다고 한다. 상감마마께서 의관을 보내 치료하라는 전교를 내리셨으니 누가 가겠는가?"

두창이라는 말에 아무도 나서기를 꺼려 했다. 자칫 잘못하면 옮을 수도 있기 때문이었다. 그리고 설령 용기를 내어 나선다고 해도 두창은 고칠 수 있는 병이 아니었다.

"아무도 없는가?"

애종은 유후성을 바라보았다. 그는 당황하며 고개를 돌렸다. 그때였다.

"소관이 다녀오겠습니다."

"소관도 보내주옵소서."

나선 사람은 김건과 유달이었다. 평소에 온갖 궂은일을 도맡다시피 하는 의관들이었다. 하지만 그들은 어떤 생색도 내지 않았다. 그저 모든 일이 본분이거니 했다.

"의녀는 누가 가겠는가?"

여러 의녀들이 있었지만 아무도 나서지 않았다. 애종이 말했다.

"제가 두 분 의관님을 모시고 가겠습니다."

"어의녀께서?"

"도령(도승지를 일컫는 말) 영감과는 남다른 인연도 있고 하니 안부도 여쭐 겸 다녀오겠습니다."

"좋을 대로 하시오."

애종은 돌아 나오면서 유후성을 다시 한 번 쳐다봤다. 그는 애종과 잠깐 눈이 마주치고는 당황하여 어찌할 바를 몰라 하는 기색이었다. 두 사람을 번갈아 보던 별난이가 뭔가 알 만하다는 듯이 고개를 끄덕였다.

정경세의 아들로 예문관 검열을 지내고 있던 정심은 두창을 앓은 지 8일을 넘기고 있었다. 그간 여러 의원이 약을 써 보았지만 전혀 차도가 없이 병세가 깊어지기만 했다.

"영감마님, 내의원에서 의관들이 나왔습니다."

정경세는 반가운 마음에 얼른 달려 나왔다.

"어서 오시게."

애종은 의관들과 함께 방으로 들어갔다. 정심의 온몸이 발진과 수포로 뒤덮여 있었다. 두 의관은 진맥을 한 뒤에 서로 상의했다. 그러고는 구미청심원과 포룡환을 각각 10환씩 처방했다. 애종이 보기에 정심은 회복할 가망이 없었다.

정경세가 근심스러운 목소리를 냈다.

"그 약을 먹으면 낫겠는가?"

김건은 대답하지 않았다. 정경세가 대답을 재촉했다.

"이보게, 의관. 낫겠느냐고 묻지 않는가?"

유달도 우물쭈물했다. 애종이 차분한 음성으로 말했다.

"편안해지실 겁니다."

정경세는 그 말뜻을 모르지 않았다. 그는 입을 다물지 못하고 덜덜 떨었다. 밖에서 집사의 목소리가 들렸다.

"영감마님, 동양위 대감 댁에서 인삼을 보내오셨습니다."

3

초여름 들판에 이따금 광쇠를 딸랑딸랑 흔들며 구슬픈 상여 소리가 길게 울려 퍼졌다. 38세의 나이로 요절한 정심의 운구 행렬이었다. 상주는 그의 8세 된 아들 정도응이었다. 정경세는 죽은 아들도 아들이지만 아비를 잃은 어린 손자가 더 안쓰러웠다.

남촌에 도착했다. 빈소가 차려졌다. 많은 사람들이 조문을 왔다.

정명세, 강응철, 노석명, 노준명과 같은 친인척과 계원들은 물론이고 전식, 고인계와 같은 벗들이 정경세의 손을 잡고 위로했다. 전식이 말했다.

"조이재가 지난날에 당한 고문의 후유증이 도져 올 수 없었습니다."

"괜찮소. 조이재에게 병문안도 제대로 못했구려."

뒤이어 정경세에게 학문을 배운 유성룡의 아들 유진도 찾아왔다. 이전의 자식들로 이일규, 이덕규, 이신규, 이준의 아들들인 이대규, 이원규, 이문규, 이광규, 강응철의 자식들인 강용후, 강용량, 강용정, 강용직, 조우인의 아들 조정융, 성람의 아들 성여백, 성여춘, 채유종의 아들 채득기, 그리고 정기룡의 아들 정익린 등 정심의 벗들이 다 문상을 하며 슬퍼했다.

조정의 대소 관원들, 귀천군을 비롯한 종친들, 동양위를 위시한 의빈들까지 부조 물품을 보내오지 않은 사람이 없었다. 존애원에 신세를 진 원근의 고을 사람들도 은혜를 잊지 않았다. 그들은 쌀 한 홉, 콩한 줌이라도 들고 와 놓고는 사라졌다.

정경세는 맏아들을 잃은 기가 막히는 슬픔을 주체하지 못하고 식음을 들지 못하고 있다가 묵은 병이 도졌다. 그 중에서도 특히 허릿병이 심했다. 앉고 눕고 일어나는 것이 큰 일이 되어 버렸다. 굴신을 마음대로 할 수 없으니 자연 활동이 줄었다. 몸을 거의 움직이지 않으니 요통이 두 다리로 뻗쳐 내려와 아프게 당기는 것이 이전보다 더 심해졌다.

정경세를 엎드리게 해 놓고 두 다리의 오금에 있는 위중혈(무릎 뒤에 혈자리)과 아시혈(아픈 부위를 일컫는 말)에 모두 침을 놓았다. 그런 뒤에 뜸을 준비했다. 붉은 돌가루를 보고는 사람들이 물었다.

"그건 처음 보는 것이군?"

"단지구라고 합니다."

경면주사를 면포에 싸서 혈자리 위에 놓고 불을 붙여 뜸을 뜨는 것이었다. 정경세의 허리를 눌러 보았다. 통증을 심하게 호소하는 세 곳에 단지구를 놓았다.

"뜸쑥보다 많이 뜨거울 것입니다."

"아픈 것보다는 낫겠지. 어서 시행하게."

뜸에 불을 붙였다. 지글지글 타들어갔다. 정경세는 통증을 애써 참았다. 뜸을 뜨고 난 자리가 벌겋게 되었다. 유근피(느릅나무뿌리껍질)를 가루 내어 꿀에 섞은 고약을 발랐다. 정경세는 일어나 앉았다. 사람들이 물었다.

"좀 어떠십니까?"

"한결 낫습니다."

그러고는 나에게 크게 고개를 두어 번 끄덕이며 부드러운 음성으로 말했다.

"애 많이 썼네."

정경세는 자리에서 일어나 움직일 수 있게 되었다. 날을 가려 검호(공검지) 서쪽에 정심을 장사지냈다. 그런 뒤 부제(신주를 조상의 신주 옆에 모심)를 마치고 곧 서울을 향해 서쪽으로 길을 떠났다.

임금은 조정으로 돌아온 정경세를 위로하고 대사헌에 제수했다. 귀천군의 집에서 동양위와 정경세가 자리를 같이 했다. 정경세는 정심의 상에 여러 가지 기물을 보내준 데 대해 사례를 했다. 두 사람은 따뜻한 말로 그를 위로했다. 동양위는 존애원에서 나를 만났던 얘기를 꺼냈다.

"됨됨이가 아주 바르고 성격은 차분했습니다. 정 도헌(대사헌을 부르는 말)께서 아주 잘 키우셨더군요."

"제가 키웠다니 당치 않습니다. 제군 나리께서 타고난 자질이 워낙 영민하고 신중하신 것입니다."

"아무리 다른 사람에게는 비밀로 한다고 하더라도 상감께는 비품 (비밀히 아룀)해야 하지 않겠습니까?"

"그렇게 되면 다 알게 되지나 않을까 걱정입니다."

임금이 알게 된다면 정경세는 어떤 변명을 하더라도 내 나이가 30이 넘도록 시골의 약방 종으로 방치한 죄를 면하기 어려웠다. 동양위가 걱정하는 것은 바로 그 점이었다. 귀천군 역시 정경세가 벌을 받는 것을 원치 않았다.

조정에는 틈만 나면 정경세의 꼬투리를 잡으려고 혈안인 사람들이 있었다. 그 선두에 있는 사람은 지난 반정에 큰 공을 세운 이귀였다. 그런 상황을 잘 알고 있었기에 두 사람은 신중하고 또 신중했다. 잠시 흐르던 침묵을 깨뜨리고 동양위가 말했다.

"사람 사는 일에 어찌 방법이 없겠소? 너무 심려하지 마시고 좋은 때를 기다려 봅시다."

그래도 귀천군의 굳은 표정은 풀리지 않았다.

"이제 명년 정월이면 호패법이 시행될 터인데 제 아우에게는 어떤 호패를 차게 해야겠습니까?"

그 말에 정경세도 동양위도 짧은 신음 소리를 냈다.

"으음."

호패법. 새 임금이 준비해 온 회심의 정책이었다. 16세 이상 된 나라 안 모든 남자는 호패를 차도록 만든, 이른바 호패사목이었다. 이 법을 통해 정확한 남자의 수를 산출하고 조세와 부역, 그리고 군역에 필요한 인원을 적절하게 조달하고자 했다. 또 이를 통해 족징(가족에게 세금을 물리는 것)과 인징(이웃에게 세금을 물리는 것)의 폐단을 없애기로 한 것이었다.

새해 정월이 되자 전격적으로 호패법이 발효되었다. 그리하여 성인이 된 모든 백성은 양반 천민 가리지 않고 호패청에 등록해야 했다. 향교나 서원에서 낙강한 유생과 무과에 낙방한 무인도 군역에 처하도록 하는 강력한 법이었다.

"호패를 착용하지 않는 자는 효수형에 처한다!"

민심이 소요할 우려가 있었다. 그래도 조정은 강력하게 밀고 나갔다. 호패를 차지 않은 백성들은 우선 곤장으로 다스린 뒤 재범한 자들은 효수한다고 겁을 주었다. 그런데 사람들은 호패청에 등록하기보다 호패를 위조하기 시작했다. 일반 백성들은 나무로 만든 호패를 차야 했는데 진짜 호패를 위조하기가 너무 쉬웠던 까닭이었다.

도성뿐만 아니라 팔도 전역의 주막과 역원에 불심검문이 실시되었다. 차고 있는 호패를 내보이는 사람에게 조금이라도 수상한 기미가 보이면 그 자리에서 바로 잡아다가 호적대장과 확인했다. 십중팔구는 이름이 없었다. 그들은 여지없이 곤장을 맞았는데 걸어서 나오는 사람이 없었다.

"이런 식으로 계속 하다가는 앞으로 주류을 당할 자가 얼마나 될지 알 수 없습니다."

"그렇다고 그들을 치죄하지 않으면 법이 바로 서지 않을 것입니다."

"호패법을 시행하는 것은 민정을 확보하기 위함인데 죽게 되는 자가 많아지면 그 무슨 소용이겠습니까?"

"자수하는 자들은 불문에 부치고 용서해 준다는 방을 내어걸어야 합니다."

위조로 인한 벌이 무서워지자 백성들은 온갖 꾀를 내어 버티면서 호패를 발급받지 않으려고 했다. 중병이 들어 자리보전하고 있다는 핑계에서부터 삼년상을 치르는 중이다, 미처 몰랐다……. 호패를 받아드는 순간 조세와 각종 민역은 그렇다 치더라도 곧바로 군역의 대상이 되기 때문이었다.

"호패 발급을 차일피일 미루는 자들에게는 기한을 주어 받아가도록 해야 합니다."

그리하여 조정은 금년 7월 1일을 기한으로 정하고 그 기한이 지나면 비록 뒤늦게 자수하는 자가 있다 하더라도 엄히 처벌할 것이라고 공포했다.

그러자 이번에는 백성들이 깊은 산속으로 숨어 들어가기 시작했다. 조정에서는 각지로 어사를 보내 그 지방의 산속 지리를 잘 아는 약초꾼이나 화전민을 앞세워 그들을 찾아냈다. 숨을 곳은 어디에도 없었다.

백성들은 호패를 피할 방법을 또다시 달리했다. 나이를 속이는 것이었다. 군역에서 벗어나는 61세 이상으로 등록하거나 양인임에도 불구하고 천민 행세를 하는 것이었다. 노비 신분은 군역을 지지 않아도 되기 때문이었다.

조정이 그러한 속임수를 모를 리 없었다. 부정하게 남의 노비로 투속한 자들에게는 효수의 벌을 내린다고 엄포를 놓고 가려내는 작업에 착수했다. 겁을 먹은 백성들이 서로 앞 다투어 자수하기 시작했다. 호패청은 그들에게 일률(사형)의 벌과 군역 중에 선택하게 했다.

양반들은 양인이 제 발로 걸어와 자신의 노비가 되어 준다면 마다할 이유가 없었다. 노비는 곧 집안의 일손이 되고 재산이 되기 때문이었다. 그런데 그들을 받아주었다가는 자신들이 큰 위험에 처하게 될 것을 깨달았다.

군위에 사는 무쇠장이들이 어느 양반의 종으로 입적되어 있다고 주장하다가 사실무근임이 밝혀졌다. 그 양반이 그들이 자신의 노비가 아니라고 진술했기 때문이었다. 나라에서는 욕심을 버리고 국법을 택한 정상을 가상하게 여겨 그 양반에게 6품직을 내렸다. 만약 그가 자신의 노비라고 우겼다면 목이 달아나는 벌을 면치 못할 것이었다.

박지지는 존애원에 딸려있는 사람들을 전부 조사했다. 노비가 되기 위해 무단으로 이름을 올려놓은 사람들이 있을지도 모른다는 판단에서였다. 낯선 이름들이 발견되었다. 그들은 존애원에 없는 사람들이었다. 박지지는 그들을 수소문했으나 찾을 수가 없어서 관아에 신고했다.

호패를 발급받아야 한다는 압박이 점점 심해지자 노비가 되기 위해 존애원을 찾는 사람들이 많아졌다. 그들은 존애원 식솔이 되기만 하면 밥도 굶지 않게 될 것이고 병이 들면 치료도 해줄 것이라고 기대했다. 그만한 자리가 없는 것도 사실이었다. 하지만 그 사람들을 받아들일 만한 상황이 되지 못했다. 일손이 그다지 부족하지도 않을뿐더러 그들을 기숙시킬 만한 공간이 없었다.

"너희들은 군역을 피하기 위해 노비가 되려는 것 아닌가. 나라가 있어야 백성도 있는 법인데 그런 발상 자체가 옳지 못하다."

"그렇다면 양반들은 왜 군역을 지지 않습니까요?"

"그렇습니다. 죄다 향교나 서원에 이름을 올려놓고 군역을 회피하고 있지 않습니까요?"

"그건 학업에 열중하기 때문이다."

"나라가 우선입니까, 학문이 우선입니까? 저희한테는 나라가 우선이라고 하면서 양반들은 왜 개인의 학업이 우선입니까?"

"양반은 나라를 다스리는 사람들이기 때문이다. 너희들은 다스림을 받는 사람들이 아니냐? 사람은 각기 그 쓰임이 다르다."

억울한 것은 언제나 백성이었다. 계원들은 회의를 열었다.

"호패를 차지 않은 사람들은 치료와 구휼을 금하는 것이 좋겠습니다."

"그래야지요. 우리 의국도 국법에 따라야 합니다."

하지만 박지지는 생각이 달랐다.

"호패를 찼건 안 찼건 다 백성입니다."

그는 존애원을 간섭하지 않는다는 낙사계의 계령을 들어 회의에서 결정된 사항을 단호하게 철회시켰다. 다만 호패가 없는 자도 치료를 해주되, 치료가 끝난 뒤에는 반드시 관아에 등록해 호패를 발급받는다는 조건을 붙였다.

"차별을 두지 않고 치료해 주겠다. 그러니 병을 고쳐서 사람 구실을 하라. 아무리 어려워도 살아갈 수 있다. 악착같이 살아가야만 한다."

그것이 박지지의 지론이었다. 그 지론이 마땅하다고 여겼다. 백성을 설득하려면 그들이 감동해 수긍할만한 빌미를 줘야 하는 것 아닌가. 교묘한 궤변으로는 오히려 그들로부터 빈정거림이나 살 뿐이었다.

걸인 부부가 어린아이를 하나 데리고 찾아들었다.

"저희를 이곳의 종으로 써주십시오."

"사람을 받을 만한 상황이 아니네. 다른 곳으로 가보게."

살 집도, 부칠 농토도 없어 양인으로 살 길이 막막했다. 그래서 남의 집에 노비로 들어가려고 했지만 아무 데서도 받아주지 않았다. 밤이면 이슬을 피할 자리를 찾아야 했고 낮에는 동냥을 얻으러 다녀야 했다. 그게 어디 사는 것인가. 그들은 중얼거렸다.

"어차피 이승이나 저승이나 매한가지인 목숨. 그만 갑시다."

그들이 떠난 자리에 어린아이가 남아 있었다. 일부러 아이만 남겨두고 간 것이 분명했다. 아이는 눈망울이 초롱초롱한 것이 여간 귀엽지가 않았다.

"곧 겨울이 닥칠 텐데 어디로 내쫓겠습니까. 의국에 두고 잔심부름이나 시키는 게 어떻겠습니까?"

박지지는 다른 말을 하지 않았다. 아이를 데려다가 더운 물을 끓여 씻겼다. 그러면서 이름을 물었다.

"사빈."

"멋진 이름이구나."

그다음날 걸인 부부는 이웃고을 당산나무에 목을 매고 자결한 채 발견되었다. 고을 사람들이 내려서 동구 밖 산기슭에 묻어주었다. 아이한테는 그 일을 말하지 않았다. 아이를 불러 세워 놓고 떡 한 조각을 주었다.

"이제 사빈이도 우리 존애원 식구가 되었다. 어른들 말씀 잘 들어야 한다. 알았지?"

아이는 떡을 우적우적 먹으며 고개를 끄덕였다. 머리를 쓰다듬었다. 그러고는 먼 기억을 더듬었다. 나 역시 어린아이였던 시절이었다. 딴봉 아래 주막이었다. 주모는 잘 있을까. 많이 늙으셨겠지. 나루터도 예전 그대로일까.

정경세가 부른다는 전갈이 왔다. 그는 나를 앉혀 놓고 말했다.

"자네도 호패를 차야 하지 않겠나?"

그동안 정경세는 그 때문에 고민했다. 양인의 호패를 차게 해야 하나, 천민의 호패를 차게 해야 하나, 밤낮으로 생각을 했다. 아무리 생각해도 종친을 양인으로서 군역을 지게 할 수는 없는 일이었다. 그렇다고 노비의 호패를 차게 하자니 너무 무엄한 처사가 아닌가.

정경세는 여러 날 고민 끝에 용단을 내렸다.

"대방목패를 차도록 하게."

소방목패는 양인이 차는 것이었고 대방목패는 천민 노비가 차는 호패였다. 아무래도 괜찮았다. 호패의 크기나 재질이야 아무려면 어떠랴. 정경세가 물었다.

"아직도 어릴 적 일은 생각나는 것이 아무 것도 없는가?"

"그렇습니다."

얼른 자리를 피해 의사로 돌아왔다. 정경세는 그 행동을 이상하게 여겼다. 그의 머릿속으로 퍼뜩 스치는 것이 있었다. 내가 나의 신분의 비밀을 이미 알고 있는 것은 아닌가 하는 의구심이었다.

연쇄살인사건

1

읍내 남문 밖에는 타지에서 흘러든 약방들이 하나둘 생겨나기 시작했다. 그들은 새로 상약계를 결성하고 채약부들을 모집했다. 관아에서는 그들을 의생으로 인정해 의적에 올려주었다.

그들은 이전의 팔가계 의생들과 달랐다. 채약부들을 닦달하지도 않았으며 환자들이 찾아오면 병을 놓고 흥정하지도 않았다. 계령을 엄히 세워 부당한 짓을 서로 감시하고 혹시라도 실수가 있을 경우에는 가차 없이 그에 합당한 벌칙을 내렸다.

읍민들은 가깝고 문턱이 낮아진 약방거리를 자주 찾았다. 비록 무료는 아니었지만 존애원에 버금가는 약방들이 생겼다며 다들 좋아했다. 그렇게 해서 약방거리는 새로이 자리를 잡게 되었다. 상약계 의원들은 날을 가려 존애원을 찾았다.

"백성들을 무료로 치료해 주는 큰 의국이 있다고 해서 인사를 드리러 왔습니다."

그들이 박지지에게 제안했다.

"소인들은 그저 몇 가지 약이나 지을 뿐 의술의 오묘함은 배우지 못했습니다. 청컨대 가끔 저희 계에 오시어 의술을 교습해 주시면 고맙겠습니다."

그들이 몸을 낮추어 말하자 박지지도 마음을 열었다.

"서로 연구하는 자리가 마련되면 그 아니 좋은 일이겠소? 차차 서로 안면을 익혀가도록 하십시다."

아무리 좋은 상황에도 불만을 가진 사람은 있기 마련이었다. 난뎃사람들이 들어와 약방거리를 장악하고 있으니 슬그머니 심술이 난 것은 채약부들이었다. 그들은 푸념을 쏟아냈다.

"새 의생들이 약초 값을 제대로 쳐주지 않아."

그런데 실상은 그것이 아니었다. 상약계 의원들이 이전의 팔가계 의원들보다 더 비싸게 사주고 있었다. 채약부들은 약방마다 환자들로 문전성시를 이루자 의원들이 돈을 많이 버는 것 같아서 배가 아팠던 것이다.

상약계는 계회를 열어 그들을 다 파면하고 새로 채약부들을 모집한다는 방을 내붙였다. 그들은 크게 반발했다.

"이것들이 보자 보자 하니까 어디서들 기어들어와서는."

"아주 우리 상주 땅이 만만하다 이거지?"

그들은 일시에 손을 놓고 약방거리에 약초를 공급하지 않았다. 환자들에게 쓸 약재가 부족해진 의원들은 난감했다. 새 채약부를 뽑기 전이라 약재상에게 비싼 값으로 약재를 구입하는 수밖에 없는데 그렇게 되면 그 몫은 고스란히 읍민들에게 돌아가게 되었다.

상약계 계장이 존애원을 다시 찾았다.

"부탁드릴 말씀이 있습니다. 저희들의 새 채약부들이 채약하는 일이 정상적으로 이루어질 때까지만 약재를 좀 공급해 주십시오."

박지지는 전후의 사정을 듣고 선선히 승낙했다. 전 채약부들은 상약계를 음해하기 시작했다. 그 말이 교묘하고 지속적으로 반복되자 읍민들은 가랑비에 옷이 젖듯 그들의 말을 믿게 되었다. 상약계는 도저히 묵과할 수 없어 전 채약부들이 퍼뜨린 근거 없는 말을 수집해 관아에 고발했다.

상주목사 윤안국은 헛된 말을 퍼뜨려 읍내의 풍속을 어지럽힌 죄목으로 채약부들을 다 붙잡아 들였다.

"상주사람도 아닌 사람들이 약방거리를 차지한 채 횡포를 부리고 있습니다."

"그들이 무슨 횡포를 부렸느냐?"

"저희들이 캐다 바친 약초에 제값을 쳐주지 않았습니다."

상약계는 약초를 사들인 장부를 내놓았다. 그리고 대구 약령시에서 거래되는 값을 비교할 수 있도록 했다. 정확한 근거를 제시하자 전 채약부들의 말이 궁색해졌다. 목사가 혀를 차며 그들을 나무랐다.

"이놈들! 어찌 그리 지지리도 못났느냐. 이 좁은 땅덩어리 안에서 상주사람 난뎃사람이 어디 있단 말이냐? 팔도 백성들이 다 같은 조선사람 아니냐? 그러니 어디서건 다 같이 섞여서 살면 그 아니 좋은 풍속이냐? 잘난 사람이 들어오면 그 잘난 것을 배우고 못난 사람이 흘러들면 그 못난 것을 잘 어루만져주면 될 것을."

그러고는 판결을 내렸다.

"저놈들을 상주 밖으로 내쳐라. 그리하여 저놈들도 다른 고장에 가서 난뎃놈 대접을 받으며 살도록 해주거라."

전 채약부들이 머리를 조아리며 애원했다.

"아이고, 사또! 소인들이 죽을죄를 지었습니다. 한 번만 용서해 주십시오."

사또는 먼 산만 쳐다볼 뿐 아무 말이 없었다. 그들은 울먹였다.

"사또, 정말입니다요. 다시는 안 그러겠습니다."

"그래? 좋다. 내 너희들의 말을 이번 한 번만 믿어주겠다. 여봐라, 저놈들을 방면하라."

그 일이 있고 난 뒤부터 전 채약부 쪽으로 기울어 있던 읍민들의 민심도 돌아섰다.

"원래 채약부는 의생에게 딸려있지 않았나?"

"그야 그렇지."

"그런데 그자들이 뭐가 불만? 그렇게 아니꼬우면 자기네들이 의술을 배워서 의원을 하든가."

"약방거리가 한시도 조용할 날이 없네."

"그러고 보면 존애원은 참 대단하이. 지금껏 분란 한 번 일어나지 않았으니."

"거기야 하찮은 조무래기들이 있는 곳이 아니지 않는가."

사빈은 심부름을 곧잘 했다. 꼭 어릴 적 나를 보는 기분이 들었다. 아이는 틈날 때마다 내게 물었다.

"우리 엄마 아빠는 언제 와요?"

"우리 사빈이 잘 크고 있으면 데리러 오시지."

"어디 계신데요?"

"저 멀리. 아주 멀리 돈 벌러 장사하러 가셨단다."

사빈을 내 처소에 데려다 놓고 함께 생활했다. 아이는 잘 때마다 잠꼬대를 했다. 가만히 들어보면 제 어미 아비를 부르는 소리였다. 어린 놈이 얼마나 부모님이 보고 싶을까. 눈시울이 붉어지곤 했다. 그동안 참 독한 마음을 먹고 살아왔는데, 한 번도 그런 적 없었는데.

"이 어린놈이 나를 울리네."

너무 불쌍해서 꼭 끌어안아 주었다. 못난 임금과 신하들이 다스리는 나라에서 사는 것이 죄라면 죄였다. 가뜩이나 못 먹고 못 입고 사는데 툭하면 변란에 외적의 침입에, 이만큼이나 죽지 못해 사는 백성들이 또 어느 나라에 있겠나 싶었다.

압록강 하구 아래에 있는 철산에는 명나라 군사가, 강 너머 요동에는 금나라 군사가 서로 가까운 거리에서 적정을 살피며 조선이 어느 편에 설 것인가를 저울질하고 있었다. 그 위태로움 속에서 백성들이 줄곧 염려하던 일이 기어이 일어나고야 말았다. 금나라 군사 수만 명이 압록강을 넘어 쳐들어온 것이었다.

지난 이괄의 난 때 반란군에 가담했다가 뿔뿔이 흩어진 사람들 중에는 국경을 넘어 금나라로 도망친 자들이 많았다. 그들은 금나라가 조선을 침략할 빌미를 만들어주었다. 전 임금이 억울하게 왕위를 빼앗겼다느니, 전 임금과 달리 새 임금은 명나라와 친하기만 하고 금나라는 배척하기로 했다느니, 지난번 변란 때 군사들이 다 소모되어 조선의 북방에는 군사가 남아 있지 않다느니……

금나라 태종 홍타이지는 그러잖아도 명나라를 치기 전에 후환을 없앨 목적으로 조선을 칠 기회만 엿보고 있던 차였다. 겨울의 추위가 아직 가시지 않은 정묘년 정월 보름, 그는 조선에서 도망쳐 온 사람들을 길잡이로 앞세워 전쟁을 일으켰다.

압록강을 넘은 금나라 군대는 거침없이 진격했다. 그러는 동안 철산에 주둔하고 있던 명나라 군대는 조선을 구원하지 않고 남의 집 불구경하듯 했다. 금군은 단 사흘 만에 의주, 선천, 정주를 거쳐 평안도의 군사요충지인 안주로 향하기 시작했다.

임금은 북방에 군사가 없음을 한탄했지만 때는 이미 늦은 일이었다. 믿었던 명나라 군사도 움직여 주지 않았다. 궁여지책으로 남쪽에서 의병을 모아 북쪽으로 보낼 생각을 했다. 그리하여 충청 경상 전라삼도에 호소사를 내려 보냈다.

정경세는 경상좌도호소사로 파견되었다. 경상좌도와 경상우도의 분기점이 되는 함창에서 경상우도호소사 장현광과 함께 호소사 회소(여러 사람이 모이는 곳)를 차려놓고 의병을 끌어모을 대책을 논의했다.

회소 밖에는 인근의 선비들이 의병이 되고자 많이 나와 있었다. 장현광이 그 광경을 보고는 흡족해하며 말했다.

"자, 우리 모두 저 오랑캐를 물리치러 갑시다!"

장현광이 그들을 데리고 서둘러 전쟁터로 나아가려고 했다. 그때 정경세가 말했다.

"글 읽는 선비들이 전쟁터에서 무엇을 할 수 있겠습니까? 단지 의병이라는 명분만 있을 뿐입니다."

"그러면 찾아온 이들을 돌려보낼 수도 없고 어찌하면 좋겠습니까?"

"각자 돌아가 곡식을 모아 군량에 돕도록 하는 것이 좋겠습니다. 그또한 의병에 참가하는 것 못지않은 일입니다."

금나라 군대는 안주에 이어 평양을 함락시켰다. 임금과 조정은 도성에 머물러 있는 것은 위험하다고 판단했다. 금나라 군사는 바다를 모르므로 어가는 남쪽으로 가지 않고 강화도로 몽진했다.

애종은 작은 배를 타고 거친 바다를 건너다가 배 멀미를 심하게 했다. 섬에 도착해서도 제대로 걸을 수 없었다. 의녀들이 부축해 처소에 눕혔다. 그 소식을 듣고 유후성이 찾아왔다.

"어의녀님, 제가 진맥을 하고 약을 지어드리겠습니다."

애종은 고개를 돌려 거절했다.

"내가 비겁한 사내라고 생각하고 있다는 것은 잘 압니다. 하지만 어의녀께서도 나와 같은 입장이 되어보면 나를 이해할 수 있을 것입니다."

애종은 대꾸하지 않았다. 유휴성은 하는 수 없이 일어났다. 그가 나가고 난 뒤 애종이 산홍을 나무랐다.

"너는 어쩌자고 의관을 함부로 들였느냐? 앞으로는 어떤 의관도 내 처소에 출입하지 못하게 하거라."

그리고 자신이 먹을 약을 스스로 처방해 내렸다.

"천남성 4돈에 붉은 대추 5알을 넣어서 달여서 가지고 오너라."

"예, 어의녀님."

별난이가 애종에게 할 말이 있어 왔다가 밖으로 나오는 산홍을 만났다.

"어의녀님이 배 멀미로 많이 편찮으시니 다음에 다시 오게."

중전 한씨도 배 멀미를 심하게 해 자리보전하고 있었다. 중궁전에서 어의녀를 찾았지만 애종은 앉아 있을 수조차 없었다. 애종은 수의녀 천생을 불렀다.

"보다시피 내 꼴이 말이 아니네. 자네가 중전마마를 진료하도록 하게. 시중을 들 의녀로는 별난이를 데리고 가게."

별난이는 천생을 따라 중궁전으로 갔다. 가슴이 두근두근 뛰었다. 처음으로 왕실 사람을 보게 되는 자리였다. 또 그것이 공교롭게도 내명부 최고 권력자인 중전이었다. 천생은 거의 실신한 중전을 진맥했다. 혈자리 깊숙이 들어있는 맥이 약하게 뛰고 있었다. 천생은 물러나서 뒤쪽에 앉아 있는 의관들에게 말했다.

"마마의 맥이 침하면서 허합니다."

의관들이 서로 잠깐 상의하더니 말했다.

"내관혈(손목에 있는 혈)과 수구혈(코 아래 인중에 있는 혈)에 침을 놓으시오."

중전이 침을 맞고 나자 또 입을 열었다.

"대반하탕에 오령산을 가미해 처방하겠습니다."

그러자 뒤에 앉아 있던 별난이가 말했다.

"지금 중전마마께서 정신을 잃을 지경이니 천남성을 대추와 함께 달여 드시면 금방 효험을 보실 것이옵니다."

천생과 의관들이 다 당황했다. 천생이 별난이를 나무랐다.

"감히 어느 안전이라고? 입 다물지 못하겠느냐."

중전의 머리맡을 지키고 있던 상궁이 날카로운 눈으로 별난이를 바라보았다.

"의녀가 지금 천남성이라고 했느냐?"

별난이는 천생의 눈치를 보며 대답하지 않았다. 상궁이 다시 확인했다.

"천남성이라 했느냐고 묻지 않느냐?"

"그, 그러하옵니다."

"그 약재가 독약인 것은 알고 하는 소리냐?"

"예, 상궁마마."

"그런데도 단방(한 가지 약재만 쓰는 것)으로 천남성을 복용하라? 네이년, 죽고 싶어서 환장한 년이로구나! 여봐라, 저년을 당장 끌고 나가라!"

기운 센 궁녀 두 사람이 들어와 별난이의 양팔을 잡았다. 천생이 말했다.

"상궁마마, 이 의녀가 말한 것이 처방에 없는 것은 아니옵니다. 다만……."

"그래? 다만?"

"다만, 천남성이 아무리 포제를 해서 쓴다고 해도 극약이기에 중전마마께서 놀라실까 봐 소녀가 미처 말씀드릴 수 없었사옵니다. 이 의녀가 말한 대로 드시면 혈이 잘 돌아 싸늘해진 몸이 더워질 것이며 설사와 구토하는 증세는 곧 멎을 것이옵니다."

상궁은 화를 가라앉히지 않았다.

"이년들, 아무리 그래도 어찌 극약을 중전마마께 올릴 생각을 다 한단 말이냐? 의관들은 입이 없소? 뭐라고 말을 해보시오."

"의녀들이 말한 것이 의서에 없는 처방은 아닙니다. 하지만 천남성은 센 약재인지라 감히 말씀드리지 못했습니다."

그때 중전이 힘없는 소리로 말했다.

"속히 그 약을 달여 오너라."

"중전마마?"

물러난 천생은 별난이를 데리고 감약 의관 한언협에게 갔다. 그는 신세 한탄을 하고 있었다. 존애원 의학당에서 동문수학한 유후성, 김건, 유달은 어엿한 내의원 침의와 약의가 되어 있는데 자신은 고작 약재창 고지기나 다름없는 몸이었다.

"휴우, 나는 어찌 관운이 이다지도 없는지 몰라."

천생이 한언협을 불렀지만 그는 듣지 못했다. 별난이가 언성을 높여 불렀다. 그제야 그는 퍼뜩 정신이 돌아왔다.

"천남성을 좀 내주십시오."

한언협의 눈이 커졌다.

"그 독약을 어디에 쓰려고 하시오?"

"중전마마께 올릴 것입니다. 어서 4돈만 내주십시오."

"거 참, 이상한 일이군. 어의녀 처소에서도 똑같은 약재를 타 갔는데."

천생은 별난이를 데리고 약을 달여 중전에게 올렸다. 상궁이 염려스러운 눈길로 지켜보고 있는 가운데 중전은 조금도 망설이지 않고 약사발을 들고 단번에 마셔버렸다. 그런 뒤 중전은 트림을 몇 번 했다.

"마마, 괜찮으시옵니까?"

"괜찮다."

중전은 얼마 지나지 않아 자리에서 거뜬히 일어났다. 그녀는 별난이에게 눈길을 두었다.

"내 너의 처방으로 낫게 되었구나. 별난이라고 했느냐?"

"황공하옵니다. 중전마마."

"내 너를 오래 기억하겠다."

그러고는 천생과 별난이에게는 각각 비단 한 필씩 내렸다. 애종은 그 소식을 듣고 흐뭇하게 여겼다.

"그 아이가 평소에 맹랑한 언행을 많이 했는데 이번에 큰일을 했구나."

"어의녀님, 칭찬하실 일이 아닙니다. 수의녀님이 계신 데도 불구하고 감히 중전마마 앞에서 주제넘게 나서다니 의녀들의 기강이 무너질까 두렵습니다."

"아닐세. 의녀라면 어느 누구 앞에서든 주눅 들지 않고 자신이 생각하는 처방을 당당히 말할 수 있어야 하네."

그 일로 별난이의 콧대가 한껏 높아졌다. 의녀들은 눈꼴 시려 못 보겠다는 표정들이었지만 별난이는 아랑곳하지 않았다.

"음, 중전마마께서는 잘 계신 지 모르겠네. 그런데 이 몸이 상감마마를 뵐 기회는 언제나 올꼬. 다들 열심히들 하서요. 나는 귀한 몸이라서 이만, 으음."

의녀 하나가 탕약을 달이다가 말고 소쿠리에 든 약재를 하나 홱 집어던졌다.

"에라 이년아! 가뜩이나 오랑캐 때문에 성질나 죽겠는데 이게 아주 성질을 돋우네?"

그러고는 혼을 낼 기세로 팔을 걷어붙였다. 별난이는 얼른 도망쳐 갔다.

"에구머니나!"

웬일인지 금나라가 화의를 청해오기 시작했다. 임금은 얼른 화의에 응한 뒤 대궐로 돌아가고 싶었다. 전식이 말했다.

"임진강을 사수하면서 압록강을 차단하면 적은 독 안에 든 쥐 꼴이 될 것입니다."

동양위도 입을 열었다.

"전하, 화의는 안 될 일이옵니다. 팔도에 명을 내리시어 곡식과 의병을 모집해 반드시 저 외적을 하나도 남김없이 물리쳐야 하옵니다."

정경세는 경상감사 김시양, 조도사 이준 등과 함께 각 고을을 돌면서 백성들을 고무시키며 의병과 군량을 모았다. 그런데 백성들의 반응은 싸늘했다.

"임금도 대신들도 또 그 가족들도 다 섬으로 도망쳤는데 왜 우리만 남아서 싸워야 하나?"

"우리가 외적과 싸워서 이기면 돌아오고 만약 우리가 지면 항복할 것이 아닌가?"

"우리만 왜 죽음을 무릅쓰고 싸워?"

"임금에게 전하라고 해. 그냥 항복하든지 아니면 섬에서 나와서 먼저 싸우는 모습을 보여주든지."

의병에 자원하는 사람이 거의 없었다. 머잖아 전쟁이 어떤 식으로든 끝나면 음직이라도 받을 욕심으로 형식적으로 의병에 자원하는 선비들만 간간이 있을 뿐이었다. 낙사계 계원들은 의논한 끝에 곡식 1백 석을 내기로 했다. 존애원에서도 군량에 보탤 곡식으로 50석을 실어보냈다.

변란과 전쟁을 겪으면서 곡식을 내는 것 말고 존애원이 달리 이바지할 방법이 없을까 고민했다. 군량도 중요하지만 실질적으로 군사들에게 도움이 될 만한 일이 있을 성싶었다. 한 가지 떠오른 것이 있었지만 함부로 입 밖에 낼 말은 못 되었다.

의학당 원의생들은 의병에 참여하느냐 마느냐를 두고 설전을 벌였다. 그들 대부분은 민심의 풍향과 똑같았다. 늘 백성을 등지는 임금에 대해 신랄한 비판을 쏟아냈다. 그들을 바라보는 의학교수들은 임금을 두둔할 만한 말이 없었다. 임금이 백성을 등지더라도 백성은 임금을 외면해서는 안 된다는 논리는 이미 임진왜란이 끝난 뒤부터 설득력을 잃어오고 있었기 때문이었다.

정경세는 우도호소사 장현광과 함께 의병을 사열하고 군량을 확인하여 세 갈래로 나누어 의군을 출발시켰다. 계원들은 조도사 이준을 따라 길을 떠났다. 나는 의병이 되지 못한 것이 마음에 걸렸다. 정경세가 사람을 보내와 존애원을 지킬 것을, 마치 명령하듯이 신신당부한 탓에 내 맘대로 나설 수가 없었다.

철산, 용천 등지에서 명나라의 후원을 받은 조선 장수들이 맹활약을 개시했다. 그것을 안 금군은 줄기차게 화의를 요청해 왔다. 돌아갈 길이 끊기면 꼼짝없이 조선 땅에 갇히게 되기 때문이었다. 그러면서도 그들은 조선 깊숙이 황해도 평산까지 쳐들어왔다. 만약에 퇴로가 끊어져 돌아가지 못하게 된다면 그대로 계속 진격해 강화도를 함락시킬 전략이었다.

종친과 의빈과 신하들은 주전과 화의, 그 두 갈래 길에서 옥신각신했다. 임금은 화의를 하고 싶었지만 나약한 군왕으로 보일까 봐 내색을 하지 못했다. 조정은 결국 그러한 임금의 뜻을 눈치채고 화의에 응하기로 결정했다. 그리하여 금나라는 조선에 형제처럼 지낼 것을 약속받고는 군사를 돌려 요동으로 돌아갔다. 다만 철산에 있는 명군을 견제하기 위해 의주에 일부 군사를 남겨두었다.

경상좌도호소사 정경세는 도성에 이르러 임금을 배알했다. 하지만 조도사 이준은 계원들과 겨우 삼신산(음성군 원남면 하당리) 기슭에 이르렀다. 그 무렵 조정에서 금나라와 화의를 하여 오랑캐들이 물러갔다는 소식을 들었다.

이준은 의병과 군량을 이끌고 더 이상 전진할 이유가 없어졌다. 의군은 해산시켜 고향으로 돌아가도록 했고 곡식 1만 섬은 충청감영에 인계해 주었다. 그런 뒤 한양으로 가 임금을 알현했다. 임금은 그를 첨지중추부사에 제수했다. 그러나 이준은 벼슬을 사양하고 병이 깊어진 정경세와 함께 상소를 올리고는 고향으로 돌아왔다.

나는 정경세에게 말했다.

"당분간 우북산 초당에 계시지 말고 존애원에 머무르시면서 지병을 치료하시는 게 좋겠습니다."

존애원은 늘 온갖 사람들이 다 드나드는 곳인지라 팔도를 다 돌아보지 않고도 가만히 앉아서 민심의 동향을 잘 알 수 있었다. 변란과 외적의 침입이 잇따른 뒤에 나라가 참으로 어수선했다.

"임금이 왕위에 오른 지 몇 년이나 되었다고 벌써 두 번이나 몽진을 간단 말이야?"

"그랬지. 한 번은 반란, 한 번은 외적이 침입했지."

"도망 다니기 바쁘신 우리 임금님."

"그래놓고는 우리더러 군역을 하라고? 에라, 군역 여기 있다."

백성들은 허리에 차고 있던 호패를 아궁이에 집어던져 넣기 일쑤였다.

"이 사람아. 그러다 잡혀가서 곤장 맞아."

"누가 누굴 잡아간단 말이야? 그래, 잡아가 보라지. 나도 섬으로 도망치고 말 테니까."

"아닌 게 아니라 일찌감치 피난을 가긴 가야겠어. 지금 평안도에는 명군과 금군이 다 들어와 있지 않은가? 한 굴에 두 범이 못 사는 법이야. 언젠가는 우리만 고래 싸움에 새우 등 터지는 격이 되겠지."

"하긴, 임금이 세 번째 도망쳐야 할 땐 무슨 일이 생겨도 크게 생길 거야. 나라가 망하든가 임금이 죽든가."

"아니지. 반란군한테든 외적한테든 항복하고 살겠지. 그렇게도 살고 싶어서 도망을 다니는데."

"하하, 듣고 보니 그 말이 옳네."

민심이 피폐한 정도가 왜란 때를 방불케 했다. 임금과 신하들에 대한 믿음은 고사하고 삼삼오오 모이기만 하면 조롱거리로 삼았다. 양반을 대하는 것도 예외는 아니었다. 길을 가더라도 모른 척할 뿐 비켜서는 법이 없었다.

조정은 어렵게 정착시키고 있던 호패법을 전격적으로 철폐했다. 임금이 도성을 비우고 강화도로 몽진을 한 뒤에 성난 백성들이 대궐이며 각사를 뒤졌는데 그때 호패청에 불을 질러 버린 것이었다. 누가 양반인지 상놈인지 모르게 하자며.

2

각자도생. 그 말보다 더 적절한 표현은 없었다. 양반이고 양인이고 천민이고 간에 모두 제 살 길만을 도모하는 것이 유행했다. 먹을 것이 생겨도 이웃과 나눠 먹는 풍습은 언제 있었던가 할 정도였다. 민심은 흉흉해지고 길에는 혼자 다니는 사람이 없었다.

이른 봄부터 전쟁이 일어나 일손을 놓게 된 것도 문제가 되었지만 늦서리가 내려서 밀과 보리가 다 말라죽고 목화는 피기도 전에 누렇게 시들었다. 게다가 가뭄이 심해 밭에는 흙바람이 일 정도였고 논바닥은 대나무가 쪼개지듯이 갈라졌다.

여름의 끝 무렵 태풍이 몰아닥쳤다. 세상의 모든 강이 거꾸로 쏟아지듯이 온 고을에 비를 퍼부었다. 내린 비는 들판에 가득 흘러 마치 바다를 옮겨 놓은 것만 같았다. 평지에 있던 집들은 갑자기 물난리를 만나 곳곳에서 물에 빠져 죽고 야산에 짓고 살던 오두막은 별안간 나무가 뽑히고 산비탈이 무너져 바위와 흙더미에 깔려 죽었다.

가을이 되었어도 콩잎이 모두 말라죽고 벼 이삭은 패지 않아 수확할 것이 별로 없었다. 새 곡식을 얻지 못하니 백성들은 멀건 죽을 끓이기도 어려웠다. 그런데 조세는 전혀 감해지지 않았다. 백성들은 당장 먹을 것까지 몽땅 긁어서 내더라도 조세를 충당하기 어려운 형편이었다.

조정에서는 그들을 구제할 방법을 찾지 못했다. 조세를 원래대로 거두어들이자니 필시 길거리에 나앉은 백성들이 늘어날 것이며 고을마다 굶어 죽는 시체가 쌓일 것만 같았다. 그렇다고 조세를 받아들이지 않자니 국고가 텅텅 비게 되어 나라의 살림을 이어갈 수 없게 될 것이 불안했다.

"굶어서 죽나, 잡혀서 죽나. 어차피 저승길이다!"

"이놈의 더러운 세상, 원도 한도 없다!"

조정이 아무런 대책도 강구하지 못한 채 손을 놓고 있는 겨를에 각처에서 도적이 창궐했다. 큰 변란과 병란을 차례로 겪고 또 기근이 잇따르니 아이들과 노인들은 허기진 배를 움켜쥐고 쓰러져 갔고 건장한 사내들은 서로 패를 지어서 도적이 되었다. 훔치고 빼앗으며 먹을 것을 찾아 밤낮없이 돌아다녔다.

관곡을 쌓아 놓은 관창에는 지키는 나졸들이 두 배로 많아졌고 살림이 큰 양반집에서도 곳간을 지키는 데 밤낮 가리지 않고 온 힘을 쏟다시피 하고 있었다. 유랑민이나 도둑이나 또 굶주린 백성이나 매한가지였다. 그들은 방비가 허술한 곳을 찾아 헤맸다.

곡식은 많이 있지만 지키는 사람이 없는 곳, 바로 존애원이었다. 잔뜩 눈독을 들일만한데도 웬일인지 존애원 곳간에는 한 번도 도둑이 들지 않았다. 백성들 사이에는 무언의 불문율이 있었다.

"존애원? 하늘이 두 쪽이 나도 거긴 안 돼."

"염라전에 가더라도 할 말이 한마디쯤은 있어야지."

그들은 가난 구제는 나라도 못한다는데 오직 존애원만이 해 왔다고 믿고 있었다. 백성들은 나라가 있어 존애원이 있는 게 아니라 존애원과 같은 곳이 있어 나라가 지탱하고 있는 것이라고 여겼다. 존애원은 신성불가침의 영역이었고 사람들을 한결같이 무료로 치료해 주는 의원들은 사람이 아니라 신격화 되는 상황이었다.

"어디 하루 이틀의 일인가?"

"온갖 환자들의 투정과 윽박을 다 받아가면서 벌써 몇 년째야?"

"벌써 30년이 다 되어 갈 걸? 사람이면 그렇게 못하지, 암."

백성들의 믿음과 사랑을 받던 존애원도 구휼에 한계를 드러내고 있

었다. 곡식창고는 날로 비어갔고 방아 찧는 소리도 줄어들었다. 약재
창고 시렁마다 켜켜이 쌓여 있던 약재도 점점 끝을 보이고 있었다.

찾아와서 손을 벌리는 사람에게 내어줄 것이 없었다. 허탕치고 가
는 사람들이 많아졌다. 존애원에도 곡식이 다 떨어졌다는 소문이 나
돌았다. 백성들의 발길이 점차 끊어져 갔다. 원의녀들은 그럭저럭 버
틴다 해도 의학당 원의생들은 그렇지 않았다. 중도에 포기하고 고향
으로 돌아가는 자가 절반이 넘었다.

"의술이 다 뭐람. 당장 굶어 죽게 생겼는데."

"가세. 최고의 의술은 밥일세, 밥!"

백성들이 모든 의욕을 잃었다. 그들의 사기를 북돋울 묘안을 찾아
야 했다. 낙사계 계원들은 도청에 모였다. 이런저런 말들이 나왔지만
그리 효과가 있을 것 같지 않았다. 가만히 듣고 있던 우성적이 말했다.

"양반이 솔선수범을 하는 것만큼 좋은 방법은 없습니다."

"어떤 솔선수범 말입니까?"

"일을 해야지요."

"일을요?"

"양반이 상것들이나 하는 일을 하자는 말씀입니까?"

"양반 체면이 있지."

"체면만 있고 손은 없습니까?"

계원들은 우성적이 탐탁찮았다. 그러잖아도 그는 시도 때도 없이
집안 머슴들과 농사일을 서슴지 않은 사람으로 알려져 있었기 때문이
다. 양반 체통은 혼자 다 까먹는다는 비난에도 그는 들은 척도 하지
않았다.

"다른 고을 사람들이 알면 비웃음을 사게 될 것입니다."

"남들이 뭐라고 하든 무슨 상관입니까? 그리고 가만히 앉아 있는 것보다 일을 하면 건강도 좋아집니다."

"아니 될 말입니다. 절대로 안 돼요."

"그러다 머슴들이고 소작인들이고 다 도망가고 나면 어떻게 하실 겁니까? 글만 읽다가 굶어 죽으실 겁니까?"

우성적이 거듭해 계원들을 설득했다. 마침내 그들은 단 한 철이라는 조건을 달고 품앗이 형태로 일을 해 보기로 결정했다. 가장 먼저 한 일은 이전의 논에 모를 심는 일이었다. 상투를 튼 양반들이 잠방이 차림으로 논에 들어가 있는 것을 본 사람들은 희한하게 여겼다.

"저기 좀 봐. 양반이 들일을 다하네?"

"허어, 천지가 개벽할 일이군."

"하루 일하지 않으면 하루 먹지 않는다고 했다던데?"

"그래? 그 좋은 글은 언제 하고?"

"글쎄?"

양반 상놈 같이 섞여 농사일을 하는 것을 보고 백성들은 점차 감화되었다. 계원들이 일을 잘할 리 없었다. 머슴들은 곁에서 하나하나 가르쳐 주었다. 체면도 잊고 배운 대로 해나갔다. 머슴들은 머슴들대로 양반을 가르친 격이 되어 뿌듯해졌다. 계원들은 농사일을 몸소 경험함으로써 얼마나 고된 일인지 깨닫게 되었다.

이전의 요청으로 존애원에 서당을 열었다. 양반의 자식이든 천민의 자식이든 누구나 원하는 사람에게는 글을 가르쳐 주겠다고 입소문을 냈다. 고을 사람 둘이 찾아왔다.

"저희들은 나이가 많은데도 배울 수 있겠습니까?"

"암, 아무 걱정 말게."

"그런데 공부를 해야 하는 이유가 뭡니까?"

"식견이 넓어진다네. 사람의 식견이 넓어지면 세상만사가 환하게 눈에 들어온다네."

그들은 서로 마주보며 이해하지 못하겠다는 표정을 지었다. 그러고는 돌아가면서 중얼거렸다.

"그렇게 세상에 통달하는데 왜 변란을 못 내다볼꼬."

"글을 한다고 점쟁이가 되지는 않나 보네."

정경세는 이원규, 이신규, 강용후와 같은 계원들의 자식들을 가르치고 있었다. 그는 제자들에게 말했다.

"천하의 일에는 옳은 것이 있고 그른 것이 있다. 그리고 그 중에는 크게 옳은 것과 크게 그른 것이 있다. 옳은 것을 가지고 끝내 그른 것이 되게 할 수는 없으며 그른 것을 가지고 끝내 옳은 것이 되게 할 수도 없다."

"그렇다면 그런 것을 어떻게 판별합니까?"

"이것을 판단하기에 심히 어려운 점이 있기 때문에 성인의 가르침을 반드시 홀로 궁구하여 그 이치를 통달해야 한다."

"스승님, 붕당을 혁파하는 방법에는 어떤 것들이 있습니까?"

"서로 다른 당인이 인척을 맺는 것이 그 으뜸이요, 사람을 서로 바꾸어 가르치는 것이 두 번째요, 풍토가 다른 고장끼리 서로 왕래하는 것이 그 세 번째다."

정경세는 병중에도 제자들을 끔찍이 아꼈다. 그들은 다 앞서 보낸 두 자식의 친구들이었다. 정경세는 그들을 자식처럼 자애롭게 대하며 학문을 가르치는 일을 소홀히 하지 않았다. 특히 예학에 있어서만큼은 나라 안에서 제일간다는 소리를 듣는 만큼 조목조목 단 한 줄도 허술하게 말하는 법이 없었다.

이원규가 물었다.

"들으니 저 아래 남쪽 고을에서는 폐과(과거를 보지 않음)한다고 합니다. 그것은 군왕에 대한 불경이 아닙니까?"

전 임금이었던 광해군의 총애를 받은 정인홍, 이이첨 등이 일률로 다스려진 뒤에 합천, 함양 등지에서는 그들과 마찬가지로 조식의 문하에 속하는 선비들이 과거를 보지 않고 있었다. 그 때문에 조정은 그들이 역모라도 꾸미지 않을까 늘 예의주시해 오고 있는 상황이었다.

"그렇지 않다. 그것을 선비의 의리라고 하는 것이다. 다만 그 의리가 당습에 머물러서는 안 된다. 그러니 의리를 다하는 때가 되면 자연히 과거에 나오게 될 것이다."

그 무렵 경상감사 김시양이 흉서 한 통을 입수했다. 광해군의 폭정 때 벼슬을 내려놓고 고향으로 돌아가 스스로 농사일에 힘쓰던 손종로가 길에서 주운 것이라며 가져다 바친 것이었다.

흉서를 읽어본 김시양은 너무 놀라 비밀 장계를 써서 흉서와 함께 형조에 올렸다. 그러고는 역모를 꾀한 자들을 모두 잡아들이기를 주청했다. 그런데 흉서를 읽어본 임금은 조작된 것으로 판단했다.

흉서에 적힌 이름이 무려 40여 인에 이르기는 했지만 거의 다 언문으로 기록되어 있고 필체도 삐뚤삐뚤한 것이 영 천박해 거사를 준비한다고 보기에는 전혀 믿기지 않는 것이었다. 그렇다고 그냥 내버려두자니 꺼림직한 면이 없지 않았다. 흉서에 적혀 있는 이름이 전부 조식의 문하생들이었기 때문이다.

"경상감사는 이름이 적혀 있는 자들을 다 잡아들여 실상을 파악하도록 하라."

그리하여 한때 조정의 실권을 잡고 흔들었던 대북당의 당인들은 크게 고충을 겪게 되었다. 조사 결과 사실무근임이 밝혀졌지만 그들은 임금을 더 멀리 하는 명분만 쌓았다.

정경세가 가장 걱정해 온 것이 바로 그런 점이었다. 훌륭한 자질이 있는 젊은 인재들이 당이 다르다는 이유로 출사의 기회를 얻지 못하거나 또는 그 스스로 포기하는 폐단을 이어가서는 안 된다는 것이 확고한 신념이었다.

그것을 실천해 보인 것이 당이 다른 사람을 초대 존애원 원임으로 앉힌 것이었고, 당이 다른 사위를 얻은 것이었다. 하지만 그런 정경세를 보는 시선은 곱지 않았다. 양당에 다리를 걸쳐 놓고 일신의 안위를 도모할 속셈이라는 것이었다.

이황, 유성룡으로 이어지는 학통을 물려받았으면서도 어찌 이이, 김장생 등으로 이어지는 자들과 친밀한 관계를 가질 수 있으며, 더 나아가 역적 정인홍, 이이첨 등을 배출한 조식의 문하도 골고루 등용해야 한다고 생각할 수 있느냐는 것이었다.

정경세는 제자들이 물러가고 나자 지병이 더 도지는 것 같았다.

"아, 당습은 이 나라를 좀먹는 만고의 병통이 될 것이다."

3

산에 사는 짐승들도 먹을 게 없어서 자주 민가에 내려와 어슬렁거렸다. 산이고 들이고 사람이 다 파헤쳐 먹고 잡아먹고 하니 짐승들이 먹을 게 없는 건 당연한 일인지도 몰랐다. 읍내에 괴이한 소문이 돌기 시작했다. 산짐승이 어린아이들을 잡아먹었다는 말이었다.

그런데 그 소문은 얼마 지나지 않아 다른 말로 바뀌었다. 상주에 들어온 유랑민들의 짓이라는 것이었다. 원래 시골의 읍민들은 타지 사람들이 흘러드는 것을 달가워하지 않는 것이 예사였지만 그런 말이 나도는 것은 결코 바람직한 일이 아니었다. 유랑민과 토착민 사이가 벌어지면 벌어질수록 풍속만 어지러워질 것이 뻔했다.

"아무리 배가 고파도 그렇지 어찌 사람이 사람을 잡아먹을 수 있단 말인가."

"모르는 소리! 지난 왜란 때도 다 먹었어."

"에고, 무서워라."

사실이 와전된 말들이었다. 흉포한 산짐승이 어린아이들을 잡아먹은 것도 타지에서 흘러든 유랑민의 짓도 아니었다. 민가에서 어린아이 둘이 잇따라 피살된 살인사건이었다.

목사 윤안국은 원한 때문에 일어나 사건으로 보았다. 두 아이의 부모가 원한 산 일이 없었는가 묻고 친인척과 그 주변 사람들을 다 조사했다. 하지만 그 누구한테서도 혐의점을 발견할 수 없었다.

그즈음에 또 한 아이가 살해되었다. 목사는 곤혹스러웠다. 현장에는 단서 하나 남아 있지 않았고 범인은 짐작조차 되지 않았다. 다만 똑같은 범인이 세 명의 어린아이를 죽였다고 보고 연쇄살인사건으로 규정했다.

그때까지만 해도 읍민들은 곧 범인이 잡힐 것으로 생각했다. 그리고 밤에 아이들이 바깥으로 나가 놀지 못하도록 단속하는 정도였다. 그런데 이번에는 멀건 대낮에 집안에서 아이가 피살되었다. 잔인하게 난도질을 해 오장육부를 파헤쳐 놓은 것을 본 부모는 실신해 버렸다. 사람들은 두려움에 떨었다.

"산에서 짐승이 내려와 한 짓 아냐?"

"짐승이 읍내까지 내려왔다고? 산촌이면 몰라도 그건 아닌 것 같은데?"

"그나저나 도대체 어떤 것들이 그런 무지막지한 짓을 벌이고 있단 말인가?"

"이젠 세상이 무서워서 대낮에도 함부로 돌아다니지 못하겠군."

목사는 시급히 사건을 해결해야 했다. 어린아이가 연이어 4명이나 살해된 고을, 만약 범인을 잡지 못하고 질질 끌다가는 폐읍까지는 아니더라도 목에서 군으로 강등될 수도 있는 일이었다.

목사의 고민은 깊어졌다. 판관이 말했다.

"사또, 현상금이라도 거는 것이 어떻겠습니까?"

고을 구석구석까지 방이 나붙었다. 어린아이들의 살인사건에 단서가 될 만한 사항에는 쌀 1말, 결정적인 제보자에게는 쌀 1말과 면포 1필, 그리고 범인을 색출해 알려주는 자에게는 쌀 1섬과 면포 3필을 지급한다는 방문이었다.

제보는 주로 투서 형식으로 쏟아졌다. 그런데 그 대부분 누가 어디서 이상한 짓을 하더라는 고자질 수준이었다. 익명으로 쓴 것도 많았다. 그러자 목사는 읍민들 사이에 불화만 야기하게 될 것 같아서 현상금을 철회했다.

이번에는 이방이 제안했다.

"사람의 몸은 의원들이 잘 아니 혹시 의원들한테 어린아이들의 시체를 보인다면 무언가 단서를 발견할 수도 있지 않겠습니까?"

"옳거니!"

남문 밖 약방거리에서 약방을 차려놓고 있는 상약계 계장은 의생들을 모두 불러 모아 가장 최근에 난도질을 당한 어린아이의 시신을 살펴보았다. 하지만 이렇다 할 만한 단서는 찾아내지 못했다.

다급해진 목사는 짐승을 잡아 가죽을 벗겨서 파는 사냥꾼들과 소와 돼지를 잡아 그 고기와 내장을 파는 백정들을 데려다가 아이의 시신을 보였다. 하지만 그들은 고개를 절레절레 흔들었다.

"저희들이 짐승의 가죽만 잘 벗기지 이런 살인사건에 뭘 알겠습니까?"

"소인들이 짐승을 잡긴 하지만 사람 몸은 보는 것이 처음입니다."

시간은 자꾸 흘러가는데 사건은 해결될 기미가 보이지 않았다. 집 안에 어린아이가 있는 부모들은 아이 혼자 놔둘 수 없어 늘 데리고 다녔다. 온 고을이 이른 초저녁부터 문을 꽁꽁 걸어잠그고 아이를 보호했다.

민심은 흉흉해지고 길을 다니는 사람들의 얼굴에는 웃음이 사라졌다. 서로 의심하고 피하며 말을 섞는 것조차 꺼렸다. 누가 범인인 줄 알 수 없었기 때문이었다. 바로 이웃한 사람일 수도 있고 평소에 잘 알고 지내던 사람일 수도 있었다. 자고로 알 수 없다는 것이 사람 속이 아니던가.

육방회의에서 호방이 말했다.

"사또, 남촌에 있는 존애원 의원들이 의술이 출중하다고 하니 그 의원들에게 보여 보는 것이 어떨지……."

"의원이라면 의생들에게 충분히 보이지 않았는가?"

"의원이라고 어디 다 같은 의원이겠습니까?"

"그렇습니다. 그 의원들은 명의라고 알려져 있으니 남다른 눈이 있을지 어찌 알겠습니까."

관아 판관과 병방, 그리고 나졸들이 존애원을 찾아왔다. 그들은 박지지에게 목사의 부름을 알렸다. 박지지는 늙고 몸이 불편하다는 핑계로 나를 추천했다.

"자네가 다녀오도록 하게."

"제가 간들 무슨 뾰족한 수가 있겠습니까."

"지난날 저승골에서 전수받은 것이 있을 것이 아닌가. 가서 잘 살펴보게."

포도청에서 오작서리를 지냈던 천수인. 그에게서 시체의 검험에 관해 배운 것을 말하는 것이었다. 박지지의 말에 아련한 기억이 떠올랐다. 저승골에서 천수인과 지냈던 시절의 추억이었다.

"그럼 의원님이 같이 갑시다."

얼른 정신이 돌아왔다.

"잠깐 기다리십시오."

채비를 하고 나와 그들을 따라 나섰다. 관아에서 가장 깊은 구석에 있는 건물인 옥사 안에 어린아이의 시체가 한 구 안치되어 있었다. 목사의 요청으로 그 부모가 아직 장사를 지내지 않은 것이었다.

시체는 작은 방 안에 들마루처럼 생긴 탁자 위에 놓여 있었다. 가까이 다가가 시체를 덮어놓은 거적을 들춰냈다. 살과 내장이 썩는 역겨운 냄새가 코를 찔렀다. 구토가 날 것만 같았다. 미리 준비해 간 작은 병을 꺼냈다. 그 속에 든 참기름을 손가락으로 찍어 코 끝에 발랐다. 시체에서 나는 역겨운 냄새를 견디려는 일환이었다.

시체에는 구더기가 끓었다. 물을 끓여서 부었다. 그런 뒤 초수를 뿌려서 구더기를 다 제거한 후에 파헤쳐진 오장육부를 살펴보았다. 상처가 잘 보이지 않아 감초를 우려낸 물로 닦았다. 살과 내장에 예리한 칼자국들이 있었다. 그런데 자세히 보니 신낭(고환)과 경물(남자의 성기)이 사라지고 없었다. 잘라낸 흔적이 있었다.

천수인에게 배웠던 기억을 떠올려 머리에서부터 발끝까지 샅샅이 살폈다. 구타당한 흔적은 보이지 않았다. 다만 코와 입 언저리에 멍든

자국이 있었는데 맞아서 생긴 것으로 보기 어려웠다. 처음 해보는 검시라서 시간이 많이 걸렸다.

검험을 끝낸 뒤 목사를 만나러 갔다. 그가 물었다.

"짐승의 짓인가?"

"아닙니다. 짐승이 그랬다면 내장을 먹었을 것인데 하나도 먹지 않았습니다. 짐승은 먹지 않을 짓은 하지 않습니다."

"그렇다면 사람의 짓이 분명하다는 말이군?"

"그렇습니다. 그런데 신낭과 경물이 사라지고 없었습니다."

"신낭과 경물? 범인이 그걸 떼어갔단 말인가? 어디에 쓰려고?"

"그건 알 수 없습니다만, 다른 시신들도 조사를 해봐야 할 것 같습니다."

목사의 얼굴이 좀 펴졌다.

"이제야 뭔가 단서를 잡아가는 것 같군. 역시 존애원 의원은 다르도다. 내 자네를 의률로 삼을 것이니 이 사건을 좀 해결해 주게."

의률이란 의원에게 법을 적용할 자격을 부여한 것을 뜻했다. 일종의 사법권과 수사권이었다. 목사가 지나친 권한을 부여하는 것이었다. 완곡하게 거절했다.

"사또, 소인은 검험을 하러 온 것이지 사건을 해결하려고 온 것이 아닙니다."

"검시를 한 사람이 사건을 해결하는 게 맞네. 의원이 나를 좀 도와주게. 본관이 생각하기에 자네 말고는 이 연쇄살인사건을 해결할 사람이 없네."

그러면서 목사는 읍민들로부터 얻은 수백 건의 제보와 투서를 내놓았다. 그것들을 들추어 보지도 않고 고개를 저었다.

"아마도 범인은 누가 알 만한 이상한 짓은 하지 않을 것입니다. 연쇄살인을 일으키고도 단서 하나 남기지 않을 정도로 용의주도한 자입니다."

"과연! 자네가 이 사건을 해결할 적임일세."

목사는 억지로 내게 의률의 직임을 맡겼다.

"사건을 해결할 수 있을 것이라 장담은 할 수 없습니다."

"알겠네. 최선을 다해 조사해 주기만 하면 되네."

"한 가지 요청드릴 것이 있습니다."

"뭔가? 말해보게. 한 가지가 아니라 열 가지 백 가지도 다 들어주겠네."

"사건이 해결될 때까지 조사 과정에 대해서 제게 아무것도 묻지 말아 주십시오."

"비밀 유지를 해야겠다는 말이군? 잘 알겠네. 내 약속하지."

"하옵고, 신낭과 경물을 떼어간 것으로 봐서는 무당이나 술사들이 무슨 양법(비이성적으로 신에게 기도하는 행위)을 하려고 한 짓인지도 모르겠습니다. 사또께서는 우선 그들을 철저히 조사해 주십시오."

목사는 상주 관내에 살고 있는 만신(여자 무당)과 벅수(남자 무당)를 전부 잡아다가 족쳤다. 그리고 고을마다 탐문을 벌이고 기찰을 해 평소에 기괴한 짓을 일삼아온 술사들도 다 잡아들여 다그쳤다. 하지만 혐의를 둘만한 사항은 털끝만큼도 알아내지 못했다. 집도 없이 떠돌아다니며 걸식하는 유랑민들도 닥치는 대로 끌고 와 겁을 주며 캐물었다. 하지만 그들에게서도 별다른 의혹이나 특이한 낌새를 찾아볼 수 없었다.

"아무래도 그런 자들의 짓은 아닌 것 같은데. 도대체 어떤 놈의 소행일꼬."

"이제 믿을 것은 존애원 의원뿐입니다."

"그 의원이 뭔가 남다른 재주가 있을 법하니 두고 보기로 하세."

맨 처음 어린아이가 죽은 사건부터 조사를 해 나갔다. 범행의 추이를 알아보려는 것이었다. 하지만 그 추이를 밝히기도 쉽지 않았다. 비 오고 어두운 날, 바람 부는 날, 멀건 대낮에, 집에서, 길에서, 밭에서……. 종잡을 수 없었다. 범행은 때와 장소를 가리지 않고 무차별적으로 일어나는 것만 같았다.

살해된 아이들을 모두 검험할 수 있다면 좋으련만 그 부모들이 이미 시체를 매장한 뒤였다. 설령 무덤을 파고 들어낸다 하더라도 다 썩어 문드러져 가는 시신에서 알아낼 만한 것은 거의 없을 뿐더러 무엇보다 부모들이 허락하지 않을 것이 뻔했다.

사건은 점차 미궁에 빠져들고 있었다. 그런 한편 목사와 읍민들의 이목은 내게 쏠렸다. 존애원 의원이 해결해 주지 않을까 하는 기대였다.

"그 의원이 어디 보통 사람인가?"

"그럼, 모르긴 해도 지금쯤 범인을 지목하고 증거를 찾고 있을 걸세."

"사또한테 아무것도 묻지 말라고 했다지 않나?"

"그만큼 자신 있다는 소리겠지?"

그들의 기대와는 달리 사건 해결에 아무런 진척도 이루지 못하고 있었다. 밤낮 고민해도 떠오르는 건 없어진 신낭과 경물뿐이었다.

"대체 그걸 어디에 쓴다고 떼어 갔을까?"

고민하고 또 고민했다. 세상의 모든 큰 사건은 지극히 사소한 데서 비롯되는 법이었다. 그런데 이 연쇄살인사건에서 그 사소한 동기가 대체 뭐란 말인가? 문득 범인이 신낭과 경물을 먹으려고 잘라간 것은 아닐까 하는 생각이 들었다.

모든 의술의 지식을 떠올려 봤지만 사람의 신낭과 경물을 약으로 쓴다는 병은 기억나지 않았다. 존애원 의서각에 들어있는 의서들을 살펴보았다. 어느 의서에서도 그런 처방은 없었다. 물개나 황구의 것이라면 모를까 사람의 것, 더구나 사내아이의 것은 단 한 줄, 단 한 글자도 찾을 수 없었다.

"또 죽었다!"

"계집아이까지 죽었어!"

부모가 잠깐 집을 비운 사이에 담을 두고 이웃에 살던 계집아이와 사내아이가 함께 살해된 것이었다. 그 부모들뿐만 아니라 온 고을이 대성통곡했다. 민심은 점차 걷잡을 수 없는 수렁에 빠져들었다.

"무능한 사또를 갈아야 한다!"

"여지껏 사건의 실마리도 잡지 못하고 있다는 게 말이나 되나."

"한양 포도청에서 포도관이 나와야 한다."

어디나 할 것 없이 고을이란 고을은 다 외부인을 철저히 단속했다. 장사꾼은 물론이고 멀리서 찾아온 친척까지 들여 보내주지 않았다. 낯선 사람이라면 무조건 배척하고 보는 것이었다. 설령 평소에 알고 지내던 사람이 찾아와도 고을에 들이기를 꺼렸다.

"두 아이를 검험해야 합니다."

"부모들이 내놓지를 않으니, 그것 참."

검시를 해보려고 했지만 죽은 아이들의 부모들이 자식을 두 번 죽일 수 없다고 완강히 반대하는 바람에 시간만 흐르고 있었다. 부모들을 직접 찾아갔다. 그러고는 여러 가지 말로 간곡하게 설득했다.

"하루빨리 사건을 해결하자면 검험을 해야 합니다. 아이들이 살해된 것은 참으로 말 못할 슬픔이겠으나 더는 이런 흉사가 일어나지 않도록 해야 하지 않겠습니까?"

"우리 아이들을 검시한다고 범인을 꼭 잡을 수 있다는 보장이 어디 있습니까?"

"그동안 죽어간 아이들이 몇 명인데, 그 검시란 것이 아무 소용없는 것 아닙니까?"

"그렇지 않습니다. 오래된 시체에서는 단서를 찾기가 어렵습니다. 그러니 제발 부탁드립니다. 아이들을 검험하게 해주십시오. 그래야 다른 아이들이 죽는 것을 막을 수 있습니다. 설마 다른 아이들이 더 죽기를 바라는 것은 아닐 것입니다."

마침내 부모들로부터 허락을 받아냈다. 두 아이의 시체를 재빨리 관아 옥사로 옮긴 뒤 서둘러 검험을 시작했다.

맨 먼저 두 시신을 말끔히 닦아낸 뒤 머리까지 다 깎았다. 그런 뒤 식초를 탄 물을 온몸에 살살 흘렸다. 천수인의 말이 떠올랐다.

"시체를 초수에 적시면 살갗이 부드러워진다. 그때 초수를 문지르면서 바르듯이 하면 안 된다. 살갗이 벗겨질 우려가 있기 때문이다. 반드시 손을 대지 말고 초수를 온몸에 끼얹듯이 해야 한다."

잠시 기다렸다가 머리부터 발끝까지 아이들의 온몸을 천천히 살폈다. 죽은 지 이틀이나 지나 곳곳에 푸릇푸릇한 색이 감돌고 있었다.

"만약 범인이 쇠못을 불에 달구어서 잠자는 생사람의 머리에 박아서 죽이면 피가 나지 않고 상처 흔적도 찾기 어렵다. 그러니 머리를 잘 살펴봐야 한다."

머리에서는 어떠한 상처도 발견할 수 없었다. 두 눈을 열어보았다. 붉게 충혈되어 있었고 눈망울이 튀어나올 듯했다. 입과 코 안에는 맑은 핏물이 흘러나와 굳어 있었다. 얼굴은 전체가 검붉었다. 배는 무언가 잔뜩 먹은 듯이 불룩했으며 항문이 벌어져 그 주위에 똥오줌이 묻어 있었다. 손을 펴 보니 손톱으로 무언가 긁은 흔적이 있었다.

순은으로 만든 비녀처럼 생긴 은차를 조각수(쥐엄나무를 끓여서 우린 물. 세척 등에 씀)로 씻은 뒤에 아이의 입을 벌려 목구멍 속에 넣고 종이로 입을 틀어막았다. 한참 뒤에 은차를 꺼내 보았다.

"비녀가 검푸른 색으로 변했다면 다시 조각수로 씻어보아야 한다. 그때 그 검푸른 색이 씻겨 나가지 않으면 중독되어 죽은 것이다. 만약 비녀가 희게 변했다면 흰쌀밥 한 덩이를 시체의 입속에 넣고 종이로 덮어둔다. 한 시각 뒤에 흰쌀밥을 꺼내 닭에게 주는데 닭이 그것을 쪼아 먹고서 죽으면 시체도 중독되어 죽은 것이다. 이를 반계법이라고 한다."

독은 검출되지 않았다. 그다음에는 온몸의 뼈를 살펴보았다. 부러진 곳으로 의심되는 부위가 있었다. 사내아이는 팔등이, 계집아이는 팔목이었다. 먹물을 그 위에 바르고 나서 마르기를 기다렸다. 마른 먹물을 씻어내니 먹물이 살갗에 스며들어 있었다. 그 부위의 뼈가 부러져 있다는 증거였다.

아이들의 아랫도리를 살펴보았다. 사내아이의 사타구니는 칼로 도려낸 듯 신낭과 경물이 없었고 계집아이의 음호(음부)는 마구 난도질만 했을 뿐 잘라낸 것은 없었다. 칼을 처음 대어 찔러 넣은 부위와 그어가면서 마지막으로 뺀 곳을 찾아 보았지만 어느 자리인지 구분을 할 수 없었다.

검험을 끝낸 뒤 시형도(사람의 형상을 앞뒤로 그리고 상처 난 곳을 표시한 그림)와 격목(검시 결과를 적은 것) 그리고 관문(공식문서)을 갖추어 목사에게 보고했다.

"범인은 손으로 아이들의 입과 코를 막아 질식시킨 뒤에 아랫도리에 흉악한 짓을 저질렀습니다."

"알아낸 것이 그뿐인가?"

"사또, 조사에 관한 것은 묻지 않기로 약속하셨습니다."

"아, 알았네. 계속 수고하게."

"아이들이 질식사했다는 것을 미리 말씀드린 것은 그것을 읍민들에게 알려달라는 뜻입니다. 아이들을 살해한 수법이 들통난 범인은 아마도 제발이 저려 무언가 이상한 행동을 할 것인데 그런 자들에 대한 제보를 받으소서."

"옳거니! 그렇게 되면 당연히 범인은 초조해져서 이상한 행동을 하겠지. 잘 알겠네."

의술 대결

1

범인이 계집아이의 아랫도리를 난도질하고 사내아이의 신낭과 경물을 잘라내는 데 쓴 도구는 칼이었다. 그런데 낫, 식칼, 단도 종류는 아니었다. 읍내 시장에 있는 도자전에 가서 여러 종류의 칼을 살펴보았다. 하지만 아이들의 상처에 딱 들어맞는 칼은 확정할 수 없었다.

"폭이 아주 가늘면서 두께는 얇고, 또 길이는 짧은 칼인데……."

"글쎄요. 그런 칼은 본 적이 없습니다."

은장도를 집어 들었다. 칼집에서 칼날을 뺐다. 그것도 아니었다. 장도류는 손잡이가 작아서 사람 손으로 쥐고 상처의 깊이만큼 도려낼 수 없을 성싶었다. 도자전 주인이 내 행동을 가만히 지켜보다가 말했다.

"일부러 만들지 않고는 그런 칼은 살 수 없을 겁니다."

"혹시 그런 칼을 집에서 만들 수도 있습니까?"

"에이, 안 되지요. 쇠를 불리고 두들기고 해야 되는데. 대장간에 가서 한번 알아보시지요."

대장간으로 갔다. 칼을 설명했다. 대장장이는 고개를 갸우뚱했다.

"그런 칼은 만든 적이 없는 뎁쇼? 누가 쓸모도 없는 그런 칼을 사 가겠습니까요?"

칼을 쓰는 사람들이 있는 곳, 푸줏간, 목물전, 면주전······. 다 찾아보았지만 그런 칼을 쓰는 곳은 어느 한 군데도 없었다. 이상한 일이었다. 그렇다면 범인은 범행에 썼음직한 도검류와 비슷한 칼을 직접 남몰래 만들었다는 얘기가 되는 것인가.

범행에 쓴 흉기와 꼭 맞는 칼을 찾지 못하자 사건을 해결하지 못할 것만 같은 불안감에 휩싸였다. 지도를 그려 놓고 사건이 발생했던 지점을 하나하나 표시해 보았다. 그리고 그 옆에는 사건이 일어난 날짜와 시간을 추정해 써넣었다. 각 사건들의 공통점이나 유사점을 찾아야 했다.

설령 범인이 닥치는 대로 저질렀다고 하더라도 분명히 범인 저 자신도 모르는 일련의 형식이 있을 것만 같았다. 지도를 가만히 들여다보다가 한 가지 특이한 점을 발견했다. 사건이 일어난 장소가 집이든 길이든 밭이든 모두 시장을 중심으로 하고 있다는 점이었다.

"시장이라, 시장······."

장날이 되었다. 다시 시장을 둘러보았다. 사람이 하도 많아 어른들은 서로 어깨가 밀렸다. 그 틈바구니 속에서 아이들은 간간히 엿을 입에 물고 다니고 있었다. 만물전 앞에서 그늘대 아래에 놓인 각양각색의 물건을 내려다보다가 문득 눈길이 머물렀다. 내 눈이 커졌다. 호미도 아니고 칼도 아닌 묘한 물건을 집었다. 전주가 말했다.

"호비칼입니다요."

"이건 어디에 쓰는 겁니까?"

"나무껍질도 벗기고, 상도 깎고, 함지박도 파고……. 두루두루 많이 쓰입지요."

그것을 사 가지고 대장간으로 갔다.

"이거, 날을 좀 펴 주시오."

"의원님이 찾으시던 게 이거였군요."

대장장이는 받아들더니 안으로 들어갔다. 불에 달구어 두드려 펴서 가지고 나왔다. 날의 길이며 두께며 크기가 범인이 범행에 쓴 것과 거의 흡사했다.

'바로 이거야!'

그때 누군가의 눈길이 느껴졌다. 고개를 돌렸다. 지나가는 사람들 너머 어느 가게에서 나를 보던 눈길 하나가 얼른 딴전을 피우는 듯했다. 존애원에서 치료를 받은 적이 있는 사람들이 나를 알아보고 인사를 건네 오는 경우가 많았기 때문에 대수롭지 않게 생각했다. 그때부터 호비칼을 주로 쓰는 자들을 은밀히 조사하기 시작했다.

"얼금뱅이 장 가가 죽었어?"

"아, 그렇다니까."

"아이들을 죽인 놈의 소행일까?"

"그럴지도 모르지."

"사내아이만 죽이는 줄 알았더니 지난번에는 계집아이에다가 이젠 어른까지 마구 죽이네 그려?"

"누가 아니라나. 말세야, 말세."

죽은 사람을 검험했다. 아랫도리는 물론 다른 모든 부위에 상처 하나 없었지만 유독 한 군데 목에 깊은 절상이 나 있었다. 뒤에서 머리를 감아 안고 목을 그은 것이었다. 흉기는 작은 호비칼의 구부러진 날을 편 것과 똑같은 것으로 간주했다.

아이들만 단속하면 되는 줄 알았는데 어른까지 참변을 당하자 읍내뿐만 아니라 인근의 모든 고을이 큰 공포에 빠져들었다. 언제 누가 살해당할지 알 수 없었다. 사건을 해결하지 못하는 목사에 대해서 백성들의 원성이 그 어느 때보다 높아지고 있었다.

연쇄살인사건은 존애원 의학당 원의생들에게도 큰 관심사였다. 그들은 간혹 기상천외한 추측을 내놓았다. 역시 재기발랄한 젊은이들이었다.

"아마 범인은 여자일 거야."

"여자가 왜?"

"강간을 당한 기억이 있거나 뭐 남자한테 원한이 많겠지."

"남자한테 원한이 있다고 애들을 죽이나?"

"사내애들이 크면 남자가 돼."

"아냐. 대풍창(나병) 환자들의 짓이야."

"오, 그럴 듯한데?"

"대풍창은 갓난아기를 삶아 먹으면 낫는다잖아."

"죽은 아이들이 어디 갓난아기냐. 그리고 시체는 그대로 남아 있었어."

살해당한 얼금뱅이 장 가를 탐문했다. 그는 어릴 적에 두창을 앓아 얼굴이 곰보가 된 사람이었다. 품성이 게으르고 공연히 남의 것을 탐내는 버릇이 있는데 노름을 좋아해 투전방을 제집 드나들 듯이 했다는 것이었다. 그와 함께 투전방에서 노름을 한 사람들을 조사했다. 그를 살해했다는 혐의를 둘만한 사람은 없었다.

"노름판에 한 번이라도 끼어든 사람이 있거든 말해보시오."

그들은 기억을 더듬더니 한 명씩 이름을 말했다. 그런데 그 중에 뜻밖의 인물이 거론되는 것이었다.

"신전 털보?"

짚신, 미투리, 갖신, 나막신과 같은 온갖 종류의 신을 파는 가게였다. 신전에서도 칼을 쓴다는 사실이 떠올랐다. 밑창을 수선한다든지 신을 삼고 나서 남은 새끼를 잘라낸다든지 하는데 작고 예리한 칼이 필요했다.

"털보가 그다음부터는 안 왔습죠. 그 친구는 사람 좋기로 둘째가 라면 서러울 것입니다요. 가게 앞을 지나가는 애들만 보면 엿가락이라도 쥐어 주니까 말입니다."

그로부터 열흘이 지난 뒤였다. 병방군관과 함께 나졸들을 이끌고 읍내 시장에 있는 신전으로 갔다.

"신전 전주 털보를 포박하라!"

안으로 들어갔다. 가게에 딸린 방에는 소쿠리가 놓여 있고 그 안에 밤이 수북이 들어있었다. 밤을 까먹는 데 쓰는 칼도 있었다. 그것을 통째로 들고 나왔다.

"이 소쿠리에 담긴 칼이 바로 범행에 쓴 흉기요."

병방군관은 증거물로 압수했다. 가게를 더 뒤졌다. 뒤꼍에는 아이들의 신낭과 경물을 삶은 것으로 보이는 옹솥이 아궁이에 걸려 있었다.

"이것들도 다 증거물로 압수합니다. 관아로 가지고 가도록 하십시오."

동헌 앞에 꿇어앉힌 털보는 범행을 완강히 부인했다. 목사가 말했다.

"저자의 손등에 할퀸 자국이 있을 것이다. 가서 확인하라."

군관이 가서 털보의 손을 들어서 살폈다. 과연 여기저기 할퀴거나 긁힌 듯한 상처가 있었다.

"이건 신을 만들다가 다친 것입니다."

"그래? 아이들의 입과 코를 손으로 막아 질식시킬 때 그 아이들이 발버둥치며 손톱으로 긁은 것이 아니고?"

"사또, 천부당만부당한 말씀입니다. 소인 억울합니다."

범인이 잡혔다는 소문을 듣고 관아로 구경 온 사람들이 털보를 보더니 다들 한마디씩 했다.

"사람 좋은 털보가 설마?"

"아무래도 사또가 헛다리 짚은 것 같은데?"

"존애원 의원이 털보가 범인이라고 했다잖아."

"의원이면 환자나 치료할 것이지 뭘 안다고 저 착한 털보에게 뒤집어씌운단 말인가?"

"두고 보면 알겠지."

목사가 또 말했다.

"네가 지난번에 죽인 계집아이는 숨이 막혀 팔을 흔들다가 머리맡에 놓인 반닫이에 손이 부딪혀 손목뼈가 부러졌고 그 이웃집 사내아이는 목침을 쳐 손등이 부러졌다. 평소에 네가 아이들을 잘 대해 줬기 때문에 죽은 아이들이 다 네가 집에 들어오거나 접근해 와도 전혀 경계심을 가지지 않았다."

"그건 소인이 아이들을 죽였다는 증거가 되지 못합니다. 한낱 억지일 뿐입니다."

목사는 나를 바라보았다. 뜰로 내려갔다. 그런 뒤 나졸들에게 말했다.

"이 자의 머리를 잡게."

"아이고, 왜 이러십니까요?"

나졸들이 그를 꼼짝못하게 붙잡았다. 털보에게 다가가 턱밑수염을 확 잡아뗐다. 모든 사람들이 깜짝 놀라며 탄성을 내뱉었다.

"아니?"

수염이 다 뜯겨졌기 때문이다. 그 수염을 들고 말했다.

"이건 이자가 아교풀로 턱에 붙여 놓은 가짜 수염입니다."

그러고는 말을 이어나갔다.

"이자는 어릴 적에 미친개에게 아랫도리가 물어 뜯겨 고자가 된 사람입니다. 자라면서 몸이 점점 뚱뚱해지고 수염이 안 나게 되었지요. 그래서 마치 내시처럼 될까 봐 걱정해 어느 날부터는 가짜 수염을 붙였습니다. 또 목소리가 가늘어지자 시장에서 여럽켜는(호객 행위하는) 소리를 크게 내어 쉰 목소리로 만들었습니다.

그런 어느 날, 얼금뱅이 장 가의 꼬임으로 투전판에 끼게 되었는데 그 자리에서 죽은 자식 불알 만지기네 하는 소리를 듣게 되었지요. 장 가가 뒷간으로 가는 것을 보고는 따라갔습니다. 그리고 죽은 불알을 살릴 방법이 있느냐고 물었습니다. 그때 장 가가 농담으로 말하기를, 어린아이의 고추를 10개만 따 먹으면 고자도 멀쩡한 사내구실을 하게 된다고 했습니다. 이자는 그 말을 철석같이 믿고 범행을 시작한 것입니다."

털보가 저도 모르게 중얼거렸다.

"그걸 어찌…… 뒷간에 둘만 있었는데……."

"그랬지. 그런데 그 얼금뱅이 장 가가 죽기 전에 이자한테 그런 말을 한 적이 있다고 털어놓은 사람이 있었습니다. 바로 그의 아내입니다."

목사는 장 가의 아내를 불러냈다. 그녀는 오들오들 떨었다. 다가가서 물었다.

"남편이 그때 일을 말한 사실이 있습니까?"

"이, 있습니다."

"왜 그동안 말을 하지 않았습니까?"

"너무 무서웠습니다요. 어린아이가 자꾸 죽자 남편이 설마하니 털보가 그랬겠느냐며 입 다물고 있자고 했습니다."

털보는 아무 말이 없었다. 나는 범행에 쓴 칼을 들어 보였다.

"이것은 나막신 속을 파낼 때 쓰는 호비칼입니다. 이 호비칼의 구부러진 날을 펴서 이렇게 직도를 만들었습니다. 이 칼이 바로 범행에 쓰인 흉기입니다."

털보는 고개를 흔들며 강력히 부인했다.

"아닙니다요. 저는 아이들을 죽이지 않았습니다요."

병방군관에게 말했다.

"화로를 가져다 주십시오."

나졸들이 화로를 가져다 놓았다. 흉기를 숯불 속에 넣어 달구었다. 벌겋게 달아오른 칼을 꺼내어 식초를 부었다. 치치칙 하는 소리가 나며 연기가 피어올랐다.

"사또, 이 칼날을 잘 보십시오. 아무리 닦아내어도 사람의 눈으로만 다 닦아낸 듯이 보이지 원래의 핏자국은 그대로 남아 있습니다."

사또가 물었다.

"이래도 범행을 부인하겠느냐?"

그때서야 털보는 고개를 푹 떨구었다.

"사내아이들은 그렇다 치고 계집아이와 장 가는 왜 죽였느냐?"

"계집아이를 죽인 것은 혼란을 주려고 그랬던 것입니다. 장 가는 제게 그런 말을 했다는 걸 발설할까 봐 죽였습니다. 사또, 아무도 저의 심정을 모르실 겁니다. 남자가 점점 여자로 변해 가는데 정말이지 무슨 짓이라도 해서 남자로 돌아가고 싶은 마음뿐이었습니다."

사람들이 웅성거렸다. 그 사람 좋다는 털보가 범인으로 드러났기 때문이었다. 그리고 그런 말을 믿고 아이들을 죽이다니, 읍민들의 분노가 일기 시작했다.

"아무리 그래도 아이들을 죽이다니?"

"저놈은 사람도 아냐!"

"에라, 쳐 죽여도 시원찮을 놈 같으니!"

털보에게 돌멩이가 날아들었다. 목사는 백성들을 제지시켰다.

"저자는 마땅히 국법에 따라 처분할 것이다. 이제 사건이 해결되었으니 모두 안심하고 다시 생업에 힘쓰라."

한동안 온 고을을 흉흉한 분위기로 몰고 갔던 연쇄살인사건이 해결된 뒤로 민심은 빠르게 안정을 되찾았다. 곳곳에서 아이들이 마음껏 뛰어놀았고 어른들은 홀로 밤길을 걸어도 아무런 사고가 일어나지 않았다.

"존애원이 없었으면 어쩔 뻔했나 그래?"

"존애원이 아니라 그 의원이 없었으면 어쩔 뻔했나 이렇게 말해야지."

"그게 그 말이지."

목사는 내게 상을 내렸다. 애초에 내걸었던 현상금에다가 각별히 비단 한 필을 더 얹어주었다.

"자네가 아니었으면 이 사건은 해결하지 못할 뻔했네. 그간 고생 많았네."

비로소 존애원으로 돌아왔다. 쌀 한 섬을 내어 떡을 했다. 존애원 사람들과 환자들이 다 나누어 먹었다. 면포로는 박지지와 사빈한테 옷을 한 벌씩 지어주었다. 또 남은 것은 의학당에 다 기증해 의업을 닦는 원의생들에게 도움이 되도록 했다.

박지지는 낙사계 계회에 나아가 말했다.

"저는 이제 늙어서 손이 떨려 침을 놓지 못하는 지경에 이르렀습니다. 이런 몸으로는 의국의 원임 직을 더 이상 수행할 수 없으니 그만 물려주었으면 합니다."

"누구에게 물려주시겠다는 말씀입니까?"

"담야 의원이 의국을 잘 알고 의술도 뛰어나니 그만한 적임도 찾기 어려울 것입니다."

계원들은 아무도 반대하는 사람이 없었다. 정경세가 무어라 말을 하려다가 입을 다물었다. 이준이 물었다.

"할 말이 있거든 편하게 하십시오."

"아, 아닙니다."

극구 사양했지만 박지지는 고집을 꺾지 않았다. 그리하여 나는 성람, 이찬, 박지지에 이어 존애원 4대 원임이 되었다. 낙사계 계회에 불려가서 계원들에게 말했다.

"지난 수십 년 간 의국이 존심애물을 표방하며 쌓아왔던 평판을 잘 지켜나가도록 하겠습니다."

"애써 주게."

그 무렵 임금과 조정이 경상도의 양곡을 추풍령, 문경새재, 그리고 죽령 아래에 있는 고을들의 관창에 비축해 장차 군량에 대비하도록 했다.

그 소식을 듣고는 전부터 생각했던 일을 실행에 옮겼다. 전쟁이 나면 특히 도검에 찔리고 베인 상처와 화살에 맞은 상처를 치료할 약재가 많이 필요할 것이라고 내다보고 있었다. 그리하여 틈나는 대로 부상병을 치료할 수 있는 여러 가지 약재를 구비하기 시작했다. 그것이 존애원 원장에 취임하자마자 가장 먼저 한 일이었다.

2

의녀들의 불만이 점차 거세졌다. 수의녀들이 별난이를 벌주어야 한다고 한목소리를 냈다. 애종도 그대로 두어서는 안 되겠다고 생각해 별난이를 불렀다.

"요사이 네가 중궁전에 드나든다고 다른 의녀들의 시기와 질투가 많다. 각별히 언행을 조심하거라."

"예."

별난이는 시큰둥하게 대답했다. 중궁전에서 찾는다는 전갈이 왔다. 별난이는 궁녀들을 따라갔다. 중전 한씨가 별난이를 반겼다.

"어서 오너라. 너는 내가 부르지 않으면 걸음을 하지 않는구나."

"다른 의녀들이 자꾸 눈치를 줘서 소녀가 맘대로 중전마마를 뵈러 오지 못하옵니다."

"감히 어느 누가 눈치를 준다고 그러느냐?"

"의녀들 중에서 소녀의 신분이 낮아서 그렇사옵니다."

"그래? 그렇다면 너의 직책을 높여 주어야겠군. 수의녀가 되면 무시당하지 않겠느냐?"

"황공하옵니다, 중전마마."

"그런 건 아무 걱정 말고 이리 와서 어깨를 좀 주무르거라."

별난이는 얼른 일어나 중전에게로 갔다. 그러고는 안마를 하기 시작했다. 잠시 후 중전 한씨가 말했다.

"별난이 네가 궁녀가 되는 것은 어떻겠느냐?"

"소녀가 궁녀요?"

"왜? 싫으냐?"

"싫은 건 아니지만……."

별난이는 10대의 어린 궁녀들 틈에서 스스로 버틸 재간이 있겠나 싶었다. 임금이 늙은 궁녀에게 눈길을 줄 리도 없다고 생각했다. 차라리 중전의 후광을 입고 장차 어의녀가 되는 것이 나을 것이었다.

"소녀는 그냥 의녀로서 죽을 때까지 중전마마를 모시고 싶을 뿐이옵니다."

"오냐. 기특한지고."

중전은 어의를 불렀다.

"다음 의녀들의 단도목(승진 및 인사이동을 시키는 것) 때 별난이라는 의녀를 내의원 수의녀로 진급시키시오."

어의는 난감했다.

"중전마마, 하찮은 의녀들에게도 위계질서가 있사옵니다. 탕약의녀를 단번에 수의녀로 진급시키는 일은 불가하옵니다."

"그럼 어떤 직책이 마땅하겠소?"

"아무리 뛰어넘어도 대령의녀 이상은 무리이옵니다."

중전은 쓴맛을 다셨다.

"알겠소."

어의로부터 말을 전해들은 애종은 별난이를 대령의녀로 삼았다. 그리하여 공식적으로 중궁전을 전담케 했다. 의녀들은 또 한 번 큰 불만을 나타냈다. 애종은 별난이에 대한 의녀들의 시기 질투를 잠재우느라 곤욕을 치렀다.

중전은 중전대로 불만이었다. 애종은 중전에게 불려갔다.

"별난이를 수의녀로 삼지 못한 이유가 무엇인가?"

"중전마마, 아뢰옵기 황공하오나 별난이는 아직 진급할 만한 연수를 채우지 못했사옵니다."

"의술이 출중하면 연수가 차지 않아도 진급시킬 수 있는 것 아닌가?"

"의녀들의 의술은 다 그만그만하옵니다. 누가 더 뛰어나다고 할 것이 없사옵니다."

"내가 보기엔 별난이의 의술이 예사롭지 않던데 어의녀의 말은 다른 의녀들도 다 그만큼 한다는 것인가?"

"그러하옵니다. 의술이란 그 펼치기에 따라서 가끔 특출해 보이는 부분이 있기도 하는 것입니다. 이번에 탕약의녀 별난이가 중궁전 대령의녀가 된 것도 보기 드문 특전이옵니다."

"그래? 내 어의녀의 말을 믿도록 하지."

그런 뒤 중전은 말을 돌렸다.

"혹시 벙어리가 말문을 트는 비방은 없는가? 어의를 비롯해서 모든 의관에게 물어보았지만 그런 비방은 없다고 하기에 혹시나 해서 어의녀에게도 물어보는 것이네."

"내국(내의원)의 의관들 못지않게 팔도에 숨은 명의들이 많으니 찾아보면 어찌 없기야 하겠사옵니까? 다만 병을 고칠 만한 의원이 있다고 하더라도 혹시라도 고치지 못한 뒤에 벌을 받을까 두려워해서 함부로 나서지 못할 것입니다."

"으음. 잘 알겠네."

중전 한씨는 임금에게 정화옹주에 관한 말을 꺼냈다. 옹주는 선조 임금의 딸로서 지금의 임금에게는 고모부뻘이 되는 항렬이었다. 어릴 적부터 벙어리에다가 지각이 없는 병을 앓아왔다. 그 때문에 스물이 넘도록 시집을 가지 못한 채 아직까지 대궐에 기거하고 있었다.

"예전에도 옹주마마의 병을 고칠 사람을 널리 구한 적이 있었다고 합니다. 비록 그때는 고칠 의원이 없었다고 하더라도 지금은 그때보다 의술이 더 나아졌을 것이고 새로 의술을 익힌 의원들도 많을 테니 다시 한 번 용한 의원을 찾아보는 것이 어떻겠습니까?"

임금은 중전의 말을 옳게 여겨 신하들에게 하교했다.

"정화옹주께서 아직 혼례를 행하지 못하고 있다. 앓고 계시는 지병이 있다고는 하나 왕녀로서 어찌 배필이 없을 수 있겠는가? 벌써 늦은 감이 있으니 옹주의 병을 고치거나 설령 고치지는 못한다 해도 차도가 있도록 하는 자에게는 누구를 막론하고 부마로 삼는다고 팔도의 모든 고을에 반포하라."

행림은 다시 술렁였다. 각 도의 감사는 관내에 공문을 내려보내 이전에 벙어리를 고친 적이 있는 의원이 없는지 조사하기 시작했다. 그리하여 벙어리를 고친 이력이 있다는 사람이라면 의원이든 무당이든 도사든 다 찾아서 확인했다. 그런데 그들은 막상 옹주의 병을 고치게 하려니 다들 이 핑계 저 핑계 대면서 꺼려 하는 것이었다.

백성들은 쉽게 잊는 것도 많지만 절대로 잊지 않는 것도 있는 법이었다. 오래전에 존애원에서 산후에 벙어리가 된 산모의 말문을 트이게 했다는 사실이 새삼스럽게 고을 사람들 입에 회자되었다.

마침내 그 일은 조정에 알려졌고 임금의 귀에까지 들어가게 되었다. 임금은 그 즉시 하명했다.

"속히 그 의원을 데려오라."

선전관이 존애원을 찾아와 어명을 전하며 나를 데리고 가려고 했다. 그때 박지지가 나섰다.

"산모의 병을 고친 것은 나요. 내가 가겠소."

의아했다. 손이 떨려 침을 놓지 못하는 그가 나서다니? 만약에 내가 갔다가 옹주의 병을 고치지 못해 벌을 받을 것을 예상한 것은 아닐까 했다. 그래서 박지지는 본인이 모든 것을 책임질 작정을 한 것은 아닐까?

그런데 사람들은 내 생각과 달랐다. 박지지가 옹주의 병을 고쳐서 부마가 되고 싶은 노욕에서 나섰다는 것이었다. 말도 안 되는 말을 말이 되는 것처럼 지어내는 일. 품성이 사특한 몇몇 사람들이 곧잘 하는 일이었다.

박지지는 임금을 알현했다.

"선조 대에 어의를 지냈다고?"

"그러하옵니다."

"옹주의 병을 고칠 수 있겠는가?"

"소신은 이미 늙어 침을 잡을 수 없사옵니다. 다만 저희 의국에 명의라고 할 만한 의원이 있는데 그 의원이라면 희망을 가져볼 만하다고 생각되옵니다."

"그러면 그 의원이 오지 않고 어찌 전 어의가 왔는고?"

"의국에는 의원이 단 한 사람뿐이옵니다. 만약 그 의원이 옹주마마를 치료하기 위해 의국을 비운다면 의사에 들어있는 위중한 환자들을 다 저버리는 것이 되옵니다."

"옹주보다 백성들이 중요하다?"

"전하, 아뢰옵기 황공하오나 의원에게는 항상 위중한 목숨이 먼저라는 뜻이옵니다. 만약 옹주마마께서 저희 의국에 행차하시면 그 의원이 성실히 진료를 할 것이옵니다."

박지지가 목숨을 내놓지 않았다면 할 수 없는 말이었다. 임금의 옥음도 달라졌다.

"병을 고쳐줄 의원은 못 오니 병을 고칠 옹주가 가야 한다는 말이렸다?"

신하들은 등줄기에 땀이 솟았다.

"그러하옵니다."

임금은 조금도 망설이지 않고 대답하는 박지지를 잠깐 동안 바라보았다. 박지지가 다시 입을 열었다.

"만약 그렇게 하교하신다면 팔도의 모든 백성들을 살리기를 좋아하는 전하의 성덕을 만백성이 칭송할 것이옵니다."

그 말에 임금의 용안이 누그러졌다.

"옹주가 그 의국에 간다면 반드시 병을 고칠 수 있겠는가?"

"의원은 병을 두고 장담을 하지 않는 법이옵니다. 힘써 치료를 해보겠사옵니다."

드디어 임금은 하교했다.

"정화옹주는 저자를 따라가 묵은 병을 고친 다음에 돌아오도록 하라."

옹주의 행차는 눈부셨다. 덩(옹주의 가마)은 오색단청을 입혔으며 봉황이 그려져 있었다. 또 가마의 네 처마에는 금빛 술을 달아 늘어뜨렸다. 선전관과 금위군이 삼엄하게 옹주가 탄 가마를 호위하는 가운데 상궁과 궁녀들이 가마를 뒤따랐다.

존애원에서는 옹주가 행차한다는 소식을 파발로 미리 전해들었다. 도청을 옹주의 처소로 정하고 새로 단장했다. 목사가 관아의 객사에 옹주가 머물 것을 주청했으나 임금은 의원이 오가기 불편하다는 박지지의 말을 듣고 존애원에 기거하면서 치료를 하도록 하명했다.

박지지가 내게 말했다.

"자네가 옹주마마를 치료해 보게."

"어찌 감히 제가……."

"모름지기 의원은 모든 병 앞에서 고칠 수 있다고 자신감을 가져야 하네. 어떤 경우라도 포기하는 환자가 있어서는 안 되네."

남녀가 유별할 자리가 아니었다. 의원과 환자일 뿐이었다. 원의녀를 대행시키지 않고 옹주를 직접 진맥했다. 박지지가 말했다.

"나쁜 기운이 몸속의 양과 부딪히면 전질(지랄병, 미친병)을 앓고, 음과 부딪히면 벙어리를 앓게 된다네. 맥진을 해 보니 어떤가?"

"홍맥이 느껴집니다."

"그렇다면 옹주마마께서는 나쁜 기운 때문에 음이 상한 것일세. 그로 말미암아 말씀을 못 하시게 된 것이고, 그것은 혀뿌리가 병이 났기 때문일세. 어디에 침을 놓아야 하겠는가?"

"조계혈(뒷목의 위쪽 우묵한 곳에 있는 혈자리)에 놓습니다."

"시침하게."

침을 놓고 나자 박지지가 말했다.

"약은 어떻게 처방하겠는가?"

"정설산을 쓰겠습니다."

"그 약은 갑자기 중풍이 들어 혀가 뻣뻣하여 말을 하지 못할 때 쓰는 것일세. 옹주마마처럼 태어날 때부터 혀가 굳은 병에는 효험을 보기 어렵네."

"그러면 어떤 약을 써야 하는지요?"

"무릇 정설산에는 갈초(전갈꼬리)가 들어가는데 옹주의 병에는 정설산을 처방하되 다만 반드시 전갈의 독이 들어있는 갈초를 써야 하네. 그리고······."

갈초도 비싼 당재 중의 하나였지만 독이 배어 있는 갈초는 보통 갈초보다 값이 세 배나 비싼 약재였다. 박지지는 놀라운 말을 이어갔다.

"약을 달일 물을 찾아야 하네. 사람의 시체가 썩어서 흐른 추깃물을 뿌리로 빨아들여 생장한 나무에서 나오는 수액일세."

"그런 나무도 있습니까?"

"저승에서 이승으로 흘러나온 물을 먹고 자란 나무라고 하네. 반드시 100년이 넘은 자작나무라야 하지. 그런 나무에서 얻은 수액은 운명을 바꾸고 수명을 바꾼다고 해서 명화수라고 한다네."

명화수. 저승 명 자, 자작나무 화 자. 물 수 자. 벙어리가 말을 하고 귀머거리가 들으며 봉사가 눈을 뜨고 앉은뱅이가 일어선다는 전설적인 신령수였다.

"그 물로 약을 달여야 하네. 그리고 달인 약은 한 번에 세 홉을 쓰는데 반드시 첫닭이 울고 난 직후에 옹주마마께 올려서 드시게 해야 하네."

"그런 물이 세상에 있기나 한지⋯⋯."

"있다네. 잘 생각해 보게."

저승골! 바로 그곳이었다. 짐승과 사람의 무덤이 수백 개가 있는 곳 아래에 커다란 자작나무가 한 그루 서 있었다. 천수인이 명화수를 얻고 싶어서 그 나무 위쪽에 공동묘지를 만든 것일까.

저승골로 갔다. 자작나무는 과연 그 뿌리를 깊이 박고서 땅속으로 스며든 추깃물을 빨아들이고 있는 것만 같았다. 나무 밑동에 못을 박았다가 빼내고 그 자리에 대롱을 꽂았다. 맑은 물이 흘러나왔다. 맛을 보았다. 달고 깨끗했다.

요행히 명화수를 얻어온 나는 직접 정설산을 달였다. 원래 정설산은 가루로 먹는 약이지만 박지지가 내린 처방은 독특했다. 그 가루약을 명화수로 달이는 것이었다. 정성껏 달인 약을 박지지가 알려준 대로 시간에 맞춰 옹주에게 올렸다.

그렇게 옹주를 치료하는 동안 원의생들은 큰 관심을 가지고 저마다 견해를 나타냈다.

"벙어리 병에는 감수가루를 총백(대파의 흰 부분)을 찧어낸 즙으로 환을 만들어서 귓속에 넣으면 효험이 있다고 의서에 쓰여 있다네."

"입안에 감초탕을 머금고 있어도 효험을 본다지?"

"지황음자탕은 어떻고?"

"그건 중풍으로 벙어리가 된 때에 쓰는 처방이 아닌가?"

"유완소(금나라 때의 명의)는 내고단을 쓴다고 했네. 그에 들어가는 약재 중에서 특히 흑부자를 쓴다고 했더군."

한 달이 지난 때였다. 정화옹주가 어떻게 치료를 받고 있나 하여 임금이 차사를 보내왔다. 그는 옹주의 병이 아무런 차도가 없는 것을 보고 낙심한 표정을 지었다. 박지지는 태연하게 말했다.

"수십 년 묵은 병통이 어찌 한두 달 만에 고쳐지리이까."

"상감마마께는 뭐라고 아뢰어야 좋겠소?"

"본 대로 들은 대로 아뢰십시오."

박지지는 나를 자신의 처소로 불렀다.

"비전의 의술을 한 가지 전수해 주겠네. 설침법이라고 하네."

"혀에 침을 놓는다는 말씀입니까?"

"그렇다네."

박지지는 이미 사람의 입과 혀 모양을 한 인형을 준비해 놓고 있었다. 나는 날이면 날마다 밤낮 가리지 않고 설침법을 익혔다. 오래지 않아 자신감이 붙었다. 박지지가 말했다.

"무릇 의원은 과감성이 있어야 하네."

그의 말에 힘입어 드디어 옹주에게 설침법을 시침했다. 먼저 대침으로 혓바닥을 두드리듯이 재빨리 찔렀다 뺐다 하기를 수십 차례 했다.

그다음에는 옹주의 혀 밑에 있는 해천혈, 금진혈, 그리고 옥액혈에 침을 놓았다. 검붉은 피가 났다. 마지막으로 턱밑에 있는 상염천혈과 증음혈에 침을 놓았다.

다음날 옹주에게 침을 놓을 시각이 되어 도청으로 갔다. 옹주의 안색이 여느 때와 달랐다. 온 얼굴에 붉은 기운이 감도는 것이 곧 얼굴이 터질 것만 같은 것이었다. 어찌 된 영문인지 알지 못했다. 박지지를 부르려는 순간 옹주가 갑자기 크게 토해 내는 것이었다.

"우아아악!"

방바닥에 쏟아진 검은 피가 온 사방으로 튀고 흘렀다. 시중을 들고 있던 궁녀들이 소리를 질렀다. 옹주는 연거푸 토했다. 그렇게 토해 낸 검은 피가 한 사발이나 되었다. 박지지와 차사가 달려 들어왔다.

"아니? 이게 어찌된 일이오?"

"옹주마마!"

옹주가 숙이고 있던 고개를 들었다. 상궁이 다가가 옹주의 입을 닦았다. 옹주가 나를 똑바로 바라보더니 으으 하는 소리를 냈다.

"으으, 의, 의원!"

옹주가 말문을 트는 것을 보고 들은 사람들은 다 놀라 아무 말도 하지 못했다. 나조차 믿기지 않았다. 박지지가 말했다.

"옹주마마, 무슨 말씀이라도 좋으니 더, 좀 더 해 보십시오."

"으, 의원, 고마으."

옹주의 입에서 나온 첫 말, 옹주의 목소리, 도청에 든 사람들은 얼굴이 상기되었다. 차사는 서둘러 길을 떠났다. 존애원은 잔치 분위기가 되었다. 온 상주 땅이 떠들썩했다. 목사가 한달음에 달려와 정화옹주에게 하례를 올렸다. 하지만 옹주는 몇 마디 외에는 말을 하지 못했다.

차사로부터 옹주가 말문을 텄다는 소식을 전해들은 임금은 크게 기뻐했다.

"벙어리 병을 고쳤다니 가상한 일이다. 백치는 언제쯤이면 고친다던가?"

"말을 하실 수 있게 되었으니 차차 나아지실 것입니다."

정화옹주가 존애원에서 벙어리 병을 고치고 말을 하게 되었다는 소문이 팔도 전역으로 빠르게 퍼졌다. 대궐 안에서도 단연 화제는 그것이었다.

"어의녀님, 세상에는 참으로 용한 의원도 많습니다."

"한낱 시골 의원이 옹주마마의 지병을 고치다니."

"그 의원 이름이 담야라고 하지요, 아마."

"그 의원이 머잖아 어전에 불려와 부마가 되지 않겠습니까? 하루아침에 팔자 고치겠습니다요."

속으로 흐뭇해하고 있던 애종의 얼굴이 일순간에 어두워졌다. 임금이 곧 나를 부를 것이고 그렇게 된다면 나를 가까이에서 만나게 될지도 모른다는 설렘은 곧 우울감으로 바뀌었다. 조정에서는 내가 정화옹주와 혼례를 치를 것이고 임금의 부마가 되는 것을 기정사실화하고 있었다.

귀천군과 동양위가 임금을 알현하고는 비밀히 적은 봉서 한 통을 올렸다. 읽어본 임금은 잠시 말을 하지 못했다.

"어찌 이런 일이?"

"망극하옵니다, 전하."

"과인이 어떻게 하면 좋겠소?"

"스스로 원하는 바대로 해주옵소서."

임금은 나의 정체에 관한 것은 조야에 비밀로 부치고 전교했다.

"정화옹주는 전 형조참판의 아들 권대항에게 하가(옹주가 신하에게 시집가는 것)토록 하라."

임금의 뜻밖의 결정에 가만히 있을 세간이 아니었다. 옹주를 치료한 의원에게 하가토록 하라는 백성들의 여론이 들끓었다. 그에 비해 양반들은 옹주의 병이 완치된 것이 아니라서 의원에게 하가해서는 절대로 안 된다는 상소를 줄기차게 올렸다. 왕녀가 양반이 아닌 천한 의원에게 하가하는 것을 두고 볼 수 없어서였다.

다른 사람들은 그만두고라도 존애원 사람들은 나를 무슨 바보처럼 여겼다.

"세상에 부마 자리를 마다하다니 제 정신이야?"

"허어, 거 참. 존애원 원임 자리가 부마 자리보다 높다는 애기가 되는군."

"그게 아니라, 그저 이 존애원에서 환자를 치료하는 소임만 다하고 싶다고 부마를 사양했다잖아."

"사양할 게 따로 있지."

"살다 살다 부귀영화가 싫다는 사람은 처음 보는군."

"말 못할 사정이 있을지도 몰라. 그러니 구구한 억측은 삼가세."

"의국을 떠나지 못할 이유라도 있는 게지."

"그게 뭔가?"

"전에 의국에 별난이라고 있지 않았는가?"

"어떤 난뎃놈과 야반도주했다는 그년?"

"믿거나 말거나인데, 담야 의원이 그 별난이에게 마음을 두고 있었다더군. 그래서 지금도 오매불망 돌아오기만을 기다리고 있는지 몰라."

3

사빈이 자꾸 의사 주변을 맴돌았다. 원의녀들이 하는 말을 듣고는 의술에 관심을 보이는 것은 당연한 일일지도 몰랐다. 딱히 같이 놀 또래아이도 없고 데리고 놀아주는 어른도 없는 탓이었다. 천자문을 내놓고 사빈에게 글을 가르치기 시작했다.

"저도 의원이 되고 싶어요."

"그래? 그러면 저 약뱅이들에 심어 놓은 백 가지 약초의 이름을 다 외우거라. 그러면 의술을 가르쳐 주마."

"정말이죠?"

"그럼. 그리고 이 천자문도 다 외워야 한다. 알겠지?"

사빈은 신이 나 큰소리로 외웠다. 그 뒤부터 아이의 놀이터는 약뱅이들이었다. 오가는 약초꾼들에게 물어 어느새 약초를 거의 다 외우다시피 하는 것이었다. 낙사계의 계원들이 사빈을 대견스럽게 여겼다.

"예전의 원임을 보는 것 같구먼."

고 성람의 아들 성여춘이 처남 채득기와 동행해 존애원을 찾아왔다. 가은현 선유동에서 신선처럼 살고 있는 채득기는 한 번 본 것은 잊는 법이 없고 사서삼경뿐만 아니라 천문, 지리, 의술, 음양학 등의 잡술에 깊은 조예가 있다고 알려져 있는 사람이었다.

사람들이 몰려들어 그에게 점을 쳐 주기를 부탁했다. 그는 사주를 묻더니 일일이 점을 쳐 대답해 주었다. 젊은 사람이 대단하다는 생각이 들었다. 누군가 물었다.

"앞으로 전쟁이 또 일어나겠습니까?"

"머잖아 불가항력의 병란이 일어날 것인데 그때가 되면 나라가 위태로울 것이오."

"그러면 언제 피난을 가야 합니까?"

"나라를 지킬 생각을 해야지 피난은 무슨 피난이란 말이오?"

그 말에 사람들은 무안해져서 하나둘 그 자리를 떴다. 정경세가 왔는데 오른손이 마비되는 증상이 있었다. 채득기에게 치료를 부탁했다. 그는 서슴지 않고 침을 놓았다. 그런데 오른팔이 아닌 왼팔이었다. 잠시 후 정경세는 스스로 오른팔을 움직였다.

채득기가 가고 나자 정경세의 오른팔이 다시 마비되었다. 나는 그의 왼쪽 머리를 만져보아 말랑말랑하게 느껴지는 부위에 뜸을 떴다. 그리고 간사혈(팔목 안쪽에 있는 혈자리)과 곡택혈(팔오금 안쪽에 있는 혈자리)에 침을 놓았다. 팔이 또 움직여졌다. 같이 온 이준이 말했다.

"침을 놓을 때만 괜찮아지는가?"

"며칠 맞으셔야 합니다."

"영주 초정(오전약수)에 가서 목욕을 하는 것은 어떻겠는가?"

같이 가주고 싶었지만 존애원을 비울 수 없었다. 정경세는 병세가 깊어져 몸의 한쪽이 마비되는 증상을 앓았다. 게다가 이질이 다시 도졌다. 갑자기 배를 송곳으로 찌르는 듯이 아파서 도저히 견딜 수 없어했다. 머리가 지끈지끈하고 눈앞은 어지러웠으며 추웠다 더웠다 하여 정신이 혼미해지고 숨 쉬는 것조차 고르지 않았다. 부축을 받아 일어나 앉아도 중심을 잡지 못하고서 한쪽으로 쓰러지기 일쑤였고 음식은 전혀 들지 못한 채 인사불성이 되는 경우도 있었다.

침과 뜸으로 치료를 하면서 볏짚 밑에 생쥐가 새끼를 낳아둔 것을 수소문했다. 그 중에서 눈도 안 뜬 것을 구해다가 달여서 정경세에게 올렸다. 그의 증세가 좋아졌다.

"편허(중풍)의 증세가 아주 가라앉거든 다녀 오십시오."

정경세는 증상이 차도를 보이자 이준과 함께 영주로 갔다. 초정에서 여러 날 머물며 목욕을 한 뒤에 부석사로 숙소를 옮겨서 조리하고 돌아왔다.

정경세의 병세는 잠깐씩 호전되는 것 같다가도 다시 도지곤 했다. 두 아들을 먼저 보낸 뒤 그 처절한 슬픔의 고통을 남몰래 인내하느라 화병이 된 것이었다. 화병은 온몸 곳곳에서 병증을 일으켰다.

"오늘은 좀 어떠십니까?"

"몸에 열이 있는 것 같네. 밥을 먹어도 맛을 모르겠으며 날이 갈수록 피곤하고 나른하기만 하네. 가슴이 울렁거리는 증세까지 또 발작하니 몹시 답답하네. 하지만 위중한 상황까지는 이르지 않으니 다행이라 하겠네."

정경세의 환증을 완전히 낫게 하지 못해 자책을 하다가 궁여지책을 냈다.

"성질이 아주 센 약이 있습니다. 그 약을 조금 처방해 볼까 합니다."

"무슨 약인가?"

"아편입니다."

"이 몹쓸 증상만 낫게 할 수 있다면 아편뿐이겠는가. 어서 가지고 오게."

콩알만큼 떼어낸 아편을 물에 개어 올렸다. 이내 여러 가지 증상이 가라앉았다. 정경세의 얼굴에 열이 올랐다. 이번에는 냉수에 꿀을 타서 마시게 했다. 아편으로 그의 병세는 잡았지만 계속 써서는 안 될 약이었다. 정신을 혼미하게 하고 중독될 위험성이 있는 약재이기 때문이었다.

병증을 어느 정도 회복한 정경세가 작심한 듯 말했다.

"내가 세상에 있을 날이 얼마 남지 않은 것을 잘 알고 있네. 그래서 더 늦기 전에 하는 말이네만."

갑자기 정경세가 일어나 무릎을 꿇었다. 화들짝 놀라 얼른 마주 꿇어앉았다. 그가 입을 열었다.

"나리! 그간 소신이 귀인을 알아 뵙지 못하고 무례를 저질렀습니다. 부디 너그러이 용서해 주옵소서."

"이러지 마십시오. 이러시면 안 됩니다."

정경세는 막무가내였다. 그는 그간 조사한 것을 알려주었다. 더 이상 감출 수 없음을 깨달았다. 결국 그에게 털어놓았다.

"저도 제 신분을 알게 된 지는 얼마 되지 않습니다."

"그러셨군요. 소신이 죽기 전에 나리께서 신분을 되찾으시게 되어서 참으로 다행입니다."

"그렇지 않습니다. 저는 이후로도 종친이 아니라 이 의국의 의원으로 살 겁니다."

"나리, 그래서는 안 됩니다. 나라에는 엄연히 국법이 있습니다. 부디 종친으로 돌아가셔야 합니다. 그리하여 선친이신 풍산군 나리의 묘소도 찾아뵈어야 하고요. 또 형제지간이신 귀천군 나리와 처남이 되시는 동양위 대감도 만나보셔야 합니다."

"그건 제가 알아서 하겠습니다. 대감께서는 어서 병환이나 쾌차하십시오."

그로부터 얼마 후 임금은 정경세를 홍문관 대제학, 예문관 대제학, 그리고 지성균관사에 제수했다. 그는 성은을 저버릴 수 없다 하여 성치 않은 몸임에도 불구하고 임금의 명을 받들고 한양으로 길을 떠나갔다. 멀리까지 나가 배웅했다. 어쩌면 정경세의 마지막 벼슬길이 될지도 모른다는 생각이 들어 마음이 착잡했다.

고개를 돌리는데 눈길에 수상한 사람들이 얼른 몸을 감추는 것이 느껴졌다. 그 순간 섬뜩했다.

"도대체 어떤 자들일까?"

단 하루도 낯선 길손이 흘러들지 않는 날이 없는 존애원이었다. 정경세를 떠나보낸 뒤 허전한 가슴을 달래며 의사에서 환자들을 보고 있는데 언행이 참으로 가관인 자가 찾아들었다.

"이 의국에서 의술이 가장 뛰어난 자가 누구요?"

사람 많이 겪은 장 서방이 웃는 얼굴로 그에게 다가갔다.

"댁은 뉘시오?"

"이곳에 있는 의원이 정화옹주마마의 벙어리 병을 낫게 했다는 소문을 들었소. 내 그 의원과 의술을 한번 겨루어 보려고 찾아온 이형익이라는 사람이오."

"의술을 겨루러 왔다?"

시끄러운 소리에 나가보았다. 장 서방이 그자가 한 말을 전했다. 한마디로 일축했다.

"의술은 겨루는 것이 아니오. 그만 돌아가시오."

"겨루지 않겠다니 자신이 없는 게로구려. 허헛. 내 그럴 줄 알았소. 옹주마마의 병을 우연히 낫게 한 일로 명의 행세를 하다니 이제 세상을 그만 속이시오."

장 서방이 이형익의 말을 그냥 들어 넘기지 못했다.

"이자가? 감히 뉘 앞에서?"

"됐네. 맞설 것 없네. 그만 내보내게."

그 말을 듣고도 이형익은 존애원에서 나갈 생각이 없었다.

"나는 번침 단 한 가지만 쓰겠소. 그 의원은 무슨 수를 써도 좋소. 자, 이래도 의술 대결을 회피할 작정이오? 여러 사람이 보고 있소."

존애원 사람들은 내가 그에게 본때를 뵈주기를 바라고 있었다. 하지만 의술 대결이라니 당치 않는 말이었다. 그의 유치한 수작에 넘어가기 싫었다. 하지만 얄량한 도발이 너무 지나치지 않는가. 의술 대결에 응하지 않는다면 그가 온 사방을 돌아다니면서 존애원을 형편없는 의국으로 소문낼 것 같은 생각이 들었다.

"어떤 환자에게 번침을 쓰겠소?"

그는 성큼성큼 걸어 올라와 의사에 들어있는 환자를 둘러보았다.

"마침 인후통을 앓고 있는 환자가 두 사람 있군. 이들 중에서 먼저 낫게 하는 사람이 이기는 걸로 합시다."

사람들은 나와 이형익의 의술 대결을 흥미로운 눈길로 지켜보고 있었다.

"우리 담야 의원님이 이기면 본전이고 지면 망신인데?"

"설마 지기야 하겠어?"

"저자가 아무 자신 없이 우리 약방을 찾아왔겠는가?"

이형익이 침통을 꺼내들었다.

"나는 번침을 쓰겠소."

"그러면 나는 약으로 하리다."

그가 내게 물었다.

"허헛, 무릇 행림에서 말하기를 일침 이뜸 삼약이라고 했는데 약으로 되겠소?"

웃으며 받았다.

"그 말은 침으로 치료를 시작하되 마무리는 약으로 한다는 뜻이라오."

이형익은 마당을 향해 소리쳤다.

"약화로를 들이라."

원의녀들이 수군댔다.

"저놈이 아주 반말일세?"

"아주 상전 노릇을 하려 드는구먼."

약화로가 놓였다. 그는 침을 달구었다. 벌겋게 단 침을 들고 환자에게 시침하려고 했다. 환자가 깜짝 놀랐다.

"아이고, 소인은 그 무지막지한 침은 싫습니다요!"

환자를 타일렀다.

"괜찮소. 침을 맞아보시오."

환자는 마지못해 손목을 내놓고는 고개를 돌렸다. 이형익은 환자의 태연혈(손목이 접히는 곳의 바깥쪽에 있는 혈자리)에 번침을 놓았다. 그것을 본 나는 연교패독산을 처방해 환자가 따뜻한 물과 함께 먹도록 했다.

잠시 기다리자니 번침을 맞은 환자가 가래를 크게 뱉어내고 코를 두어 번 풀었다. 그런 뒤 신기한 듯 외쳤다.

"어? 이젠 목이 안 아픈데? 거 참 신통하다."

뜰에서 지켜보던 사람들이 수군거렸다.

"뭐야? 그러면 우리 원임이 진 거야?"

"글쎄? 약을 먹은 환자는 아무런 말이 없네?"

이형익이 웃어젖혔다.

"허허헛. 자 다들 보셨나? 의술 대결에서 내가 가볍게 이겼소이다."

그때 약을 먹은 환자가 말했다.

"저도 다 나은 듯합니다. 가래도 안 나오고 부은 목도 가라앉고 통증도 거의 다 없어졌습니다."

이형익이 말했다.

"그래도 침을 맞은 환자가 먼저 나았으니 내가 이긴 것이오."

그 말에 이설을 다는 사람은 없었다. 틀린 말이 아니었기 때문이다. 이형익이 내게 말했다.

"나와의 의술 대결에서 진 것을 인정하시오."

웃으면서 여유 있게 받아넘겼다.

"조금만 더 기다려 보시오."

잠시 후 번침을 맞은 환자가 재채기를 하더니 몸을 오들오들 떨었다. 그러고는 목을 쥐고 통증을 호소했다.

"목이, 목이 또 바늘로 찌르는 듯이 아픕니다."

사람들은 크게 술렁였다. 이형익의 얼굴이 굳어졌다. 약을 먹은 환자는 그대로 나은 듯 다른 말을 하지 않았다. 그때 장 서방이 말했다.

"우리 원임이 이겼다!"

사람들도 그의 말에 맞장구를 쳤다.

"맞아, 병세가 잠시 호전된 것은 나은 것이 아니지."

"우리 담야 의원님이 이긴 거야."

이형익은 얼굴이 벌겋게 달아올랐다. 약을 먹은 환자의 입을 벌려 목구멍을 들여다보고 말도 시켜보고 했다. 멀쩡해진 그를 보고는 도저히 그럴 리가 없다는 표정이었다.

"한 번 더 해 봅시다."

그를 조용히 타일렀다.

"환자를 두고 의술 대결이니 한 것도 의원이 할 짓이 아니거늘 뭘 더한단 말이오? 그만 썩 물러가시오."

이형익은 물러서지 않았다.

"의가에서 침술은 7차를 1번으로 한다고 했소. 7번은 맞아야 되는 침을 어찌 한 번으로 끝낼 수 있단 말이오?"

"그건 처음부터 그대가 장담한 바요."

"좋소. 정 그러면 7번이 아니라 삼세판이라도 합시다. 어떻소, 삼세판?"

그때 박지지가 왔다.

"의사 쪽이 왜 이리 시끄럽나 해서 와봤네. 그런데 의술 대결이라니, 대체 무슨 정신으로 이런 짓들을 하는가?"

그는 이형익을 보더니 말했다.

"자네는 예전에 우리 의학당에 원의생으로 지원했다가 낙제한 자가 아닌가?"

이형익은 우물쭈물했다.

"내, 내가 무슨 낙제를 했다고 그러시오? 나 참, 의술 대결을 더 이상 안 하겠다니 그만 돌아가 봐야겠군. 어허험."

이형익은 달아나듯 가 버렸다. 끝내 하지 말아야 할 짓을 한 다음이라 박지지를 볼 낯이 없었다. 그가 입을 열었다.

"약에도 자주 쓰면 중독이 되는 약이 있듯이 침에도 중독이 되는 침이 있네. 그것이 바로 번침일세. 위급할 때나 단방으로 쓰는 것이지 상시로 번침을 써서는 안 되네."

크게 나무랄 줄 알았는데 뜻밖의 가르침을 주는 것이었다. 몹시 부끄럽기도 하고 그의 인품에 감격하기도 해서 깊이 허리를 굽혔다.

초야의 명의들

1

약초꾼들에게 열흘에 한 번은 송진만 채취해 오게 했다. 그것을 큰 솥에 넣고 물을 부어 끓인 뒤에 굳혀서 가루를 냈다. 그런 다음 창고에 보관하도록 했다. 아무도 송진가루를 비축하는 이유를 몰랐다.

"송진 그대로라면 불이라도 켜서 밝히지. 도대체 어디다 쓰시려는 건지."

"벌써 한 섬은 넘을 걸?"

"한 섬이 뭔가. 아마 몇 섬은 될 걸세."

약재창 고지기는 고지기대로 불만이었다.

"송진가루를 섬통으로 쌓으니 다른 약재들을 비축할 자리가 모자랍니다."

"내다 팔 약재는 따로 헛간에라도 보관하게."

오랜만에 반가운 사람이 왔다. 약재상 경설이었다. 그는 내 손을 오랫동안 잡고 놓아주지 않았다.

"존애원 원임이 되셨다고? 허허, 축하하네. 축하해."

그는 왜상 오타니와 함께 동래에서부터 일본사신을 수행해 한양에 갔다가 돌아가는 길에 들른 것이었다. 조정에서 나온 접위관(접대를 맡은 관원)이 일본사신을 데리고 상주에 도착했는데 목사가 잔치를 베풀어 주고 있었다.

"그런데 객사(일본사신)가 다리가 붓고 아픈 증상이 있어 이곳 의국에서 치료를 받았으면 한다네."

"왜사가 우리 의국을 어찌 알고요?"

"허허, 존애원을 모르는 사람이 어디 있겠는가?"

잔치를 파한 다음날 접위관은 돌아갔다. 상주 관아를 떠난 일본사신은 존애원에 이르렀다. 낯선 차림의 행차는 사람들의 구경거리가 되었다. 왜상 오타니의 소개로 일본사신과 인사를 나누었다. 그는 참 예의 바른 사람이었다. 대화를 하는 내내 무슨 죄를 지은 것처럼 무릎을 꿇고 앉아 있는 것이었다. 나중에 알았지만 그것이 그들이 평소에 앉는 앉음새였다.

왜사는 다리를 내보였다. 울퉁불퉁 부어 있었다. 그 부위를 살짝 만졌다. 그는 저도 모르게 비명을 내질렀다. 그다음부터는 입을 꾹 다물고 참았다. 오타니가 곁에 앉아 사신의 말을 번역해 주었다.

"병통이 온몸을 돌아다니면서 생기는데 특히 밤이 되면 더 심해집니다."

"다리가 떨어져 나갈 듯이 아픕니까, 당기는 듯이 아픕니까?"

"마치 부서져 빠져나가는 것 같이 아픕니다."

"역절풍(통풍)입니다. 몸속에 습하고 나쁜 기운이 많은데 그것이 배출되지 않아서 생긴 병입니다."

"고칠 수 있겠습니까?"

"대강활탕을 처방해 드릴 테니 드시도록 하십시오. 당귀산으로 찜질을 병행하면 통증이 나아질 겁니다. 술과 고기, 그리고 신 것을 드시지 않는 것이 좋습니다."

일본사신은 여러 번 절을 하며 고마워했다. 왜의는 내가 처방한 것을 꼼꼼하게 적었다. 며칠 치료를 하고 나자 그의 증세가 한결 나아졌다. 왜의가 내게 정중하게 의서를 청했다. 마침 《동의보감》이 두 질이 있었기에 한 질을 내어주었다.

왜의는 궤짝이며 보따리며 다 풀어서 손에 집히는 대로 집어서 내게 주었다. 일본사신도 은자와 여러 가지 물품을 내놓았다. 나는 은자는 받지 않고 사탕만 받았다. 일본사신이 증서를 써 주었다. 그런 뒤 허리에 차고 있던 패를 끌러 주었다.

"이것만 있으면 마음대로 왜관에 출입해 일본에서 산출되는 약재를 구입할 수 있습니다."

"배려해 주시는 것이니 고맙게 받겠습니다."

"실은 한양에서 내려오는 길에 한 고을에 들렀다가 그곳에 있는 명의라는 사람에게 저의 병증을 보였습니다. 그는 불에 달군 침을 저의 다리에 놓았는데 피만 나게 하고는 조금도 호전시키지 못했습니다. 그래서 몹시 기분이 상해 있던 차였는데 여기에 와서 이렇게 씻은 듯이 고치니 모든 유감도 함께 사라졌습니다."

경설이 내게 말했다.

"이형익이라는 명의라고 하던데 혹시 이름을 들어보았는가?"

"전에 우리 의국에 한번 다녀간 적이 있습니다."

그 뒷이야기는 의사에 있는 환자들이 해주었다. 다 듣고 난 일본사신 일행이 고개를 끄덕였다. 경설이 웃으며 말했다.

"허허, 팔도에 의원이 많아지니 얄량한 의술을 지니고서 명의라고 뽐내는 사람들이 많구먼."

이형익은 번침 하나로 출세할 생각이었다. 아니 반드시 출세할 수 있다고 믿었다. 침을 쓴다는 팔도의 의원들이 대개 호침(보통 침)에 그치는 데 비하면 번침으로 충분히 세간의 이목을 끌 수 있을 것 같았다.

존애원에서 벌인 의술 대결에서는 다 이겨 놓은 승부를 아깝게 놓쳤고 또 일본사신 일행을 만나서는 7번 놓아야 될 침을 몇 번 맞고는 그만두겠다고 해서 아쉽게도 사신의 병증을 고치지 못했지만 시간과 횟수만 주어진다면 못 고칠 병은 없을 것만 같았다.

이형익은 한양으로 향했다. 도성 백성들에게 번침의 효용을 보여주어 장차 임금의 귀에까지 들어가게 할 작정이었다. 그러자면 혼자 힘으로는 벅차다고 판단되었다. 그는 충주목 음성현에 들렀다. 그곳 의생으로서 의원을 열고 있는 반충익을 찾아갔다.

"나는 명의 이형익이외다."

"이형익?"

"허험, 그 의원은 소문도 못 들어본 게로군. 내가 바로 상주 남촌에 있는 존애원에서 의술 대결을 펼쳐서 이긴 이형익이란 말이외다."

반충익은 긴가민가했다. 천하의 명의가 있다는 존애원에 가서 의술 대결을 펼쳐 이겼다니 도무지 믿기지 않았다. 이형익은 반충익의 표정을 살피고는 한 술 더 떴다.

"얼마 전에 충주 땅으로 일본사신이 지나간 것은 잘 알 것이오. 그 일본사신이 역절풍, 역절풍 중에서도 아주 고약한 백호역절풍을 앓고 있었는데 나를 찾아왔길래 침 한 대로 깨끗이 완치해 주었소이다."

"역절풍을 침 한 대로?"

"그렇소. 혹시 번침이라고 들어봤소?"

"번침이라면 화침을 말씀하시는 겁니까?"

"화침이나 번침이나 매한가지요. 내가 이 조선 팔도에서 유일한 번침의 대가란 말이오."

반충익은 그쯤에서 고개를 갸웃했다.

"그런 명의께서 이 시골구석에 있는 저를 어인 일로 찾아오셨습니까?"

"내 오다가 듣자하니, 그 의원이 품행이 바르고 고을 사람들을 신실히 돌본다고 하더이다. 그래서 나와 함께 한양으로 가서 큰일을 이루어 보자고 제의하러 온 것이오."

"큰일? 무슨 큰일 말씀입니까?"

"의원에게 가장 큰일이 무엇이겠소? 어의가 되는 것이지."

"어, 어의?"

"장차 어의만 되면 부귀영화는 물론이고 이런 시골 고을의 사또 자리 하나쯤은 아주 쉬운 일이오."

"말씀은 고맙습니다만 소인의 의술은 한양 땅에 내놓을 만한 것이 못 됩니다."

"그러니 나와 함께 가자는 것 아니겠소? 묻어가도 부잣집 행차에 묻어가랬다고. 나랑 같이 가면 좋은 수가 생길 것이오."

반충익은 갑자기 찾아와서 허황한 소리를 늘어놓는 이형익이 왠지 그리 허황한 사람 같지만은 않았다. 이미 그의 말에 귀가 솔깃해지고 있었다.

"사실 의술의 반은 화술이오. 멀쩡한 사람도 아무 달 아무 일에 죽을 것이라고 하면 입맛을 잃고 시름시름 죽어가는 법이요, 당장 죽을 사람도 약 한 사발 가져다가 이것 먹고 살 것이라고 하면 벌떡 일어나는 법이 아니겠소?"

반충익은 계속 망설였다. 이형익이 이어서 말했다.

"내 마지막으로 제안하겠소. 나랑 같이 가면 훗날 작은 고을의 사또 자리를 보장하겠소. 이만하면 좋은 기회 아니오?"

반충익은 이형익이 큰 사람처럼 느껴졌다. 결국 그는 먼저 제 꾀에 넘어가고 그다음에 이형익의 꼬임에 넘어갔다. 반충익은 그 자리에서 이형익을 스승으로 모시기로 했다. 보잘것없는 의생의 살림이라 가산을 정리할 것도 없었다. 쓰다 남은 약재는 이웃 의원에게 다 거저주다시피하고 세 들어있던 약방에서는 몸만 빠져나오면 그만이었다.

"자, 가세."

"예, 스승님."

두 사람은 함께 한양 길에 나섰다. 반충익이 물었다.

"스승님, 한양 땅이 넓다는데 도착해서는 어디로 갑니까?"

"도성 안으로 들어가야지. 그런 다음에 사람들이 가장 많이 모이는 시전으로 가야 하지 않겠는가?"

한양은 과연 한양이었다. 사람들이 어디서 그렇게 많이 쏟아져 나오는지 길마다 발 디딜 틈조차 없었다. 걸어가는 것이 아니라 떠밀려 간다고 하는 편이 옳았다. 각색전마다 온갖 물품이 산더미처럼 쌓여 있었다. 온통 호객하는 소리며 흥정하는 소리로 시끄러웠다.

"스승님, 우리가 잘못 온 것 아닙니까?"

"잘못 오다니?"

"환자가 있는 곳으로 가야 스승님의 의술을 펼칠 수 있지 않겠습니까. 한데 여기는 다들 멀쩡한 사람들 뿐입뎁쇼?"

"그건 자네 말이 맞는 것 같군."

"환자가 어디에 많은지 물어보기로 하세."

반충익이 길 가는 사람을 붙들고 물었다. 그 사람은 반충익을 아래위로 훑어보더니 빈정댔다.

"이거 시골뜨기로구면. 환자는 혜민서나 활인서에서 찾아야지!"

"혜민서? 활인서? 그곳을 찾아가려면 어디로 가면 되오?"

"저 구리개 너머로 가보슈."

이형익과 반충익은 그 사람이 손가락질을 한 곳으로 무작정 길을 찾아갔다. 번화로운 곳을 벗어나 청계천을 건넜다. 다방골을 지나 한적한 길에 이르렀다.

웬 노파가 길에서 서성이고 있었다. 차림새로 보아 양반 부잣집에서 나온 사람 같았다. 시녀도 하나 없이 혼자 있는 것이 이상했다. 두 사람은 서로 마주보고 말했다.

"혹시 저 노인네가 노망이 나서 집을 못 찾는 것은 아닙니까?"

"험. 내 눈에도 그렇게 보이는군."

두 사람은 노파에게 다가갔다. 이형익이 노파의 허리춤을 보았다. 비단주머니가 달려 있었다.

"필시 값나가는 것이 들어있을 것일세."

이형익은 그 주머니를 풀어낼 작정이었다. 반충익이 노파에게 말을 시키는 겨를에 이형익은 얼른 주머니에 손을 댔다.

바로 그때 한 무리의 사람들이 달려왔다. 이형익과 반충익은 서로 마주보더니 둘 다 똑같이 노파를 향해 언행을 바꾸었다.

"아이고, 뉘댁 내당어르신인지 몰라도 어찌 혼자 길을 헤매고 계시나 그래."

"어서 속히 댁을 찾아드려야 할 텐데."

둘은 노파를 부축하며 친절하게 돕는 척했다. 달려온 사람들 중 하나가 소리쳤다.

"어머님!"

이형익과 반충익은 노파에게서 물러섰다. 노파의 자식은 두 사람에게 말했다.

"보아하니 사대부는 아닌 것 같고, 어쨌든 우리 어머님을 보살펴 집에 모셔다 주려고 했으니 은인이나 다름없소. 우리 집으로 갑시다."

"아니 뭐, 사례를 바라고 한 것은 아닙니다만."

그는 돌아보며 소리쳤다.

"뭘 하느냐. 어서 이 두 사람을 모시지 않고!"

그는 전 현령 유응형이었다. 반정공신이기도 하거니와 이괄의 난을 미리 알린 공으로 임금의 신임을 받고 있는 사람이었다. 이형익은 속으로 이게 웬 기회인가 했다. 그러면서 자신의 신분을 밝혔다. 유응형은 크게 반기며 말했다.

"허허, 의원이라니. 이거 하늘이 내린 인연이구려. 우리 어머님을 좀 봐주시오."

이형익은 진맥을 하고 난 뒤에 반충익에게 말했다.

"약화로를 가져오게."

반충익이 조그만 화로에 숯불을 피워서 들여놓았다. 이형익은 침을 꺼내 불에 달구었다. 유응형이 침을 꿀꺽 삼켰다. 그의 곁에서 지켜보고 있던 조기가 궁금증을 이기지 못하고 입을 열었다.

"침을 불에 달구다니? 그런 비방도 있단 말이오?"

"옛부터 명의에서 명의로만 전해진 번침이라 합니다."

"오? 그래요?"

유응형과 조기는 차례로 탄발했다. 이형익이 번침을 들어 노파의 족삼리혈(무릎 아래에 있는 혈자리)에 놓았다. 노파는 따가우면서도 뜨거운 기운을 느끼고 아야 하는 소리를 냈다. 살이 타는 냄새가 났다. 유응형과 조기는 미간을 찌푸렸다. 이형익은 침을 거두었다. 그러고는 신정혈(이마 위쪽에 있는 혈자리) 등에 차례로 번침을 놓았다. 침을 놓은 자리에서 피가 나자 반충익이 닦고 눌러 지혈을 했다.

그런데 잠시 후 노파가 아들을 알아보는 것이었다.

"애비가 왜 여기에 있는가?"

유응형은 얼른 노파의 손을 잡았다.

"어머님, 저를 알아보시겠습니까?"

"아들을 못 알아보는 어미도 있다던가. 그런데 왜들 다 이렇게 모여 있는가?"

그제야 다들 이형익의 의술에 감탄했다.

"이제 보니 명의 중의 명의가 아니신가?"

"이거 내가 미처 몰라보았소."

"이런 명의께서 초야에 묻혀 있었다니."

반충익이 조기와 유응형의 말을 거들었다.

"우리 스승님께서는 본디 의술을 함부로 내보이시는 분이 아닌데 오늘 두 분께서 참으로 귀한 인연을 얻으셨습니다."

"암, 그렇고말고. 내 마땅히 그렇게 생각하고 있소."

조기가 말했다.

"이 명의, 우리 집에도 환자가 있는데 좀 봐주실 수 있겠소? 내 의채 는 섭섭지 않게 드리리다."

이형익은 유응형으로부터 사례비와 치료비로 은자를 두둑하게 받 고 조기를 따라 나섰다. 그런데 도착한 곳은 조기의 집이 아니라 그가 첩으로 삼고 있는 한옥의 집이었다. 조기와 한옥 사이에는 12살 난 딸 이 하나 있었다. 그 어미와 딸은 반반하면서도 표독스러운 기운이 물씬 묻어나는 것이 어찌나 닮았는지 자매라고 해도 믿을 만했다.

이형익은 한옥의 증세를 살폈다. 그러는 동안 한옥이 몸을 트는 것이 흡사 교태를 부리는 것만 같았다. 그녀의 증세는 변비였다.

"힘을 주어도 변이 잘 나오지 않고 설령 나온다 해도 쥐똥만큼이나 될까 말까 하며 냄새가 고약할 것입니다."

"아이, 의원님도 참. 그런 말을 여러 사람 앞에서 하면 어찌합니까?"

"침으로 고칠 수 있으니 걱정 마십시오."

조기가 말했다.

"그러면 어서 시침하시오."

"침을 놓을 자리가 조금 부끄러운 데 있는 혈자리라서 다들 자리를 좀 비켜주셔야겠습니다."

다들 밖으로 나갔다. 조기가 남아 있다가 한옥이 나가 있으라는 말을 듣고 하는 수 없이 자리에서 일어났다. 이형익은 한옥에게 말했다.

"배꼽 좌우에 있는 천추혈에 번침을 놓을 것입니다. 치마를 벗으십시오."

한옥은 바깥의 인기척을 살피더니 눈을 찡긋해 보이고는 서슴없이 치마를 벗었다. 이형익은 번침을 재빠르게 찔렀다가 뺐다. 한옥은 온몸이 찌릿해지는 기분이었다. 저도 모르게 말했다.

"한 번 더 해주셔요."

이형익은 거듭 천추혈에 번침을 놓고는 배꼽 주위의 수분혈, 복결혈 등에도 침을 놓았다. 그때마다 한옥은 자지러지는 신음을 냈다. 이형익은 마지막으로 곡골혈(치골 바로 위쪽에 있는 혈자리)에 번침을 놓고는 침을 살살 비볐다. 한옥은 구름 위를 둥둥 떠다니는 듯 아련한 기분에 휩싸였다.

침을 다 놓고 나자 조기가 들어왔다. 한옥은 이미 다시 치마를 두른 뒤였다.

"좀 어떤가?"

"참으로 용한 의원을 청해 오셨습니다. 이제 속 시원히 볼일을 보게 생겼습니다."

조기는 이형익에게 말했다.

"그러면 치료는 다 한 것이오?"

"아닙니다. 며칠 더 침을 맞으셔야 합니다."

한옥의 요청으로 이형익은 그곳에 머물게 되었다. 조기는 내키지 않았지만 한옥이 하도 완강하게 고집하는지라 다른 도리가 없었다.

"설마하니 명의님이 나를 어떻게 할까 봐 그러시어요?"

"그, 그런 걸 염려하는 것이 아닐세."

"나리, 아무 염려 마셔요. 이 작은 집에 보는 눈이 어디 하나둘입니까?"

조기가 돌아가고 나자 한옥은 이형익을 불렀다. 침을 맞는다는 평계로 두 사람은 오랫동안 한방에 들어있었다. 이따금 자지러지는 소리가 흘러나왔다. 반충익은 조기의 몸종에게 눈길을 두었다. 더 이상 참지 못하고 슬며시 손을 잡았다. 몸종도 싫지 않은 기색이었다. 반충익은 그녀를 이끌고 사라졌다.

한옥이 이형익에게 말했다.

"서방님, 이제 이년은 서방님이 없으면 못 산답니다."

"허허, 나도 그렇네. 우리 오래오래 함께 하도록 하세."

두 사람은 다시 서로의 품을 어루만지며 두 다리를 감아들었다. 한옥의 딸 금화가 두 사람의 관계를 모르지 않았다.

"연놈이 밤낮 붙어서 그 따위를 방사라고, 쯧쯧."

조기가 유응형에게 한옥이 낳은 딸 금화를 궁녀로 들일 것을 부탁했다. 그때 전 임실현감 김두남의 첩도 자신의 소생을 궁녀로 삼아줄 것을 유응형에게 청탁했다. 입궐한 유응형은 임금에게 아뢰었다.

"조기의 딸과 김두남의 딸이 품성이 방정하고 자색이 뛰어나다고 하옵니다."

"그래? 그렇다면 그 두 사람을 특별히 친선(임금이 직접 뽑음)하노라. 내명부에 일러 궁녀로 선발하도록 하라."

그리하여 금화는 궁녀를 선발하는 과정을 거치지 않고 특채되었다.

"임자의 딸이 궁녀가 되었으니 이제 승은만 입으면, 으하핫!"

"그러면 서방님은 왕실의 외척이 되시는 것이 아닙니까?"

"나? 저 늙은 조 가는 어떻게 하고?"

"내버려두면 곧 죽을 것인데 뭐가 걱정입니까?"

"흐흐흐, 그런가?"

이형익의 머릿속에는 한옥의 딸 금화가 후궁이 되는 그림이 그려졌다. 너무 흐뭇해진 나머지 침이 줄줄 흐르는 것도 몰랐다. 그는 한옥의 허리를 으스러져라 끌어안았다. 한옥도 척 감겨들었다.

'흐흐, 이쁜 것.'

2

정경세는 중양일(음력 9월 9일)에 금온(임금이 신하에게 하사한 술) 한 병을 하사받았다. 고향이 그립기도 하고 멀리 있는 친구들이 보고픈 마음에 이전과 이준을 비롯한 낙사계 계원들 앞으로 그 술을 보냈다.

그만 사직하고 낙향하고 싶었다. 하지만 임금이 놓아주지 않았다.

중전이 한몫 더하는 이유도 컸다. 중전의 아비 서평부원군 한준겸이 정경세와 주친(아주 친한 친구)인지라 그가 죽은 뒤 중전이 정경세에게 의지하는 바가 컸다. 그러나 정경세는 지병을 핑계로 계속해서 사직을 청했다. 임금은 마지못해 윤허했다.

"경은 잠시 고향으로 돌아가 조섭한 뒤에 반드시 돌아오라."

"전하. 성은이 망극하옵니다."

조정을 하직한 정경세는 무거운 몸을 이끌고 금천(시흥시의 옛 지명)으로 길을 잡았다. 행처는 영의정을 여러 번 지낸 완평부원군 이원익이 살고 있는 초가였다. 이번에 낙향하면 다시는 상경하지 못할 것을 알고 이원익과 마지막 작별을 하고 싶은 마음이었다.

"이게 누구요? 정우복 아니시오?"

"상공께서는 그간 무탈하셨습니까?"

정경세는 평소에 친하게 지내던 벗을 이미 거의 다 잃었다. 이덕형 이항복 한준겸. 그리고 얼마 전에는 김장생까지 불귀의 객으로 먼저 떠나보냈다. 허전하고 쓸쓸한 마음을 둘 데가 없었다. 그때 생각난 사람이 이원익이었다. 그는 태종 임금의 막내아들인 익녕군의 고손자였다. 성품이 강직하고 청렴하여 재상을 지낸 사람이 두 칸 초가보다 좋은 집에서 산 적이 없었다.

사람이 늙으면 나이를 상관치 않는 법이었다. 젊었을 때에는 그렇게도 어렵던 사이가 세월에 깎이고 시류에 흔들리다 보면 다 같은 경지에 이르는 것이었다. 80이 넘은 노신과 70에 이른 노신이 서로 대추 한 접시를 놓고 마주 앉아 날이 저무는 줄도 모르고 이야기꽃을 피웠다.

정경세는 그와 하룻밤을 보낸 뒤에 아쉬운 작별을 했다.

"대감, 기체 잘 보전하십시오."

"정우복, 이 늙은이를 잊지 않고 찾아주어 고맙소. 부디 잘 가시오."

계원들이 모두 정경세를 반겼다. 그는 집으로 돌아오고 나서야 비로소 마음이 편해져서 병이 몸을 침범해 있는 사실을 잊을 수 있었다. 하지만 그것도 잠시였다. 상주 선비들 사이에 골치 아픈 일이 한 가지 있었는데 그것이 두고두고 문제가 되었다.

지난 5월 초나흗날, 경상감사 이명이 상주에 와서 객사에서 하룻밤 자고 그다음날 백일장을 열었다. 그런데 향교의 재임(유생대표)이 참석하지 않았다고 해서 성을 내면서 형벌을 가하며 죄를 캐물으려고 했다. 그때 향교의 재장(대표) 조정이 대단한 일도 아니라고 하면서 형추는 불가하다고 말했는데 그 바람에 이명이 더욱 노하여 재임 두 사람을 경상감영의 파발장에 충정했다.

조정이 말했다.

"별일도 아닌 것을 가지고 큰 도의 방백이 노발대발하면서 백성들이 다 눈살을 찌푸리도록 사납게 굴었습니다. 심지어 바로 그 자리에서 사대부 가문의 유생들을 천역에 강제로 충당해 넣다니 어찌 이런 일이 있을 수 있습니까?"

"그 유생들을 어찌해야 할지 모르겠습니다."

"감사가 난폭하니 그 성정이 누그러지기를 기다려야 할 것입니다."

정경세는 곰곰이 생각했다. 예전에 신숙주의 증손인 신잠이 상주 목사로 와서 있을 때 학문을 진흥하는 정책을 펴서 상주목 전역에 18개소의 서당을 세워 인재를 두루 길러낸 공이 있었다. 이명은 그 신잠의 외손으로서 경상감사가 되어 상주에 와서 보니 상주에 큰 공헌을 하고서 상주에서 돌아가신 자신의 외조부가 향사(서원에 배향되는 것)되지 않고 있었다. 그래서 상주 선비들을 미워하는 마음이 인 것이었다.

정경세의 말을 듣고 나서야 고을 선비들은 그 이유를 짐작할 수 있게 되었다.

"영천자(신잠의 아호)가 우리 상주에 은택을 끼친 바가 크니 지금이라도 향사를 하십시다."

고을의 모든 존장과 부로들도 찬성했다.

"감사또의 심기가 더 상하기 전에 향사하는 것이 좋겠네."

경주부윤으로 나가 있다가 그 소식을 들은 전식은 정경세에게 편지를 보냈다.

"그자가 경상감사로 있는 동안 그의 외조부를 향사한다면 감사라는 벼슬에 굴복한 일이 되므로 지금의 상주 선비들이 후대에 두고두고 욕을 먹을 것입니다."

정경세도 전식과 생각이 같았다.

"지금은 적당한 때가 아닙니다. 감사또가 조정으로 돌아가고 나면 조용히 처리하도록 하십시다."

"그때까지 감사가 상주 선비와 유생들에게 다른 트집을 잡지 않고 가만히 있겠습니까?"

"제가 편지를 한 장 쓰도록 하지요."

그로부터 얼마 지나지 않아 파발장으로 충정되었던 유생들이 돌아왔다. 그들은 다시 향교의 재임을 맡았다.

"대감께서 힘써 주신 덕에 저희들이 돌아오게 되었습니다."

"억지 쓴 일을 바로잡은 것뿐이네. 지난 일은 다 잊고 오직 학업에 힘쓰게."

정경세가 돌아와 고향에 눌러 살고부터 풍속이 안정되고 백성들의 삶이 순조로웠다. 해가 바뀌고 새로 경상감사 조희일이 부임했다. 상주의 선비들은 신잠을 옥성서원에 향사해 전 감사 이명과의 약속을 지켰다.

정경세의 병세가 좀처럼 차도를 보이지 않았다.

"머리가 무겁고 자주 어지럽습니다. 또 아침에 자고 일어나면 뒷머리가 아프고 뒷목은 당기면서 뻣뻣해집니다. 가끔 귀에서 소리가 나며 어떤 때에는 코피가 쏟아지기도 합니다. 가슴도 두근거리며 숨이 가쁩니다. 손발도 저리고 눈앞이 어른거리는 증상도 있습니다."

그런 모든 증세의 원인은 끈적끈적한 어혈이 쌓여 피가 잘 돌지 않기 때문이었다. 그것이 나중에는 중풍(뇌졸중)을 일으키기도 하는 것이었다. 침은 풍지혈(목 뒤쪽에 있는 혈자리), 족삼리혈(무릎 아래쪽 바깥에 있는 혈자리)을 비롯한 8개의 혈자리에 놓았다. 약으로는 대시호탕에 방풍통성산을 가미해서 처방했다. 또 수시로 뽕나무의 가지, 잎, 열매 말린 것을 달여서 차로 들도록 했다.

"제가 감히 종친으로부터 오랫동안 병구완을 받다니 이런 황송할 데가 어디 있겠습니까?"

"그것도 다 대감의 복입니다."

"허허. 나리께서는 농담도 잘하십니다."

"사람들이 듣습니다. 전처럼 말씀하십시오."

"남의 눈치를 보느라 말을 함부로 할 수는 없지요."

정경세는 다리가 약해지는 증세가 더해져 걸음을 걷기가 매우 불편했다. 산책을 나와 옛 집을 둘러보던 중에 지진이 크게 났다. 정경세는 걷다가 휘청거리며 넘어졌다.

그때 어디선가 사람들이 나타나 그를 일으켜 세우고 옷을 털어주는 것이었다. 나는 그들이 내 주위를 맴도는 수상한 자들이라는 것을 직감했다. 내가 무어라 말할 새도 없이 그들은 다시 사라져 버렸다. 그때 느낀 것이 있었다. 그들이 나나 정경세를 해치려는 뜻은 없는 것이 분명했다. 무슨 말 못할 이유가 있는지, 누가 무슨 목적으로 보낸 자들인지 궁금하기만 했다.

그 뒤로 정경세의 병증이 더욱 깊어졌다. 정경세에게 학문을 배운 세자가 편지를 써서 선전관 편에 보내 문병했다. 정경세는 세자가 내린 약과 음식을 놓고 감격하여 눈물을 흘렸다. 선전관이 돌아가 정경세의 병세를 아뢰었다. 임금은 특별히 내의원 의관을 내려보내 그의 병을 살피도록 했다.

존애원에 도착한 젊은 의관은 거드름을 피웠다.

"시골 약방이 규모가 크고 사람도 많은 것이 보기에 그럴듯하군."

그는 도청에 들어 정경세를 진맥하고 나서 서슴없이 말했다.

"주습이로구먼."

술을 많이 마셔 몸속에 술의 습한 기운이 쌓여서 병이 생겼다는 말이었다. 의관은 내게 말했다.

"창귤탕을 달여서 드시도록 하시오. 그러면 효험을 볼 것이오."

임금이 보낸 의관인지라 조심스럽게 말했다.

"소인이 맥진하기로는 풍이지 습은 아닌 줄 압니다."

"허어, 한낱 시골 의원이 뭘 안다고 감히 내의원 의관한테 따지고 드는 것이오? 대감의 병은 주독이 들어서 그런 것이오. 그런 줄 알고 어서 약을 준비하시오."

"대감의 병세는 중풍 중에서도 패신풍에 속합니다. 두 아드님을 차례로 잃으시고 크게 놀라 심장이 충격을 받은 뒤부터 허약해지신 탓입니다. 그리하여 원기가 쇠약해지니 풍이 발동한 것이고 그 풍으로 말미암아 습이 마비를 일으킨 것입니다. 그러니 풍이 원인이지 습이

원인이라 할 수 없습니다."

"아니, 이자가?"

그때 박지지가 들어왔다.

"내의원 의관이라 했는가? 더 망신당하기 전에 어서 돌아가게."

"아니? 이자들이? 당신은 누구요?"

댓돌 옆에서 시립하고 있던 장 서방이 말했다.

"그분은 전 어의 영감이십니다."

"어, 어의?"

젊은 의관은 황급히 약궤를 챙겨들었다.

"어허험. 소관은 대감을 진맥하고 처방해 드렸으니 이만 물러갑니다."

몸을 조금 회복한 정경세는 존애원 도청을 차지하고 치료를 받는 것은 도리가 아니라고 여겼다. 그리하여 옛 집터에 새로 초가를 두 칸 지었다. 이전, 강응철 등 계원들은 정경세를 자주 볼 수 있게 되어 기뻐했다.

고 조우인의 아들 조정융이 별시 문과에 병과로 급제했다는 소식이 전해졌다. 낙사계 계원들이 모두 모여 그의 성취를 칭찬했다. 바야흐로 계원들의 자식들이 하나둘 벼슬길에 오르고 있었다. 계원들은 자신들이 점차 물러날 때가 되었음을 깨닫고 있었다. 하지만 고을 일이 쉽게 놓아지지 않았다.

"우리도 노욕이 생긴 거지요."

"옛 어른들이 우리에게 물려줄 때 얼마나 심려를 많이 했겠습니까? 우리 또한 그분들의 심정이 되었습니다."

"지금 아이들의 나이가 우리가 낙사계를 통합하고 존애원을 설립했을 때의 나이에 이르렀습니다. 당장 물려준다고 한들 무엇이 걱정이겠습니까?"

정경세는 둘째사위 송준길을 비롯해 계원들의 자식들을 모아놓고 《주서》를 강독했다. 병을 앓고 있는 중이기에 정신이 온전치 않았다. 그들의 이름을 부를 적에 갑자기 생각나지 않은 적이 간혹 있었다. 하지만 글에 있어서는 단 한 글자도 틀림없이 모두 외웠다.

강학을 마치고 나온 송준길이 나지막이 말했다.

"우리 스승님의 학문은 천득(타고난 것)이라 아니 할 수 없다."

사판(벼슬아치의 명부)에 이름을 올린 후에 벼슬은 대부에 이르렀으나 드물게도 평생토록 선비요 학사의 면모를 잃지 않은 사람이었다. 병이 위중한 중에도 후학들을 위해 강학을 여는 정신은 거룩함을 넘어 숙연해지게 만들었다.

정경세를 위해 특별한 약을 만들기 시작했다. 찹쌀을 잘 씻어서 고두밥을 쪘다. 그런 뒤에 그 밥을 독에 안친 뒤에 물을 뿌려서 삭혔다. 밥이 축축해지자 그것을 갈아서 풀죽처럼 만들었다. 곁에서 돕고 있던 사빈이 물었다.

"이거 먹는 거예요?"

"아니 국모를 만드는 중이란다."

"국모가 뭐예요?"

"붉은 누룩을 만드는 데 밑바탕이 되는 거지."

홍국이 풀죽 위로 이는 동안 멥쌀로 밥을 지었다. 그런 뒤에 멥쌀밥 위에 홍국가루를 뿌렸다. 밥이 홍국에 물들어 붉게 변했다. 그것을 다시 햇볕에 말렸다. 문어를 삶은 물에 말린 홍국밥과 잘게 다진 돌나물, 미나리, 미역을 넣고 양념을 해 식혜를 만들었다.

"원임이 참 지극 정성이야."

"마치 친아버지께 효도를 하는 자식 같아."

"자식도 저렇게 직접 밥을 하고 요리를 하지는 못할 걸?"

식혜를 정경세의 밥상에 올렸다. 그는 새 음식을 보고 물었다.

"이게 뭡니까?"

"홍국을 넣어서 만든 어채식혜입니다. 어혈을 없애고 피를 잘 돌게 할 것입니다."

"그래요? 이건 약이라기보다 음식이군요?"

"식약동원이라는 말도 있으니 음식이 곧 약이 되는 것입니다."

홍국을 음식으로 조금씩 먹은 보람으로 정경세는 다시 거동할 수 있게 되었다. 그는 주친 조우인이 평생토록 살았던 매호(상주시 사벌면 매호리)에 가서 지내고 싶어 했다. 또 조우인이 말년에 역모의 누명을 벗고 돌아와 낙동강이 시작되는 매호의 경치를 즐기며 가사를 지었는데 정경세는 그 내용을 즐겨 읊었다.

명시(세태)에 버린 몸이 물외(자연)에 누웠더니

값없는(값을 매길 수 없는) 풍월과 임자 없는 강산을

조물(조물주)이 허사(허락해 내려줌)하여 내게 맡겨 주시니

내가 굳이 사양하여 다툴 사람 뉘 있으리.

상산(상주) 동반(동쪽 언덕)과 낙수(낙동강) 서애(서쪽 절벽)에

연하(안개와 노을)를 헤치고 동천(신선이 사는 곳)을 찾아들어…….

3

대비가 환후가 깊어 임금이 초야에 있는 이름난 의원들을 명초(임금

이 신하를 부름)했다. 존애원 의학당 의학교수 이찬도 임금의 부름을 받고 한양으로 향했다.

이찬이 가서 보니 명의로 명성이 자자한 유의(양반으로서 의술을 익힌 사람을 일컫는 말) 정지문, 윤선도가 먼저 와 있었다. 이찬은 그들과 함께 임금을 알현했다.

"그대들은 모후의 환후를 속히 쾌차시키도록 하라."

세 사람은 어의를 따라 인경궁으로 갔다. 대비의 차소인 흠명전에는 중전과 후궁들 그리고 의녀들이 차례로 들어앉아 있었다. 대령의녀 청심은 어쩔 줄 몰라 했다. 대비가 죽게 되면 벌을 받을 것이 지레 걱정되었다. 그것을 본 내의원 수의녀 천생이 한심하게 여겼다. 그러면서 자신이 나서려 했다. 애종은 천생을 만류했다.

"자네들은 뒤로 물러나 있게."

애종은 이찬을 알아보았지만 내색을 하지 않았다. 가만히 대비 앞으로 가 앉았다. 이찬 역시 애종을 모를 리 없었다. 하지만 자리가 자리인지라 아는 척을 할 수 없었다. 이찬은 애종에게 말했다.

"맥진하시오."

애종은 대비의 손목에 세 손가락을 대고 맥을 살폈다.

"마마의 맥후(맥박의 증세)는 촌맥(손목에 제일 가까이 위치한 맥박이 뛰는 자리)과 관맥(촌맥 다음에 맥박이 뛰는 자리)이 살갗에 뜨는 듯하면서 잦으며 척맥(관맥 다음에 맥박이 뛰는 자리)은 어제에 비해 뛰는 횟수가 줄었습니다."

이찬, 정지문, 윤선도의 뒷자리에 앉아있던 내의원 의관 유후성이 말했다.

"척맥이 뛰는 횟수가 준 것은 열이 가라앉은 효험이며, 촌맥과 관맥이 뜨는 것은 열은 가라앉았지만 기가 회복되지 않아서입니다."

그 말을 듣고 이찬이 돌아보았다. 비로소 유후성의 얼굴이 눈에 들어왔다. 존애원 의학당에서 의술을 익히던 원의생 유후성이 아니었다. 어엿한 한 사람의 의관이 되어 있었다. 유후성도 스승을 알아보고 목례를 했다. 이찬은 차분히 가르침을 내리듯이 말했다.

"기가 허하고 열이 있을 때에는 구선옥도고(구선왕도고라고도 함. 약으로 쓰는 보양 떡)를 얼음물에 타서 드시게 하면 효험이 있을 것일세."

약을 먹은 대비는 설사를 하고 하혈을 했다. 중전이 물었다.

"이런 증상이 나타나는 것은 무엇 때문이오?"

윤선도가 대답했다.

"열이 내린 증후이옵니다."

이찬도 말했다.

"기가 매우 허하고 열기가 또 성하여 그런 증세가 있게 된 것이옵니다. 산약죽에 볶은 찹쌀가루를 넣고 얼음을 띄워 차게 드시면 설사가 멈출 것이옵니다."

이찬의 처방에 따랐다. 대비는 설사를 그치고 기후도 조금 편안해졌다. 밤사이 흰죽을 두 차례 더 들었는데 한 차례는 도로 토하고 말았다.

"상감마마, 듭시오."

대비전으로 친림한 임금은 그간의 치료 과정을 듣고는 하명했다.

"음식이 어찌 약만 하겠는가. 의원들은 다른 약을 의논하라."

이찬은 어떤 약을 쓰더라도 대비가 가망이 없다는 것을 알았지만 내색을 할 수는 없었다. 윤선도와 의논했다.

"마마의 목이 건조하여 생맥산(여름에 시원하게 해서 먹는 한방차)으로 적시고자 하나 그것을 복용하면 가슴에 담이 성해 감당하지 못하시고 도로 토해내실 것 같습니다"

“그러면 생맥산을 달여 올리지 말고 육미다(여섯 가지 약재를 넣고 달인 것. 폐에 좋음)를 올리되 신맛을 제거하는 것이 좋겠습니다.”

“한 번 더 진맥을 해 보십시다.”

어의녀 애종은 대비의 손목을 잡았다. 그러고는 맥을 짚어보고는 말했다.

“맥도(맥이 뛰는 특징을 잡아내는 것)가 비록 뜨고 잦은 듯 하지만 이전보다는 덜 합니다.”

이찬은 윤선도뿐만 아니라 유후성을 비롯한 여러 의관들과도 상의했다.

“열은 좀 내린 것 같습니다. 이런 때에는 응당 비장을 보하는 음식을 위주로 수라를 차려야 합니다.”

“큰 열이 있고 난 뒤에 곧바로 순전히 보하기만 하는 약을 쓸 수는 없습니다. 원기를 북돋우면서 아직 남아 있는 열을 내려야 합니다.”

“약보다는 우선 원기를 돕고 보충하는 음식을 드시도록 해야 합니다.”

여러 사람의 말을 듣고 난 뒤에 이찬이 말했다.

“청피다(푸른 귤껍질을 식초에 볶아서 만든 차)가 기를 잘 통하게 하니 이것을 약간 데우고 사탕가루를 타서 쓴 맛을 없앤 뒤에 올리는 것이 좋겠습니다.”

청피다를 마시고 나서 대비의 열은 거의 다 내렸다. 그러나 중기(비장과 위장의 기능)가 평소대로 회복되지 않았다. 더구나 귀까지 먹는 증세를 보였다. 중전이 말했다.

“의원과 의관들은 어서 치료하지 않고 뭘 하시오?”

“중전마마, 대비마마께옵서 귀가 먹는 증세는 열이 물러난 뒤에 으레 있는 증세라 치료하지 않아도 자연히 나을 것이옵니다.”

"여러 날 기운을 차리시지 못하는데 그것도 그냥 보고만 있어야 하오?"

"기운이 없어 몸이 피곤한 증세는 큰 병을 앓으신 후에 위장이 약해져 소화를 못하고 있기 때문이며 또한 아직 체내에 남은 열이 있기 때문이옵니다. 우황고(열을 내릴 때 쓰는 약)가 가장 증세에 맞으니 정화수에 타서 올리도록 하겠사옵니다."

"속히 차도가 있도록 손을 쓰시오, 속히!"

우황고가 효험을 내지 못했다. 그리하여 이번에는 윤선도의 말을 좇아 사혈탕(해열 협심증에 쓰는 약) 두 첩을 달여서 잇달아 복용토록 했다. 하지만 대비의 열은 내리지 않고 오히려 더 심해지기만 했다.

대비가 머리가 뜨거울 만큼 열이 심해짐을 느끼고서 하명했다.

"찬물에 머리를 좀 감아야겠다. 상회수(뽕나무를 태워서 나온 재를 탄물)를 떠 오너라."

의관들이 다 한목소리로 불가하다고 아뢰었다. 하지만 대비는 고집을 꺾지 않았다. 어의가 아뢰었다.

"오랫동안 병석에 계신 탓에 감히 거절하기 어렵사옵니다."

유후성도 어의의 편을 들었다.

"머리를 감으시는 것은 무방할 듯 하옵니다."

이찬이 유후성을 바라보았다. 그게 무슨 소리냐고 말하는 듯한 얼굴이었다. 유후성은 이찬의 눈길을 바로 받지 못하고 눈을 딴 데 두었다.

어린 궁녀 금화가 대야에 상회수를 담아 가지고 들어오다가 임금과 마주쳤다. 임금은 잠시 금화를 아래위로 훑어보았다. 금화가 당황하여 말했다.

"황공하옵니다, 전하."

임금은 대비의 머리맡에 앉았다.

"마마, 소손이 듣기로 여염집 부인네들이 병을 앓은 뒤에 서둘러 머리 빗고 씻다가 도리어 큰 병을 다시 얻은 자가 번번이 있었다고 하옵니다. 머리를 감으신들 두통이 줄어들 이치가 없고 환후만 깊어질 것이옵니다. 통촉하옵소서."

신하들이 일시에 우러러 말했다.

"머리를 감으시는 것은 정지해야 하옵니다."

임금이 이찬에게 물었다.

"침을 놓아 열을 빼는 것은 어떻겠는가?"

"기가 약해져 있으니 이러한 때에 침을 놓기는 매우 어렵사옵니다."

"그렇다면 치료할 방법을 여러 의관들이 의논하라."

누구도 선뜻 입을 열지 않았다. 치료할 방법을 말한 뒤에 그대로 했다가 대비가 죽게 되면 죄를 면치 못할 것을 두려워해서였다. 한참 뒤에 유후성이 입을 열었다.

"침을 놓지 않으면 대비마마의 열을 내리게 할 도리가 없으니 기가 약해 침을 받아들이실 수 있고 없고를 미리 걱정할 때가 아닌 줄 아옵니다."

이찬이 그 말을 받았다.

"머리에 있는 혈자리와 수족의 한두 혈자리에 가볍게 침을 놓아 상부의 열을 내리면 두통이 저절로 사라질 것이옵니다. 다만 지금은 침을 놓을 때가 아니니 저녁에 침을 놓는 것이 마땅할 것이옵니다."

임금이 말했다.

"만약 침을 맞은 뒤에 차도가 없고 환후만 더 깊어진다면 그때는 후회해도 돌이킬 수가 없을 것이다. 그래도 침을 놓아야 하겠는가?"

"전하, 황공하옵니다."

두통을 호소하던 대비가 잠이 들었다. 임금은 조용히 자리에서 일어났다. 대비전을 나가는 겨를에 문 입구에서 상회수가 담긴 대야를 앞에 놓고 있는 어린 궁녀 금화를 다시 보았다. 임금은 부드러운 옥음을 냈다.

"아직도 그걸 그대로 두고 있느냐. 가져다 버리거라."

"예? 예, 전하."

이찬은 조용히 유후성을 불렀다.

"자네는 어쩌자고 위험한 일을 자초하려고 하는가?"

"소관도 나름대로 대비마마에 대한 처방을 할 뿐입니다."

"출세에 눈이 멀어 어의의 말을 동조한 것은 아니고?"

"어찌 그렇게만 여기십니까?"

"내가 아무래도 자네를 잘못 본 것 같네. 허험."

이찬은 뒷짐을 지고 자리를 떴다. 유후성은 그 뒷모습을 물끄러미 바라보았다. 그런 뒤 중얼거렸다.

"의원마다 병을 대하는 견해가 다 똑같아야 된다는 법은 없지 않은가."

이른 새벽 대비는 땀에 흠뻑 젖은 채로 잠을 깼다. 이찬은 모주(여러 가지 약재를 넣어 만든 도수가 거의 없는 막걸리)를 조금 권했다. 그것을 마신 대비는 설사를 세 차례나 했다.

"내가 기후가 이렇게 고달프구나."

그 뒤로 대비는 조금 편안해졌다. 이찬이 아뢰었다.

"독삼탕(위중할 때 기혈을 보충하는 약)에 청심원을 타서 복용하시는 것이 가장 마땅하옵니다. 이러한 때에 연달아 드시면 남은 열을 내리는 동시에 원기를 보충할 수 있사옵니다."

윤선도가 이어서 말했다.

"연자죽(연꽃의 씨앗을 넣고 쑨 죽)과 산약죽(껍질을 벗긴 마를 갈아서 꿀을 넣어 볶아서 쑨 죽) 모두 설사를 그치게 할 것이고, 적두죽(팥죽)은 중기를 보하고 습을 다스릴 것입니다."

유후성이 말했다.

"지금은 설사를 멈추게 하는 것이 급합니다. 삼령백출산(비위를 강하게 하고 설사를 멈추게 하는 약)에 백작약 등의 약재를 주초(술에 불려서 노르스름하게 덖는 한약재의 제조법)하여 가미해야 하옵니다."

이찬은 자신의 처방은 그만두고 윤선도와 유후성의 말을 좇았다. 그런데 대비는 어의녀 애종이 떠먹여주는 삼령백출산을 몇 숟가락 들다 말고 갑자기 입과 좌우의 손을 심하게 떨었다.

애종은 얼른 약사발을 놓았다.

"마마의 옥체에 땀이 많고 열이 불같사옵니다!"

모든 의원과 의관들이 당황했다. 이찬이 외쳤다.

"어서 보중익기탕(열과 땀을 내리는 약)을 달여 오시오!"

밖에 시립하고 있던 의녀들이 약을 달이러 갔다. 그런데 약을 대령하기도 전에 대비는 숨넘어가는 소리를 냈다.

"허억, 헉, 으억!"

"대비마마!"

인경궁 흠명전에서는 곡소리가 울려 퍼졌다. 잠시 후 임금이 달려와서 엎드려 슬피 울었다.

사간원과 사헌부 대간들이 아뢰었다.

"의관 유후성의 죄가 크옵니다. 속히 단죄하옵소서."

"그밖에 시약한 의관들의 죄를 엄히 다스려야 하옵니다."

임금은 엄히 하명했다.

"어의와 의관들을 모두 파직하고 하옥하라."

"의녀와 궁녀들에게도 죄를 묻지 않을 수 없사옵니다."

"단지 시중만 들었을 뿐인데 그들에게 무슨 죄가 있겠는가?"

이찬은 의금부 옥사에 하옥되었다가 대비의 장례가 끝나자 풀려났다. 하지만 유후성은 오랫동안 감옥에 갇힌 신세가 되었다. 그는 때늦은 후회를 했다.

"아, 내가 너무 교만했던 것인가! 의관의 사모와 관대는 한낱 하루살이의 더듬이 같기만 한 것을. 그동안 무얼 그리 뜬구름 같은 것을 붙잡으려고 허둥지둥했던고."

이찬은 쓸쓸히 낙향하는 길에 줄곧 자신의 의술의 한계를 자책했다. 그는 용궁현으로 곧바로 가지 않고 존애원에 들렀다. 그러고는 박지지와 내게 대비의 치료 과정을 상세히 알려주었다. 박지지가 말했다.

"아마도 그보다 더 잘 치병할 수는 없었을 것입니다. 이중명께서 가셨으니 대비마마를 몇 달이라도 더 살리신 게지요."

이찬은 박지지와 나를 번갈아보며 말했다.

"사람이 끝내 의원 손에서 다 죽으니 의원은 영락없는 저승바치인가 보네."

의원만이 할 수 있는 일

1

봄이 되어 정경세는 원하는 대로 매호로 갔다. 병이 이미 골수에 깊이 침범해 있어서 일상이 불편한 그가 거처할 곳이 마땅치 않았다. 그런데 마침 묵곡(상주시 사벌면 묵곡리)에 있는 친지 한 사람이 빈 집을 내어주어 그곳을 임시 거소로 삼았다.

마음이 편안해진 정경세는 꿈을 꾸었다. 연꽃이 10리나 뻗쳐 있는 큰 연못가에 두 아들과 함께 새로 거처를 마련하여 즐거워하는 꿈이었다. 잠에서 깬 뒤에도 꿈속 정경이 마치 생시의 일처럼 생생하기만 했다. 꿈 이야기를 듣고는 달리 할 말이 없었다. 꿈에서 죽은 두 아들을 보다니.

"얼른 쾌차해 일어나실 꿈입니다."

"고맙습니다, 나리."

정경세가 내게 존대하는 것을 본 주위 사람들이 놀랐다. 잠시 후 그들은 안색을 누그러뜨렸다. 정경세가 노망이 난 줄로 짐작하고 대수롭지 않게 여기는 것이었다. 천만다행이었다.

정경세는 문 밖 출입을 하지 않았다. 그리고 성품이 화평하고 욕심이 없어서 외간의 일에 대해서 묻거나 상관하는 일이 일체 없었다. 누워 있을 때는 매번 수족이 가지런한가를 살피고 혹시라도 이불 밖으로 들쭉날쭉하게 하지 않았다. 또 벗어놓은 의복도 항상 반듯이 잘 정돈하여 비뚤어지지 않게 했다.

"밖에 신은 제대로 놓여 있는가?"

"예, 대감마님."

이미 상노인이 된 집사는 한시도 정경세를 거스르는 법이 없었다. 자신도 지팡이 없이는 걷지 못할 만큼 늙은 몸을 주체하기 힘든 터에 정성을 다해 정경세를 섬기는 것을 보고는 가슴이 뭉클했다.

정경세가 병환이 나 있다는 말을 듣고 원근에서 물품을 많이 보내왔다. 그는 물목을 듣는 즉시 아무것은 아무개에게 주라고 하며 친척 친구 제자들에게 골고루 나누어 주었다.

"그렇게 하지 않으면 마음속에 뭔가 걸려 있는 듯합니다."

매사 그런 식이니 40년 관직 생활을 했어도 한양 도성 안에 집이 없었고 고향의 전답도 다 존애원에 기증했을 뿐 단 한 뙈기의 밭도 없었다. 그가 즐기는 일은 오직 한 가지였다. 풍치 좋은 시내와 아름다운 산수였다. 그래서 묵곡에 거처를 정하고부터는 안색이 나아 보였다.

"의원님, 이웃 고을 산모가 몸을 풀었다고 합니다."

여러 고을에 수소문을 해 두었던 말을 비로소 듣게 되었다. 얼른 산모의 집에 가서 사정을 말하고 은자 한 냥을 내놓고는 태반을 얻어왔다.

자색이 감도는 것을 보아 건강한 몸에서 나온 좋은 것이었다. 흐르는 물에 여러 번 씻고 또 샘물을 길어 손질했다. 하룻밤 식초에 담가 두었다가 꺼내어 다시 씻었다. 참대를 꺾어다가 줄기를 가늘게 잘라 새둥지처럼 만들고 종이에 싼 태반을 그 속에 넣었다. 그런 뒤 떡을 찌듯이 솥에 넣어 푹 쪘다. 다 찐 것을 햇빛에 바짝 말렸다. 비로소 약재로 쓸 수 있게 되었다.

집사가 궁금하게 여겼다.

"그건 어디다 쓰려고 하십니까?"

"이것이 바로 태반으로 만든 자하거라고 하는 약재입니다."

전설로만 전해지는 약, 하거대조환을 만들었다.

"대감마님이 드실 약을 지극정성으로 손수 다 만드시니 어찌 효험이 없겠습니까."

집사의 예견과는 달리 사람을 살릴 수 있다는 자하거도 별 도움이 되지 못했다. 내가 하거대조환의 비방을 정확히 알고 있지 못한 까닭이라고 여겼다. 약명은 있으되 상세한 약재들의 비율과 각 약재의 포제법이 전해지지 않아 나름대로 추정하여 만들었지만 큰 효험은 내지 못했다.

정경세는 얼마 있지 않아 병세가 도져 위독한 지경에 이르렀다. 말을 더듬고 담이 끓어 고통스러워했다. 곁에서 보기에 숨이 곧 끊어질 것 같았다. 하거대조환 두 알을 물에 개어 떠먹였다. 목으로 넘어가는 것이 반도 되지 않았다. 다행하게도 잠시 후 정신이 돌아오는 듯했다.

정경세는 머리맡에 앉아 있는 부인에게 말했다.

"남편은 부인의 손에서 죽지 않고 부인은 남편의 손에서 죽지 않는 법이오."

"일찍이 익히 들어서 잘 알고 있습니다."

그 말을 듣고 정경세는 미소를 띠었다.

"부인이 아는 바가 이러하니 내가 어찌 좋게 가지 않겠소?"

"대감!"

그러고는 손자 정도응에게 말했다.

"너는 나를 장사 지낼 적에 반드시 예법에 어긋남이 없도록 해야 한다. 알겠느냐?"

"할아버님!"

이전의 셋째아들 이신규가 물었다.

"스승님, 선현 중에는 임종할 때 유표(신하가 죽을 때 임금에게 올리는 글)를 남긴 이도 있고, 유서를 남긴 이도 있었습니다."

"상감께서 의관을 보내 나의 병세를 물으시고 세자저하께서도 약물을 하사하셨으니 천은이 망극한데 어느 날에나 다시 보답할 길이 있으리."

"저희들에게 가르침을 내려주십시오."

정경세가 입을 열어 무어라 말을 하려고 했지만 소리가 나오지 않았다. 얼른 하거대조환에 우황청심환을 가미하여 물에 타서 떠 먹였다. 말을 하지 못해도 숨소리는 조금 평온해졌다.

이준의 둘째아들 이원규가 달려와 슬피 울었다. 정경세는 병을 참고 억지로 일어나 앉았다. 그러고는 이원규의 손을 잡고 말했다.

"너는 익자삼우 손자삼우라는 말을 알 것이다. 내가 숙평(이준의 관자) 형과 어릴 적부터 도의로써 교제를 맺어 백발이 될 때에 이르렀는데 이제 내가 먼저 죽게 되었다."

정경세는 숨을 몰아쉬었다.

"내가 숙평 형에게 도움을 주는 벗이 되지는 못했으나 그렇다고 손해를 끼치는 벗이 되지도 않았다."

"스승님!"

이전을 비롯한 낙사계 계원들과 친구들이 문병을 오기 시작했다. 정경세는 말도 하지 못하고 전혀 의식이 없었다. 준비해 놓은 구급약도 다 소용이 없었다.

정도응은 벽에 기댄 채 졸다가 깜박 잠이 들었다. 나 혼자 머리맡을 지키고 있노라니 정경세가 저녁에 잠깐 정신을 차렸다.

"나리, 이제 그만 종친으로 돌아가십시오."

"종친의 옷을 입고 있으면 먹고 놀며 허송세월밖에 더하겠습니까? 이렇게 의원 노릇이라도 하고 있으니 조금이라도 백성에게 도움이 되지 않습니까. 저는 그것만으로도 참 다행으로 생각합니다."

"나리는 어찌 그리 욕심도 없으십니까?"

"다 대감께서 몸소 실천해 보이시고 가르치신 덕분이지요."

"양성 땅엔 가보셨습니까? 나리의 옛 생가 옆집에 외숙부께서 살고 계시는데."

"제가 다니러 갔을 땐 이미 돌아가신 뒤였습니다."

정경세는 입술을 오물거리더니 한참 만에 다시 입을 열었다.

"말씀드리기 황송하오나 이제 가는 마당에 뭘 더 숨기겠습니까, 저는 나리를 마음속으로 친자식처럼 여겼습니다."

"대감, 저에게는 대감이 어버이와도 같은 분이셨습니다."

"다, 담야!"

"아버님!"

정경세는 더 이상 입을 열지 않았다. 밤이 되자 거센 바람이 불고 큰 비가 내리기 시작했다. 정경세는 무어라 입을 움직였다. 가까이 다가가 귀를 갖다 댔다.

"나리, 부, 부디 존애원을 잘……."

해시(밤 11시 전후) 무렵에 정경세는 그 말을 끝으로 숨을 거두었다.

부인과 손자의 통곡 소리가 무정하게도 비바람 속에 묻혔다.

이미 준비를 하고 있었으므로 자시(밤 12시 전후)에 염습을 마쳤다. 홀연 세찬 돌풍이 불고 폭우가 쏟아져 수목들이 부러졌으며 잠깐 사이에 시냇물이 불어 넘쳤다. 묵곡의 사방 십 리가 마치 통곡하는 듯했다. 정경세가 병환으로 누워 있다는 것을 아는 사람들은 모두 그의 부음으로 여겼다.

세자가 또다시 문병하는 서찰과 약재며 음식을 보냈다. 하지만 도착했을 때에는 이미 별세한 뒤였다. 손자 정도응이 상주가 되어 상을 치렀다. 그는 모든 절차를 정경세로부터 예학을 전수받은 고모부 송준길에게 묻고 논의했다. 이전, 이준, 전식, 유진, 이찬 등 상주와 인근 고을의 선비들이 모두 문상을 와서 모였다.

지나온 날들에 대한 회한이 일어 눈물이 났다. 백화산 저승골 천수인과 전 어의 박지지가 의술을 가르쳐 준 스승이라면 양관의 대제학을 겸임했던 정경세는 사람의 길을 일러준 아버지와도 같은 사람이었다. 그는 멀리 있는 듯하면 가까이에 와 있고 가까이에서 보면 한 발짝 떨어져서 가르침을 내렸다. 내가 기억하지 못하는 나의 내력을 알아내고자 여러 모로 살폈으며 그 결과 내가 종친임을 확인하고도 그 비밀을 잘 지켜주었다.

정도응은 조부 정경세를 함창현 검호 서쪽 언덕에 장사 지냈다. 정경세가 전에 두 아들을 장사 지낼 때 그 위에 한 자리를 봐두고 자신이 묻힐 곳으로 정했는데 바로 그 자리였다. 그런데 거기서 내려다보니 검호에 연꽃이 핀 것이 10리나 되는 듯했다. 정경세가 꿈에서 보았던 곳과 똑같은 정경이었다. 참 신기한 일이었다. 언덕 위에서 삼부자가 환하게 웃으며 노니는 듯이 여겨졌다.

세자가 부의를 내리며 각별히 궁관에게 당부했다.

"정 빈객(세자에게 학문을 가르치던 정2품 벼슬)은 평소에 예를 즐겨 말했으니 조문함에 있어서 조금의 실례도 없도록 하라."

장례 날에 모인 사람이 400명이 넘었다. 제문은 임금과 왕세자를 비롯하여 다정한 벗인 이전, 이준, 전식, 조정, 강응철, 이윤우, 최현, 김지복이 지었으며, 허용, 유진, 송준길, 김응조, 홍호, 조희인, 이원규, 이광규, 조광벽, 이일규, 이덕규, 이신규, 황덕유, 신집, 정영방, 유원지, 김추임, 김기, 김보, 김승, 강교년 등 문인과 문하생과 제자들이 제문을 지어 바쳤다.

또 만사는 정온, 이전, 이준, 김상용, 김상헌, 이정귀, 전식, 조경, 김세렴, 김령, 이성구, 채유후, 조익, 김류, 이식, 장유, 오윤겸, 오숙, 한여직, 강홍중, 전극항, 이원규가 지었고, 도남서원에 봉안하는 제문은 전식이 지었으며, 우산서원의 봉안문은 유태좌가 지었다. 임금은 정경세를 좌찬성(종1품 벼슬)에 추증했다.

2

내명부의 상징적인 최고 어른이었던 대비가 죽고 난 뒤 대비전에 있던 궁녀들이 뿔뿔이 흩어졌다. 금화는 대전의 가장 어린 나인으로 배치되었다. 대비의 환후가 깊을 때 인경궁 흠명전을 드나들면서 금화를 눈여겨 봐 두었던 임금은 드디어 승은을 내렸다. 금화는 일약 승은상궁이 되어 전각을 하사받았다. 이제 왕자나 옹주를 낳기만 하면 후궁의 작위를 받게 되는 것이었다.

"세상에나? 금화가, 우리 금화가?"

한옥은 기뻐서 어쩔 줄을 몰라 했다. 이형익은 마침내 출세할 좋은 기회가 찾아왔다는 생각에 한옥을 얼싸안았다.

"서방님이 상감의 옥체를 돌보려면 우선 명분이 있어야 하지 않겠어요?"

"그야 그렇겠지?"

"우선 고향인 대흥으로 가서 백성들을 잘 치료하고 계세요. 그다음은 제가 알아서 할게요."

"흐흐, 알겠네. 내 자네만 믿으이."

임금은 매일같이 금화의 처소만 찾았다. 그녀는 하늘처럼 보이던 임금이 점차 혈기만 믿고 덤벼대는 한 사람의 사내로 여겨지기 시작했다. 어느덧 금화는 대담해졌다. 그리하여 매번 타고난 음기와 방중술로 임금의 혼을 빼놓곤 했다.

"내 너를 알고 운우지정을 새롭게 맛보는구나."

"전하, 소녀는 전하만 즐거우시다면 무슨 짓이든 하겠사옵니다."

"허허허, 오냐오냐."

"하온데, 전하. 아무리 보약이 좋기로서니 밤마다 이러시다가 옥체가 상할까 염려되옵니다. 소녀가 듣기로 대흥 땅에 아주 유능한 명의가 있다고 하온데 불러다가 시험해 보시는 것이 어떤는지요?"

임금은 내의원 제조 예조판서 최명길을 시켜 알아보게 했다.

"전하, 과연 대흥 고을에 이형익이란 자가 있사온데 불에 달군 침을 놓아 사기를 잘 다스리고 괴질을 치료하여 간혹 효험을 본 경우가 있다고 하옵니다."

"불에 달군 침을?"

"그러하옵니다. 번침이라 한다고 하옵니다. 한번 불러다 시험하는 것도 무방할 것이옵니다."

그런데 임금의 태도는 뜻밖이었다. 불에 달군 침을 쓴다는 말에 은근히 겁이 났기 때문이었다.

"괴이한 술법을 추천하여 장려할 필요는 없다."

여러 날이 지나도 이형익을 불러들인다는 말이 없었다. 한옥은 초조해졌다. 이형익도 이형익이지만 금화에게 태기가 없다면 임금에게 언제 버림받을지 모를 일이었다. 임금이 금화의 치마폭에 싸여 있는 동안 아이를 가져야 했다. 그것만이 금화가 대궐에서 큰소리를 치며 살아갈 수 있는 유일한 방법이었다.

처소를 찾은 임금에게 금화가 투정을 부렸다.

"전하, 그 명의를 왜 안 불러들이시옵니까? 소녀도 그 의원에게 진맥을 해 보고 싶사옵니다."

"그래?"

"대궐에는 소녀를 시기하고 질투하는 이들이 많습니다. 소녀의 태기를 보살피고 장차 출산할 왕자를 지켜줄 의원도 필요하옵니다."

"그렇다면 네가 회임을 했다는 말이냐?"

"아이, 그런 게 아니라 대비를 해 두자는 말씀이옵니다."

"오냐. 잘 알았다. 자, 어서 과인을 즐겁게 해 보려무나."

금화는 이불 속으로 얼굴을 묻었다. 임금은 중전이나 다른 후궁들이 그저 나무토막처럼 가만히 있는데 비해 금화는 수줍어하면서 애를 태우다가 어느새 적극적으로 분위기를 달궈주는 것이 좋았다. 번번이 방법을 달리하니 매일 밤이 기대되고 설렜다.

임금은 내의원 제조에게 물었다.

"전일 천거한 대흥 땅의 의원이 그토록 용하다면 한번 불러올리는 것도 나쁘지 않을 것 같은데 예판은 어찌 생각하는가?"

"예, 전하. 침의 이형익에게 봉록을 내리시어 도성에 머물러 있게 하는 것이 좋을 듯 하옵니다."

"그리 하라."

내의원 의관들이 반발했다. 그들은 어의 신득일에게 말했다.

"검증이 되지 않은 시골의 의원을 불러다가 곧바로 상감마마의 옥체에 침을 놓게 하는 것은 불가합니다."

"그것이 전례가 되어서는 안 됩니다."

"그자는 필시 의원 취재에 낙방한 자일 것입니다. 의술이 뛰어나다고 할 수 없는 자일 것입니다."

"의관에 뜻이 없는 의원일 수도 있지 않겠는가?"

"그런 자라면 어찌 연줄을 대어 상경하려고 하겠습니까?"

"그건 무슨 말인가?"

"승은상궁의 후광을 입고 있는 자라는 소문이 자자합니다."

"근거 없는 소문일 수도 있으니 말조심하게."

어의는 내의원 도제조 좌의정 김류와 제조 예조판서 최명길을 찾아갔다. 내의원 의관들의 반발을 전하니 그들도 곤혹스러운 표정을 지었다.

"상감께서 그런 의원을 어찌 아시고 불러들이려고 하시는지……."

"승은상궁 전에서 나온 말이라고 하지 않습니까? 듣자하니 어린 상궁이 상감의 허리끈을 붙잡고 꾀를 쓰는 것이 여간 아니라고 합니다."

"일은 이미 돌이킬 수 없게 되었으니 그자가 어찌 침을 놓는지 잘 살펴봅시다."

임금이 처음으로 이형익에게 침을 맞는 날이 되었다. 어의녀 애종은 여러 의녀들을 데리고 양화당으로 갔다. 도제조, 제조, 어의는 합문 안에 들었고 그 밖에 여러 내의원 의관들이 바깥에서 시립해 있는 가운데 이형익이 대전에 들었다.

"약화로를 들여놓아 주십시오."

의관 한언협이 약화로를 들고 들어와 이형익 옆에 놓았다. 한언협은 임금의 눈에 띄어 출세를 할 더없이 좋은 기회라고 생각했다. 이형익은 먼저 임금을 진맥했다. 그러고는 대전 상궁들에게 말했다.

"전하가 입고 계시는 용포의 소맷자락을 걷어 올리시오."

침통에서 큰 침을 꺼내 화롯불에 달궜다. 침이 달아오르자 임금의 팔뚝 혈에 놓았다. 임금의 용안이 움찔했다. 이형익은 놓은 침을 조금 비볐다. 임금은 온몸이 짜릿해지는 것을 느꼈다. 마치 금화를 품고 방사를 하는 듯한 황홀한 느낌이었다.

"다 되었사옵니다."

잠시 후에 임금은 제정신을 되찾았다. 그 짧은 시간에 느낀 감흥은 무어라 말할 수 없을 만큼 아련하고 달콤했다.

"번침이라고 했는가? 과연 신통한 침법이로다."

"황공하옵니다. 전하."

"이자는 필시 초야에 묻혀 있던 명의가 틀림없는 듯하다. 당분간 급료를 주어 내의원 가의관(임시 의관)으로 채용하라. 과인이 때때로 이자에게 침을 맞겠다."

"전하, 성은이 망극하옵니다."

대궐 안팎으로 화제는 단연 번침이었다. 간혹 시골에서 명의로 알려진 의원을 불러다가 진맥을 시키고 침을 놓게 하더라도 대개 한두 번이었다. 그런 다음에는 상으로 비단이나 몇 필 내려서 돌려보내는 것이 보통이었다.

그런데 임금은 이형익의 경우에는 아예 내의원 의관 대접을 하며 붙잡아 두려는 것이었다. 그의 의술이 얼마나 뛰어나면 그러겠느냐는 편과 어린 승은상궁을 벗바리로 둔 까닭이라는 편으로 세간의 말이 나뉘었다.

의술을 강론할 때 초학의녀들이 물었다.

"어의녀님, 번침이란 대체 어떤 침술입니까?"

"번침은 쉬자, 화침, 소침이라고도 한다. 아홉 가지 침 중에서 대침을 쓰는데 불에 달군 뒤에 혈자리를 지지듯이 놓았다가 빨리 빼내는 침법이다."

"어떤 병세에 효험이 있는지요?"

"여러 가지 종기에 쓴다. 특히 침을 깊이 놓을 수 있기 때문에 곪아서 멍울진 옹저(악성 종기)에 주로 사용하지."

"불에 달군 침이라면 살갗이 화상을 입지는 않습니까?"

"화상도 화상이지만 불에 덴 자국이 피부에 덕지덕지 남는 것을 환자들이 꺼려해 시침이 많이 이루어지지는 않는다."

"소녀가 듣기로는 번침을 맞으면 정신이 아찔해지며 몽롱해지는 경우가 있다고 합니다."

"그렇다. 그래서 크게 위급할 때 쓰는 침법일 뿐 상시로 계속 쓴다면 종국에는 사람을 상하게 할 수도 있다."

번침을 맞아서 몽환적인 맛을 본 임금은 그 뒤로 이형익만 불러 침을 맞았다. 도제조와 제조가 입시해 있을라치면 물러가라고 하며 이형익만 들였다. 침 맞는 시간이 차츰 길어졌다. 맞은 자리에서 피도 났다. 앞서 맞은 자리는 화상 자국으로 보기에 흉했다.

신하들의 걱정은 이만저만 아니었다. 하지만 아무도 번침이 부적절하다는 것을 아뢰지 못했다. 우려할 만한 부작용이 나타난 것도 아니고 임금의 팔다리가 마비되는 증세가 더 깊어진 것도 아니기 때문이었다.

"번침을 맞은 뒤로는 상감의 용안이 편안해 보이니 뭐라 할 수도 없는 일 아니겠소?"

"숨은 부작용이 쌓이고 쌓이다가 나타날 때는 늦은 일이 될 것입니다."

"지금 이 시점에서는 무턱대고 불가하다고 아뢸 수도 없습니다."

임금은 금화의 처소에 들렀다. 주안상 앞에서 임금은 유쾌해했다.

"내가 밤에는 너를 품고 낮에는 침을 맞으니 하루 종일 무릉도원에 있는 기분이구나."

"그것 보셔요. 소녀가 드린 말씀대로 하니까 모든 것이 좋아지지 않사옵니까?"

"오냐, 잘 알겠다. 내 앞으로는 너의 말이라면 뭐든지 잘 들으마. 허허."

한옥은 금화가 승은을 입은 뒤로 부쩍 자주 찾아오는 남편 조기가 성가셨다. 금화의 처소와 사가를 오가며 심부름을 하는 궁녀에게 서찰을 한 통 주었다. 읽어본 금화는 입맛을 다셨다. 어릴 때부터 뜸하게 집에 들르는 사내일 뿐이었다. 딸에게는 눈길 한 번 제대로 주지 않고 하룻밤 있다가 가버리곤 한 아비. 정도 붙여오지 않는 아비가 언제부턴가 아비로 여겨지지 않았다. 금화는 임금에게 부탁해 아비 조기를 함경도 산골 고을의 현감으로 보내버렸다.

한옥은 아무 눈치 볼 것이 없었다. 퇴청해 돌아오는 이형익을 마치 남편처럼 맞이했다. 그가 임금의 눈에 들었으니 이젠 그다음 일을 도모해야 했다.

"우리 금화에게 빨리 태기가 들어서야 할 텐데, 어디 그런 신통한 약은 없나 몰라."

이형익은 단번에 지위가 역전되어 한옥이 상전이 된 느낌이었다. 그러나 곧 생각을 고쳐먹었다. 주인인들 어떻고 상전인들 어떠랴. 부귀영화가 바로 눈앞에 있는데 개똥을 핥으라면 못 핥을까 싶었다.

"그런데 태기를 들어서게 하는 약을 지으려면 상궁마마를 진맥해 보아야 하는데 내가 직접 할 수는 없으니."

"그렇다면 금화에게 얘기를 해 놓겠으니 약을 잘 좀 짓도록 하세요."

"그, 그러지."

"요즘 좀 부실해진 것 같은데 서방님도 보약 좀 지어 드시고."

"알겠네. 내 임자를 절대로 실망시키지 않겠네."

애종은 어의로부터 대전의 명을 전해 받았다.

"어의녀는 승은상궁을 진맥해 보고 태기가 있는지 살피시오."

애종은 금화의 처소로 갔다. 이형익이 이미 입시해 있었다. 그가 인사를 했다.

"어의녀님, 어서 오십시오."

애종은 그의 목소리를 듣는 순간 온몸에 소름이 쫙 끼치는 듯했다. 목소리 너머에 사람의 탈을 쓴 짐승이 도사리고 있는 듯한 느낌이 들었기 때문이다. 애종은 애써 침착한 어조로 금화에게 예를 갖추었다.

"어의녀 애종이 상궁마마를 뵈옵니다."

"어서 오세요."

애종은 이형익의 목소리에서 느낀 것보다 더 섬뜩함을 느꼈다. 앙칼지면서도 콧소리가 살짝 배어나오는 것이 음탕하고 요사스러운 기운이 물씬 전해졌다. 장차 내명부에 분란이 인다면 바로 그녀로부터 비롯될 것만 같았다.

"의술이 뛰어난 다른 의녀들도 많겠지만 내가 특별히 어의녀를 청한 것은 상감께서 매일같이 왕자 아기씨를 바라고 있기 때문이에요. 어서 이리 가까이 와서 진맥을 좀 해 보세요."

애종은 다가앉았다. 금화가 팔을 내놓았다. 애종은 저고리 소매 속으로 손을 넣어 세 손가락 끝을 손목 위에 가만히 올렸다. 맥상을 볼 겨를도 없이 금화가 조급하게 말했다.

"어떤가요? 태기가 있나요?"

자리에서 뒤로 물러난 애종이 말했다.

"황송한 말씀이오나 아직 태기는 들어서지 않았사옵니다."

"그러면 언제쯤 들어서겠어요?"

대답을 할 수 없는 물음이었다. 이형익이 아뢰었다.

"지금처럼 상감마마와의 사이가 이어진다면 가까운 날에 회임하시는 당연지사일 것이옵니다."

금화가 애종에게 물었다.

"내가 월경이 끝나고 나면 배가 아픈 증세가 있는데 그것은 무엇 때문이죠?"

"혈이 허하기 때문이옵니다. 청경사물탕(당귀 등 12가지 약초를 배합한 약)을 달여 올리겠습니다."

"진즉에 어의녀를 부를 걸 그랬어요. 잘 부탁해요."

내의원 도제조와 제조는 어의와 함께 이형익의 침술에 의구심을 가졌지만 임금의 총애가 깊어져 함부로 말을 꺼내지 못했다. 갈수록 옥체가 손상되는 것을 걱정한 나머지 도제조가 임금에게 아뢰었다.

"전하, 침을 맞으실 때 이형익과 의관 유후성이 함께 입시하게 하옵소서. 또한 침을 잡는 것은 이형익이 하더라도 점혈은 유후성이 하도록 하옵소서."

제조가 말을 이었다.

"전하께서 침을 맞으실 때에는 반드시 약방 의관들이 입시하는 것이 전례이옵니다. 통촉하여 주옵소서."

"유후성이 들어와 진맥은 하되 점혈은 하지 말라. 도제조와 제조는 방이 비좁으니 입시하지 말라."

어의가 아뢰었다.

"신이 약방 의관들과 상의해 보니 이형익이 점혈한 곳은 그 자리가 다르고 유후성의 말이 옳았사옵니다. 청컨대 유후성이 함께 들어가 혈을 잡게 하소서."

임금이 마지못해 말했다.

"아뢴 대로 하라."

침을 맞을 때마다 임금도 유심히 살펴보았다. 그런데 이형익이 유후성과는 달리 간혹 혈자리가 어긋나게 침을 놓는다는 것을 알게 되었다. 임금이 이형익에게 물었다.

"시침이 잘못된 것은 아닌가?"

"황공하오나, 전하. 혈자리라고 해서 꼭 어느 한 자리라고 고집할 수는 없사옵니다."

그러나 유후성의 말은 달랐다.

"전하, 혈자리라는 것은 이리저리 옮겨 갈 수 없는 것이옵니다."

드디어 이형익을 치죄할 빌미를 잡은 대간들이 연달아 아뢰었다.

"침의 이형익이 망령되이 제 기술만 믿다가 전하의 옥체를 그르치는 죄를 저질렀사옵니다. 어의와 의관들이 같이 입시하고도 침을 잘못 놓는 것을 한마디도 언급하지 않았으니 모두 잡아다가 국문하고 그 죄를 다스리옵소서."

"하옵고, 약방제조는 반드시 입시해야 하는 전례가 있음에도 불구하고 전하께서 입시를 허락하지 않으셨으니 멀리 합문 밖에 있으면서 이와 같은 일을 알 수가 없었사옵니다. 앞으로 침을 맞으실 때에는 반드시 전례에 따라 도제조와 제조가 반드시 입시토록 하소서."

"아뢴 대로 하라. 다만 이형익은 이미 지은 죄를 알고 반성했으니 중벌로 다스릴 필요까지는 없다."

여느 의관이 침을 잘못 놓았다면 파직을 당하고 귀양을 갈 죄였다. 하지만 이형익은 아무 벌도 받지 않았다. 그가 임금으로부터 받는 총애가 지대하다는 것을 모르는 사람이 없었다.

이형익은 뒷짐을 지고 내의원을 어슬렁거렸다. 황급히 오가는 의녀 하나가 눈에 띄었다. 그는 일부러 다가갔다.

"의녀는 무슨 일로 그리 바쁘신가?"

별난이는 이형익을 힐긋 보고는 대꾸도 하지 않고 가버렸다. 그는 멋쩍어서 헛기침을 했다. 그때 한언협이 다가왔다.

"별난이라고, 중궁전의 대령의녀입니다."

"그래요? 나이는 지긋하게 든 것 같은데 그 자색이, 참."

"성질이 여간 아니니 함부로 대하시다간 큰코다칠 수 있습니다."

"허허, 한 의관이 그렇게 말씀하시니 더욱 관심이 가는구려."

임금이 침을 맞겠다고 전교했다. 약방제조는 양화당 밖에 입시하고 어의와 침의 유후성이 입시한 가운데 이형익이 아뢰었다.

"전하의 옥체에 든 병의 뿌리가 매우 깊사옵니다. 피침(종기를 째거나 어혈을 뽑아내는 칼처럼 생긴 침)을 맞으신 혈은 많지만 번침을 맞는 혈이 적어서 효험을 보지 못하시니 피침을 맞는 혈 중에서 한두 혈은 번침을 맞는 것이 좋겠사옵니다."

임금이 물었다.

"그렇다면 어느 혈에 번침을 맞아야 하겠는가?"

이형익이 조금도 서슴지 않고 대답했다.

"용안에 맞으셔야 하옵니다."

합문 안팎에 시립하고 있던 신하들이 다 놀랐다. 제조가 입술을 깨물었다.

"이런 무엄한!"

그때 임금이 이형익에게 물었다.

"얼굴보다는 손에 맞는 것이 어떻겠는가?"

"그렇다면 손에 놓겠사옵니다."

신하들은 모두 안도의 숨을 내쉬었다. 이형익의 오만방자함을 더 이상 두고 볼 수 없다는 논의가 곳곳에서 일었다. 하지만 임금은 신하들의 말을 귀담아 듣지 않았다. 번번이 이형익을 벌주라는 주청을 금지시켰다.

임금이 총애하는 바가 지나칠 정도였다. 그러니 아무도 이형익을 함부로 대하지 못했다. 내의원 안에서도 정식 벼슬이 없는 가의관인 이형익이 어의처럼 굴었다. 의관들은 다 그의 앞에서는 저절로 허리가 굽혀졌다. 그는 거드름을 피우며 탕약방, 고약방, 산약방, 침구방 가리지 않고 모든 일에 간섭했다.

"에헴, 여기가 약재고인가 보네. 약재는 잘 보관하고 계신가?"

내의원 약재창고를 담당하고 있던 한언협은 얼른 일어나 이형익을 맞이했다.

"어서 오십시오. 이 의관님. 어탕제에 쓸 약재를 말리고 있는 중입니다."

이형익은 소쿠리에 담긴 약재를 손을 집어서 코에 댔다가 내려놓았다. 어탕제라는 말을 듣고도 함부로 손을 대다니 무엄하기 이를 데 없었다. 하지만 한언협은 그 나름대로 속셈이 있었다. 유후성에게 의술이 밀리는 것을 만회하려면 이형익의 번침을 배워 익히는 수밖에 없다고 여겼다.

"요즘에는 날마다 불을 때어 말려도 곰팡이가 피어 손상되는 것은 어쩔 도리가 없습니다."

"여긴 온돌이 없군 그래?"

"그렇습니다. 상감마마께옵서 창덕궁에서 이곳 창경궁으로 이어하시기 전에 내의원이 먼저 들어왔는데 약재를 보관할 마땅한 곳이 없는 형편입니다."

"이미 수리해 놓은 방이 더러 있지 않은가?"

"있긴 하지만 각사가 다 방이 모자라는 형편인데 내의원 약재고로 쓸 온돌방을 어디 얻을 수 있어야 말이지요."

"그래? 그렇다면 내가 좀 힘을 써 보지."

한언협은 사례를 한 뒤에 속에 품고 있던 말을 꺼냈다.

"이 의관님, 소관을 제자로 삼아서 번침의 오묘한 침법을 가르쳐 주실 수는 없겠는지요?"

"자네가 번침을? 허험, 그야 뭐 어려운 일이겠는가."

"고맙습니다, 스승님. 소관이 앞으로 이 의관님을 깍듯이 스승님으로 받들어 모시겠습니다."

"스승이라? 허허. 이거 내가 복에 없는 제자를 두게 생겼구면."

이형익은 문득 생각난 것이 있다는 듯한 표정을 지었다.

"가만?"

그는 한언협 옆에 바짝 붙었다. 그런 뒤 주위를 살피고는 말했다.

"제자가 한 가지 알아봐 줄 것이 있네. 전에 보았던 그 별난이라는 의녀 말일세."

3

침이 손에 잡히지 않았다. 침을 꺼내 들어도 놓아야 할 혈을 떠올릴 수 없었다. 머릿속이 텅 빈 듯했다. 넋이 나가고 얼이 빠진 듯한 모습으로 의사에 들 수 없었다. 나도 모르게 환자들을 피하고 싶었던 건지도 모른다. 존애원을 나서서 밖을 돌아다니는 경우가 많아졌다. 그럴 때면 꼭 수상한 자들이 앞서거니 뒤서거니 하며 멀찍이서 나를 감시하는 것만 같았다.

"저놈들이 무슨 속셈인지 알게 뭐야."

함창현 검호 가에 있는 정경세의 무덤에 이르렀다. 손자 정도응이 시묘살이를 하고 있었다. 그의 나이 이제 16세. 정경세가 살아있을 때 관례를 한 것이 다행이라면 다행이었다. 정경세의 무덤 아래에는 그의 아비 정심의 무덤이 있었다. 그는 어린 나이에 아비의 3년 상을 치렀고 또 이번에는 조부의 3년 상을 받들고 있는 것이었다.

"또 들르셨군요."

"말씀 편하게 하십시오."

"선조부께서 살아생전에 의원님을 하대하지 말라고 신신당부하셨습니다. 예법에 엄격한 분이셨는데 왜 그러셨는지 모르겠습니다."

"하대해도 됩니다."

"아닙니다. 할아버님의 유지를 받들어야지요."

그의 여막 옆에 앉았다. 확 트인 10리 연못에 연꽃이 만발해 있었다. 장관이었다. 정경세가 꿈꾸었던 바로 그 별천지였다.

처음 정경세를 만났던 때가 떠올랐다. 산양현 송정산 아래 나루터 주막의 정경이 아련했다. 주모는 아직 살아있을까. 주모가 나의 내력을 알게 된다면 얼마나 놀랄까. 내가 나의 내력을 알고 나서부터 세상이 달라 보이는 건 왜일까.

"의술을 놓고 계신다고 들었습니다. 저의 선조부님이 돌아가셔서 충격이 크시겠지만 환자들을 생각하셔야지요."

아무 말도 하지 않았다. 허리에 차고 있던 주머니를 끌러 그에게 주었다.

"청심환입니다. 부디 건강에 유의하십시오."

"담야 의원님, 고맙습니다. 우리 선조부님을 잘 돌봐주신 것도요."

뒤통수가 부끄러웠다. 내가 정경세를 돌봐주었다니? 당치 않은 말이었다. 언제나 그가 나를 돌봐주었을 뿐이었다. 그가 곁에 있으면 어렵고도 편했다. 그가 벼슬 살러 가서 고향을 비우고 있을 때면 왠지 허전하고 불안해졌다. 그것이 그의 존재감이었다. 그랬던 그를 이제 영원히 다시 볼 수 없게 된 것이었다.

박지지가 의사에 들어 환자들을 돌보고 있었다. 머리가 하얗게 센 모습이었다. 잠시 물끄러미 바라보다가 곧장 내 처소로 갔다. 잠시 후 박지지가 기척을 하더니 방으로 들어왔다.

"많이 수척해졌구먼."

그는 방안을 둘러보았다.

"요즘은 의서도 가져다 보지 않는가 보이."

"사람을 살리지도 못하는 의서는 봐서 무엇하겠습니까?"

박지지는 내 말에 고개를 끄덕였다.

"암 그렇고말고. 그런데 말일세. 혹시 자네 이런 말이 있는 거 아는가? 3대 의원 집안의 약이 아니면 먹지 말라는 말."

대답하지 않았다. 박지지가 부드러운 어조로 말을 이어갔다.

"나 살아생전이나 자네 대에 죽어가는 사람을 살리는 의술이 완성될 리는 없네. 하지만 저 아이 사빈이 대에 이르면 지금의 우리보다 얼마나 많은 목숨을 살리겠나? 의술은 그렇게 발전해가는 것일세.

예전엔 세 고을 통틀어 의원 하나 없던 이곳 남촌이었네. 그런데 정우복 대감의 발의로 시작해서 의국이 설치된 후로 지금까지 얼마나 많은 사람들을 치료했으며 얼마나 많은 의원들을 길러냈나?

무릇 의원이라면 죽어가는 사람을 살리기도 해야 하지만 아픈 사람을 아프지 않게 하기도 해야 하네. 모든 사람이 비명에 횡사하는 일이 없도록 시의적절하게 치료해 주어야 하지 않겠나? 그리하여 천수를 누린 다음에는 하늘로 돌아가는 것이 마땅하지 세상에 영원한 생명이 어디 있겠는가?

자네가 그 묵은 병세를 지극한 정성으로 보살폈기에 정우복 대감이 적어도 일 년은 더 살았다고 보네. 그것으로써 자네가 할 일은 충분히 다한 것일세. 이제 마음을 추스르고 그만 의사로 돌아오게. 새로 마음을 다잡고 앞으로 의술을 더욱 연마하면 대감과 같은 사람을 2년은 더 살릴 수 있을 것이고 그렇게 자꾸 하다보면 10년 20년을 더 살릴 수 있을 것이네. 그것이 바로 의원이 할 일이 아니겠는가?"

박지지는 방을 나가면서 나의 등을 한 번 쓸어주었다. 까닭 없이 눈물이 났다. 사빈이 서당에 다녀왔다. 요즘 들어 부쩍 어른스러웠다. 천자문을 다 떼고 정경세가 지은 《양정편》을 읽고 있었다. 사빈은 그 책에 적힌 대로 행동했다. 아침에 일어나면 마당을 쓸고 세수한 뒤 머리를 빗고 웃어른께 문안을 하고……. 내가 어렸을 적에 정경세에게 받아서 읽었던 감회가 새로웠다. 사빈에게 정경세의 가르침을 그대로 내렸다.

"글을 몰라도 사람 구실은 할 수 있지만 글을 알면 내가 누구인가를 확연히 알고 사람다운 언행을 할 수 있게 된단다."

"예, 원임 어른."

이전의 셋째 아들 이신규가 달내 고을의 남쪽 영석동에 당우를 지었다. 이전이 문인들에게 학문을 가르치면서 산수를 벗 삼아 즐기라는 뜻에서였다.

이전은 크게 기뻐하며 세 아들에게 형제의 우애를 늘 살피라는 뜻에서 당우의 이름을 체화당이라고 지었다. 그러고는 담장 둘레에 산앵두나무를 심었다. 체화는 산앵두나무꽃을 말하는데 그 꽃은 형제의 우애를 상징하는 것이었다.

이전은 체화당에 들어 늘 《주자서절요》를 읽었다. 그 책은 이황이 주해를 해서 유성룡에게 내려주었고, 유성룡이 또 주해를 더해 이전에게 내려준 것이었다. 이전도 그 나름대로 주해를 달면서 읽었다.

이전의 성품은 후덕했지만 조급한 면이 없지 않았는데 그때부터 느긋해졌다. 키가 훤칠하고 두 눈이 샛별처럼 빛났으며 광대뼈는 붉고 윤이 있었다. 80에 가까운 나이에도 늙은이의 쇠락한 티가 나지 않고 마치 어린아이 같은 얼굴이었다.

고인계가 체화당을 찾았다. 그는 고을의 근암서당에서 산장 1인과 유사 2인을 새로 뽑고 전임과 교대하는 체례회를 행했음을 알렸다. 이어 이찬이 와서 자신이 군위현감으로 나아가게 된 소식을 전했다.

"그것 참 잘 된 일이오."

"지난번 대비마마의 환후를 보살핀 공으로 내린 성은이구려."

"민망하여 내키진 않습니다만 잠시 다녀오겠습니다."

"내 이중명의 성품을 어찌 모르겠소? 무디 오래오래 선정을 베풀고 오시오."

낙사계의 계원들은 체화당에서 즐겨 모임을 가졌다. 매양 아픈 사람들만 드나드는 존애원에서 죽을 날을 예감하기보다 사시사철 꽃 피고 시내가 흐르는 그곳으로 자연히 발길이 닿기 때문이었다.

존애원에는 이신규, 이원규, 강용후와 같은 2세들이 드나들었다. 그들은 늙은 아비들의 뒤를 이어 낙사계에 가입하고 막 활동을 시작하는 참이었다. 정도응도 선친 정심을 대신해 낙사계 계원이 되었다. 그리하여 낙사계는 3대가 공존하는 아름다운 계회로 명성을 얻었다. 다들 그렇게 아무 일 없는 듯이 잘 살아가고 있었다.

백화산에 올랐다. 약할미 오두막으로 갔다. 노파가 죽은 뒤로 약초꾼이나 약재상의 발길이 뜸해져 길조차 희미해졌다. 오두막은 해가 저물어 산을 내려가지 못한 약초꾼들이 가끔 찾아들어 아궁이에 불을 피우고 밤을 보낸 흔적만 있을 뿐이었다. 큰 나무 줄기로 양쪽 기둥을 받쳐 놓긴 했지만 집채가 기울어 쓰러져 가고 있는 것이 안쓰러웠다.

별난이를 처음 보았던 강렬한 인상이 떠올랐다. 그렇게 예쁜 여자아이가 이렇게 깊은 산속에서 살고 있었다니 가슴이 두근거리고 부끄럽기만 했던 날이었다. 마음 졸이고 가슴 아팠던 날들도 다 살아내고 보니 별것 아니었다.

훗날 우연하게라도 만나게 되면 그저 아무렇지도 않게 웃으면서 만났으면 했다. 지금보다 더 늙어서 만나도 별난이의 말투는 옛날 그대로일까 하는 것이 가장 궁금했다. 나도 모르게 미소가 일었다.

오두막에서 내려와 시냇가에 이르렀다. 맑은 시냇물에 목을 축이고는 거기서 다시 왼쪽으로 거슬러 올랐다. 저승골로 가는 방향이었다. 길은 없었다. 하지만 하도 다녀본 곳이라 발걸음을 내딛는 자리가 바로 길이었다.

저승골 입구 공동묘지에 이르렀다. 양귀비꽃이 만발해 있었다. 저 아래쪽에 우뚝 서 있는 자작나무만이 옛 모습 그대로였다. 천수인의 움막은 약할미의 오두막보다 더 서글펐다. 한쪽 벽은 이미 무너져 내렸고 지붕도 반은 어디론가 날아가고 없었다. 그 나머지도 잡초에 묻혀 있었다. 집이라기보다 그저 흙더미처럼만 여겨졌다.

아무 데고 엉덩이를 붙이고 앉았다. 의술인지 뭔지 아무 것도 모르고 마냥 신기해하면서 드나들던 때가 그리웠다. 천수인은 어디서 어떻게 살고 있을까? 죽었을까, 살아 있을까? 그는 내가 세상에서 최초로 만난 기인이었다. 그는 침과 뜸과 약으로는 의술이 더 크게 나아갈 수 없다고 생각했다. 사람의 몸을 칼로 가르고 오장육부와 근골에 든 병을 두 눈으로 직접 보고 싶어 했다. 병을 봐야 치료를 할 수 있다는 신념을 가지고 있었다.

"언젠가는 사람의 배를 가르고 열어서 환부를 도려낸 다음 다시 닫아 덮는 의술이 출현할 걸세."

"죽고 사는 건 그렇다 치고 그 엄청난 고통을 어찌 견딥니까?"

"깊게 한숨 자고 나면 이미 다 끝나 있을 걸세."

"피가 나는 건 어떻게 하고요?"

"지지든 묶든 핏줄을 지혈하는 수법이 발전하겠지."

믿을 수 없는 이야기를 한 사람이 또 있었다. 도망자 박치의였다. 세상이 상상도 하지 못할 만큼 바뀔 거라는 말. 어쩌면 천수인이나 박치의 같은 사람이 세상의 변혁을 일으키는 선각자가 아닌가 했다. 다만 그들은 혼자였고 고독한 처지였다.

"혼자 어딜 그렇게 다니십니까?"

장 서방이 그렇게 물었지만 속마음은 나를 걱정하고 있다는 것을 모르는 바 아니었다.

"별일 없지요?"

"며칠 후면 정우복 대감의 소상(죽은 지 1년 만에 지내는 제사)입니다."

"벌써 그렇게 되었나?"

장 서방이 뼈 있는 소리를 했다.

"원임 어른이 손에서 침을 놓으신 지도 그만큼 되었다는 말입지요."

비가 오는데도 불구하고 많은 사람들이 정경세의 묘소에 모였다. 이미 세상을 뜬 사람들이 많아 계원들은 몇 사람밖에 보이지 않았다.

강응철이 그를 애도하는 제문을 지어 슬피 읽었다. 그는 풍비(통증과 마비가 있는 중풍의 일종)를 앓고 있었다. 도남서원 원임 김지복과 향교의 재임 조정도 정상이 아니었다. 다들 지병 한두 가지씩은 앓고 있었다. 묘사가 끝나자 자식들이 각자 어버이를 업거나 부축해 내려갔다.

오랫동안 비를 맞으며 서 있었다. 손에 쥐고 있던 침통을 꽉 잡았다. 빗물과 눈물이 섞여서 얼굴을 타고 내렸다.

"으아아아!"

그날 밤 존애원 처소에서 밤새 뒤척이다가 새벽에야 겨우 선잠이 얼핏 들었다. 백발노인이 나타났다.

"의술을 천직으로 안다면 의원은 내 몸 아픈 것 같이 환자를 돌봐야 한다. 그것이 천명이다. 의원에게 그밖에 다른 말은 필요 없다. 의원은 슬퍼할 틈도 불평할 틈도 한가할 틈도 없다. 다른 것이 아닌 오직 의원이기 때문이다. 의원 앞에는 환자가 있어야 한다. 환자 앞에 있지 않은 의원은 의원이 아니다. 너는 의원이다. 의원만이 할 수 있는 일을 해야 한다. 침을 잡고 약을 생각하며 한 사람이라도 더 살려야 한다.

단 하루라도, 단 한 달이라도 더 살려야 한다. 오직 사람을 살리는 일을 해야 한다. 사람을 살려야 한다. 단념해서는 안 된다. 절망해서는 안 된다. 회피해서는 안 된다. 의원의 길에는 그런 것이 없다. 일어나라, 담야. 어서 다시 침을 잡거라. 담야! 너는 의원이다, 담야! 의원 담야……."

백발노인이 멀어져 갔다. 눈을 떴다. 꿈이었다. 노인이 멀어져 간 자리에 사빈이 코를 골며 자고 있었다. 이불을 들추었다. 아이의 몸뚱이 외에는 아무것도 없었다. 밖으로 나왔다. 북쪽 하늘을 바라보았다. 길게 은하수가 펼쳐져 있었다. 별똥별 하나가 떨어지는 것이 보였다.

"아! 약왕이 다녀가신 건가?"

이전, 강응철, 유진 등이 모여서 남촌향약의 결성식을 했다. 오랫동안 낙사계에 불만이 많았던 향반들이 낙사계에 들고 싶어도 체면이 있어 내색을 못했다. 그것을 안 목사 김상복이 제안하여 남촌 4개 면을 아우르는 향약을 이루게 된 것이었다. 부로의 대표 격인 이전이 원임을 맡았고 유진이 유사를 수행하게 되었다.

향약을 실시하게 된 것은 나라에서 시행하는 양전에 대비하기 위해서였다. 양전은 변란과 외적의 침입으로 양안(토지대장)이 망실된 것이 많아 팔도에 전면적으로 논과 밭 등의 토지 소재지와 크기, 그리고 소유자를 분명히 해 조세를 거두는 일에 차질이 없도록 하기 위한 일환이었다.

그런데 양전이 시행된다면 전답을 놓고 서로 소유권을 주장하며 싸우는 일이 빈번히 일어나 고을 풍속을 해치는 경우가 많을 것으로 예상되었다. 토지를 놓고 다툼이 일어날 경우에 관아까지 가지 않고 고을 내에서 원만히 해결하기 위해 여러 가지 규약을 정해 놓아야 했는데 향약을 통해서 일원화하고 체계화하기로 한 것이었다.

양전이 실시되는 중에 조정은 개국 이래 처음으로 엽전을 찍어내어 유통시켰다. 그런데 백성들은 고작 구멍 뚫린 동전이 쌀과 베를 대신한다는 말을 믿지 않았다. 그리하여 주조한 엽전은 그 가치를 잃고 천시받기에 이르렀다.

그 와중에 엽전을 모으는 사람들이 있었다. 눈에 띄는 대로 거저 줍다시피 했다. 장사꾼들이었다. 그들은 명나라에서 전화가 널리 유통되어 자리 잡고 있는 것을 알고 있었다. 조선에서도 무거운 곡식과 면포를 이고지고 다니며 물산을 거래하는 불편을 넘어 머잖아 엽전이 통용이 될 것으로 확신했다.

호조에서 관아에 딸린 노비들이 공역에 나가는 대신에 바치는 쌀과 면포를 엽전으로만 받게 했다. 나라에서 찍어낸 돈을 유통시키기 위함이었다. 그때까지만 해도 고작 아이들의 장난감으로나 취급했던 엽전에 백성들이 점차 돈으로서의 가치를 부여하기 시작했다. 엽전을 다량으로 가지고 있던 장사꾼들은 앉은자리에서 하루아침에 큰 부자가 되었다.

세상이 점차 달라지고 있었다. 힘이 있다고 해서 나라의 땅, 남의 땅을 내 것이라고 마냥 우길 수 없는 세상이 되었다. 또 작은 동전으로 쌀과 베를 맞바꾸는 세상이 도래했다. 빨리 적응하는 백성들에게는 팔자를 바꿀 좋은 기회였고 옛 습속에만 머물고 있으려는 사람들에게는 갈수록 뒤처지고 성가신 세상이 되어가고 있는 것이었다. 지난날 박치의가 말한 대로 세상이 급변하고 있는 것만 같았다.

홍시와 곶감

1

천수인의 움막을 수리해 다시 세우고 있는데 갑자기 낯선 사람들이 나타났다. 언제부턴가 내 주위에서 맴돌던 자들임을 직감했다.

"그대들 정체가 뭐요?"

"저희랑 좀 가주셔야겠습니다."

그들은 다짜고짜 나를 잡아가듯이 데리고 갔다. 어디로 가는지 알 수 없었다. 백화산을 내려와 들을 지나고 고개를 넘었다. 묵어갈 때면 방안에 들여놓고는 밖에서 문을 잠그고 감시했다. 배를 타고 물길을 따라 오랫동안 흘러갔다. 시끌벅적한 사람들의 소리가 들려오기 시작했다.

배에서 내렸다. 한참 동안 걸어서 어딘가에 도착했다. 둘러보니 큰 저택이었다. 한 사람이 활짝 웃는 얼굴로 나타났다. 다름 아닌 동양위였다. 그의 옆에는 귀천군이 서 있었다. 동양위가 나의 두 손을 잡았다.

"이렇게 모실 수밖에 없음을 이해해 주시오."

놀라기도 하고 어이가 없기도 해 아무 말도 나오지 않았다. 귀천군이 말했다.

"우선 옷을 좀 갈아입으시게. 곧 지존께서 오실 것이네."

지존이란 임금을 말하는 것이었다. 숨이 턱 막혔다. 그들이 시키는 대로 양반의 옷으로 갈아입었다. 이윽고 미복 차림을 한 임금이 나타났다. 집안 종들은 모두 땅에 엎드렸다. 동양위와 귀천군과 함께 허리를 굽히고 서 있었다. 임금이 천천히 사랑채에 올랐다. 두 사람을 따라 방안에 들어가 임금에게 절을 올렸다.

"귀천군 종숙(종친으로서 숙부뻘이 되는 사람)이 말씀하신 분이시군요?"

"황공하옵니다, 전하."

"그동안 고생이 많았습니다. 이제부터는 여러 종친들과 어울려 편히 사시도록 해드리겠습니다."

"아뢰옵기 황공하오나, 소신은 지금 이대로가 좋사옵니다. 통촉하옵소서."

"아니 될 말이오. 종친이 천한 의원이나 하고 있다는 게 말이나 될 법입니까?"

"전하, 다치고 아픈 사람을 치료하고 목숨을 살리는 일이 어찌 천한 일이겠사옵니까. 천하에 이보다 고귀한 일은 없사옵니다."

"인명재천이라, 사람의 생명은 하늘에 달렸는데 한낱 의원이 뭘 어쩌겠습니까?"

내가 입을 열려는 순간 귀천군이 가로막았다.

"전하, 오늘 이렇게 제 아우를 찾았사옵니다. 우러러 바라옵건대 종친의 군호를 내려주옵소서."

"허허, 이를 말이겠소?"

시립하고 있던 승지가 두루마리를 꺼내 펼쳤다.

"중종대왕의 증손 이담에게 군호 귀영군을 하사하노라."

종친으로서의 내 이름은 이담이었고 군호는 귀영군이었다. 두루마리를 받아들었다. 이어 임금은 승지를 통해 내가 종친임을 상징하는 옥룡패를 내렸다. 옥으로 만든 패에 용이 새겨져 있는 것이었다.

"전하, 성은이 망극하옵니다."

동양위가 임금에게 아뢰었다.

"귀영군이 의술에 남다른 조예가 있사옵니다. 사대부가에서도 유의라 하여 의술을 일삼는 자들이 적지 않으니 종친이라 해도 그리 허물이 될 것은 없을 것이옵니다."

"하옵고, 지난날 정화옹주마마의 벙어리병을 고친 것도 바로 귀영군이옵니다."

"그래요?"

임금이 잠시 생각하더니 하교했다.

"귀영군은 의술에 힘써 여러 종친과 의빈들을 돌보도록 하십시오."

동양위가 또 존애원에 대해서 아뢰었다.

"전하, 지난날 정화옹주께서 앓던 지병을 치료한 의국이며 소신도 그곳에서 치료를 받은 적이 있사옵니다."

"아, 익히 알고 있소. 시골의 작은 약방인 줄 알았는데 대단한 곳이군요."

임금은 곧 용안을 고쳐 말했다.

"또한 무료로 백성들을 구료하고 기민을 먹인다니 참으로 가상한 일입니다. 과인이 못하는 일을 귀영군이 해 오고 있었군요."

"전하, 황공하옵니다."

임금은 윤허했다.

"정 원하신다면 귀영군은 그 의국에서 계속 환자를 돌보도록 하십시오. 다만 시골에서 신분을 감추고 살더라도 가끔 도성으로 와서 종친들과 우애를 돈독하게 다져야 할 것입니다."

"분부 받잡겠사옵니다."

임금은 얼마 머물지 않고 돌아갔다. 귀천군이 밖에 있는 사람들을 불러들였다.

"앞으로도 아우님을 지켜줄 반당들이네."

나를 데리고 왔던 자들이었다. 그동안 먼발치에서 내 주위를 맴돌았던 그들은 동양위와 귀천군이 임금에게 아뢰어 비밀리에 내린 반당들이었던 것이다.

"소인들은 귀영군 나리를 그림자처럼 호위할 것입니다."

그간 그들에 대해 신경 쓴 것을 생각하니 좋은 말이 나오지 않았다.

"그럴 것 없네."

동양위가 말했다.

"국법에 정한 일이니 그리 알게. 이자들이 신분과 옷차림을 바꾸어가며 처남을 지켜줄 것인데 성가시게 하지는 않을 것이니 심려 놓으시게."

다음날 귀천군과 함께 풍산군 묘소를 찾았다. 귀천군은 제물을 차려 놓고 선고 풍산군의 유지인 아우를 찾았음을 구구절절이 고했다. 그러는 동안 생부에 대한 감흥은 별다르게 일지 않았다. 생모가 피난 중에 문경새재 어디쯤에서 돌아가신 후 시신이 어떻게 되었는지 알고도 찾지 않은 비정함이 야속해서였다.

묘사를 마친 뒤 귀천군이 말했다.

"옛일은 바꾸어지지 않네. 또 옛날로 돌아갈 수도 없네. 하지만 앞날은 지금 당장 무엇을 어떻게 하느냐에 달려 있지 않겠는가?"

그가 무슨 말을 하려는지 몰랐다.

"아우님이 좋아하는 일을 하게. 죽지 못해 사는 백성들을 먹이고 치료하고 어루만져서 죽지 못해 사는 이 세상, 그래도 살만한 세상임을 조금이라도 느끼게 해주게. 나는 성현의 말씀을 입으로만 나불거리면서 평생을 놀고먹는 밥버러지이네만 자네는 의술로써 404병에 허덕이는 사람을 치료해 살리는 진짜 성현일세."

그는 잠시 뜸을 두었다가 말했다.

"내게 형님이라는 소리를 한 번만 해주지 않겠는가?"

"형님, 귀천군 형님."

그는 나를 안았다.

"고맙네. 귀영군 아우. 멀리 떨어져 있더라도 한 사람의 종친이자 나의 아우인 것만은 잊지 말아주게."

한양 땅에 오래 머물고 싶지 않았다. 존애원도 걱정이 되었다. 귀천군이 한사코 소매를 잡는 것을 겨우 뿌리치고 길을 나섰다. 반당들에게 각별히 일렀다.

"상주에 돌아가서는 이번 한양 길에 있었던 일을 일체 함구해야 할 것일세."

도두반당이 아뢰었다.

"귀영군 나리, 여부가 있겠사옵니까. 아무 심려 마옵소서."

그새 부제학 이준의 초상이 나 있었다. 아우를 잃은 이전은 식음을 전폐하고 누웠고 그의 아들들이 체화당 밖에 엎드려 일어나기를 간촉했다. 유진이 합천군수가 되어서 가는 길에 체화당에 들러서 이전을 위로하며 달랬다. 이전은 유진을 데리고 존애원으로 와 먼 길 가는 데

비상용으로 쓸 약재를 챙겨주었다.

도청에 젊은 얼굴들이 많은 것을 본 유진이 이전에게 말했다.

"낙사계가 이제 자제들에게 전수되었군요."

"요사이 들어 의국이 한창 번성하던 때와는 못하네. 다시 크게 일으키려고 아이들이 모여서 밤낮 머리를 싸매고 있는 게지."

"아름다운 일입니다. 허허."

정경세가 죽은 뒤로 내가 방황한 탓임을 모르는 사람이 없었다. 고개를 들 수 없을 만큼 죄스러워졌다. 그때 뒤에서 박지지의 호통이 날아들었다.

"아직도 정신을 못 차리고 어딜 그렇게 싸돌아다니는가!"

존애원 사람들이 다 화들짝 놀랐다. 나는 묵묵히 서 있었다.

"의원이 환자를 저버리면 그게 어디 의원인가! 부모가 자식을 저버리는 것을 본 적이 있던가. 의원은 무릇 부모의 마음이어야 하거늘 자네 눈에는 의사에 들어 신음하는 저 자식들, 대문 밖에서까지 차례를 기다리고 있는 저 자식들이 눈에 보이지도 않는단 말인가!"

얼른 허리를 굽혀 절을 하고는 곧바로 의사에 들어가 환자들을 돌보기 시작했다. 박지지가 뜰에 서서 물끄러미 바라보다가 지팡이를 짚고 사라졌다.

의술의 시중은 사빈이 들었다. 아이는 내가 필요로 하는 것을 잘 알고 척척 건네주었다. 치료를 하고 난 뒤처리도 나무랄 데 없었다. 그동안 박지지가 힘겹게 환자들을 돌보면서 사빈에게 하나둘 심부름을 시켰는데 눈썰미가 있어 곧잘 알아들은 모양이었다.

"약뱅이들에 있는 약초를 다 외웠습니다."

"서당에서 글은 무얼 읽고 있느냐?"

"《소학》을 읽습니다."

"그래? 그걸 다 떼고 나면 의서를 보게 해주마."

산양현 근암서당에 산장으로 있는 고인계가 나귀 등에 짐을 지워 왔다. 닥나무의 껍질을 다듬고 말린 백피였다. 20근이나 되었다. 나귀를 끌고 온 그의 시종 피회가 짐을 내려서 안으로 들여놓았다.

"서당에 보내고 남은 것을 가지고 왔네. 미면사(현 문경시 산북면 소야리에 있었던 절) 중을 시켜서 종이를 만들까 하다가 그냥 가지고 왔네."

그러잖아도 첩지(처방한 약재를 싸는 종이)와 환지(환약을 한 알씩 싸는 종이)가 다 떨어져 고심하고 있던 중이었다.

"요긴하게 잘 쓰겠습니다."

"남촌에도 종이를 만드는 중이 있는가?"

"서산 불당골 토굴에 사는 중이 종이를 곧잘 만든다고 들었습니다."

"그렇다면 잘됐군. 내 한 가지 부탁이 있네. 얼마 후면 우리 고을에 약장수가 오는데 약계에서 약재를 매매할 일이 있네. 의원이 아닌 다음에야 약재를 제대로 감별할 수가 있어야 말이지. 그래서 하는 말이네만 자네가 좀 와서 봐주지 않겠는가?"

"알겠습니다. 소인이 가서 돕도록 하겠습니다."

존애원에 의원을 한 사람 더 두어야 한다는 논의가 일었다. 전부터 그런 말이 나왔지만 마땅한 의원을 찾지 못하여 미루어 온 것이 벌써 여러 해가 되었다. 이원규, 이신규 등 젊은 계원들은 자신들이 벗으로 지내고 있는 채득기를 추천했다. 그는 가은현에 살면서 고인계와 자주 교류를 하고 있었는데 사람이 워낙 자유분방해 박지지가 존애원에 적임으로는 보지 않았다.

"의술만 뛰어나다고 데려다 앉혀 놓을 수는 없네. 워낙 별의별 사람들이 다 드나드는 의국이라 의원의 심성과 자질을 두루 살펴야 하네."

고인계도 채득기를 추천하고 싶은 생각은 없었다.

"채경모(채득기의 이명)는 의술보다는 천문과 복서에 더 관심을 두고 있는 사람이네."

박지지에게 환자들의 치료를 잠시 맡겨두고 혼자 산양현으로 갔다. 차츰 송정산이 가까워지자 가슴이 설렜다. 나루터 주막에 들렀다. 주모는 호호백발의 노파가 되어 있었다.

"누구라고? 담야?"

"예, 아주머님."

"물고기를 잘 잡던 그 담야? 정말 우리 담야가 왔구나."

어릴 적에 거둬서 먹이고 입히며 키워 주신 분이었다. 정경세가 양부라면 주모는 양모와 같았다.

"길손들이 어찌나 우리 담야 칭찬을 많이 하는지, 존애원인가 뭔가 하는 곳에서 명의가 되어 있다면서? 장하구나, 장해."

"이리 손 좀 내놓아 보십시오."

주모를 진맥했다.

"이제 죽을 때가 다 돼서 그런지 허리 다리 안 쑤시는 데가 없고 앉았다가 일어나면 어질어질한 것이 눈도 침침하고……."

봇짐에서 주머니를 하나 꺼냈다.

"공진단이라고 하는 보약입니다. 조금씩 나누어 드십시오. 기력이 한결 나아지실 겁니다."

"호호, 내가 양아들을 둔 덕을 이제야 보네 그래?"

주막에서 며칠 머물기로 작정했다. 이번에 뵙고 나면 또 언제 뵐지 모를 분이었다. 침도 놓아드리고 남자의 손이 필요한 여러 가지 집안 일도 해드렸다.

아침에 안개가 자욱하게 끼었다. 더 이상 지체해서는 안 되었다. 주모와 아쉬운 작별을 해야 했다. 봇짐 속에 베로 싼 주먹밥을 넣어주며 주모는 눈물을 글썽였다.

"내 걱정은 마. 밥 굶지 말고 잘 살아야 돼."

"어머님이 오래오래 사셔야 제가 또 찾아와서 뵙지요."

"아주머니가 아니고 어머니?"

"예, 어머님."

늙은 주모는 감격해 말을 잇지 못했다. 내 등을 여러 차례 쓰다듬을 뿐이었다. 놓치기 싫은 손을 놓고 주막을 떠났다. 몇 번이고 뒤돌아보면서 그만 들어가라고 해도 주모는 내내 그 자리에 서서 손을 흔들었다. 주모의 모습이 안개에 가려 보이지 않게 되었다. 그제야 나는 걸음을 제대로 놓아갔다.

딴봉을 스쳐 지나면서 어릴 적에 뛰어내리던 절벽 위로 가보았다. 아래를 내려다보니 강물이 더 깊어진 것 같았다. 어린 시절로 돌아간 기분이 들었다. 하지만 무서워서 뛰어내릴 엄두는 나지 않았다. 어떻게 그런 곳에서 훌쩍훌쩍 뛰어내리며 물고기를 잡고 놀았는지 감회가 새로웠다. 모든 것이 꿈만 같았다. 주막에 빌붙어 살던 아이가 임금의 숙부뻘이 되는 종친이라니 웃음이 났다. 봇짐의 어깨끈을 당겨 쥐었다.

"나는 오직 의원이다."

야트막한 언덕이 나타났다. 올라서니 저 아래로 근암서당이 보였다. 내리막길을 내려갔다. 사람들이 많이 모여 있었다. 고인계가 나를 반겼다. 그는 사람들에게 소개했다.

"댁네들, 이분은 존애원 원임으로 계시는 의원일세."

"아, 남촌에 있는 그 의국?"

"존애원 의원이라면 명의 담야 의원이신가?"

"그렇다오."

"허어, 그 용하다는 명의를 이 산골에서 다 보네 그려."

한 사람이 다가왔다.

"나는 산양현 약계의 약유사(약계의 총무)일세. 반갑네."

"담야라고 합니다."

약재상은 하인들이 지고 온 고리짝을 다 내려놓게 했다. 그런 뒤 뚜껑을 열어 약계의 계원들이 살펴볼 수 있도록 했다. 약내음이 물씬 풍겼다. 약재상이 눈치를 보며 말했다.

"특별히 싸게 드립지요. 먼 길에 도로 가지고 갈 수도 없는 노릇이 아닙니까?"

약유사가 내게 물었다.

"의원이 보시기에 약재들이 어떤가?"

나는 땅에 멍석을 깔게 했다.

"고리짝에 든 약재를 다 부어 보십시오."

약유사는 약계의 하인 낸금에게 내가 말하는 대로 시켰다. 약재상은 당황하는 기색이었다.

"안 됩니다요. 그러면 약재에 이물이 묻어 못 씁니다요."

약유사가 다시 나를 보았다. 내가 낸금에게 시켰다.

"다 부어 놓게."

낸금은 고리짝을 번쩍 들어 약재를 멍석 위에 쏟았다.

"전부 다 그렇게 하게."

고리짝 바닥에 놓여 있던 약재들이 거꾸로 맨 위에 쌓이게 되었다. 사람들은 약재에서 이상한 냄새가 나는 것을 느끼고는 코를 킁킁 했다. 나는 멍석 앞에 쪼그리고 앉아 약재를 한 줌 집어 들었다.

"이건 지황을 그대로 말린 것인데 건지황이라고 합니다. 포쇄(바람과 햇빛에 말림)를 제대로 하지 않아 곰팡이가 피었습니다."

건지황을 내려놓고 그 옆의 약재를 집어 들었다.

"시호입니다. 이것도 젖어서 축축한 것을 담았기 때문에 반이나 썩었습니다. 이런 것은 사람이 먹어서는 안 됩니다. 약을 먹는 게 아니라 독을 먹는 거지요."

자리에서 일어섰다. 약재상이 손을 비비며 비굴한 음색으로 말했다.

"저도 약재가 이렇게 되어 있는 줄은 몰랐습니다. 정말입니다. 성한 것만 가려내서 반값에 드리도록 하지요. 여보게들, 뭣들 하는가. 어서 약재를 고르게."

고인계가 차갑게 말했다.

"됐네. 그만 다 도로 가지고 가게."

약재상은 약재를 주워 담지도 않고 나를 보며 빈정댔다.

"쳇. 재수가 없으려니까, 원. 얘들아, 그만 가자."

그러고는 도망치듯이 사라져 버렸다. 약유사가 다가왔다.

"지난번에도 저자한테 약재를 구입했는데 약재에서 하도 이상한 냄새가 나길래 본디 약재란 것이 다 그런가 보다 했더니 그게 곰팡이에 썩는 냄새였구려."

"다음부터는 반드시 이곳 산양현을 맡고 있는 의생을 불러다가 약재를 감별하십시오."

"그러면 얼마나 좋겠소. 의생이란 작자의 얼굴 본 지가 오래됐소. 시골구석이라고 하나같이 기피하니 말이오."

2

경상감영이 발칵 뒤집혔다. 공물로 진상한 누런 감 1만 개가 다 터져 퇴짜를 맞은 것이었다. 다시 잘 가려서 포장해 올리라는 호조의 엄령이 떨어졌다. 감사 유백증은 경상좌도와 경상우도에 관문을 보내 감을 구해 올리도록 했다. 그런데 상주는 큰 고을이고 감이 많이 난다고 해서 무려 5천 개가 할당되었다.

상주목사 김상복은 난감했다. 향당을 통해 각 고을의 실태를 알아보았다. 감은 이미 다 따버려서 남은 것이 없었다. 또 집집마다 한 독씩 익혀서 집안 어른이나 고을 친척 부로에게 드리는 것이 예사인데 그것도 거의 다 먹어서 없고 남은 것들은 시큼한 초가 되어가고 있었다.

"철이 이미 겨울인데 홍시가 어디 있나."

"오랑캐 놈들이 우리 조선의 홍시 맛을 들였다잖아?"

금나라 사신으로 온 잉굴다이가 홍시 3만 개를 바칠 것을 요구했다. 금나라 임금 홍타이지가 홍시를 유별나게 좋아했기 때문이다. 술을 좋아하는 그는 홍시를 영험한 해독약으로 여겼다.

임금이 차마 거절하지 못하고 수락하는 바람에 삼남에서는 가을철에 누런 감을 공상하느라 바빴다. 개수가 수만 개에 이르니 각 고을이 많게는 수천 개씩 감을 따고는 봉송 중에 터지지 않도록 잘 포장해야 했다.

그런데 누런 감은 도성으로 옮기는 중에 차츰 익어가 물렁해지면서 터지기 일쑤였다. 잘 싼다고 싸도 터지는 것을 어찌할 수 없었다. 각 고을에서는 누런 감이 홍시가 되어도 터지지 않도록 싸는 방법을 궁리하느라 골머리가 아플 지경이었다.

목사는 상주 관내 아홉 고을에 엄령을 내려 홍시를 있는 대로 끌어모았다. 개수를 헤아려보니 3천 개가 조금 못 되었다. 할당량에는 어림도 없었다. 목사는 홍시를 더 구할 방법이 없어 난감했다.

공물의 수량을 못 채우면 목사가 파직될 수도 있다는 말도 공공연히 나돌았다. 존애원 사람들에게도 그 일이 단연 화제였다. 내가 무심코 말했다.

"홍시가 없으면 곶감이라도 바치면 되지 않겠습니까?"

그 말이 씨가 되었다. 말은 바람을 타고 목사의 귀에까지 들어가게 되었다. 나는 급히 관아로 불려갔다. 목사는 내게 물었다.

"곶감이 홍시의 대용이 되겠는가?"

"모든 고을에서 누런 감을 깎아 매달아서 곶감을 만들려고 하는 바람에 홍시가 귀해지게 된 것이 아니겠습니까? 곶감이 홍시에 비해 효능이 더 많으니 말만 잘하면 그리 억지스럽지 않을 것입니다."

목사는 내 말을 옳게 여겨 경상감영에 그대로 보고했다. 감사는 무릎을 탁 쳤다.

"옳거니! 어차피 홍시의 수량을 다 채우지 못하는 상황에서 곶감으로 대신하자는 고안이 그리 불가한 것만은 아닐 것이다."

그런데 감사는 상주목사에게 전혀 뜻밖의 영을 내렸다.

"좋은 고안을 낸 그 의원에게 봉상을 맡기도록 하겠소."

존애원 사람들이 입방아를 찧어댔다.

"원임께서 괜히 말 한번 잘못 내뱉었다가 큰일 나는 것 아냐?"

"누구는 노자 한 푼 안 들이고 500리 길 한양 구경하게 생겼네. 부럽다 부러워."

"예끼, 그게 어디 부러워할 일인가."

박지지는 혀 차는 소리를 냈다.

"자네는 하루도 바람 잘 날 없구먼."

"의사에 위중한 환자는 없사오니 큰 걱정은 안 하셔도 되실 것입니다."

"근암서당 산장 어른께 부탁해서 잠시 채영이(영이는 채득기의 관자)를 불러오기로 했으니 이곳 일은 잊고 몸 성히 잘 다녀오게."

"예, 스승님."

홍시 3천 개와 곶감 2천 개를 싣고 경상감영으로 갔다. 경상도 각 고을에서 모아 온 홍시가 고리짝으로 수북이 쌓여 있었다. 감사가 말했다.

"홍시는 6천 개, 곶감은 4천 개일세. 잘 부탁하네."

덜거덕대는 수레나 어깨가 욱실대는 마소의 짐바리로 옮기지 못할 일이었다. 짐꾼들이 수십 명, 호위하는 군관과 군졸이 또 수십 명이었다. 홍시와 곶감을 진상하러 경상감영의 뜰을 출발했다.

열흘을 걷고 걸어서 도성 남대문을 들어섰다. 육조거리로 가 호조의 솟을대문 앞에 이르렀다. 각 도에서 공물을 진상하러 온 사람들이 길게 줄을 서 있었다. 전라감영에서 온 사람이 내게 물었다.

"경상도에서는 홍시의 수량을 다 채웠습니까?"

"못 채웠습니다."

"그럼 뭘로 대신하려고?"

"글쎄요."

"울 전라도에서는 아예 홍시의 반값은 은자로 가지고 왔습니다. 이 한겨울에 무슨 홍시랍니까."

안에서 호통치는 소리가 들렸다. 전라도에서 홍시의 수량을 맞추지 못한 것을 질책하는 목소리가 분명했다. 홍시 대신에 가지고 온 곶감이 퇴짜 맞지 않을까 적잖이 걱정되었다. 드디어 차례가 되었다.

호조판서 김신국, 호조참의 신득연, 호조정랑 황윤후 등 호조의 관원들이 월대에 차례로 나와 있었다. 정랑이 크게 말했다.

"경상도 공물이오. 홍시가 6천 개, 그리고……."

참의가 바라보자 정랑이 기어들어가는 목소리를 냈다.

"곶감이 4천 개입니다."

"곶감이라니?"

"홍시를 공상하랬지 누가 곶감을 바치라고 했는가?"

나는 앞으로 나아가 읍을 하고는 말했다.

"감히 아룁니다. 홍시나 곶감이나 그 효능은 매한가지입니다. 전라도, 충청도와 마찬가지로 경상도 쉰 고을을 다 뒤져도 홍시를 수량에 맞춰 구할 길이 없었습니다. 만약 금차(금나라 사신)가 곶감 맛을 본다면 반드시 홍시와 더불어 가지고 가려고 할 것입니다."

"그것을 어떻게 확신하는가?"

"그들이 아직 곶감 맛을 보지 못해 홍시만 찾는 것이니 부디 곶감을 맛보이게 해주옵소서."

판서는 짧은 신음만 낼 뿐 선뜻 결정하지 못했다. 참의가 나섰다.

"대감, 저자의 말이 영 그른 것만은 아닌 것 같습니다."

판서가 내게 물었다.

"자네는 무얼 하는 사람인가? 관원은 아닌 듯한데?"

"소인은 의원입니다."

"의원?"

"그런데 금차가 자네가 한 말을 알아들을지 모르겠네."

참의가 말했다.

"저 의원에게 임시로 관복을 입혀서 금차에게 데리고 가서 곶감을 잘 말하도록 하는 것이 어떻겠습니까?"

"저자로 하여금 금차에게 직접 설명하게 하겠다?"

판서가 내게 물었다.

"그렇게 할 수 있겠는가?"

이미 내친걸음이었다. 다른 방법이 없었다.

"힘써 설득해 보겠습니다."

호조에서는 나를 진상된 공물을 검사하는 가관으로 삼았다. 호조의 관원들과 함께 태평관으로 갔다. 소반에 담아 들고 간 곶감을 금나라 사신 잉굴다이 앞에 내놓았다.

"이게 무엇이오?"

참의가 대답했다.

"곶감이라고, 누런 감을 말린 것입니다. 조선의 특산입니다."

"곶감?"

그는 한 개를 집어 들었다. 그러고는 호조의 관원들을 바라보았다. 참의가 곶감을 한 개 집어 들고 먼저 베어 물었다. 독이 들어있지 않음을 증명해 보이는 행위였다. 그것을 확인하고 나서야 잉굴다이는 곶감 맛을 보았다. 그가 우물거리는 동안 내가 얼른 말했다.

"홍시가 숙취에 좋긴 하지만 곶감은 두세 개씩 달여서 먹으면 숙취에 더 좋습니다. 그 밖에 기침을 멈추게 하고 폐에 든 병을 낫게 하고 피부에도 윤이 나게 합니다."

잉굴다이가 별 반응을 보이지 않았다.

"곶감의 가장 좋은 효능은 정력을 좋게 하고 특히 정액을 많이 생성되도록 해준다는 것입니다."

드디어 잉굴다이가 솔깃한 반응을 보였다.

"그래? 고기 맛이 나는군. 육포 같은 과일이라, 과포라 할 만하다."

잉굴다이는 부하 마푸타에게 말했다.

"자네도 하나 먹어보게."

마푸타는 먹고 나더니 감탄했다.

"승정(조선의 판서에 해당하는 벼슬) 대인, 홍시에 비해 맛이 더 달고 쫄깃쫄깃합니다."

"그래서 드리는 말씀입니다만 이번에 홍시로만 3만 개를 가져가실 게 아니라 홍시 반, 그리고 이 곶감을 반 가져가시는 게 어떻겠습니까?"

잉굴다이의 안색이 변했다.

"홍시를 바치지 않으려고 수작을 부리는 것이오?"

"그런 게 아닙니다. 홍시는 오래 보관하지 못합니다. 초가 되기 때문입니다. 만약 대인께서 홍시만 고집하여 가지고 가다가 날이 따뜻해져 초가 된다면 낭패가 아니겠습니까. 곶감은 겨울철에 상할 염려가 전혀 없습니다. 또 홍시는 부피도 크고 터져 버리면 금방 상해 먹지 못하게 됩니다. 하지만 곶감은 부피도 작고 터지거나 상할 염려가 전혀 없습니다. 또 효능도 홍시보다 뛰어나기에 권해 드리는 것입니다."

"이자는 직책이 무엇이오?"

참의가 우물쭈물했다. 나는 당당하게 말했다.

"의원입니다."

"의원? 조선의 의술이 명나라보다 뛰어나다던데 과연 그러하오?"

"뛰어나다 할 것도 없고 뒤진다 할 것도 없습니다."

잉굴다이는 이마에 나 있는 콩알만한 쥐젖을 만지며 물었다.

"으음, 그렇다면 이것을 없앨 수 있겠소?"

"치료가 불가한 것은 아니나 조금의 통증이 따를 것입니다."

"통증이야 참을 수 있소."

"알겠습니다. 치료 준비를 해서 다시 오겠습니다."

잉굴다이의 처소에서 나왔다. 참의와 정랑이 걱정스러운 표정이었다.

"그 시골 의원이 너무 대담한 것 아닌가?"

"이 일은 함부로 결정할 일이 아닌 것 같습니다."

참의는 조정에 나아갔다.

"홍시와 곶감을 바치러 온 시골 의원이 금차의 종기를 치료하겠다고 나섰사옵니다."

모든 대신들이 한목소리를 냈다.

"무슨 그런 무엄한 경우가 있단 말입니까?"

"전하, 절대 안 될 일이옵니다."

"만약 잘못될 경우에 그 책임 추궁을 면치 못할 것입니다."

"금차의 종기를 치료해 주고자 한다면 어의나 내의원 수의관에게 맡겨야 하옵니다."

그런데 어의를 비롯한 의관들은 주저했다.

"종기 치료는 심히 어려워 하루아침에 되는 일이 아니옵니다."

"그자가 약간의 통증을 수반할 뿐이라고 했다는데 참으로 가당치도 않은 말이옵니다."

"그런데 금차에게 이미 약속을 했으니 돌이킬 수 없는 노릇이 아닙니까?"

"용서를 구하고 말을 바꾸어서라도 없던 일로 해야지요."

조정에서 나온 참의가 내게 불호령을 내렸다.

"자네는 어찌하여 경솔하게 금차의 종기를 치료해 주겠다고 망발을 내뱉었는가?"

나는 담담히 말했다.

"치료할 수 있으니 말한 것뿐입니다."

"뭣이? 나라 안에서 제일가는 어의도 금차의 종기를 치료하는 일에 나서기를 꺼려 하고 있는데 일개 시골 의원으로서 허언이 너무 심하지 않는가?"

"허언이 아닙니다."

금나라 사신의 처소에서 사람이 왔다.

"의원이 빨리 와서 치료를 해주지 않는다고 금차의 성화가 이만저만 아닙니다."

조정은 이러지도 저러지도 못하고 있었다. 잉굴다이에게 헛소리를 해서 조정을 곤경에 빠뜨린 내게 큰 벌을 주어야 한다는 목소리가 높았다.

참의가 내게 물었다.

"자네가 정녕 금차의 종기를 치료할 수 있겠는가?"

"의원은 환자를 치료함에 있어서 못할 일을 한다고 하지 않습니다."

"으음. 그렇다면 그 종기를 어떻게 치료할 생각인가?"

"잘라낼 것입니다."

"뭐? 잘라내?"

그 말을 전해 들은 어의가 고개를 저었다.

"잘라낼 때 까무러칠 만큼 엄청난 통증이 따를 것입니다. 그리고 설령 잘라서 떼어낸다 하더라도 그 자리에서 피가 쏟아져 나올 것인데 도저히 감당을 하지 못할 것입니다. 그래서 행림에서는 종기에 직접 손을 대지 않고 약으로 가라앉히는 처방을 쓰는 것입니다."

"그자가 할 수 있다고 하지 않소?"

"대감, 한낱 시골 의원의 허풍에 지나지 않습니다."

"어의는 그자의 말이 허풍이 아닐 수도 있다는 생각은 들지 않소? 무조건 그자를 무시할 것이 아니라는 말이오."

"무시하는 것이 아니고 저희 행림에서는 아직 종기를 칼로 잘라내어 치료를 해서 깨끗이 낫게 한 의원이 없습니다."

"옛 명의 화타가 독화살을 맞은 관우의 팔뚝을 절개해서 독이 스며든 뼈를 긁어내어 치료했다는 일화도 있지 않소? 그에 비하면 종기는 더 쉬운 일이 아니오?"

"화타가 관우를 치료했다는 말은 그저 전해오는 얘기일 뿐입니다. 실제로는 그렇게 하지 못합니다."

"의가에서 불가한 일을 그자가 하겠다고 한 것이란 말씀이오?"

"제가 생각하기에는 금차 앞에서 큰소리를 쳐 놓고 그 책임은 내국으로 돌리려는 심산인 것 같습니다."

"말은 본인이 해 놓고 실제 치료는 내의원 의관들이 알아서 하라? 아니오. 세상에 그 정도로 대담한 시골 의원은 없을 것이오. 그자를 불러다가 금차의 종기를 어떻게 잘라낼 것인지 물어보는 것이 어떻겠소?"

그들이 왈가왈부하는 동안 나는 혜민서 근처에 있는 약방거리에 가서 잉굴다이의 종기를 치료하는 데 필요한 약재와 여러 가지 도구를 구해 두었다.

호조로 불려갔다. 어의와 여러 의관들이 와 있었다. 어의가 내게 물었다.

"어디에서 온 의원인가?"

"상주 존애원 의원 담야라고 합니다."

"자네가 금차의 종기를 잘라내서 치료를 하겠다고 했다는데 그게 정말인가?"

"그렇습니다."

"어떻게 잘라내고 치료할 것인지 소상히 말해보게."

208

"아뢰기 외람되오나, 의원이 입으로 치료하지는 않습니다."

"뭐, 뭣이?"

"저런 발칙한 자가 있나?"

참의가 말했다.

"만약 잘못되면 자네 목을 내놓아야 할 것일세."

"금차를 치료할 채비를 마쳐 두었습니다."

어의가 반대하는 데도 불구하고 참의는 내게 잉굴다이의 종기를 치료하는 것을 허락했다. 사신이 잘못되기라도 한다면 그의 목이 달아날 판이었다. 그는 피할 수도 있는 도박을 감행한 것이었다.

내가 금나라 사신 잉굴다이의 종기를 치료할 것이라는 소문이 돌았다. 내의원 의관들 대부분은 나의 존재를 몰랐지만 존애원 의학당에서 수학했던 유후성, 한언협, 김건, 유달과 같은 의관들은 나를 잘 알고 있었다. 그런데 그들은 마치 약속이나 한 듯이 다 입을 다물고 있었다.

애종은 걱정이 태산 같았다. 만약 금나라 사신의 종기를 낫게 하지 못할 경우에 뒤따를 처벌은 상상하기 어려웠다. 혹시라도 잘못 손을 댔다가 덧나게 만든다면 더욱 무거운 벌을 받을 것은 자명했다.

어의는 나름대로 속셈을 가지고 애종에게 말했다.

"금차의 종기를 치료하려는 그 의원을 시중들 사람이 필요치 않겠소?"

애종은 어의의 속마음을 바로 간파했다. 시중을 들게 하겠다는 명분으로 잉굴다이의 종기를 치료하는 과정을 지켜보게 하려는 것이었고 또 다른 한편으로는 내가 완치시키는 것을 방해할 목적이었다. 만약 내가 잉굴다이의 종기를 완치해 버린다면 어의와 내의원 의관들은 낯이 없게 되는 것이었다.

"누가 적임이겠습니까?"

"한 의관이 어떨까 하오만."

어의는 한언협을 지목했다. 애종은 고개를 저었다. 그는 이미 이형익의 수하가 된 지 오래였다. 출세를 위해서라면 어떤 짓도 서슴지 않을 의관이었다.

"의원의 시중을 들고자 한다면 의관보다는 의녀가 적임이 아니겠습니까?"

"그렇긴 하오만, 그렇다면 어의녀 생각에는 누가 좋겠소?"

애종은 두 번 생각할 것도 없었다.

"중궁전 대령의녀가 알맞을 것 같습니다."

"어의녀가 잘 가려서 정한 뒤에 내게 보내도록 하시오."

애종은 중궁전으로 가서 중전에게 사정 이야기를 아뢰었다. 중전은 별난이가 금나라 사신의 종기에 작은 차도만 보여도 공을 세운 것으로 간주해 벼슬을 높여줄 수 있다고 여겼다.

"대령의녀 별난이는 금차의 종기 치료에 힘을 보태도록 하거라."

애종은 별난이에게 말했다.

"어의 영감께서 이상한 소리를 하거든 귀담아듣지 말거라."

별난이는 어의에게 갔다.

"그 시골 의원이 금차를 치료하는 과정은 물론이고 만약 완치를 할 것 같으면 이것을 금차의 종기에 바르도록 하거라."

어의는 소용(작은 병) 하나를 내놓았다.

"이것이 무엇입니까?"

"내용물은 알 것 없고 너는 내가 시키는 대로만 하면 된다."

잉굴다이의 종기를 치료하러 가기에 앞서 시중들 사람을 소개받았다. 그런데 인사를 나누고 고개를 드는 순간 어디서 많이 본 얼굴이 거기 있었다. 나이는 들었지만 어찌 그 용모를 잊고 있으랴. 나도 모르게 그녀의 이름이 튀어나오고 말았다.

"별난아?"

어의가 물었다.

"서로 아는 사이였소?"

별난이가 차갑게 말했다.

"그 의원께서 사람을 잘못 보신 게요."

여전히 새침한 별난이의 목소리. 수십 년 만의 해후는 얄궂은 자리에서 이루어졌다. 나를 반기지 않는 별난이가 야속하지도 않았다.

별난이는 돌아서 서 있었다. 한양에 오자마자 혜민서 문지기들에게 속아 몸을 더럽힌 것을 아는 사람은 아무도 없었다. 하지만 그녀 스스로 헌 계집이 된 지 오래라는 생각에는 변함이 없었다.

'이런 몸으로는 안 돼. 아무 것도 안 된단 말이야!'

별난이는 솟구쳐 오르는 울음을 애써 삭였다. 얼굴에는 인내의 독기가 서렸다. 그 얼굴을 아무도 볼 수 없도록 감추고 있었다.

어의와 참의가 차례로 말했다.

"자, 가세."

사신의 처소에 들어가는 내게 참의는 짤막하게 말했다.

"나만은 자네를 믿네. 부디 소신껏 해 보게."

그에게 허리를 굽혀 절을 하고는 안으로 들어갔다. 마푸타가 내 몸을 수색하려고 했다. 그것을 본 잉굴다이가 말렸다. 들고 있던 약궤를 탁자 위에 올려놓았다.

"대인, 침대에 누우셔야 합니다."

잉굴다이는 누웠다. 별난이에게 촛불을 가까이 당겨 놓게 했다. 마푸타는 한 걸음 뒤에 서서 허리에 찬 칼에 손을 대고 서 있었다. 별난이가 말했다.

"그렇게 서 있으면 의원이 주눅이 들어 치료를 할 수 없습니다."

마푸타가 멀찍이 물러났다. 별난이는 참 간도 큰 여자였다. 그런 말을 스스럼없이 할 수 있다니. 나는 잉굴다이에게 다가가 말했다.

"시술하겠습니다."

종기가 난 부위를 독한 술로 닦아낸 뒤에 식초로 한 번 더 닦았다. 그런 뒤 종기 주위 다섯 곳에 침을 놓았다. 잠시 후 종기를 만져보았다. 잉굴다이는 눈을 감은 채 아무런 반응이 없었다. 마취가 잘 된 것 같았다.

침 하나를 종기 밑뿌리에 가로로 찔러 넣어서 다른 쪽으로 반쯤 빼냈다. 또 하나를 찔러 넣어서 그렇게 했다. 두 침은 종기를 중심으로 교차되어 열 십 자 모양이 되었다. 별난이로부터 가는 명주실을 건네받아 침 아래쪽에 넣었다. 그런 뒤 종기를 감아서 점점 힘을 주어 조였다. 실이 종기 뿌리의 살을 파고드는 느낌이 전해졌다. 더 힘을 주었다.

"흐흡!"

드디어 쥐젖이 떨어져 나왔다. 상처 부위를 꾹 누르면서 별난이에게 말했다.

"거기 약포에 있는 송곳을 촛불에 달구어서 주시오."

끝이 둥근 송곳이었다. 다 달구어진 송곳 끝을 상처에 살짝 댔다. 치칙 하고 살이 타는 냄새가 났다. 그 자리에 고약을 듬뿍 발랐다. 유근피, 송적피(소나무 붉은 껍질), 그리고 송진가루를 꿀에 개어 만든 것이었다. 면건을 잉굴다이의 이마에 둘러서 꽉 묶어 상처가 눌러지도록 했다.

"다 되었습니다."

잉굴다이가 일어났다. 거울에 비춰 잘라낸 종기를 바라보았다.

"속이 다 시원하군."

처방전을 별난이에게 주었다. 그녀는 잉둘다이에게 탕약을 달여 주었다.

"탁리소독음입니다 상처가 빨리 아물도록 해줄 것입니다."

"얼마나 있으면 다 낫겠는가?"

"사흘 후면 면건을 풀어도 될 것입니다."

여러 날 잉굴다이의 처소에 머물면서 상처에 바른 고약을 갈아주고 약을 달여 먹었다. 그러는 동안 별난이와 다시 친해질 만도 한데 그녀는 영 곁을 내주지 않았다. 그 이유를 생각해 보았지만 도무지 알 길이 없었다. 참 별나다는 생각만 들 뿐이었다.

마푸타가 잉굴다이 몰래 내게 말했다.

"나도 좀 안 좋은 데가 있소."

그는 입을 아 벌리고 어금니를 보여주었다. 벌레가 먹고 이가 많이 상해 있었다. 나는 흰 소금을 약절구에 갈아서 주었다.

"이게 치통에는 만병통치약입니다. 아침저녁으로 이것으로 양치를 하시면 효험이 있을 것입니다. 또 틈틈이 소금물을 입에 머금고 있다가 뱉어내십시오."

"고맙소, 정말 고맙소."

그로부터 사흘째 되는 날, 잉굴다이가 먹을 탕약을 별난이에게 건네받아 들고 들어가려는 데 방안에서 나누는 대화가 들려왔다. 무심코 엿듣고 깜짝 놀랐다.

'이놈들이?'

홍시 3만 개를 달라는 건 핑계였다. 임금과 조정의 이목을 홍시에 돌려놓고 실제로는 북방 평안도와 도성 방어에 대한 군비를 염탐하여 자료를 수집하고 있었던 것이다. 금나라가 머잖아 대군을 일으켜 우리나라를 침략해 올 것으로 직감했다.

인기척을 느낀 마푸타가 말했다.

"밖에 누군가? 의원인가?"

문을 열고 들어갔다. 잉굴다이는 아무런 경계심도 없이 약사발을 들고 꿀꺽꿀꺽 마셨다. 종기를 떼어낸 상처가 거의 다 아물고 있었다.

"이제 약만 바르시면 될 것입니다."

"과연 조선의 의술은 뛰어나구나. 내 평생 신경 쓰이던 것을 단 사흘 만에 없애주다니. 허허."

마푸타가 말했다.

"승정 대인, 이자를 우리 성경(금나라의 수도)으로 데려가는 게 어떻겠습니까?"

가슴이 철렁했다. 잉굴다이가 말했다.

"머잖아 좋은 날이 있겠지. 서두르지 말게."

그 말의 의미가 무엇이겠는가? 조선을 아우르겠다는 말에 다름아니었다. 그의 처소에서 물러나와 호조로 갔다. 잉굴다이의 치료한 경과를 알렸다. 그들은 믿지 못하겠다는 표정이었다.

나는 참의에게 말했다.

"영감, 따로 드릴 말씀이 있습니다."

그는 나와 단둘의 자리를 만들었다. 잉굴다이와 마푸타가 나눈 얘기를 조심스럽게 전했다. 참의는 고개를 떨구며 탄식했다.

"자네가 그들로부터 엿들은 말을 조정이 짐작하지 못하는 바가 아니네. 두 큰 나라에 심어둔 간자가 왜 없겠나? 명나라가 천운이 쇠락해 가고 있으니 저 이리와 승냥이 같은 무리가 장차 어떤 빌미를 만들어서 우리 조선을 압박해 올까 전전긍긍할 뿐이네."

이마의 상처를 다 회복한 잉굴다이는 몹시 유쾌해졌다. 그런데 그는 곶감 맛에 길들여지더니 더 욕심을 부렸다.

"곶감도 3만 개 가지고 가겠소."

"대인, 누런 감을 따서 그대로 두면 홍시가 되고, 껍질을 깎아서 말리면 곶감이 됩니다. 홍시로 쓰려면 곶감이 될 수 없고 곶감으로 쓰려면 홍시가 될 수 없습니다. 그래서 홍시와 곶감을 다 3만 개씩 마련하기는 어렵습니다."

잉굴다이는 잠시 고민했다.

"좋소. 홍시와 곶감을 절반씩 가져가겠소."

그제야 졸이고 있던 마음을 내려놓고 안심이 되었다.

"대인께서 현명하신 결정을 하셨습니다."

"그런데 이 좋은 걸 왜 이제야 내놓는 것이오?"

참의가 웃는 낯빛을 지었다.

"홍시만 찾으시길래 미처 생각하지 못했습니다. 지금이라도 권해 드리는 일이 늦지 않았으니 얼마나 다행이겠습니까?"

조정에 나아간 참의는 임금에게 아뢰었다.

"전하, 시골 의원이 금차의 이마에 난 종기를 완치했사옵니다. 하옵고, 금차가 홍시와 곶감을 반씩 가져가겠다고 하옵니다. 이 두 가지 일을 다 그 시골 의원이 해냈사옵니다."

"시골 의원? 그자가 누구인가?"

"예, 전하. 상주 존애원 의원이옵니다."

"존애원 의원?"

임금은 잠시 생각하더니 소리내어 웃었다.

"허허, 역시 그 의술도, 또한 그 면모도 다 의연하도다."

신하들이 무슨 말인지 못 알아들었다.

"전하 혹시 그자를 아시옵니까?"

임금은 말을 돌렸다.

"그 의원은 한 사람의 백성에 불과하지만 이번에 한 일은 만 사람이 한 일보다 훌륭하다. 마땅히 상을 내려야 할 것이다."

"성은이 망극하옵니다."

시골 의원보다 의술이 못하게 된 어의의 체면이 말이 아니었다. 참의는 내가 잉굴다이의 이마에 난 종기를 흉터 없이 깨끗이 치료한 것과 홍시 대신 곶감을 가져가도록 한 일이 화젯거리가 되지 않도록 가만히 덮어두었다. 그렇더라도 말이 새어나가지 않을 리 없었다.

내의원 의녀들이 입방아를 찧어댔다.

"세상에? 어디서 온 누구길래 담력도 큰 사람이네?"

"상주 존애원인가 하는 곳에 있는 의원이라던데?"

예종은 이미 자초지종을 다 알고 있었다. 내의원에 들렀다가 탕약방 의녀들이 하는 말을 듣고 엄히 입단속을 시켰다.

"궐내에 나도는 이런저런 말에 귀 기울이지 말고 의녀 본업에 충실하거라."

"예, 어의녀님."

3

중전의 산달이 다가왔다. 임금은 한 달 전부터 산실인 창경궁 여휘당 옆 전각에 산실청을 설치하고 중전을 보살피게 했다. 임금의 보모를 지냈던 봉보부인 응옥이 산파로 들어왔고 어의와 그 휘하의 내의원 의관 3명이 차출되어 입직을 했다. 그 중에는 한언협도 끼어 있었다. 또 어의녀 애종과 중궁전 대령의녀 별난이, 그리고 여러 의녀들도 임시로 산실청에 소속되어 중전의 출산을 돕게 되었다.

궁녀들은 산실청 북벽에 삼신상을 차렸다. 아기를 점지하는 삼신할미에게 바치는 것이었다. 의관들은 미리 금줄을 만들어 놓았다. 의녀들은 소주방에서 물을 끓여 하루 세 번 중전의 몸을 닦았다.

40대에 접어든 중전이기에 출산이 원활하지 않을까 봐 다들 걱정이 앞섰다. 어의녀 애종은 매일 중전을 진맥했다. 입덧이 심한 데다가 기혈이 약했다. 임금이 승은상궁 금화에 총애를 쏟고 있는 탓에 남모르게 울화를 삭이느라 생긴 증세였다.

어의는 중전에게 불수산을 처방했다. 천궁과 당귀로만 처방하여 궁귀탕이라고도 하는 것으로 불수산이라 부르는 것은 부처님 손처럼 자비롭게 아기를 받아달라는 뜻으로 붙인 약 이름이었다. 임금이 산실청을 방문했다.

"중전이 무사히 순산하겠소?"

봉보부인이 대답했다.

"아마도 그럴 것이옵니다. 전하."

임금은 또 어의에게 물었다.

"산모와 태아가 다 건강하오?"

"맥상으로 보아 기혈이 조금 부족하나 약을 들고 계시니 곧 회복하실 것이옵니다."

"요사이 중전이 뭘 즐겨 먹는가?"

"가끔 곶감을 찾으시옵니다."

금나라 사신이 홍시 대신 가져가고 나서부터 곶감은 큰 인기였다.

부녀자들은 피부를 윤택하게 한다고, 또 남자들은 정력이 좋아진다고 알려져 남녀노소 할 것 없이 앞다투어 찾았다. 그 바람에 곶감이 전에 없이 귀하게 되었고 값도 크게 뛰었다.

한언협이 곶감을 몇 개 싸가지고 별난이를 찾았다.

"이것 좀 들어보오. 곶감이라오."

"이 귀한 걸 왜 제게 주십니까?"

"이 의관 나리라고, 거 왜 번침의 명의 말이오. 그분이 의녀님한테 큰 관심을 가지고 계시다오. 그분이 머잖아 어의가 되실 몸이니 미리 친해지면 좋지 않겠소?"

"뭐요? 에라, 이 정신머리 없는 작자야!"

별난이는 받은 곶감을 한언협의 얼굴에 던져버렸다.

"어이쿠!"

"내게 한 번만 더 그런 이상한 소릴 하면 중전마마께 아뢰어 경을 칠 줄 아시오."

중전이 진통을 시작했다. 봉보부인은 중전을 손 없는 방향으로 눕도록 했다. 그리고 산실청과 주변에 있는 모든 뚜껑 달린 물건은 다 열어두게 했다. 태아가 산도를 거쳐 세상 밖으로 나오는 데 막힘이 없도록 하려는 뜻이었다.

"으으음!"

산도가 열리고 태아가 나오기 시작했다. 그런데 머리가 아니었다. 손이 먼저 나왔다. 봉보부인의 이마에 땀이 맺혔다. 애종은 순간적으로 난산임을 직감했다. 난산 중에서도 횡산이었다. 아이가 자궁 속에서 옆으로 누운 채로 산도가 열린 것이었다.

"마마, 힘을 더 주옵소서, 힘을!"

"으음! 으으음!"

"좀 더!"

태아가 머리를 돌리려고 했지만 역부족이었다. 산도가 좁아 머리를 돌리지 못하는 것이었다. 봉보부인이 밖으로 나온 태아의 손을 잡아당겼다. 팔이 부러질 위험이 있었다. 스스로 나오기를 마냥 두고 볼 수도 없었다. 태아의 목이 꺾여 있는 까닭이었다. 중전이 신음하다 말고 실신할 지경에 이르렀다. 봉보부인은 이러지도 저러지도 못했다. 보다 못한 애종이 말했다.

"이러다가 태아와 산모 둘 다 큰일나겠습니다."

봉보부인은 결심한 듯이 비장한 낯빛을 지었다. 산도 속으로 천천히 손을 집어넣었다. 아이의 머리를 조심스럽게 돌려 빼내려는 것이었다. 무모하기 짝이 없는 행동이었지만 달리 도리가 없었다.

"마마, 힘을 주옵소서!"

마침내 태아가 밖으로 나왔다. 그런데 울음소리를 내지 않았다. 입을 꼭 다문 아기는 이미 숨을 거둔 뒤였다. 사산이었다. 봉보부인은 아기를 내려놓고 털썩 주저앉았다. 중전이 실눈을 뜨고 물었다.

"아기는, 아기는 어찌 되었는가?"

아무도 대답하지 않았다. 중전은 봉보부인의 표정을 보더니 넋 나간 얼굴을 했다.

"중전마마, 소인 죽여지이다."

"어찌 이런 일이……."

7번째 왕자를 사산으로 잃은 중전은 그 충격으로 좀처럼 정신을 차리지 못했다. 산욕열도 심했다. 난산을 겪는 동안 태아가 산모의 좁은 산도를 통과하면서 찢어지는 고통을 겪었다. 중전은 나흘 동안 고열을 일으키며 사경을 헤매다가 마침내 사산된 태아를 뒤따르고 말았다.

임금은 크게 진노했다. 봉보부인 응옥은 황해도 강령으로 유배되었고 산실청 의관 의녀 궁녀 할 것 없이 모두 파직된 후 하옥되었다. 한언협은 감옥 속에서 이형익이 구원해 주기를 고대했다.

중전의 대령의녀가 되어 뭇 의녀의 시기와 질투를 한몸에 받고 있던 별난이도 하루아침에 죄인 신세가 되었다.

"아이고, 내 신세야. 내가 왜 중궁전 의녀가 되어 가지고, 흑흑!"

곁에서 듣고 있던 의녀가 꿀밤을 한 대 먹였다.

"이년아, 좋다며 뻐길 때는 언제고 이제 와서 그런 후회를 하느냐."

"맞아, 억울하기로 치면 우리가 억울하지."

애종이 나지막이 나무랐다.

"다들 시끄럽다. 조용히 하지 못하겠느냐."

내의원 도제조와 제조가 감옥에 갇힌 사람들을 둘러보러 왔다. 그들은 어의와 의관들을 먼저 본 뒤에 의녀들의 옥사로 왔다. 애종이 간청했다.

"대감, 소녀가 다 책임을 지겠습니다. 의녀들은 아무 죄가 없습니다. 저 하나만 벌하시고 의녀들을 풀어주옵소서."

"그게 어디 내 맘대로 될 일인가."

"상감마마의 진노가 가라앉기를 기다려 진달해 보겠네. 불편하더라도 참고 지내게."

그로부터 얼마 지나지 않아 임금은 어의와 어의녀를 문외출송시키고 그 외 의관과 의녀는 다 풀어주라는 명을 내렸다. 한언협은 다시 내의원 의관으로 복직되었다. 그는 즉시 이형익을 찾아갔다.

"스승님, 소관은 그저 스승님만 따를 것입니다."

"암, 그래야지. 으하하하."

애종은 어의녀 직에서 물러나 도성 사대문 밖으로 내쳐지게 되었다. 풀려난 의녀들이 다 애종을 보고 눈물을 흘렸다.

"흐흐흑, 어의녀님!"

"어의녀님, 어디로 가십니까? 저희들도 의녀를 그만두고 따라가겠습니다."

"그럴 것 없다. 다들 본분에 충실히 힘쓰거라."

"어의녀님!"

풀려난 산실청 의녀들은 다 혜민서, 활인서와 같은 험한 곳으로 발령났다. 그 중 별난이는 밤섬 약전 담당이 되었다. 의녀의 직분 중에서 가장 고된 것이었다. 의녀들이 다 고소해하며 모멸감을 주었다.

"호호, 그렇게 기세등등하게 설치더니 고작 약초밭 아낙이 되었네?"

"아마 열흘이나 버틸까 몰라?"

별난이는 아무 대꾸도 하지 않고 고개를 빳빳이 들고 있었다.

"저 도도하고 거만한 년 팔자도 이제 종 치려나 보네. 아이 고소해."

그런데 별난이는 약초밭을 매러 나가기도 전에 다른 곳으로 전근되었다. 다름 아닌 승은상궁 금화의 처소였다. 더구나 직책도 전과 같은 대령의녀였다. 상황은 단번에 역전된 셈이었다.

"참으로 복도 많은 년이야."

"그러게. 도대체 누가 어떻게 했길래 저년이 조 상궁마마의 처소로 가게 된 거지?"

"으으, 얄미워 죽겠어."

그 내막을 아는 사람은 아무도 없었다.

"소녀 상궁마마를 뵙사옵니다."

"어서 오게."

승은상궁 금화의 곁에는 이형익이 앉아 있었다. 그제야 별난이는 약전의녀에서 다시 대령의녀가 되어 금화의 처소에 오게 된 것을 짐작할 수 있었다.

"여기 계신 이 의관께서 추천하길래 자네를 내 처소로 오게 했네."

"고맙사옵니다, 상궁마마."

"내 몸에 아기가 빨리 들어서지 않는 것에 대해 몹시 화가 나네. 무슨 좋은 방도가 없겠는가?"

"찾아본다면 어찌 방법이 없겠사옵니까. 힘써 받들어 모시겠사옵니다."

곁에 앉아 있던 이형익이 회심의 미소를 지었다. 금화는 그것을 보고는 살짝 눈을 흘겼다.

이형익이 아뢰었다.

"마마, 이제 내명부에는 대비도 중전도 없사오니 마마가 제일 큰 어른이시옵니다."

"어찌 내가 큰 어른이겠소? 내 위로 다른 후궁들이 층층이 있지 않소?"

"상감의 총애를 받는 순서가 바로 어른의 순서이옵니다."

"하하, 그래요? 이 의관은 항상 듣기에 좋은 소리만 하시는구려. 그래서 내가 자주 부르고 싶은가 보오."

"마마, 부디 회임만 하옵소서. 그러면 만사가 절로 다 풀릴 것이옵니다."

그런 뒤 이형익은 별난이에게 말했다.

"자네는 나와 더불어 우리 상궁마마께서 회임하실 수 있도록 모든 노력을 다 기울여야 할 것일세."

별난이는 영혼 없는 대답을 했다.

"예, 의관 나리."

포로가 되어 끌려가다

1

상주로 돌아와 목사로부터 크게 치하를 받았다.

"감사또께서도 어찌나 칭찬을 많이 하시는지, 허허. 자네가 나라를 구한 거나 다름없네. 정말 고생 많았네."

"과찬에 몸 둘 바를 모르겠습니다."

"그런데 들자하니 금차의 종기까지 치료해서 없애주었다는데 그게 사실인가?"

"별일 아닙니다."

"사람 참 겸손하긴. 허허."

관아를 나와 존애원으로 향했다. 길에서 마주치는 사람들은 다 나를 보고 고개를 숙였다. 멀리 들에서 일하는 사람들도 손을 흔들며 반겼다.

"담야 의원님은 우리 상주의 자랑이야."

"의술이면 의술, 됨됨이면 됨됨이, 뱀뱀이면 뱀뱀이, 어느 것 하나

흠 잡을 데 없는 분이지."

사람들이 다 나와 있었다. 박지지는 내가 무사히 돌아온 것에 안도했다. 채득기는 나를 보더니 그지없이 반가워했다.

"아이고, 우리 의원님. 잘 오셨소. 자, 나는 이만 갑니다."

그는 바람처럼 사라졌다. 박지지가 그 모습을 보고는 웃었다.

"사람 참. 나는 새도 저렇게 자유롭게 살려고 하지는 못할 걸세."

사람들은 임금이 내린 상과 경상감사가 내린 상, 그리고 상주목사가 내린 상을 궁금히 여겼다. 뒤따라온 짐꾼들이 짐을 내려놓았다.

"원임 어른, 어서 풀어 보셔요."

비단 10필, 면포 20필, 상미 2섬, 은자 25냥, 엽전 100냥이었다. 은자 1냥이 엽전 4냥에 해당하니 은자와 엽전은 모두 황소 8마리 값이었다. 원의녀들은 비단을 쓰다듬으며 좋아했다.

"존애원에 다 기부하겠습니다. 오늘은 쌀밥으로 밥을 지으십시오. 그리고 비단으로는 주머니를 만들어서 허리에 하나씩 차도록 하세요."

그날은 저녁에 흰 쌀밥을 지어 존애원 사람들과 환자들이 다 배불리 먹었다. 살아생전에 흰 쌀밥 한 섬을 먹을 수만 있다면 삼정대부가 부럽지 않다는 백성들이었다. 비단주머니를 허리에 차게 된 사람들은 세상 다 가진 듯이 환한 얼굴이 되었다.

"원임 어른 덕분에 이런 호강을 다 해보네 그래."

"암, 그러니 사람들이 다 우리 존애원을 부러워하지."

한양에 있을 때 별난이를 만난 얘기를 박지지에게 하지 않았다. 그도 그녀의 안부를 묻지 않았다. 박지지는 아마도 다른 입을 통해 그녀의 소식을 듣고 있는지도 몰랐다. 잉굴다이의 치료를 끝낸 뒤 별난이와 나누었던 대화가 떠올랐다.

"나야 의녀 생활을 한다고 그렇지만 담야 너는 장가를 들 수 있었는데도 혼자 몸으로 늙어버렸네."

"장가는 무슨."

"늘그막에 마음 맞는 아낙이 있거든 그냥 같이 살아."

"너는 언제 의녀를 그만둘 건데?"

"몰라. 죽어도 대궐에서 죽겠지. 나가면 갈 데도 없으니까."

"갈 데가 왜 없어? 의국으로 돌아오면 되지."

별난이는 허무한 웃음을 지어 보였다.

"이만 가봐야겠어. 조심해서 잘 돌아가."

섣달그믐이 얼마 남지 않은 눈 내리는 날, 초로의 여인이 시녀 하나만 딸린 채 존애원을 찾아들었다. 그녀를 알아보는 사람은 아무도 없었다.

"여기 혹시 담야라는 의원님이 계시는지요?"

"우리 원임 어른을 찾으시나 본데 어디서 오신 누구신가요?"

"아, 계시는군요."

그때 박지지가 처소에서 나와 의사로 오는 길에 대문간에 서 있는 그녀를 보았다. 왠지 낯익은 얼굴인 것 같아서 가보았다. 박지지는 그 여인을 찬찬히 뜯어보고는 깜짝 놀랐다.

"아니, 이게 누구야? 애종이 아니냐?"

"아, 어의 나리. 연로하신데도 정정하십니다."

"어서 들어오너라. 어서."

박지지는 한 손에는 지팡이를 짚고 다른 손으로는 애종의 손목을 잡아 이끌었다. 그는 의사 앞에 와서 소리쳤다.

"이보게, 원임. 어서 좀 나와 보게."

안질을 앓는 환자를 치료한 후에 밖으로 나왔다. 덮고 있던 장옷을 내리고 눈 내리는 뜰에 서 있는 여인. 머리가 희끗한 건지 눈을 맞아서 그런 건지 분간할 수 없었지만 그녀의 용모는 한눈에 알아보고도 남았다.

"애종누님?"

"의원이 되고 게다가 원임까지 되었다니 참 장하십니다."

"누님, 어서 오셔요."

뜰에 내려가 그녀 앞에 섰다. 세월은 아무도 비켜 가지 않는다는 말을 의심할 여지가 없었다. 엷은 미소를 짓고 있는 중년의 여인을 바라보다가 정신이 퍼뜩 들었다.

"날씨가 찹니다. 어서 들어가셔요."

애종은 내가 손에 들고 있는 침통을 보더니 말했다.

"그걸 아직도 쓰고 있습니까?"

"아 이거요? 제겐 일평생 제일 귀한 것이지요."

원의녀들에게 말했다.

"예전에 우리 의국에서 의술을 가르치시던 분입니다. 어의녀를 지내고 돌아오시는 길이지요. 어서 깨끗한 방을 하나 마련해 주십시오."

어의녀라는 말에 원의녀들은 의술의 여신이 강림한 듯 여겼다. 그들이 애종이 묵을 방을 마련하는 동안 박지지의 처소에 들었다. 사빈을 불러 애종에게 인사시켰다.

"사빈이라고 합니다."

"원임 어른의 어릴 적 모습을 보는 것 같군요."

사빈은 무표정한 얼굴이었다. 잘 웃지 않는 청년이었다. 애종은 어린 시녀를 인사시켰다.

"연이입니다."

"예쁜 이름이구나."

박지지가 애종에게 물었다.

"별난이 소식은 아느냐?"

"의녀가 되어 잘 지내고 있습니다."

"허허. 그 맹랑한 것이 결국 꿈을 이루었구나. 너도 어의녀를 지내다가 돌아왔고 담야도 세상이 알아주는 명의가 되었으니 다 잘됐어. 이제 내가 당장 죽어도 여한이 없다."

"무슨 말씀을 그렇게 하십니까? 이제 제가 돌아왔으니 다함께 오순도순 오래오래 사셔야지요."

박지지와 사빈이 나가주었다. 애종이 나를 보는 얼굴에 미소를 잃지 않았다. 말을 편하게 하라고 해도 존애원의 원임이면 가장 큰 어른이라고 막무가내였다.

"원임 어른도 꿈을 이루었으니 참 대단하십니다."

"내 꿈은 이게 아니었어요."

"그럼 무엇이란 말씀입니까?"

"나중에 얘기할 기회가 있을 겁니다. 먼길에 노독이 쌓였겠어요. 푹 쉬세요."

어김없이 새봄이 찾아왔다. 애종을 데리고 백화산 약할미의 오두막과 저승골 천수인의 움막을 구경시켜 주었다. 거기서 약초를 배우고 의술을 익힌 이야기를 들려주었다. 애종은 놀라면서도 대견스러워했다.

"그러면 그렇지. 그런 숨은 노력이 있었던 게지요."

애종은 저승골 공동묘지 근처에서 양귀비풀이 자라는 걸 보고는 말했다.

"나중에 이 꽃 피면 좀 따다 주셔요."

남촌 고을에는 복사꽃이 피어 화사한 무릉도원을 연상케 했다. 애종과 함께 복사꽃 아래를 거닐었다. 그녀는 나이가 들었어도 여전히 고운 자태였다. 원의녀들 중에도 애종과 비슷한 나이의 사람들이 많았지만 분위기는 사뭇 달랐다. 애종은 그녀만의 독특한 품격이 있었다.

"누님, 혹시 이 복사꽃 꽃잎 색이 나도록 면포를 염색할 수 있겠어요?"

"있지요. 얼마나요?"

"열 필, 아니 열두 필 정도."

"알았어요. 그런데 그걸 어디에 쓰시려고요?"

"나중에 알게 될 거예요."

약재상 경설이 왔다. 그를 따라온 짐꾼이 송진가루를 내려놓았다.

"다른 약재도 많은데 하필이면 이걸 그렇게 모아들이는가?"

"모처럼 오셨으니 푹 쉬시다가 가십시오. 사빈한테 침도 좀 맞으시고요."

"그래야겠네. 요즘은 무릎이 아파서 고작 10리 길도 나서기가 겁이 나니 원."

양귀비꽃이 꽃봉오리를 맺을 때가 되었다. 사빈에게 환자들을 맡겨놓고 저승골로 갔다. 공동묘지와 움막 주위에 자란 풀들이 온통 꽃봉오리를 맺고 있었다. 봉오리마다 죽침(대나무를 잘라 만든 송곳)으로 찔러 구멍을 내두었다. 그다음날 그릇을 받쳐놓고 흘러나온 진액을 죽도(대나무칼)로 긁어 담았다. 그런 뒤 약을 싸는 첩지를 그릇에 덮어놓고 진액을 햇빛에 말렸다. 보름이 지나니 딱딱하게 덩어리가 졌다.

막 피기 시작한 꽃봉오리만 골라서 한아름 따다가 애종에게 주었다.

"어머, 진짜 따 오셨네요?"

"누구 부탁이라고요. 자, 여기 화병."

그녀는 흰 양귀비꽃을 화병에 꽂아 방안에 놓아두며 좋아했다. 초학의녀에서 어의녀를 거치는 동안 긴 세월 자나 깨나 얼마나 가슴 졸이며 살았을까. 이제 아무 걱정 없이 마음 푹 놓고 살았으면 했다.

꽃이 다 지고 나니 작은 열매가 맺혔다. 그것이 커지기를 기다렸다가 또 죽침으로 푸른 열매를 찔러 두었다. 열매에서도 진액이 흘러나왔다. 그것 또한 긁어모아서 말렸다. 꽃과 열매에서 얻은 아편의 양이 제법 많았다. 아무도 모르게 그것을 잘 보관해 두었다.

장 서방이 말했다.

"원임 어른, 함창현에 사는 농부라고 하면서 찾아왔습니다."

그런데 그는 사람이 아파서 온 것이 아니라 기르는 소가 이상해서 찾아온 것이었다.

"소가 이상한데 왜 여기로 왔소?"

"어디 보일 데가 없습니다요. 사람을 고치는 약방이니 소도 고치지 않겠나 싶어서……."

그는 말을 잇지 못하고 울상을 지었다.

"소인에게는 그 소 한 마리가 시원찮은 자식보다 소중한 놈입니다요. 제발 좀 우리 소를 봐 주십시오."

존애원이 개원한 이래 집짐승이 아프다고 찾아온 사람은 그 농부가 처음이었다. 애종이 말했다.

"원임 어른, 저분과 같이 갔다 오시지요. 얼마나 다급하면 여기까지 찾아왔겠습니까? 원임 어른께서 다녀오시는 동안 의사의 환자들은 사빈과 제가 돌보도록 하겠습니다."

농부를 따라 함창으로 갔다. 외양간 안에서 심한 악취가 풍겼다. 그를 가볍게 나무랐다.

"우사에서 지독한 냄새가 나니 소가 병들 수밖에요."

"아이고 의원님, 제가 평소에 소를 대하는 것을 조상님 대하듯이 해왔습니다. 그래서 우사는 우리집 안방보다 깨끗이 해놓습니다요. 저건 소한테서 나는 냄새입니다."

그의 말이 사실이었다. 가까이 가서 보았다. 외양간은 나무랄 데 없었다. 눈을 돌려 소를 살펴보았다. 입에서는 침을 흘리고 있었고 콧물에 눈물까지 쏟아내듯 흘렀다.

"소가 요 며칠 사이 여물을 입에 대지도 않습니다요."

"처음엔 증상이 어땠습니까?"

"갑자기 열이 나는 듯이 눈이 벌겋더니 이틀인가 지나고부터 저러지 뭡니까요."

소가 갑자기 설사를 쫘악 쏟아냈다. 그러고는 슬픈 울음을 길게 뽑았다. 소나 사람이나 아픈 것은 매한가지였다. 큰 눈망울을 보니 치료해 달라는 애원이 가득 들어있는 것만 같았다. 입과 코에서 누런 것이 흘러나왔다. 고름이었다. 그제야 예삿일이 아니라는 것을 직감했다.

"큰일입니다. 우역인 것 같습니다."

"우, 우역이라고요? 아이고오!"

농부는 털썩 주저앉았다. 그와 함께 소도 그 자리에 쓰러지듯 앉았다. 고름이 나오던 구멍으로 피를 쏟아내기 시작했다. 울음 소리도 내지 못했다. 소는 얼마 있지 않아 눈을 감고 말았다. 농부는 크게 흐느꼈다.

그 농부만의 문제가 아니었다. 그 고을 일대 모든 집에서 소가 탈이나 난리도 아니었다. 다 똑같은 증상이었다. 사태가 점점 심각해지고 나서야 경상감영에서 관문이 내려왔다.

"갑자기 우역이 성행하여 북쪽에서 남쪽으로 번지고 있다. 이미 평안도와 황해도의 소는 살아남은 것이 없는 지경에 이르렀고 한양에서도 소가 죽어나가는 것이 이루 셀 수 없다. 삼남에서는 각별히 유념하여 소를 보살피도록 하라."

우역은 점점 남하하고 있었다. 함창현은 경상우도와 경상좌도가 갈라지는 곳인데 머잖아 상주 읍내에 이를 것은 뻔한 일이었다. 목사는 유곡역 찰방에게 공문을 보냈다.

"역마를 보살피는 마의로 하여금 소 돌림병을 살피도록 하라."

하지만 마의도 이렇다 할 치료법을 찾지 못했다.

"소도 없이 어떻게 농사를 짓나."

"나라가 망할 조짐이 아니고서야 어찌 이런 일이 다 있담."

"하늘이 우리 조선 백성들의 숨통을 끊으려 하는구나."

소가 죽어나가자 밭을 가는 일이 큰 걱정거리였다. 소 한 마리가 할 일을 사람 열 명이 달라붙어도 해내지 못하는 실정이었다. 소를 잃은 농부들은 망연자실 체념하고 손을 놓기 시작했다. 농사일이란 때를 맞춰서 해야 할 일이 있는 법인데 그것을 하지 못하니 가을에 거둘 것이 없을 것은 자명했다.

농사를 하지 않으니 자연 눈길은 다른 데로 쏠렸다. 소 값은 낭떠러지로 돌 떨어지는 듯했다. 소를 사 봐야 우역에 걸려 죽을 것이 뻔하니 아무리 값을 낮추어도 송아지 한 마리 매매가 이루어지지 않았다.

소 값이 닭 값만 못했다. 그러니 백성들은 그나마 살아있는 소가 돌림병에 걸려 속절없이 죽어나가기 전에 잡아먹는 편이 낫다고 생각했다. 고을마다 마구잡이로 소를 도살하기 시작했다. 그러자 폭락했던 소 값이 다시 오르기 시작했다. 농사지을 소 값이 오르는 것이 아니라 잡아먹을 소 값이 오르는 것이었다.

조정에서는 종우의 종자가 멸절될 것을 심각하게 우려해 소 도살을 엄금하는 법을 반포했다. 하지만 백성들에게 먹혀들 리 만무했다. 우역에 걸려서 죽고 잡아먹어서 죽고 팔도에 소가 남아나지 않는 지경에 이르렀다.

멀쩡하게 살아있는 소를 구경하기 힘들어졌다. 성한 소를 잡아먹지 못하는 가난한 사람들은 우역에 걸려 죽은 소를 먹고 배탈이 나 존애원을 찾아들었다. 어떤 사람들은 냄새나는 고기를 먹으면 탈이 날 것을 우려해 소뼈를 고아 먹기도 했다. 그들도 복통을 호소하기는 마찬가지였다. 참 한심한 사람들이었다. 아니 어리석고 불쌍한 백성들이었다. 소고기를 먹고 병이 난 사람은 치료해 주지 않겠다는 방문을 존애원 대문에 내걸었다.

읍내고 산골이고 가리지 않고 창궐하는 우역을 잠재울 방도가 없었다. 어떤 약을 먹여야 소가 낫게 될지 아무도 알지 못했다.

"소를 해부해 봐야겠습니다."

막 죽은 소의 배를 갈라 보았다. 다른 어떤 부위보다 창자가 가장 많이 썩어 있었다. 우역은 소의 입과 코로 시작해서 창자에 이르러 병증이 발현하는 것으로 짐작했다. 사람의 위장병에 쓰는 약재를 쓴다면 소에게도 효력이 있지 않을까 했다. 사람이나 소나 오장육부를 가진 생물이긴 매한가지가 아닌가.

우역에 걸린 소에게 소건중탕을 달여서 엿을 넣어 먹여보았다. 또다른 소에게는 향사평위산을 먹였다. 그리고 또 다른 소에게는 오패산을 처방해 가루를 내어 먹이고는 병세가 어떤지 관찰했다. 모든 처방이 별 효험을 보이지 않았다.

"사람 명의가 소 명의는 되지 못하는군."

"사람과 소가 다르니 그렇겠지."

"아무튼 대단하신 분이야. 소를 살리려고 그토록 애쓰시다니."

위장병에 효험이 있다는 모든 처방을 써보았다. 별무소용이었다. 그러나 낙담하지 않았다. 마지막으로 한 가지 방법이 남은 것이었다. 바로 아편이었다. 토사곽란과 이질에 좋다는 아편이 우역을 퇴치할 약이 되기를 천지신명께 간절히 빌었다.

하지만 그것도 소의 병세에는 아무 효력을 나타내지 못했다. 소가 기력을 회복하는 듯하다가 벌러덩 나자빠져 죽어버렸다. 아편은 사람에게도 소에게도 약이 되지 못하는 약물이었다. 다만 마지막 저승 가는 길을 재촉해 편하게 돕는 약물일 뿐이라는 걸 새삼 깨달았다. 우역에 대한 치료법을 찾지 못해 의원으로서 부끄러웠다. 의술의 부족함을 또 한 번 절감했다.

오랫동안 우역이 수그러들지 않자 소 값은 바닥을 치더니 치솟기 시작했다. 소 값이 천정부지로 오르는 데는 마구 잡아먹은 것도 일조를 했지만 내년 농사에 필요한 까닭이었다. 그런데 소 값만 오르는 것이 아니었다. 소가 없어 내년 농사에 차질이 생겨 가을에 거둘 것이 적어진다면 곡식이 자연 귀해질 것이라고 여겨 쌀을 비롯해 모든 곡식 값이 덩달아 오르는 것이었다. 곡식에 이어 면포 값도 뒤따라 올랐다. 백성들은 피폐해지는데 물가만 오르니 살아가는 고통이 더 심해졌다.

"오랑캐 놈들이 우리 조선에 우역부터 퍼뜨리고 나서 쳐들어올 속셈인 게지."

"그건 왜지?

"오랑캐가 우리 조선군의 조총 솜씨가 일본군이나 명군보다 뛰어난 것을 두려워 한다잖아. 그래서 민심을 악화시켜 놓고 군사들의 사기도 떨어뜨려 놓으려는 거야."

섣달 한겨울에 들어서자 우역은 더욱 심해졌다. 그러한 때 청천벽력 같은 외침이 들려왔다.

"난리가 났다!"

"오랑캐가 쳐들어왔다!"

백성들 사이에 떠돌던 소문을 증명이라도 하듯이 오랑캐가 대군을 일으켰다. 금나라가 국호를 청나라로 바꾸고 칸 홍타이지를 황제라 칭하면서 얼어붙은 압록강을 넘어 침략해 온 것이었다.

"작년에 중전이 돌아가셨을 때 오랑캐 사신이 조문을 와서 임금에게 이제부터는 신하의 나라가 되라고 했다는데 그걸 거절했다는군."

"그렇다고 쳐들어와? 형제의 나라만 해도 오만유분수지."

"황제국이라는 명나라가 저렇게 쇠락하니 오랑캐 놈들이 우릴 얕보는 거지."

"신하의 나라가 되어 달라면 되어 주면 되지 글만 읽을 줄 아는 양반들이 아무 힘도 없으면서 자존심만 앞세우나 그래."

"그게 그렇지 않아, 이 사람아. 명나라와 청나라가 같은가 어디?"

"다를 건 뭔데?"

"허어, 의리라는 게 있는 거야. 의리!"

"의리 좋아하네. 백성들이 다 죽어나갈 판인데 무슨 놈의 의리. 그리고 명나라 놈들이 그동안 좀 빼앗아 갔나? 해마다 사시사철 공물에 처녀에. 그게 의리냐?"

"그건 그렇긴 하지만, 에이 나도 모르겠다."

"오랑캐라고 얕볼 게 아냐. 명나라도 못 건드린 저 북쪽 달단(몽골)도 다 쳐부수었다는데."

"그런데 오랑캐는 양반 상놈 가리지 않고 재주만 있으면 벼슬을 주고 높이 쓴다더군."

"그러면 나도 오랑캐 나라에 가서 살아야겠네."

"자네 무슨 재주라도 있는가?"

"내가 이래봬도 소목장 아닌가. 이놈의 나라보다는 대우가 낫겠지."

"그래서 그런지 오랑캐에 빌붙은 조선인이 적지 않다는 거야."

"그러면 이번에도 우리 조선의 지리를 잘 아는 그놈들이 또 앞잡이가 되어서 오랑캐 군사에게 길을 알려주겠군."

2

지난날 사신으로 왔던 잉굴다이와 마푸타의 말은 사실이었다. 청 황제 홍타이지의 야욕은 그의 아비 누르하치에 비해 원대했다. 그가 북쪽에 있는 달단을 쳐 무너뜨린 뒤에 남쪽에서 위협이 되는 조선을 치고 그다음에야 명나라를 멸망시킬 속셈임은 삼척동자도 내다볼 수 있는 일이었다.

지난 정묘년에는 화의를 하는 선에서 그쳤지만 이번에는 임금의 완전한 항복을 넘어 조선을 없애고 팔도를 청나라에 복속시키려는 생각까지 하고 쳐들어온 것인지도 몰랐다. 그렇지 않고서야 황제 홍타이지가 직접 군사를 거느리고 나섰을 리는 없을 것이었다.

청나라가 조선을 침공했음에도 불구하고 명나라는 군사를 파병해 도울 엄두를 내지 못했다. 명 황제 숭정제는 이미 북서쪽 영토를 청나라에게 빼앗긴 데다가 나라 안 곳곳에서 일어나는 반란과 도적 떼를 진압하는 데도 힘겨워하며 망국의 길에 들어서고 있었기 때문이다.

외적이 침략했다는 소식이 전해졌어도 상주 전역은 조용했다. 아무도 의병을 일으키지 않았다. 남촌도 마찬가지였다. 낙사계의 옛 계원들은 몇 남지 않았다. 이전은 너무 연로하여 체화당에 의지하고 있었고 그 외에는 권별, 우성적 등이었다.

새로 계원이 된 2세들 중에서도 나서는 사람이 없었다. 보다 못한 우성적이 말했다.

"우리가 이렇게 비겁한 사람들이었는가?"

"돌아가신 정우복, 이창석, 강남계 등의 제현이 오늘의 우리를 굽어 보시고 뭐라고 하겠는가?"

젊은 계원들은 짧은 기침만 할 뿐이었다. 우성적이 박차고 나왔다. 그가 임진왜란의 명장 우몽룡의 아들임을 모르는 사람은 없었다. 고을 곳곳에 의병을 모집하는 방이 나붙었다. 즉석에서 수십 명이 호응했다. 우성적은 남촌 고을을 다 돌아서 장정 일백여 명을 모집한 뒤 존애원을 찾았다.

"나라가 위기에 처했소. 나랑 같이 의병에 참여합시다."

"저는 따로 할 일이 있습니다."

"뭐요? 원임마저 나라를 저버릴 작정이오?"

"그런 것이 아닙니다."

"내가 그동안 사람을 잘못 봤군."

그는 찬바람을 일으키며 나가버렸다. 나는 박지지와 의학당 의학교수들과 상의 끝에 그들의 지지를 이끌어냈다. 그런 뒤 존애원 사람들을 다 모아 놓고 비장한 말투로 호소했다.

"다들 아시다시피 북쪽의 오랑캐가 쳐들어왔네. 청나라 황제가 직접 군사를 이끌고 왔으니 순순히 물러가지 않을 것이네. 총을 쏠 줄도 모르고 칼을 쓸 줄도 모르는 우리가 의병에 가담한다면 개죽음만 당할 뿐일세. 그렇다고 장부로서 나라가 망하는 꼴을 마냥 지켜만 볼 수는 없는 일이 아니겠는가?

내게 좋은 방법이 있네. 우리는 의원이네. 전장에 나아가 의원의 도리를 다하는 것이네. 화살을 맞고 칼에 베이고 창에 찔린 군사들을 치료할 것이네. 다친 그들이 죽지 않도록 할 것이네. 그리하여 그들이 용맹하게 다시 싸울 수 있도록 할 것이며, 성한 사람들도 다치면 치료를 받을 수 있다는 희망 속에서 싸우게 할 것이네. 자, 어떤가? 우리가 군의대로서 종군하는 것이 부당하다고 생각하는 자가 이 자리에 있다면 썩 나와서 말해보게."

"좋소! 군의대를 조직합시다!"

"군사들을 치료하는 것도 싸우는 것 못지않게 거룩한 일입니다!"

"우리 다함께 갑시다!"

일부 원의생들은 슬슬 꽁무니를 빼더니 어디론가 도망가 버렸다. 사빈이 말했다.

"저도 가겠습니다."

"안 된다."

애종이 말했다.

"원임 어른, 저도 원의녀들을 데리고 참여하겠습니다."

"안 됩니다. 전쟁터는 부녀자가 있을 곳이 아닙니다. 더욱이 의국을 지킬 사람이 있어야 합니다. 누님은 사빈과 함께 남아서 의국을 찾는 환자들을 돌보십시오. 그것이 두 사람이 할 일입니다. 사빈아, 알겠느냐?"

사빈은 말을 하지 않았다. 재차 확인했다.

"알겠느냐?"

그는 작은 목소리로 대답했다. 그제야 안심하고 원의생들을 돌아보며 말했다.

"그동안 오늘과 같은 날을 대비해 왔네. 자상, 창상, 열상에 바를 송진가루를 넉넉히 준비해 놓았네. 이 한겨울에 생약초를 구할 수 없으니 요긴하게 쓸 수 있을 것일세."

머리에 쓸 두건, 허리에 두를 폭이 넓은 띠, 팔뚝에 감을 토시를 나누어 주었다. 다 도홍색으로 물들인 것이었다.

"그것이 우리 군의대 표식일세."

각색 주머니도 나누어 주었다. 여러 가지 약재를 넣어 허리에 차도록 했다. 또 면포를 가늘게 찢어 상처에 처맬 띠 묶음도 나누어 주었다. 마지막으로 밥을 해먹을 겨를이 없을지도 모른다는 생각에 곶감, 어포, 육포, 떡을 골고루 배급했다.

의병장 전식과 우성적이 죽창을 든 의군을 이끌고 가다가 존애원에 들렀다.

"이 사람들이 웬 차림새인가?"

"군의대를 결성했습니다. 부상을 입는 의병과 군사들을 치료하기 위해 종군할 것입니다."

두 사람은 크게 기뻐했다. 우성적이 말했다.

"원임, 내가 오해를 했네. 사과하겠네."

"괜찮습니다. 자, 앞장서십시오. 저희들은 뒤따르겠습니다."

"알겠네. 자, 의군은 다시 출발하라!"

북쪽으로 길을 놓아 가는 동안 사람 구경을 할 수 없었다. 간간이 보이는 것은 부녀자와 어린아이, 노인들뿐이었다. 장정들은 다 군사로 뽑혀 나가거나 도망쳐 숨어버린 탓이었다. 광주에 못 미쳐 도척에 이르렀을 때 우성적에게 물었다.

"의군은 행처가 어디입니까?"

"상감께서는 세자저하와 함께 남한산성에 들어가 계신다고 하네.

오랑캐 군사가 산성을 포위하고 있다고 하니 어서 가서 구원해야 하지 않겠나?"

다음날에는 쌍령에 도착했다. 군사들이 많이 모여 있었다. 경상우 병사 민영이 이끄는 군사들이었다. 전식과 우성적은 영막을 찾아갔다. 민영은 두 사람을 크게 반겼다.

"상주 의병들이라니 든든하오. 우리 경상우도의 군사들과 함께 싸 웁시다."

그는 그 자리에서 우성적에게 경상우병영군 중군영장의 지위를 내 렸다. 군사들이 의병을 뒤따라온 우리를 보고는 고개를 갸웃했다. 도 홍색 두건을 머리에 쓰고 토시를 찼으며 또 띠를 두른 허리에 여러 개 의 주머니만 찬 것을 신기해하는 것이었다.

"이 사람들은 병기가 없네? 정군도 아니고 그렇다고 의병도 아니고 대체 뭐야?"

원의생 중 한 사람이 대답했다.

"우리는 군의대요. 다친 군사들을 치료하는 사람들이란 말이오."

"뭐, 다친 사람을 치료해?"

"거 참 핑계 좋네. 에라, 이 사람들아. 그런 시간이 있으면 나가 싸 우겠네."

"목숨이 아까워서 뒷전에 앉아 있으려는 핑계일 테지."

"군의대? 별 시답잖은 소리를 다 듣겠네."

원의생들이 반발을 하려고 했다. 그들을 말려서 더 이상 아무 소리 못하게 했다. 경상우병사를 찾아가 군의대의 역할을 설명했다. 그 역 시 반신반의하면서 군의대의 필요성을 탐탁찮게 여겼다.

그때 적의 정세를 살피러 갔던 당보군(첨병)이 돌아왔다.

"아군이 이곳 쌍령에 집결하는 것을 눈치챈 오랑캐 군사가 대거 몰려오고 있습니다."

"어디쯤 있더냐?"

"명일 아침이면 당도할 것입니다."

그런데 당보군 중 한 사람이 팔에 화살을 맞은 채로 있었다. 화살대는 부러져 나갔지만 촉은 윗팔뚝 깊이 박혀 있었다. 그 첨병은 이러지도 저러지도 못하고 이를 악물며 아픔을 참고 있었다. 아무도 그런 그를 거들떠보지 않았다. 원의생들을 데리고 그에게 다가갔다.

"화살촉을 뽑고 치료해 줄 테니 아프더라도 조금만 참으시오."

치료하는 동안 아픔을 덜 느끼도록 화살을 맞은 자리 주위의 혈자리와 어깨에 호침을 놓았다. 그런 뒤 대침을 꺼내 들고 살을 조금 째고 박혀 있는 촉을 빼냈다. 그러는 동안 그는 별로 아파하지 않았다. 그것을 본 다른 군사들이 어리둥절해했다.

피가 많이 났다. 불에 달군 쇠꼬챙이로 지진 후 송진가루로 상처 구멍을 채우고 면띠로 여러 번 감아 묶었다. 그는 눈물을 흘리며 고마워했다. 그제야 군사들은 숙연해졌다. 단번에 군의대를 보는 눈이 달라졌다.

"거 참, 용한 사람들이군."

"우리도 저렇게 다치면 치료해 줄 것이 아닌가?"

"그렇겠지. 아까 놀린 것이 미안해지는데?"

"그렇다면 사죄를 해야지."

군사들이 원의생들에게 다가와 미안하다는 말을 한마디씩 남기곤 돌아갔다. 경상우병사는 겸연쩍은 표정을 지었다.

"의원이라고 했소? 혹시 상주의 의원이라면 존애원에 있다는 그 명의 아니오?"

"명의는 아니고 그냥 의원입니다."

"이거 내가 큰 실례를 했구먼. 미안하오. 내 이렇게 사과하는 바이오."

청나라 황제 홍타이지는 조선 영남의 군사가 남한산성으로 구원하러 온다는 정보를 입수하고 장수 요토를 보냈다. 요토는 청나라 기마군과 보군 수천 명을 이끌고 남하하다가 쌍령에서 영남의 군사와 맞닥뜨렸다. 어느 쪽이 먼저랄 것도 없었다. 예기치 않게 서로를 발견한 양쪽의 군사들은 치열한 싸움을 벌였다.

화살이 까맣게 하늘을 오간 뒤에는 조선군의 포수들이 조총을 발사하며 전진했다. 말을 탄 청군은 평지에서는 강했지만 산지에서 이동이 둔했다. 말이 발을 잘못 디뎌 낙상하는 경우가 속출했다. 또한 청나라 보군은 나무방패를 들고 총탄을 막으려 했지만 탄환이 방패를 뚫는 바람에 무수히 죽어갔다.

청군을 독려하던 장수 실투가 조총의 탄환을 맞고 말에서 굴러떨어졌다.

"와아, 적장이 죽었다!"

화살과 탄환이 다 떨어지자 백병전이 벌어졌다. 칼, 도끼, 장창, 죽창을 든 영남군은 청군을 세차게 몰아붙였다. 마침내 청군은 후퇴하기 시작했다. 달아나던 또 다른 청장 악다귀는 악착같이 달려드는 의병들에게 부상을 입고 달아났다. 영남군은 사기가 더욱 불타올랐다. 청나라 군사는 쌍령에서 멀찍이 물러났다.

"이겼다!"

"우리가 오랑캐를 물리쳤다!"

"저 오랑캐 놈들, 별것 아니다!"

첫 전투에서 비록 승리를 거두었다고는 하지만 영남군의 피해도 적지 않았다. 군의대는 부상을 입은 군사들을 치료하기 시작했다. 급한 대로 마취제 대용으로 아편을 조금 먹이고는 박힌 화살을 빼내기도 하고 창검에 입은 상처에는 송진가루를 바르고 면띠로 처매어 지혈해 주었다.

군사들과 의병들은 도홍색 두건과 허리띠와 토시를 두른 군의대가 마치 하늘에서 내려온 사람들인 것만 같았다. 그들이 있는 한 크고 작은 부상을 입어도 죽지는 않을 것 같아 크게 고무되었다.

"전쟁터에서 이렇게 치료 받을 길이 다 생기다니."

"다친 자리가 금방 나을 것 같네 그려."

"그러니 다음에는 저 오랑캐 놈들의 씨를 말려 버리자고."

남한산성에 있던 임금이 영남군의 승리를 치하하고자 쌍령의 경상 우병영으로 구료사 허계를 보냈다. 그는 부상병들을 치료하는 군의대 의 활약을 유심히 지켜보고는 경상우병사에게 물었다.

"치료를 받고 있는 사람들은 다 살려낼 수 있습니까?"

"이미 살아날 길을 얻은 자가 많습니다."

"의원들이 전란 중에 군사를 치료할 생각을 다 하다니 참으로 가상 한 일이로다."

"군의대가 있어 군사들의 사기가 매우 높습니다."

후퇴했던 청군이 전열을 정비한 뒤에 다시 쳐들어왔다. 청장 요토 는 기마군이 별 효력이 없는 것을 알고는 보군들로만 쌍령 고개를 오 르게 했다. 영남군은 화살과 화약이 부족했다. 장점인 활과 조총을 못 쏘니 전세가 어떻게 될지 예측할 수 없었다. 그들은 나무와 바위 뒤에 숨어 있다가 새까맣게 산비탈을 기어오르는 청군과 또다시 백병전을 벌였다.

영남군은 추위와 굶주림과 무기의 열세라는 한계를 극복하지 못했다. 짐승의 가죽을 덮어쓰고 있는 청군은 조선의 추위쯤은 아무 문제가 되지 않았다. 앞선 전투에서 패배한 것을 설욕하기 위해 그들은 맹공을 퍼부었다. 영남군은 자꾸만 뒷걸음질 쳤다.

"물러서지 마라!"

"용감하게 맞서 싸워야 한다!"

"오직 진격하라!"

경상우병사는 앞장서서 독전했다.

"허억!"

청군이 쏜 화살이 목을 뚫어 그만 말 위에서 즉사하고 말았다. 그 곁에 있던 우병영중군장 우성적은 양손에 칼을 들고 청나라 군사들에 둘러싸여 힘겹게 맞서고 있었다. 그는 함께 싸우고 있던 종 귀동에게 말했다.

"너는 어서 달아나거라. 훗날 나의 뼈라도 거두어 다오."

귀동이 울면서 말했다.

"마님께서 나라를 위해 죽고자 하는 판에 어찌 소인이 달아나겠습니까."

두 사람은 차례로 쓰러졌다. 영남군은 거의 와해되고 있었다. 나는 땅에 떨어져 있는 장검을 집어 들었다. 달려드는 청군을 베고 찔렀다. 갑자기 내 주위로 사람들이 에워쌌다. 그들 중 하나가 말했다.

"귀영군 나리, 어서 몸을 피하셔야 합니다!"

그들은 그동안 몸을 감추고 나를 호위해 온 반당들이었다.

"적 앞에서 나의 군호를 부르지 마라."

"원임 어른, 어서!"

반당들은 겹겹이 에워싼 청군들에 맞서 싸우다가 힘이 다해 쓰러져 갔다. 죽창 외에는 변변한 무기가 없는 의병들이 후퇴하면서 손에 잡히는 대로 돌멩이를 주워 청군을 향해 던졌다. 나는 갑자기 엉뚱하게 날아든 돌멩이에 뒤통수를 얻어맞았다.

"빠악!"

시간이 얼마가 지났는지 몰랐다. 눈을 떴을 때는 쌍령은 이미 무너지고 살아남은 영남의 군사와 의병은 뿔뿔이 흩어져 간 뒤였다. 온 산에 영남군과 청군의 시체가 뒤섞인 채 널브러져 있어 발 디딜 틈이 없었다. 까마귀와 들개가 모여들어 시체를 뜯고 있었다. 참혹하기 이를 데 없었다. 여기저기에서 들릴 듯 말 듯한 신음 소리가 났다.

아직 피가 흐르는 뒤통수를 만져보고는 면띠로 묶었다. 그런 뒤 신음 소리가 나는 곳으로 가보았다. 실낱같은 목숨이 붙어 있는 부상병들이었다. 조선군이고 청군이고 가리지 않았다. 상처가 보이는 대로 지혈을 하고 면띠로 묶었다. 이미 피를 너무 많이 흘린 탓에 그들 중 살아날 사람은 거의 없었다. 그렇다고 치료를 하지 않을 수는 없었다. 면띠가 다 소진되고 약도 거의 다 떨어졌다.

청군 부상병 하나가 칼에 베여 내장이 거의 다 나온 채로 숨을 헐떡이고 있었다. 그는 나를 보고 무언가 애원하는 듯했다. 그에게 마지막 남은 아편을 조금 먹였다. 극심한 고통을 가까스로 견디고 있던 그의 눈자위가 초점을 잃어갔다.

그때 청군의 보군들이 나에게 다가와 창을 겨누었다. 무어라 말을 했지만 알아들을 수 없었다. 뒤이어 기마병들과 장수가 나타났다. 나를 발견했던 청군들이 그에게 아뢰었다.

"조선군이 우리 청군을 치료하고 있었습니다."

"그래? 그자를 데려오라."

기마 장수 앞으로 끌려갔다. 그가 나를 보고는 놀랐다.

"아니, 그대는?"

고개를 들어 청나라 장수를 바라보았다. 어딘지 모르게 낯이 익었다. 그가 투구를 벗고 입을 벌려 자신의 이를 가리켰다. 그때서야 그가 누군지 기억났다. 아, 그는 바로 마푸타였다. 그는 전장에서의 우연한 만남을 놀라워 했다. 놀라기는 나도 마찬가지였다. 마푸타가 내게 물었다.

"나를 알아보겠는가?"

대답하지 않았다.

"으음. 그때 그 의원을 여기서 다 보게 되다니."

마푸타는 청군에게 소리쳤다.

"이자를 포로로 끌고 갈 것이다. 특별한 사람이니 함부로 대하지 말라."

영남군이 쌍령에서 대패한 것과 강화도로 피난 가 있던 봉림대군이 청군에 항복했다는 것, 그리고 명나라가 조선에 원군을 보낼 형편이 되지 않는다는 것에 임금은 절망했다. 그리하여 더 이상 버티지 못하고 청나라 황제 홍타이지에게 항복하고 말았다.

드디어 조선을 굴복시킨 홍타이지는 청나라 수도 성경보다 따뜻한 조선의 한양에 머물렀다. 그는 팔도에 팔기군을 주둔시켜 조선을 완전히 청나라의 영토로 복속시키기로 작정했다.

그런데 하늘은 아직 조선을 버리지 않은 것인가. 바로 그때 공교롭게도 온 도성에 두역이 창궐했다. 청나라 군사들은 두역에 면역력이 거의 없어 큰 공포에 휩싸였다. 홍타이지도 두역에 겁을 집어먹고 애초의 계획을 변경해 성경으로 돌아가기로 했다.

하지만 그냥 돌아가는 것이 아니라 세자와 대군 그리고 조정 대신들의 자식들을 대거 인질로 데려가기로 결정했다. 만약 청나라로 데려간 인질이 몰래 조선으로 도망칠 경우 무조건 붙잡아서 성경으로 송환할 것도 요구했다. 임금과 조정은 어떠한 반론도 제기할 수 없었다.

포로들 중에서 왕실 사람들과 대신들의 자식들은 홍타이지의 친위대가 직접 이끌었고 일반 백성들은 팔기군에게 나누어 배정되었다. 팔기군은 배정된 인질들의 명단을 작성했다. 이름, 나이, 직업, 출신지역까지 상세히 적고 손도장을 찍도록 했다. 그들이 도망치면 고향에 있는 가족을 다 죽이는 것은 물론 사람들도 몰살해 그 고향 고을을 없애겠다고 협박했다. 마푸타 휘하의 군사들이 보는 가운데 내 인적사항을 알려주고는 손바닥에 먹물을 발라 종이에 찍었다.

금나라 수도 성경으로 끌려가는 포로는 남녀노소 수만 명이었다. 청나라 군사들과 함께 그 행렬은 끝없이 이어졌다. 압록강을 건널 무렵이 되자 포로들은 크게 흐느끼기 시작했다. 마지막으로 조선의 산천을 뒤돌아보았다. 절망할 겨를도 없었다. 한숨도 나오지 않았다. 살아서는 다시 돌아올 수 없을 것만 같은 예감만 들 뿐이었다.

3

군의대로 쌍령에 나아갔던 원의생들 중 몇 명만이 살아남아 존애원으로 돌아왔다. 그들의 증언으로 쌍령 전투의 처참함을 전해들은 사람들은 다 눈물을 흘렸다. 애종은 나의 생사를 다시 확인하듯이 물었다.

"원임 어른께서 돌아가신 것을 목격했습니까?"

원의생들은 고개를 저었다.

"말씀드린 것처럼 원임 어른이 어찌 되었는지는 모릅니다."

"모르긴 해도 돌아가셨을 것입니다."

박지지가 한 가닥 희망 어린 목소리로 물었다.

"청군에게 잡혀갔을 수도 있지 않겠는가?"

"오랑캐 놈들이 닥치는 대로 다 죽였습니다. 첫 싸움에서 청나라 장수가 죽었는데 그다음 싸움에서는 마치 복수를 하듯이 도망치는 우리 군사들을 뒤쫓아 와 마구 죽였습니다."

"정신없이 도망쳐서 살아남은 사람들 중에서 원임 어른은 없었습니다."

애종이 아찔하여 쓰러질 뻔했다. 연이가 부축해 처소로 데려갔다. 애종은 손으로 입을 가리고 통곡했다. 사빈도 나와 함께 쓰던 방에 들어앉아 소리 없는 눈물을 줄줄 흘렸다. 존애원은 온통 초상집 분위기였다. 모든 일이 멈춘 상태였다.

박지지가 젊은 계원들에게 말해 빈소를 차렸다. 의병을 이끌고 싸우다가 장렬히 전사한 우성적과 그의 시종 귀동, 그리고 군의대로 나아갔다가 불귀의 객이 되어버린 원의생들과 나를 위한 것이었다.

이전이 젊은 계원들을 모아 계회를 열었다.

"어찌 되었건 존애원을 다시 일으켜야 하지 않겠는가?"

"의학당에 원의생들도 새로 들여야 합니다."

"원의녀도 전란 중에 다 흩어졌습니다."

"의술을 아는 사람이 없으니 그것이 큰일입니다."

"어의녀가 의술에 밝으니 당분간 임시로 원임을 맡아보면 되겠군."

"어찌 아녀자에게 원임의 직책을 맡기려 하십니까?"

"의술만 뛰어나면 그만이지 남녀를 가릴 게 뭐 있겠는가?"

이전은 젊은 계원들의 반대에도 불구하고 애종을 존애원 임시원임으로 앉혔다. 사빈과 연이가 애종의 시중을 들었다. 원의생과 원의녀도 다시 모집하려고 방을 내붙였다. 하지만 자원하는 사람은 드물었다. 사람들이 굶주린 배만 채우려 들 뿐이었다.

전란 중에도 우역은 가라앉지 않았다. 소는 우역으로 신음하고 사람들은 두역으로 죽어갔다. 들에는 농사 지을 소가 없었고 고을에는 농사 지을 백성들이 없었다. 소 대신 소가 하는 만큼의 일을 사람이 하기에는 너무 벅찼다.

수많은 백성들이 보는 앞에서 오랑캐에게 굴복한 임금은 땅에 떨어진 위신을 하루빨리 되찾기 위해서라도 민심을 추슬러야 했다. 조정은 제주도에서 소를 실어 오기로 했다. 제주도는 우역이 아직 생기지 않은 것이 다행이었다. 그런데 제주도 소를 배로 실어 와서는 경기도 각 고을에만 100마리씩 나누어 주었을 뿐이었다. 다른 도는 혜택을 받지 못해 백성들의 불만은 이만저만 아니었다.

"다른 도에도 차차 나누어 줄 것이다. 믿고 기다려라."

그런 말로는 백성들을 달랠 수 없었다. 농사일은 다 때가 있는 법이었다. 백성들의 원성이 높았다.

"때를 놓치고 나서 소를 나누어 준들 잡아먹기밖에 더하겠어?"

겨울에 접어들어서도 조정의 약속은 이루어지지 않았다. 제주도에도 우역이 퍼져 소가 죽어나가기 시작했다. 제주도 전역에서 키우던 소 2만 마리 중에서 절반 이상이 우역으로 폐사했다. 조정은 다급했다. 팔도 각처에서 민란이 일어나 도성으로 쳐들어올 분위기였다.

대신들은 제주도보다 소를 많이 키우는 대마도로 눈을 돌렸다. 조선에서는 은자 10냥을 주어야 살 수 있는 소 한 마리를 대마도에서는 4냥이면 살 수 있었다. 조정은 동래 왜관을 통해 대마도주에게 급히 서신을 보냈다. 조선 조정의 편지를 읽어본 도주는 느긋했다. 본국에 물어보고 결정하겠다고 거드름을 피웠다. 그간 조선이 무역에 있어서 괄시를 해온 것에 대한 앙갚음이었다.

조정이 대마도주의 답신을 애타게 기다리고 있는 가운데 대마도와 일본 남서쪽 지역을 중심으로 우역이 시작되었다. 그리하여 순식간에 일본 전체로 퍼져나갔다. 일본은 조선을 원망했다. 우역이 삼남에서 제주도, 그리고 제주도에서 대마도를 거쳐 일본으로 전파되었다고 여긴 것이었다.

조정은 궁여지책으로 소를 사 올 수 있는 마지막 지역을 거론했다. 달단(몽골)의 땅이었다. 조정은 사은사를 꾸렸다. 청나라 땅을 지나가야 하기에 그들의 허락을 얻지 않을 수 없었다. 다행히 청나라는 순순히 길을 내주었다. 사은사 일행은 몽골 땅으로 가서 소를 흥정했다. 그리하여 좋은 값으로 200마리에 가까운 소를 사 올 수 있었다.

하지만 그것을 팔도의 각 고을에 나누어 주기에는 턱없이 부족했다. 고을의 관장들은 배정받은 몽골 소를 자식보다 더 소중하게 여겨 정성을 다해 보살폈다. 그러는 가운데 조선 팔도의 소를 전멸시키다시피 한 우역이 차츰 가라앉고 있었다.

상주 남촌 고을에서는 우역이 쓸고 간 뒤에 처음으로 암소가 건강한 새끼를 낳았다. 온 고을의 구경거리였다.

"죽으란 법은 없지."

"암, 언제든 살 길은 있는 거야."

백성들이 농사일을 다시 준비할 무렵 청나라에서 조선 조정으로 포로 명단을 보내왔다. 조정은 명단을 분류해 팔도 감영으로 내려 보냈고, 경상감영에서는 상주 출신으로서 청나라에 끌려간 사람들의 명단을 상주목 관아로 보내왔다. 목사는 그 명단을 필사해 남문 밖에 방을 붙였다.

애종은 직접 읍내로 갔다. 관아 남문 태평루 옆 담벼락에 나붙어 있는 방을 보고는 가까이 다가갔다. 이름을 하나하나 짚어가듯이 살펴보았다. 아, 있었다. 애종은 내 이름을 발견한 것이었다.

"있어! 저기 있어!"

기뻐서 어쩔 줄 몰라 했다. 눈물을 글썽였다. 사빈도 다행으로 여기고 펄쩍 뛰며 좋아했다.

"원임 어른이 살아계셨어! 역시 대단하신 분이야."

그런데 마냥 기뻐할 일은 아니었다. 포로가 되어 끌려간 사람들을 데려오자면 재물을 마련해야 했다. 조정의 대신들이나 돈이 많은 장사꾼들은 가족들을 속환하기 위해 거금을 아끼지 않았다. 처음에는 은자 100냥이면 되었던 것이 200냥, 300냥 하더니 어느새 1000냥을 훌쩍 넘겼다. 그래도 돈이 많은 사람들은 가족의 속환을 마다하지 않았다. 그 바람에 조선인 포로들의 몸값이 천정부지로 치솟았다.

몇 뙈기 전답을 일구며 사는 백성들은 끌려간 가족을 속환할 값을 마련할 엄두를 내지 못했다. 양반들은 포로가 된 집안 종을 속환해 올 바에야 새로 종을 사는 것이 값이 훨씬 덜 들었다. 결국 대부분의 포로들은 제 스스로 탈출해 오기 전에는 다시 조선 땅을 밟아볼 꿈도 꾸지 못하는 실정에 이르렀다. 조정에서는 그런 폐단을 인식하고 포로들에 대한 속환 값을 터무니없이 올려 받지 말고 적정한 금액으로 정하자고 제의했지만 청나라 조정은 시큰둥했다.

박지지는 지병을 이기지 못해 몸져누워 있었다. 애종은 그와 의논하지 못하고 홀로 낙사계에 요청했다.

"의국의 재물로 담야 원임을 속환해 오는 것이 어떻겠습니까?"

젊은 계원들은 선뜻 마음을 내지 않았다. 애종은 그들에게 애원하듯이 말했다.

"원임 어른이 평생 동안 이 의국에 헌신해 오신 것을 다들 잘 알지 않습니까? 그분이 곧 존애원이었고 존애원이 곧 그분이었습니다. 그러니 의국을 다 팔아서라고 속환해 와야 할 분이 아닙니까?"

어느 누구도 이렇다 할 대답을 내놓지 않았다. 그저 헛기침과 침묵으로 애종의 항변을 무시하는 것이었다. 애종은 체화당으로 이전을 찾아갔다.

"의국의 재물을 원임의 속환에 쓰는 것이 불가하지는 않을 것이네만, 그렇게 하고 나면 의국 운영은 무엇으로 해나갈 것인가를 고민하지 않을 수 없네."

"그건 그다음 문제 아닙니까?"

"그렇지. 그다음 문제지. 그런데 그다음 문제를 해결할 방법이 없으니 저 아이들도 망설이는 것이 아니겠는가? 이제 그 사람이 살아있는 것이 확인되었으니 얼마나 다행한 일인가. 또 큰 의술을 지니고 있으니 당장 죽을 염려는 없을 것일세. 그러니 조금 더 시간을 두고 생각해 보기로 하세."

악재상 경설과 왜상 오타니가 존애원을 찾아왔다.

"담야 원임이 청나라에 잡혀갔다는 소문이 사실인지요?"

"예, 그런데 속환을 못해 답답하기만 합니다."

경설이 말했다.

"속환하는 데에는 속환 값만으로는 안 됩니다. 반드시 인정(뇌물)을 가지고서 추진해야 비로소 일을 성사시킬 수 있습니다."

그러면서 품에서 주머니를 하나 내놓았다.

"은자 50냥입니다. 얼마 안 되지만 속환에 보태십시오."

오타니가 말했다.

"청인들이 담배를 좋아합니다. 소인이 지삼초(담배의 한 종류) 20근과 담뱃대 20개, 그리고 화조도 병풍 2병을 가지고 왔으니 그분을 속환하는 데 청인들에게 별인정(별도로 주는 뇌물)으로 써 주십시오."

"이런 고마울 데가? 정말 고맙습니다."

"기왕이면 상주 특산인 홍시와 곶감도 마련해 가십시오. 그들이 특히 곶감을 알고부터는 아주 사족을 못 씁니다."

"잘 알겠습니다. 두 분은 우리 원임 어른의 진정한 친구이십니다."

애종은 다시 이전을 찾아가 약재상 경설과 왜상 오타니가 주고 간 것을 거론하며 호소했다.

"남들도 이렇듯 속환하라고 재물을 마련해 주는데 하물며 우리 의국에서 손 놓고 있어서야 되겠습니까? 세상이 비웃을까 걱정입니다."

"알겠네. 내 젊은 애들한테 잘 말해보겠네."

그런데 그로부터 며칠 후에 애종은 뜻밖의 통보를 받았다.

"새로 수정한 낙사계 계령(계의 규칙)에는 여의를 존애원 원임으로 둘 수 없다는 조항이 추가되었소. 그리하여 새 계령에 따라 가원임(임시원임)의 자격을 박탈하는 바이니 수일 내로 존애원에서 나가주시오."

애종은 입술을 깨물었다.

"쫓아내니 쫓겨나는 수밖에. 하지만 두고두고 잊지 않을 것이다."

누워 있는 박지지를 찾아갔다. 그는 살아있으되 죽은 것만 같은 몸이었다. 애종은 그의 귀에 대고 말했다.

"어의 나리, 소녀는 이제 의국에서 물러갑니다. 부디 쾌차하시어 예전의 성성하신 모습을 다시 뵙기를 기도하겠습니다."

박지지의 눈에서 눈물이 흘렀다. 애종은 그 눈물을 닦아준 뒤에 방을 나왔다. 밖에는 사빈이 봇짐을 지고 있었다.

"저도 어의녀님을 따라가겠습니다."

"아니다. 그럴 것 없다. 너라도 의국을 지키고 있어야 한다."

"원임 어른이 안 계신 의국이 아닙니까? 저도 있을 이유가 없습니다."

애종은 더 이상 사빈을 만류할 수 없었다. 몇 남지 않은 원의녀들이 애종을 배웅했다.

"어의녀님!"

"부디 건녕하셔요."

"그동안 고마웠습니다. 잘들 계십시오."

대문을 나섰지만 갈 곳이 없었다. 애종은 하늘을 한 차례 둘러보고는 길을 잡았다. 연이가 울음 섞인 목소리로 물었다.

"어의녀님, 정처도 없이 어디로 가시려 합니까?"

"정처가 왜 없겠느냐. 어서 가자."

야인들의 의술

1

드디어 청나라의 도성인 성경에 도착했다. 사람이고 건물이고 산천이고 낯설지 않은 것이 없었다.

피로인들은 모두 도성의 서쪽 문 앞에 이르렀다. 잉굴다이가 척화를 주장한 신하들을 끌어냈다. 평양서윤 홍익한, 홍문관 교리 윤집과 오달제였다. 그들은 수만 청군과 수만 피로인이 지켜보는 가운데 서문 앞에 꿇려졌다. 잉굴다이가 권유했다.

"그대들의 충성심은 이미 하늘이 알고도 남는다. 이제 대청과 조선은 한 가족이 되었으니 그대들도 청인을 가족처럼 여기며 이곳 성경에서 삶을 이어가는 것이 어떻겠는가?"

"목에 칼이 들어와도 오랑캐와는 가족이 될 수 없다."

"어서 죽여라!"

"살아서 충효를 못다한 것이 오직 원통할 뿐이다."

잉굴다이는 서문의 문루에 앉아 있는 청 태종 홍타이지를 올려다

보았다. 홍타이지는 완강한 삼학사의 항변에 더 고려할 것이 없었다. 그는 모습을 감추었다. 잉굴다이는 부하들에게 명령했다.

"저 세 놈을 당장 효수하라."

삼학사가 처형당하는 것을 보고 피로인들은 다 눈물을 흘렸다. 잉굴다이는 마푸타에게 호령했다.

"조선에서 잡아온 피로인들의 매매를 허락하노라."

청군들은 함성을 질렀다. 각 군영 별로 잡은 사람들을 끌어내어 세웠다. 조선인들은 서로 멀찍이 서서 바라보다가 가족을 발견하고는 이름을 부르짖으며 울었다. 부자와 모녀가 있었고 형제와 자매가 있었으며 조손이 있었고 숙질이 있었다. 쇠고랑을 차고 있어 서로 가까이 다가갈 수 없었다. 손을 뻗어 절규하는 사람들의 울음 소리로 성벽이 흔들리고 문루의 기왓장이 들썩일 정도였다.

청나라 백성들은 노예를 고르기 위해 피로인들 사이를 돌아다녔다. 그러다가 흥정을 하기 위해 머리카락을 움켜쥐고 고개를 젖혀보기를 예사로 했다. 사람이 아니라 사람 꼴을 한 짐승이었다.

크게 울면서 제 손가락을 물어뜯는 사람이 있었다. 마푸타의 군사들 틈에 있다가 얼른 그 사람에게 다가가 제지시켰다. 그는 나를 보더니 침을 퉤 뱉었다.

"오랑캐에 빌붙은 놈! 네놈은 삼학사의 죽음을 보지도 못했느냐!"

"왜 모르겠습니까? 하지만 개돼지로든 뭐로든 살아야 합니다! 살아남아야 합니다! 죽음보다 더한 모욕을 겪으면서도 끝까지 살아남아서 복수를 해야지요! 그래야 우리 자식들 우리 후손들에게 할 말이 있을 것이 아니겠습니까!"

그는 나를 부둥켜안고 방성대곡을 했다. 청군 하나가 와서 채찍을 휘둘렀다. 그러자 마푸타의 수은갑(은빛 갑옷을 입은 최정예병) 군사들이

와서 그 청군을 베어버렸다. 그런 뒤 청나라 군사들에게 일갈했다.

"피로인들을 사고팔지언정 학대는 하지 말라. 알겠는가!"

나는 마푸타의 수은갑 군사들에게 끌려 갔다. 마푸타는 전쟁터에서는 선발대 대장이었지만 청나라 조정에서의 벼슬은 호부우참정이었다. 그는 호부 관아 내에 자신의 집무처에 딸린 방을 하나 내주었다. 문 밖에는 군사 두 사람이 지키고 서 있었다.

방에 덩그러니 앉아 있자니 서문 앞 광경이 머릿속에서 잊혀지지 않았다. 눈물이 흘렀다. 하염없이 쏟아져 내렸다. 생각나는 모든 것이 서러웠다. 아무도 찾지 않는 방에서 그렇게 실컷 울고 났더니 속이 좀 진정되었다.

마푸타는 나를 데리고 어디론가 갔다. 으리으리한 건물이 눈앞에 나타났다. 조선의 사헌부에 해당하는 청나라의 감찰기관 도찰원이었다. 큰 방에 들어 잠시 서 있었다. 한 사람이 나와 표범 가죽을 깔아 놓은 정면의 높은 교의에 앉았다. 그는 바로 잉굴다이였다. 마푸타가 청나라 식으로 절을 했다. 잉굴다이가 나를 보고는 크게 웃으면서 말했다.

"으하하하, 우참정, 내가 뭐랬는가? 이런 날이 올 줄 알았지."

"대인의 혜안은 감히 헤아리지 못하겠습니다."

잉굴다이가 말했다.

"이제 대청과 조선은 군신의 나라가 되었다. 한 가족이나 다름없다는 말이다. 의원은 여기서 잘 지내면서 그 뛰어난 의술을 널리 베풀도록 하라."

마푸타가 눈치를 주었다. 마지못해 말했다.

"고맙습니다, 대인."

잉굴다이는 종1품 벼슬인 호부승정과 도찰원 도어사를 겸임하고 있었다. 청나라의 살림을 맡아보는 동시에 황족과 신하들에 대한 감찰권이라는 막강한 권력을 쥐고 있었다. 마푸타는 그런 잉굴다이에게 나를 바친 것이었다.

마푸타에 이어 잉굴다이에 매인 몸이 되었다. 잉굴다이는 청나라가 낯설고 말이 서툰 나를 배려해 늙은 시종을 한 사람 붙여주었다. 그런데 그는 놀랍게도 조선사람이었다.

"소인은 평안도 벽동사람인데, 고향을 잊지 않으려고 이름을 벽동으로 바꾸었습지요."

"언제 어떻게 청나라로 오게 되었습니까?"

"여기 성경에는 조선사람이 많습니다. 지난 갑자년에 이괄 장군이 반정에 실패하자 그 휘하에 있던 사람들이 많이 투항해 왔지요. 벌써 10년도 더 지난 일이군요."

"다들 청인들의 노비로 살고 있습니까?"

"웬걸요. 여기서는 조선과 달리 각자 재주에 따라 발탁된답니다. 그래서 아주 높이 된 조선인들이 많습니다."

"그렇다면 그 사람들은 거의 청인이 되어 있겠군요?"

"그럼요. 겉으로 봐서는 조선 출신이라는 걸 전혀 알 수 없지요."

그 뒤로 하는 일 없는 나날을 보냈다. 숙소는 한 가운데에 불을 피우는 구덩이가 있었고 구석에 침대가 놓여 있었다. 온돌방이 아니라서 바닥은 늘 차가웠고 방안도 구덩이에 불을 피우지 않으면 온기가 없어 늘 추웠다.

바깥출입만 할 수 없었을 뿐 숙소의 뜰을 자유롭게 거니는 것은 허락되었다. 뜰에는 군데군데 화초가 심어져 있었다. 도랑을 내어 물이 흘러가도록 했으며 화단 사이로 벽돌을 깔아 놓아 흙을 밟지 않고도 산책할 수 있었다.

잉굴다이는 한동안 그림자도 보이지 않다가 어느 날 갑자기 나를 불렀다.

"예친왕 전하께서 오랫동안 지병을 앓아 오셨다. 그동안 사만(주술사), 만의(청나라 의원), 동의(조선 의원) 할 것 없이 다 불러다 보였지만 별 소용이 없었다. 그대가 전하의 병을 고칠 수 있겠는가?"

예친왕은 도르곤의 작위였다. 그는 황제 홍타이지가 가장 신임하는 이복아우이자 심복이었다. 청나라의 권력은 황제 홍타이지, 예친왕 도르곤, 호부우참정 겸 도어사 잉굴다이, 그리고 호부우참정 마푸타로 이어지고 있었다. 나는 점차 청나라 권력의 중심에 가까워지는 느낌을 받았다.

"다른 의원들이 다 못 고친 병인데 저라고 별 수 있겠습니까?"

"그대의 의술이 남다름을 잘 알고 있다."

잉굴다이는 나를 도르곤의 왕궁으로 데려갔다. 그런 뒤 예친왕 도르곤을 알현하기 전에 인적사항을 적은 종이를 먼저 제출했다. 빈 용상 앞에서 엎드리고 있는데 한 사람이 기척을 내며 나타났다.

"고개를 들어 나를 보게."

고개를 들었다. 그런데 어디선가 많이 본 얼굴이었다. 그는 미소를 지었다.

"나를 모르겠는가?"

누굴까 잠시 기억을 더듬다가 소스라치게 놀랐다.

"아, 아니?"

그와 동시에 그가 말했다.

"날세. 박치의."

258

"형? 형이 어떻게 여기에?"

"허허, 얘기하자면 기네. 우선 예친왕 전하부터 뵙게."

이윽고 도르곤이 나타났다. 그는 용상에 앉았다. 박치의가 말했다.

"저 의원은 조선에서도 명성이 자자한 명의입니다. 저자를 여기 데려다 놓을 수 있다니 아마도 왕야께서 복이 있으신가 봅니다."

"그런가? 도어사도 그렇고 책사까지 그렇게 칭찬하는 사람은 지금까지 없었는데?"

"두고 보면 아실 것입니다."

박치의가 내게 말했다.

"의원은 어서 올라와 왕야를 진맥하게."

도르곤을 호위하고 있는 무장들이 허리에 차고 있는 칼자루에 손을 대고 나를 잔뜩 경계하고 있었다. 조심스럽게 가까이 다가갔다. 그의 소맷자락을 조금 걷어 진맥을 했다. 잠시 후 내려와 다시 잉굴다이 옆에 엎드렸다.

"왕야의 병세가 어떤가?"

"소갈입니다."

"소갈인 것은 이미 알고 있네. 그런데 소갈은 어찌하여 생기는 병인가?"

"몸속의 12경맥 중에서 수양명대장경과 족양명위경의 두 양이 고르지 못하고 뭉쳐서 진액과 혈이 부족하면 소갈이 생기는데 소는 태운다는 뜻이고 갈은 말린다는 뜻입니다. 이는 몸속의 화기가 활활 타오르는 것과 같습니다."

"소갈도 여러 종류가 있다고 들었네. 과연 그런가?"

"소갈 중에서 가장 치료하기 어려운 것은 신장의 소갈로 신소라고 합니다. 신소는 갈증이 많이 나지 않으면서 오줌이 기름 덩어리처럼

탁하고 다리와 무릎의 근골이 약하여 가늘어지며 얼굴이 검어지고 기운이 없는 것이 그 증세입니다. 또 비장과 위장의 소갈인 중소가 있는데 이것도 갈증은 별로 나지 않지만 먹은 것이 금방 없어지는 듯해 쉽게 허기가 집니다. 그리고 심장과 폐의 소갈인 상소는 갈증이 몹시 나며 몸에 열이 나고 답답증이 생깁니다. 이 상소를 앓는 사람 중에 끼니 때 밥을 먹을 수 있는 사람은 나중에 옹저로 전이가 되고, 밥을 먹을 수 없는 사람은 마지막에 창만(복수가 차는 현상)으로 전이가 됩니다. 소갈의 하중상 삼소의 증세는 치료하기도 매우 어렵지만 치료하는 도중에 조금만 조리를 잘못해도 쉽게 재발할 수 있습니다."

"왕야의 증세는 삼소 중 어디에 해당하는가?"

"아마도 상소일 것입니다."

"자네가 제대로 보았네. 치료할 방도는 있겠는가?"

"완치할 수는 없을지라도 완화시킬 수는 있습니다."

"그래? 그렇다면 어서 처치하게."

"소인은 침통만 하나 가지고 있습니다. 처방에 쓸 여러 가지 약재가 필요합니다."

"약재는 당재가 으뜸인데 그건 지금 구할 수가 없고 향재와 만재(청나라 약재) 중에서 어느 것이 낫겠는가?"

"조선의 약재가 당재 못지않습니다."

"그렇다면 목록을 적어주게. 고려관 약방으로 사람을 보내 구해주겠네."

"약재는 소인이 직접 보고 골라야 합니다. 아무리 좋은 약재라 하더라도 상한 것이나 곰팡이가 핀 것이 들어있을 수 있습니다."

박치의가 다 통역했다. 도르곤은 고개를 끄덕였다.

"저자의 말을 가만히 들어보니 다른 의원들과는 달리 왠지 믿음이

가는군. 약재를 구하는 데 있어서 원하는 대로 해주도록 하라."

"예, 예친왕 전하."

"같은 조선인이니 저자는 산예칸 자네가 데리고 있는 게 좋겠군."

도르곤은 박치의에게 은밀히 지령을 내렸다.

"약재를 구한다는 구실로 자주 고려관에 드나들게 하라. 그리하여 세자와 대군이 무슨 꿍꿍이를 꾸미고 있지나 않는지 잘 살펴보도록 하라."

"의원을 간자로 삼아 고려관에 심으라는 말씀이군요."

박치의를 따라 그의 처소로 갔다. 그는 처소의 넓은 뜰에 백학을 여러 마리 기르고 있었다. 그가 존애원에 흘러들어 학을 잡는 방법을 알려주었던 옛 기억이 새롭게 떠올랐다.

"그때 존애원을 떠난 후 조선 땅에서는 더 이상 살 수 없다는 것을 깨닫고 압록강을 건넜지. 그런데 흰 옷을 입은 내가 학을 잡아 기르는 것을 이 사람들이 참 신기해하더라고. 신선이 나타났다고 말이야. 그러다가 점차 소문이 나서 마침내 도르곤의 눈에 들게 되었다네."

그의 청나라 이름은 산예칸이었다. 백학을 마당에 놓아기르는 것을 본 도르곤이 그대로 백학이라는 이름을 하사했다는 것이었다.

"형은 도르곤 휘하에서 무슨 일을 하고 있습니까?"

"어설픈 책사 노릇을 하고 있다네."

"도르곤의 소갈은 형이 고치시지 않고?"

"의술은 일신을 보전하는 수단으로 삼기에는 너무 위험해. 책사야 몇 마디 말로써 때우면 되는 일이지만 의술이 어디 그런가?"

그는 빙긋 웃었다.

"자네 정도나 되면 의술을 합네 하고 외칠 수 있겠지?"

"농담도 잘하십니다."

수천 리 밖 낯선 땅에서 반가운 얼굴을 만나게 되어 좋았다. 세월이 많이 흘렀고 서로 다른 처지로 만났어도 내게는 여전히 믿음직한 박치의였다. 의지할 만한 사람이 있다는 것 하나만으로도 포로로 끌려온 신세를 잠시 잠깐 잊을 수 있었다.

박치의는 도르곤이 잉굴다이 만큼이나 신임하는 사람이었다. 그 때문에 도르곤의 수하들도 박치의를 함부로 대하지 않았다. 그는 도르곤의 왕궁 어디든 아무런 거리낌 없이 나다녔고 바깥도 어느 누구의 감시 없이 나다닐 수 있었다.

"형은 청인이 다 되셨군요."

"내게는 조선보다 살맛나는 곳이지."

고려관은 청 황제 홍타이지가 인질로 데려온 세자와 대군이 처소로 쓰도록 성경의 남쪽 성문인 대남문 안쪽에 터를 마련해 지어준 것이었다.

미리 통지를 해 놓은 터라 말 한마디에 문지기 군사들은 비켜서고 익위사 군관이 안내했다. 박치의와 함께 안으로 들어섰다. 크지 않은 터에 세자와 대군의 가족, 그리고 그들을 뒷바라지하는 관원 군관 궁녀 약방의원, 또 재상과 대신들의 자식들까지 조선 옷차림에 조선말을 그대로 쓰면서 수백 명이 함께 거주하고 있어 고려관 안에만 있으니 마치 조선 땅에 있는 듯한 착각이 들 정도였다.

상방에 들었다. 누추하기 그지없었다. 세자가 기거하는 방이라고 할 수조차 없었다. 하지만 그런 느낌을 내색해서는 안 될 일이었다. 박치의와 같이 세자에게 절을 했다. 세자는 청나라 옷을 입고 있는 박치의가 조선사람인 줄 알지 못했다. 박치의는 굳이 밝히고 싶지 않아 하는 것 같았다.

"소인은 예친왕 전하의 집사 산예칸입니다."

"만나서 반갑소."

"세자저하, 신은 상주 존애원 의원 담야라고 하옵니다."

"나라가 힘이 없어 의원과 같은 조선사람이 수만 명이나 끌려왔으
니 내가 의원을 볼 면목이 없네."

"망극하옵니다, 저하."

"필요한 약재가 있다고 들었네. 약방에 들러 가지고 가도록 하게."

세자방에서 물러나온 뒤에 대군방으로 갔다. 그곳에는 사방으로 여
덟 명의 장사가 지키고 있었다. 그들 중 한 사람이 방으로 안내했다.
그런데 봉림대군과 함께 앉아 있는 사람이 있었다. 바로 동양위였다.
그는 임금에게 화친을 반대하고 끝까지 싸울 것을 주청한 탓에 볼모
로 끌려온 것이었다.

"이게 누구신가?"

나는 깜짝 놀랐다. 곧 얼굴 표정과 눈짓으로 나의 정체를 세자와 대
군에게 밝히지 말 것을 당부했다. 다행히 동양위는 내 뜻을 알아챘다.
그는 봉림대군에게 나를 소개했다.

"상주 존애원 의원 담야라는 자이옵니다. 저도 이 사람에게 치료를
받은 적이 있사옵니다."

"그렇다면 정화옹주마마의 환후를 치료했다는 그 명의가 아닌가?"

머리를 조아리며 말했다.

"황공하옵니다. 대군 나리. 다 낫게 하지는 못했사옵니다."

"말을 할 수 있게 한 것만도 어딘가. 아, 새삼 느끼는 것이네만 조선
의 인재들이 다 끌려온 것 같아서 가슴이 아프네."

봉림대군의 처소에서 나와 동양위의 방으로 갔다. 그는 박치의를
전혀 의식하지 않고 말했다.

"자네까지 오랑캐 땅에 끌려왔을 줄이야 생각지도 못했네."

"원의생들로 군의대를 조직해 쌍령 전투에 나아갔었습니다."

"그랬었군. 예친왕 휘하에 들어있다니 생계 걱정은 하지 않아도 되겠군. 고향으로 돌아갈 때까지 모쪼록 몸조심하게. 내가 해줄 말은 그것뿐이네."

"고맙습니다. 대감께서도 기체 잘 보전하십시오."

"자주 들를 수 있겠는가?"

"틈나는 대로 찾아뵙겠습니다."

약방 당번의에게 도르곤의 소갈을 치료할 약재의 목록을 주었다. 그는 중얼거렸다.

"오랑캐 놈을 치료해 주려고 조선 약재를 얻으러 오다니 참 어지간하군."

"저는 의원의 본분을 다할 뿐입니다."

그는 혀를 한 번 차고는 도리 없다는 듯 말했다.

"이 중에서 지모(지모의 뿌리줄기)는 없소."

"알겠습니다. 그건 따로 구해보겠습니다."

박치의가 약재 값으로 은자 10냥을 주었다. 약재 시세의 몇 배나 되는 금액이었다. 당번의가 놀라 눈을 크게 떴다.

"잘못 준 거 아니니 염려 마시오. 그 돈이면 세자저하께 아뢰어 이곳 고려관에 우선 긴요한 물건들을 조달할 수 있겠지. 고려관의 살림이 늘 빠듯하다던데 오랑캐 놈 치료해 주는 대가치고는 괜찮지 않소?"

당번의는 얼굴이 벌겋게 상기되었을 뿐 입을 열지 못했다. 남의 나라 사람들의 일처럼 말하지만 박치의의 깊은 뜻을 엿볼 수 있었다.

"형도 역시 조선사람이군요."

도르곤의 왕궁으로 돌아오는 길에 박치의의 제의로 시장으로 갔다. 황궁 문 앞에 끝없이 펼쳐져 있는 시장은 없는 것이 없었다. 약재상이 모여 있는 구역이 있었다. 그 중 한 곳에 들어가 지모를 구입하고 돌아왔다.

　"그런데 왕야에게 무슨 약을 쓰려고 하는가?"

　"먼저 인삼백호탕을 써서 갈증을 가라앉히고자 합니다."

　"그런 다음에는?"

　"갈증이 사라지면 옹저가 생길 것을 대비해서 인동환과 황기육일탕을 쓸 작정입니다."

　시종 벽동사람을 나는 벽동 아저씨라고 불렀다. 그는 자신을 대접해 주는 말에 감격해 내 말을 곧잘 들었다. 그와 함께 약을 달였다. 박치의 말고도 왕부에서 편하게 조선말이 통하는 사람이 있으니 외롭지 않았다.

　도르곤의 치료에 차도가 있었다. 차츰 몸이 좋아지는 것이 느껴지자 그는 전보다 더 쾌활해졌다.

　"의원은 소원을 말해보라. 물론 조선으로 돌려보내 달라는 것이겠지만 그것 말고 말하라."

　끌려올 때부터 지금까지 자나 깨나 존애원이 눈앞에 어른거리는데 다른 소원이 무엇이 있겠는가. 그런데 갑자기 드는 생각이 있었다.

　"왕야, 소인의 소원을 들어주신다고 했사옵니까?"

　"그렇다."

　"하오면 무엄함을 무릅쓰고 감히 아뢰겠사옵니다."

　"말해보라."

　"소인을 고려관으로 보내주옵소서."

도르곤의 안색이 변했다. 그는 아차 싶은 표정이었다. 하지만 이미 내뱉은 말이었다. 도로 주워 담기에는 자리가 너무 높았고 듣는 귀가 너무 많았다. 그 곁에 시립해 있던 박치의가 짐짓 나를 나무랐다.

"아무리 소원을 말해보라고 했기로서니 조선의 의원은 너무 무엄하지 않은가. 왕야께서 어여삐 거두어주신 은혜도 잊고 그 어인 망발인가."

고개를 숙인 채 말했다.

"왕야께 아뢰옵니다. 이제 대청과 조선이 군신의 나라가 되었습니다. 하오니 조선의 백성도 대청의 백성이 아니겠습니까? 소인이 고려관에 있든 여기 왕부에 있든 대청의 백성인 건 매한가지일 것입니다."

도르곤은 잠시 생각하더니 크게 말했다.

"조선으로 가는 것만은 안 된다고 했다. 고려관도 조선사람들만 있는 곳이니 성경 속에 있는 또 하나의 조선이다. 고려관으로 아주 보내달라는 것은 불가하다."

"하오면 아무 때고 왕부와 고려관을 오가며 왕야와 세자저하의 옥체를 함께 돌보게 해주옵소서."

"좋다. 그렇게 하라."

"성은이 망극하옵니다."

그로부터 얼마 있지 않아 청 황제 홍타이지는 예친왕 도르곤의 건의를 받아들여 호부승정 겸 도어사 잉굴다이를 의정대신으로 승진시켰으며 호부의 우참정 마푸타를 좌참정으로 벼슬을 한 단계 높여주었다.

"허헛, 이게 다 왕야께서 환후가 나아지신 덕분이 아니겠는가?"

"그러게 말입니다. 그 조선인 의원 덕분에 벼슬이 높아지다니 그자가 우리에게는 아주 보물입니다."

청 황제 홍타이지는 도르곤과 요토를 대장군으로 삼아 명나라의 서북쪽 지역을 치러 가면서 조선의 동정을 살필 필요가 있었다. 자신이 출정에 나선 사이에 혹시라도 조선 조정이 명나라와 내통해 반기를 들고 군사를 일으킬 것을 염려해서였다.

"잉굴다이와 마푸타는 조선으로 가라. 그리하여 국왕과 조정이 어떤 준동도 못하도록 하라."

2

청나라에서 칙사가 와서 조선의 처자들을 닥치는 대로 잡아갈 것이라는 소문이 퍼져나갔다. 백성들은 그 소문을 철석같이 믿고 전쟁이 난다는 말보다 더 무섭게 여겼다. 특히 여식이 있는 집에서는 모두 짐을 싸 피난가듯이 떠나버려서 도성 안의 민가가 텅 비다시피 했다.

"대궐에서도 어린 궁녀나 의녀들을 다 감추어 놓는다잖아."

"지난 난리 때 끌고 간 사람이 얼만데 또 잡아간다는 거야?"

"이번에는 아예 대놓고 내놓으라고 한다는군."

"임금은 도대체 뭘 하는 거야?"

"무슨 힘이 있겠나. 자리를 보전하자면 그저 조아리는 수밖에."

"쳐 죽일 오랑캐 놈들!"

팔도의 크고 작은 고을에서도 여자아이들을 숨기기에 바빴다. 시집을 보내면 끌고 가지 않으려니 했지만 그것도 아니었다. 부녀자들은 청나라에 잡혀갈까 봐 겁에 질려 잠을 자지 못했다. 집안의 가장들은 가솔을 이끌고 깊은 산속을 헤매거나 배를 타고 먼 섬으로 들어갔다.

백화산 깊은 곳에도 등짐을 지고 보따리를 안은 사람들이 서성거렸다. 그들은 길도 없는 숲을 헤치고 나아가다가 오두막을 발견했다.

"저기 집이 있다!"

뒤따르는 사람들은 인가를 보고는 반가운 기색을 했다.

"버려 놓은 빈집인지도 몰라."

그때 연이가 약초바구니를 들고 집으로 들어오다가 그들을 보았다. 그녀는 낯선 사람들의 등장에 깜짝 놀라 바구니를 내던지고 방안으로 들어가 문고리를 잠갔다. 일행 중 한 사람이 다가가 조심스럽게 말을 했다.

"이보오, 처자."

연이는 대답하지 않았다. 그때 애종과 사빈이 산에서 내려왔다. 사빈은 지게에 칡뿌리를 가득 지고 있었고 애종은 약초바구니를 머리에 인 채였다.

"뉘시오?"

그들 중 한 사람이 애종을 알아보았다.

"아니? 남촌 약방에 계셨던 어의녀님 아니십니까?"

뒤에 서 있던 사람들이 수군거렸다. 애종은 다가가 자신을 알아본 사람의 얼굴을 뜯어보았다. 존애원에 딸린 약초꾼이었다. 애종은 머리에 인 것을 내려놓고 말했다.

"자네가 여기 웬일인가?"

"말씀드리자면 얘기가 깁니다요."

그들의 하소연을 다 듣고 난 애종은 모두 받아들이기로 결정했다. 그들은 서로 마주보며 좋아했다.

"먹을 것도 입을 것도 다 부족한 곳이네. 무슨 일이 있더라도 내가 손해보고 산다고 생각하고 살아야 할 것일세. 어느 한 사람이라도 이기심을 앞세워서는 안 되네."

다들 애종의 말에 수긍했다.

"그런데 어의녀님, 약방 말입니다요."

"약방? 존애원 말인가?"

"예, 남촌 약방이 요즘 옛날의 그 약방이 아닙니다요."

애종의 머릿속에는 떨쳐낼 수 없는 기억이 되새김질 되었다. 궁금했지만 자세한 소식을 듣고 싶지 않았다. 들어보았자 수심만 더할 것 같아서였다.

"그 얘기는 다음에 하게."

체화당에 있던 이전이 존애원을 방문했다. 그런데 그 많던 사람들은 다 어디론가 사라지고 쓸쓸하기만 했다. 약방 구실을 전혀 못하고 있음을 한눈에도 알아볼 수 있었다. 어린아이 몇 명이 도청에서 글을 읽고 있을 뿐이었다.

이전은 도청에 올랐다. 안에서 글을 가르치고 있던 이원규가 나왔다.

"의국이 언제부터 서당이 되었느냐?"

이원규는 아무 말도 하지 못하고 우물쭈물했다.

"계원들을 다 불러오너라."

젊은 계원들이 하나둘 모여들었다. 이전은 그들이 다 모이기를 기다렸다가 대뜸 호통쳤다.

"네 이놈들!"

젊은 계원들은 숨소리조차 내지 못했다.

"너희들이 고작 서당이나 차리라고 이 의국을 설립한 줄 아느냐?"

"그것이 아니오라……."

"아니긴 뭐가 아니란 말이냐? 의술을 아는 사람들은 모조리 쫓아

내더니 큰 학문을 하는 강학당도 아니고 겨우 한다는 짓이 코흘리개들 서당이라니? 너희들이 도대체 정신이 있는 게냐, 없는 게냐!"

한 번 터진 이전의 호통은 계속 이어졌다.

"지난 병자년에 창의한 사람이 여기 누가 있느냐? 나이 많은 어른들이 의병을 이끌고 나아가는 것을 비겁하게도 모른 척한 것이 바로 너희들이 아니냐? 너희들이 그동안 나라와 백성을 위해 보탬이 되는 일을 한 게 있다면 말해보거라."

다들 묵묵할 뿐이었다.

"유사는 의국의 장부를 가져오너라."

장부를 살펴보던 이전이 물었다.

"계원들이 존애원 재물을 빌려 간 게 왜 이렇게 많으냐?"

"우역으로 농사를 못 지은 데다가 전쟁으로 피폐해져 생계가 어려운 계원들이 많습니다."

"우리는 지난 왜란 후에 그 어려운 시기에 이 의국을 설립했다. 그런데 너희들은 우리의 일을 본받지 않고 오히려 호란을 핑계대는구나."

"그런 것이 아니오라……."

"구차히 여러 말 할 것 없다. 이제 우역도 전쟁도 다 그쳤으니 힘써 농사를 지어 속히 다 갚아야 할 것이다."

"예, 아버님."

"잘 듣거라. 이 의국에 딸린 재물은 낙사계의 것이 아니다. 오직 의국 자체의 것이다. 또 의국의 주인은 처음 설립했던 우리도 아니고 그 자식들인 너희들도 아니다. 의국의 주인은 오직 백성이다. 그것이 의국을 처음 세운 존심애물의 사심 없는 숭고한 뜻이다."

"명심하겠습니다."

"의국을 다시 일으키도록 하거라. 아이들을 가르칠 서당은 의국에서 차리지 않더라도 여러 곳에 많다. 다시 어의녀와 원의녀, 그리고 의학교수와 원의생을 모아다가 의국을 원상 복구하라는 말이다. 알겠느냐?"

"전 원임 여의가 의국의 재물로써 담야 그 사람을 속환해 오자고 우기는 바람에……."

이전은 혀를 찼다.

"쯧쯧, 아직도 재물이 사람보다 중한 줄 알다니 네놈들은 한참 멀었구나. 에잇, 못난 놈들 같으니라고!"

이전은 자리를 박차고 나와 버렸다. 체화당으로 돌아오는 길에 한 차례 다리쉼을 했다. 먼저 세상을 떠난 사람들이 떠올랐다. 아우 이준을 비롯해 정경세, 강응철, 김광두, 김지복, 우성적, 성람…… 다들 의기투합해 존애원을 번성시켰던 시절이 그리웠다. 그때는 사람 사는 것 같은 세상이었다. 백성들은 존애원에서 굶주림을 면했고 아픔을 달랬으며 병을 고쳐 나갔다. 이른 새벽부터 밤늦도록 드나드는 사람들의 발길이 끊어지지 않은, 백성들에게 있어 존애원은 명실상부한 희망의 상징이었다.

"아비만한 자식이 없다더니……. 이놈들, 아무리 그래도 그렇지."

체화당으로 돌아온 이전은 집사에게 물었다.

"전에 의국에 있었던 어의녀가 어디에서 뭘 하고 있는지 아는 바가 있는가?"

"들리는 말로는 백화산 산속에서 약초를 캐며 살고 있다고 합니다."

이전은 편지 한 통을 써 주었다.

"가서 내 말을 전하게."

백화산 산촌으로 이전의 집사가 찾아왔다. 애종은 그가 내놓은 편지를 읽었다. 예를 갖추어 적은 글에서 인품이 물씬 배어났다. 편지를 읽는 동안 박지지가 오래전에 운명을 달리했다는 것을 알게 되었다. 존애원의 마지막 어른까지 사라진 것이었다. 하루빨리 돌아오라는 이전의 요청은 충분히 납득이 갔지만 애종은 존애원에 발을 들여놓고 싶지 않았다.

"돌아가서 월간 어른께 전하게. 말씀은 고마우나 이제는 여기 사람들 돌보는 일을 외면할 수 없다고 말일세."

집사가 산촌을 떠나려고 하자 약초꾼이 물었다.

"이보오, 오랑캐 사신이 와서 조선 처자들을 잡아가는 일은 어떻게 되었소?"

"어휴, 말도 마시오. 온 팔도를 들쑤셔놓은 듯하오. 어딜 가나 그 얘기뿐이고 상주 읍내도 난리가 아니고…… 다들 여기에 가만히 숨어 있는 게 나을 게요."

청나라 칙사로 온 잉굴다이와 마푸타는 시녀 20명을 데리고 갈 것이라고 하고 조정은 10명만 보내겠다고 해 크게 차이가 났다. 결국 잉굴다이가 양보를 해 10명으로 합의를 보았다. 조정은 각 도에 시녀를 뽑으라는 공문을 보냈다. 뽑힌 시녀 중에서 그 가족을 데려가기를 원하는 사람이 있으면 허락하기로 했다.

경상감사 이경증은 경상도 모든 고을에 청나라에 갈 시녀를 자원 받는다고 알렸다. 스스로 가겠다는 사람이 있을 리 만무했다. 감사는 고민에 휩싸였다. 자원하는 사람이 없으면 강제로 뽑는 수밖에 없는데 과연 어느 집안에서 귀한 여식을 옛소 하고 내놓겠느냐는 것이었다.

"다른 도에서는 어찌하고 있는가?"

"강원도에서는 양양의 처자 구절이 시녀로 가겠다고 하면서 가족을 면천해 달라고 했다고 하고, 또 평안도에서는 용강의 영이라는 처자가 그 어미 대신 사촌 남동생을 면천시켜 달라고 했다고 합니다."

"그러면 다른 도에서는 다들 가족의 면천을 조건으로 내걸었다는 말이 되는데?"

곰곰이 생각하던 감사에게 좋은 생각이 떠올랐다. 옥사에 갇혀 있는 여자 죄수들 중에서 시녀로 갈 사람을 자원 받는다고 했다. 그러면서 어떤 죄도 다 없애주고 가족을 면천시켜 주겠다고 했다. 그랬더니 여자 죄수들 중에서 두 사람이 자원했다. 감사는 그녀들을 씻기고 단장시켜 도성으로 올려 보냈다.

그런데 호조의 관원이 출신을 묻자 그녀들은 얼떨결에 죄수로 있다가 자원했음을 고백했다. 조정은 그 일을 두고 난처해했다. 죄수를 시녀로 뽑아 보낸 경상감사를 파직한다면 시끄러운 소문이 날 것이 뻔했다. 또 그 소문이 칙사의 귀에 들어갈 것도 우려되었다. 조정은 시녀로 뽑힌 여자 죄수들은 그대로 두고 경상도에서 한 사람 더 차출하라는 엄령을 내렸다.

감사는 다시 경상도 모든 고을에 공문을 보냈다. 시녀로 뽑히기 싫어 고향을 버리고 달아난 가족들을 붙잡아 그 중에서 젊은 처자가 있다면 뽑아 올리라는 것이었다. 상주목사는 관내에 빈 집을 조사해 호적과 대조했다. 그리하여 식솔을 데리고 도망친 사람들에 대해서 수배령을 내렸다.

"사또, 가솔을 거느리고 도망친 자들이 백화산 깊은 곳에서 삭거(무리와 떨어져서 따로 삶)하고 있다고 합니다. 당장 군관을 보내 모조리 잡아들이도록 하소서."

목사는 잠깐 생각에 잠겼다. 그들을 다 잡아들이면 민심이 크게 술렁일 것이었다. 사실 시녀가 되는 것을 피해 달아난 것은 죄가 되지 않왔다. 국법을 어긴 것이 아무 것도 없기 때문이었다.

"하는 수 없지."

군관과 군졸들이 들이닥쳤다. 그들은 단 한 사람도 빠져 달아나지 못하도록 산촌을 포위했다. 애종이 군관에게 물었다.

"어인 일이오?"

"시녀로 차출되는 것을 거부해 도망친 자들을 잡으러 왔소."

"그 일을 피한 사람이 어디 이들뿐입니까?"

"다른 곳으로 도망친 사람들도 다 잡아들일 것이오."

애종은 난감했다. 산촌 사람들은 다 겁먹은 얼굴이었다. 군관이 둘러보며 말했다.

"그런데 만약 한 사람이 시녀로 자원한다면 이 산촌에서는 아무도 잡아가지 않을 것이오."

그 누구도 시녀로 가겠다고 나서지 않았다. 아낙들은 어린 여식들을 치마폭에 감추기 급급했다.

그때 가녀린 목소리가 들렸다.

"제가 가겠습니다."

애종은 깜짝 놀랐다.

"연이야? 안 된다!"

"시녀로 가더라도 저에게는 마음 아파하실 부모가 없습니다. 어의녀님, 부디 허락해 주십시오. 이들 중에서 누굴 뽑아 보내겠습니까?"

애종은 이러지도 저러지도 못했다. 연이가 군관에게 말했다.

"제가 내일 날이 밝는 대로 관아로 갈 것이니 오늘은 이만 돌아가십시오."

"그걸 어찌 믿소?"

"제가 약속을 어긴다면 그때 여기에 와서 다 잡아 가십시오."

애종도 연이의 고집을 꺾지 못했다. 산촌 사람들은 다 연이에게 고마워했다. 애종은 아끼던 곡식을 넉넉히 내어 더운 쌀밥을 지어 연이에게 먹였다. 그러고는 해가 지고 나서부터 밤늦도록 얘기를 나누었다.

밖에서 인기척이 났다. 사빈이었다. 애종은 자리를 비켜주었다. 사빈은 한동안 아무 말도 하지 않았다. 연이와 함께 툇마루에 앉아 밤하늘만 바라볼 뿐이었다. 연이가 울음을 참고 말했다.

"나를 잊어야 해."

"어떻게 잊어? 나도 같이 가겠어."

"거기가 어디라고 따라나서겠다는 거야? 그건 절대 안 돼!"

"그럼 나더러 어떡하라고?"

"잊어줘. 나도 널 잊을 거야. 내가 할 말은 그뿐이야."

동짓달 그믐날 새벽이었다. 날은 아직 어두웠다. 곳곳에 불을 환하게 밝혀 놓았다. 임금은 도성 서문 밖 모화관에 친림해 칙사 잉굴다이와 마푸타를 전별했다. 사신단은 조선 조정이 팔도에서 뽑아준 시녀 10명을 가마에 태워 삼엄한 경계를 하며 출발했다. 그뒤로는 부모처자를 속환하기 위해 청나라 성경으로 가려는 사람들이 긴 행렬을 이루었다.

"속환도 속환이지만 몸 성히 잘 다녀오시오."

"이번에 반드시 아버님을 속환해 와야 하네."

"가시거든 우리 아들 생사라도 좀 알아봐 주시게. 꼭 좀 부탁하네, 응?"

백성들을 볼 낮이 없어 서둘러 환궁한 임금은 홧병이 도졌다. 내의원 도제조 좌의정 최명길과 어의 이희헌과 최득룡이 입시한 뒤에 이형익, 반충익이 들어왔다. 이형익은 입침이 좋겠다고 하고 반충익은 번침을 맞는 것이 옳다고 하며 서로 입씨름을 했다. 가뜩이나 심기가 불편한 임금이 그 모습을 보고 진노했다.

"물러가서 상의하라."

이형익은 반충익을 괘씸하게 여겼다. 한옥의 집에서 하릴없이 놀고 있는 놈을 어렵사리 추천해 내의원으로 불러다 놓았더니 숫제 명의 행세를 하려고 드는 것이었다. 출세에 눈이 멀어 은인을 몰라보는 놈이었다. 이형익은 승은상궁 금화를 통해 어의에게 압력을 넣었다. 반충익은 단번에 내의원에서 내쳐지게 되었다. 그제야 그는 이형익에게 싹싹 빌었다.

"스승님, 제가 잘못했습니다. 한 번만, 딱 한 번만 용서해 주옵소서. 진심으로 이렇게 빕니다요."

임금은 내의원 의관들에게 만족하지 못해 팔도에 명을 내려 재야의 명의를 뽑아 올렸다. 호란 때 세자와 대군을 보살피러 청나라에 가라는 명을 거부한 죄를 얻어 충청도 보은에 유배를 가 있는 채득기도 불러 올렸다.

채득기는 이형익과 함께 임금의 환후를 보살폈다. 그런데 이형익과 채득기는 매번 의견이 달랐다.

"며칠 연달아 침을 놓아야 효험이 있사옵니다."

"예닐곱 날을 중지했다가 증상을 살펴서 수침(침을 맞음)하는 것이 합당하옵니다."

"습창이니 습을 제거하는 번침을 맞아야 하옵니다."

"기창이지 습창이 아니옵니다. 기운을 다스리는 약재를 써야 하옵니다."

이번에는 채득기가 먼저 아뢰었다.

"맥이 뛰는 정도로 보아 감기 증후가 있는 듯하옵니다. 인삼강활산을 처방하겠사옵니다."

"감기 증후는 평침을 놓아 치료할 수 있사옵니다."

두 사람은 옥신각신 대립하다가 물러나왔다. 이형익은 어전에서 의술로 사사건건 트집 잡는 채득기가 몹시 괘씸했다. 채득기는 의술도 제대로 모르는 이형익이 가소로웠다.

"허어, 어디서 의술을 배웠는지는 몰라도 그래 가지고서야."

"누가 할 소리. 12경맥이나 제대로 알고 있으려나 몰라."

신하들은 두 사람에게 맡겼다가 임금의 옥체가 상하게 될까 봐 걱정이 앞섰다.

"이형익이 전에는 조금 신묘한 효험을 보인 적이 있지만 요즘은 그리 신통치 않습니다."

"의술을 논하자면 채득기가 이형익이나 반충익보다 뛰어납니다."

그런데 이형익과 반충익에게 기운 임금의 마음은 돌릴 수 없었다. 어의를 따라 채득기와 반충익이 들어왔다. 반충익이 임금의 용안을 살피고는 말했다.

"검푸른 빛이 감도는 것이 전과 나아진 것이 없사옵니다."

이어 채득기가 아뢰었다.

"용안에 검푸른 빛을 찾을 수 없사옵니다."

반충익은 번침을 쓰겠다고 하고 채득기는 평침을 놓겠다고 하여 또 대립했다. 어의가 채득기의 의견을 들어주어 평침을 놓게 했다.

물러난 반충익은 자존심이 몹시 상해 양화당에서 있었던 일을 이형익에게 말했다. 이형익은 마비 증세가 도져 아픈 팔을 주물렀다. 자신이 번침을 놓지 못하게 되자 반충익에게 가르쳐 주어 대신 놓게 해 왔는데 그대로 두었다간 임금이 번침 맞는 일을 그만둘지도 모른다는 생각이 들었다.

이형익은 곧장 승은상궁 금화의 처소로 갔다. 도제조와 어의가 의술에 대한 식견이 얕아 임금의 환후를 돌보는 일을 그르치고 있다고 일러바쳤다. 그날 밤 금화의 처소에서 침수(임금이 잠을 자는 것)를 하고 나온 임금이 하명했다.

"평침을 맞은 뒤로 효험이 별로 없다. 앞으로는 번침을 맞을 것이다."

그리고 또 하명했다.

"채득기는 성경의 관소에 가서 세자와 대군을 보살피도록 하라."

이형익과 반충익은 득의양양했다. 이형익은 팔이 거의 다 나아 번침을 놓을 수 있게 되었다. 그런데 그만 실수를 해 임금의 침을 놓은 혈자리에서 피가 나더니 고름까지 생겼다. 신하들이 빗발치듯 주청했다.

"옥체를 상하게 한 죄를 물어 이형익을 엄중히 다스리옵소서."

"얕은 의술을 믿고 옥체를 함부로 대한 것이 한두 번이 아니옵니다."

그래도 임금은 이형익을 두둔했다.

"과인의 몸에 열이 많아서 그렇게 된 것일 뿐 의관의 실수가 아니니 그만들 하라."

이형익과 반충익의 방약무인을 제어할 수 없다고 판단한 어의가 의빈부 도사로 있는 이찬을 불렀다. 그는 다시 복직해 있던 의관 유후성을 데리고 들어가서 임금을 진맥하고 해수(기침) 증상을 살피고 나서 말했다.

"현상설리고를 처방하는 것이 좋겠사옵니다."

현상설리고는 배를 비롯한 여러 가지 약재의 즙을 내어 꿀과 곶감의 흰 분, 그리고 생강을 넣고 풀처럼 달여서 만든 약인데 화병으로 말미암아 기침이 멎지 않고 가래에 피가 섞여 나오는 데 특효의 처방이었다.

유후성이 이찬에게 말했다.

"스승님, 지난날 저의 과오를 용서해 주십시오."

이찬은 먼 곳만 바라보았다.

"스승님!"

유후성은 꿇어앉아 흐느꼈다. 이찬이 말했다.

"의원은 다른 사람들보다 더 사람다운 길을 가야 한다. 그러자면 스스로 큰 깨달음을 얻어야 한다. 굶어 죽어도 의원으로 죽어야 하고 목에 칼이 들어와도 의원으로 죽을 각오가 되어 있어야 한다."

이찬이 불려 와서 진맥을 하고 나서부터는 이형익과 반충익을 부르는 일이 없었다. 이형익은 상황을 반전시킬 기회만 엿보았다. 그러던 중에 드디어 애타게 기다리던 소식이 전해졌다. 승은상궁 금화가 옹주를 생산한 것이었다.

"거 참, 왕자가 아니라서 아쉽네."

"지난 수년간 태기가 없던 마당에 그래도 옹주가 어딘가? 이제 상궁마마가 내명부 작위를 받게 되었네. 허허."

"그래. 대비도 중전도 없는 내명부가 아닌가. 호호호."

임금은 크게 기뻐하며 여러 해 동안 승은상궁에 머물러 있던 금화에게 내명부 정3품 소용 벼슬을 내렸다. 대령의녀 별난이는 금화에게 하례를 올렸다.

"소용마마, 근하드리옵니다."

"내가 회임할 수 있도록 자네가 잘 보살펴준 덕분일세."

3

조선으로 갔던 칙사가 성경으로 돌아왔다. 잉굴다이와 마푸타는 청 황제 홍타이지에게 조선에서의 성과를 아뢰었다. 그리고 데려온 시녀들을 알현시켰다. 홍타이지는 그들 중 4명만 황궁에 속하게 하고 나머지 6명은 각 왕부로 보냈다.

예친왕 도르곤에게는 강원도 양양이 고향인 처자 구절이 배정되었다. 구절은 청나라 시녀의 옷차림으로 도르곤의 시중을 들었다. 박치의가 자연스럽게 구절과 안면을 익힌 뒤에 내게 소개해 주었다.

"끌려온 시녀들 중에서 혹시 경상도 상주 출신은 없었소?"

"한 사람이 있었습니다. 이름을 연이라고 했습니다."

"연이?"

반가운 마음에 다급하게 캐물었다.

"그 처자가 혹시 상주의 존애원에 있었다고 말하지는 않았소?"

"그런 얘기는 못 들었습니다."

"그 처자는 어디로 갔소?"

"소녀도 알지 못합니다."

박치의가 넌지시 끼어들었다.

"연이라. 처자의 이름치고는 흔한 이름이라 동명이인이 많지 않겠나?"

"아마도 그렇겠지요."

구절에게 말했다.

"타국 땅에서 혼자서 몸 아프면 제일 서러운 법이라오. 지내다가 몸 아픈 데가 생기면 말하도록 하시오."

"고맙습니다. 의원 나리."

구절이 돌아가고 나자 박치의가 말했다.

"칙사를 따라 조선에서 가족을 속환하러 온 사람들이 많아서 서문 밖에 노예시장이 열린다고 하네."

박치의와 함께 서문으로 갔다. 드넓은 성경 도성의 서문 밖 벌판에는 조선에서 온 사람들이 가득 차 있었다. 수천 리 길을 걸어 속환하러 온 사람들은 추위에 떨면서 기다렸다. 노예시장은 금방 열리지 않았다. 그들은 매서운 추위 속에서 거적 한 장을 덮고 밤을 지샜다. 날이 밝아오자 장사치가 몰려들었다. 음식과 거적을 파는 청인들이었다. 도둑도 들끓었다. 속환 비용으로 값비싸게 팔 수 있는 남초(담배), 곶감 같은 것을 가지고 왔다가 도둑맞은 사람들이 곳곳에서 통곡했다.

이윽고 군사들이 사방을 지키는 가운데 노예시장이 열렸다. 피로인들이 줄줄이 끌려나와 섰다. 속환하러 온 사람들이 그들의 용모를 하나하나 살피기 시작했다. 그러다 운 좋게 가족을 발견하면 그 자리에서 부둥켜안고 울었다.

청인들은 실컷 울게 내버려 둔 후에 흥정을 했다. 그들은 조선에서 온 사람들이 무슨 수를 써서든지 가족을 속환해 갈 것을 알고 터무니없는 값을 불렀다. 조선인들은 속수무책이었다. 있는 것 없는 것 다 내어주고 벗어주어야 했다. 그래도 속환해 가지 못하게 되면 또다시 안고 울었다.

조선에서 출발하기 전부터 미리 경험자들에게서 청인들과 흥정하는 비법을 전수받은 사람들은 조금 달랐다. 그들은 가족을 발견하고도 무심한 듯 바라보다가 입을 벌리고 사지를 주물러 보는 등 건강을 살폈다. 그런 뒤에 오히려 몸 상한 데가 있으면 꼬투리를 잡아 값을 후려치는 것이었다.

"싼 값에 팔면 사고 안 팔겠다면 사지 않겠소. 나 아니면 누가 이런 부실한 노예를 사겠다고 하겠소?"

엄포 아닌 엄포였다. 청인들은 헐값에 노예를 넘겨주었다. 극적으로 상봉한 가족 친지는 그제서야 서로 부둥켜안고 실컷 울었다.

고려관에서 나온 사람들이 있었다. 동양위와 봉림대군의 모습이 보였다. 그들 곁으로 갔다. 봉림대군은 주먹을 으스러져라 쥐고 있었다. 나는 그에게 선절을 했다. 그는 입술을 깨물며 말했다.

"내 기필코 이 능욕을 보원하리라."

동양위가 내게 물었다.

"잘 지내고 있소?"

조선인이 청나라에 와서 어떻게 잘 지낼 수 있으랴. 그가 묻는 속뜻은 그게 아니었다. 왕부에 있으니 조선에 득이 될만한 특별한 소식이 없느냐는 물음이었다.

"조만간 찾아뵙겠습니다."

왕부에 있으면서 사람들을 치료해 주었더니 밖에까지 소문이 난 모양이었다. 환자들이 심심찮게 찾아와 예친왕을 치료한 명의를 찾는 것이었다. 도르곤의 허락 없이는 아무것도 맘대로 할 수 없었다.

"백성들을 보살피는 것은 왕부가 할 일이다. 산예칸은 의원에게 내릴 당우를 한 채 물색해 보라."

박치의는 왕부의 동문 바로 안에 있는 작은 당우를 골랐다. 왕부 사람들이 찾아와 치료를 받고 돌아가기 쉬운 곳이었다. 나만의 별채를 가지게 된 것이었다. 박치의가 물었다.

"당우의 이름을 지어보게."

다른 이름이 떠오르지 않았다. 얼른 대답했다.

"존애당으로 하겠습니다."

시장에 있는 약방거리로 갔다. 각 약방마다 펼쳐 놓은 약재가 몇 가지뿐이었다. 그것만으로는 약을 지을 수 없었다. 찾아드는 청인 환자들에게 약을 처방하지는 못하고 침만 놓기 시작했다. 북쪽 땅에 살면서 추위에 적응되었다고는 하지만 그들 대부분은 감기몸살을 앓고 있었다. 난방과 습도의 문제였다.

"기침을 하다가 목이 다 쉬었습니다."

"으슬으슬 춥고 가래가 많이 나옵니다."

"열이 나고 머리가 너무 아픕니다."

약으로 쓸 죽력을 만들려고 해도 대나무가 나지 않는 곳이라 구할 수가 없었다. 또 청폐탕에 들어가는 진피(귤껍질), 치자, 오매(덜 익은 푸른 매실을 짚불에 그을려 말린 것)도 구할 길이 없었고, 사즙고에 쓰는 배, 생강과 같은 것이 청나라에서는 하나도 나지 않았다.

쑥을 채취해 뜸쑥을 만들어 뜸을 떠주었다. 침을 놓고 뜸을 뜨는 것만으로는 아무래도 아쉬웠다. 환자를 보는 틈틈이 밖으로 나가보았다. 말을 타고 점점 멀리 나다녀도 왕부에서는 아무도 내가 도망칠 거라는 의심을 하지 않았다. 호위병 두 명이 항상 붙어 다니는 까닭이기도 했다.

동문 밖 일백 리쯤 되는 곳에 덤불이 져 있었다. 코에 익은 냄새가 났다. 말에서 내려 그 일대를 살펴보았다. 아, 그곳은 야생 도라지 밭이었다. 호위병에게 물었다.

"이게 뭔지 압니까?"

"멧돼지나 파먹는 것 아닙니까?"

그다음날 연장을 가지고 가서 도라지 뿌리를 캤다. 하나하나가 다 어린아이 팔뚝만 했다. 돌아오는 길에 개살구나무를 발견했다. 개살구도 한 자루 땄다.

벽동과 함께 도라지는 흙을 깨끗이 씻고 개살구는 주천이라는 포제법을 썼다. 끓는 물에 불려서 껍질을 벗기고 씨만 발라냈다. 그런 다음 큰 솥에 넣고 걸쭉하게 달였다. 벽동이 물었다.

"의원님, 청인들은 먹지 않는 것인데 어디에 쓰려고 그러십니까?"

"이게 다 약이 되지요."

솥물이 반으로 줄 때까지 달인 뒤에 불을 껐다. 벽동에게 물었다.

"아저씨, 여기서는 무슨 꿀을 먹습니까?"

"단밀을 최고로 치지요."

피나무 꿀을 말하는 것이었다. 드디어 감기에 좋은 약을 만들었다는 생각에 회심의 미소가 번졌다. 그 뒤로 오는 환자들에게는 도라지와 개살구를 달인 고약을 나누어 주었다. 대가는 하나도 받지 않았다.

"조금씩 꿀에 타 드십시오."

개살구와 도라지는 지천으로 널려 있었다. 그들은 그것이 기침, 가래, 천식에 좋은 약이 되는 줄 모르고 있었다. 나는 어느덧 고려신의라고 소문이 나기 시작했다. 감기 증상이 금방 호전된 환자들이 퍼뜨린 말이었다.

말을 타고 밖으로 나갈 때면 인사하는 청인들이 많아졌다. 그들은 나를 옛 명의 화타나 편작에 견주곤 했다. 속으로 큰 부담이 되었지만 그 또한 내가 무겁게 감당해야 할 몫이었다.

어떤 사람들이 모여 있었다. 가까이 다가갔다. 한 사람이 말에서 낙상한 것이었다. 얼른 말에서 내려 그를 살피려 했다. 그런데 그의 동료들이 이상한 행동을 하는 것이었다. 진흙을 개더니 낙상한 사람의 발에 두껍게 바르면서 풀 덩굴을 꼬아 감는 것이었다.

"그렇게 하는 이유가 뭡니까?"

"이렇게 해 놓으면 부러진 뼈가 다시 붙지요."

"그래요? 그런데 그렇게 해 놓고 얼마나 기다려야 합니까?"

"두어 달이면 거뜬히 낫습니다."

말을 하는 그의 얼굴에 온통 흉이 져 있었는데 자세히 보니 무언가로 꿰맨 자국이 있었다. 나는 또 물었다.

"그 얼굴은 도대체 어떻게 한 겁니까?"

"오래전에 찢어진 상처인데 그때 피가 많이 나서 바늘에 실을 꿰어 꿰맸습니다. 그런데 고름이 나서 살이 제대로 붙지 않아서 이렇게 흉하게 되고 말았습니다."

그 말에 큰 충격을 받았다. 부러진 다리에는 진흙을 바른 뒤 덩굴을 감아 고정시키고 찢어진 상처는 마치 옷을 깁듯이 바늘과 실로 꿰매다니.

"드넓은 초원에서 말을 타고 살아가려면 이 정도는 보통입니다. 늑대에게 물린 말도 이렇게 꿰매줍니다."

"말이 아파서 날뛰지는 않습니까?"

"통증을 느끼지 않게 하는 것이 있지요."

그들에게 공손히 부탁했다.

"여러분의 의술을 좀 더 깊이 알고 싶습니다. 제게 좀 가르쳐 주십시오."

해질녘까지 그곳에 머물면서 그들이 알려주는 말을 새겨들었다. 믿기지 않는 대목이 한두 군데가 아니었지만 단 한마디도 놓치지 않고 기억해 두었다.

왕부로 돌아온 뒤 실험을 해 보기로 했다. 기다리고 있자니 드디어 팔이 부러진 환자가 찾아왔다. 미리 준비한 황토와 짚을 섞어 넣고 물을 부어 갰다. 그런 뒤 부러진 팔에 황토 진흙을 바르며 면띠로 감았다. 그렇게 몇 겹을 해 놓고는 마지막으로 면띠만 여러 번 둘러 황토가 떨어져 나오지 않도록 했다.

"다 마를 때까지 가만히 있어야 합니다. 두 달 뒤에 오십시오."

과연 그는 시키는 대로 두 달쯤 뒤에 다시 찾아왔다. 그의 팔에 감아놓았던 면띠를 풀고 굳은 황토를 떼어냈다. 그런 뒤에 그의 팔을 살살 만져보았다. 그는 아무 통증도 느끼지 않았다. 뼈가 온전히 붙은 것이었다. 흥분을 감출 수 없었다. 부목을 대는 것보다 훨씬 효험이 있는 방법이었다. 아, 깊은 오지에 사는 사람들이 어떻게 그런 방법을 알게 되었는지 모를 일이었다.

그다음은 찢어진 상처를 꿰매는 수술을 한번 해보고 싶었다. 지난날 백화산 저승골에서 천수인도 고안해 내지 못한 방법이 아닌가. 아무리 생각해도 신기하기만 했다.

"사람의 살갗을 옷이나 이불을 깁듯이 기운다? 그것 참."

대머리를 어찌하랴

1

죽은 돼지의 가죽을 칼로 가른 뒤에 바늘과 실로 꿰매보았다. 바늘이 곧아서 쓰기에 불편했다. 그리고 손의 힘으로 기우려니 힘들었다. 바늘을 구부려 보려다가 부러뜨리고 말았다. 손 말고 바늘을 잡을 것이 필요했다. 대장간에서 쓰는 방울집게를 떠올렸다. 쇠를 잡고 두드릴 때 쓰는 것이었다.

시장으로 가 도침전에 들렀다.

"아, 고려신의 대인 아니십니까? 어서 오십시오."

"부탁이 있어서 찾아왔소. 혹시 굽은 바늘을 좀 만들어 줄 수 있소?"

나는 종이에 그린 것을 내보였다. 반달 모양으로 굽은 바늘을 본 그는 고개를 갸우뚱하더니 말했다.

"신의 대인 부탁이니 만들어보겠습니다."

그다음은 대장간으로 갔다. 마침 대장장이는 방울집게로 쇠를 집어 두들기고 있었다. 그는 나를 보더니 매질을 멈추었다.

"신의 대인. 나오셨습니까?"

"가위 모양의 집게를 만들어 줄 수 있겠소? 그 방울집게와 비슷하게 생긴 것이오만."

그에게도 그림을 보여주었다. 그는 웃으며 말했다.

"어느 분의 분부라고 못 만들겠습니까? 당장 만들어 드리지요."

"그럴 건 없고 나중에 찾으러 오겠소. 잘 좀 부탁하오."

예친왕부에 설치해 놓은 존애당으로 와서 여러 가지 병증을 치료받는 사람들이 많이 늘어났다. 왕부 동문 밖에는 매일같이 이른 새벽부터 긴 줄이 섰다. 차츰 의술에 눈을 뜬 청나라 사람들은 약재가 중요함을 깨닫기 시작했다.

만병통치약으로 알았던 인삼 외에도 여러 가지 약재를 조선에서 수입해 오는 청상이 늘었다. 그들은 주로 압록강 어귀에 있는 국경도시 단둥에서 조선의 만상(의주 상인)과 거래를 했다. 나는 청상에게 예친왕부에서 구입할 것이라고 하면서 필요한 약재를 부탁했다. 그리고 조선에서는 나지 않는 지황, 용뇌, 감초, 침향, 사향, 계피, 육두구, 감수, 부용향, 백단, 정향, 팔각, 소합유와 같은 당약재도 수입해 올 것을 주문했다.

청상은 당상과 직거래를 할 수 없었다. 그 중간에 만상이 있었다. 만상은 삼각무역을 통해 큰 이익을 남겼다. 그 때문에 청나라 성경에서 팔리는 명나라 약재는 비쌀 수밖에 없었다.

그런 어느 날, 청나라로 오는 조선의 사신이 타고 있던 가마 안에서 몰래 숨겨둔 여러 가지 약재가 발견되었다. 약재 외에도 남초가 10근이나 있었다.

그런데 압수된 것은 불태워지지 않고 뒤로 빼돌려져 청나라 국경을 수비하고 있던 총책임자 아지거에게 상납되었다. 영군왕 아지거는 여덟 번째로 왕의 작위를 받아 팔왕이라 불리고 있었는데 예친왕 도르곤의 친형이었지만 세력은 그에 미치지 못했다. 그리하여 자신의 세력을 확장하기 위해 수단과 방법을 가리지 않고 재물을 끌어모으고 있었다. 상납 받은 밀수품을 암시장에 내다팔아 큰 이익을 맛본 아지거는 더 큰 욕심을 냈다.

청나라 사람들은 조선을 통해 들어온 담배를 몹시 좋아해 연다(연기 나는 차)니 연주(연기 나는 술)니 하는 은어로 부르며 은으로 만든 담뱃대와 담배통을 항상 가지고 다녔다. 그런데 담배는 오래 피우면 피울수록 해로움만 있고 이로움은 없는 기호품이었다. 하지만 중독이 되어 끊으려고 해도 끝내 끊지 못해 몸을 상하게 하고 재물만 소모시켰다. 청 황제 홍타이지는 그러한 담배의 해악을 꿰뚫어 보고 요망스러운 풀이라고 말하며 엄격히 금지시켰다.

사람은 하고 싶은 것을 금지시키면 안달이 나서 더 하고 싶은 법이었다. 청나라 수도 성경의 담배 값은 끝 모르고 치솟았다. 선금을 주어도 구할 길이 없었다. 오직 고려관에서만 담배가 넘쳐나 마음대로 피울 수 있었다. 고려관이 조선에서 조달하는 물건은 아무런 검색 없이 국경을 통과하는데 담배도 마찬가지였기 때문이다. 그리하여 청인들은 오직 담배를 피울 한 가지 목적으로 고려관에 연줄을 대어 드나들었다. 고려관에서는 몰려드는 손님들을 치러내느라 별도로 끽연실을 만들어 두기까지 했다.

아지거는 집사 초코를 시켜 고려관의 사정을 정탐하게 했다. 그리하여 조선에서 고려관으로 조달되는 물건은 모두 고려관의 안살림을 사는 세자빈 강씨의 손을 거친다는 사실을 알게 되었다. 아지거는 고려관으로 많은 선물을 보냈다.

"팔왕야께서 고려관에 이토록 관심을 가지고 계실 줄은 몰랐소."

"앞으로 빈궁마마와 큰일을 함께 하자고 하셨습니다."

"큰일이라니?"

초코는 아지거가 시킨 일을 아뢰었다. 고려관과 팔왕부가 서로 밀거래를 하자는 말이었다. 그때까지만 해도 조선에서 고려관으로 가져온 물건은 단 하나도 시중에 내다팔지 못하고 있었다. 오직 고려관에서만 써야 하는 것이 국법이었다. 그 때문에 불필요한 것은 넘치고 꼭 필요한 것은 아쉬운 실정이었다.

듣고 난 세자빈 강씨는 구미가 썩 당겼다. 밀거래의 위험성을 모르는 바 아니었다. 아지거와 내통한 것을 알게 되면 홍타이지나 도르곤으로부터 무슨 날벼락이 떨어질지 모를 일이었다. 그것은 아지거도 마찬가지일 것이었다. 아무리 도르곤의 위세가 하늘을 찌른다 할지라도 아지거는 어디까지나 그의 형이었다. 만약 사세가 바뀌어 아지거가 실권을 잡는다면 그런 호기는 없을 것으로 믿었다. 세자빈 강씨는 마침내 결단했다.

"팔왕야께서 보내신 선물을 받기만 할 수는 없지 않겠소?"

세자빈 강씨는 초코에게 가늘게 썰어 묶은 남초 100근과 담뱃대 100자루를 내주었다. 초코가 가지고 온 것을 본 아지거는 크게 흡족했다. 드디어 거래를 텄다는 생각을 한 것이었다. 그다음부터는 일이 빨리 진행되었다. 팔왕부가 목록을 적고 은자를 보내면 고려관에서는 그 목록에 맞게 물건을 내주었다.

남초 200근, 부채 300자루, 화문석 10장, 은장도 100자루, 표피 10장, 수달피 20장, 종이 100권, 인삼 100채, 청심환 50냥, 경옥고 50냥, 죽력 한 되, 홍시 1,000개, 곶감 1,000개, 배 1,000개, 생강

300근…….

한 번에 많은 양을 내주면 사람들의 이목을 끌까 봐 조금씩 등짐으로 저다 나르게 했다. 주문이 들어온 날로부터 고려관에서 팔왕부로 날라주는 데만 열흘이 걸렸다. 아지거는 고려관과 밀거래를 트고 나서부터 적지 않은 재물을 차곡차곡 모아 나갔다.

아지거의 시녀 연이가 말했다.

"그렇게 남초를 비싼 값에 사 오느니 아예 남초의 종자를 구하지 그러시옵니까? 종자만 있으면 재배할 수 있지 않겠습니까?"

"그래? 허허헛, 내가 여태 왜 그 생각을 못했던고?"

"역시 우리 연이는 영특하구나."

아지거는 슬며시 남초의 종자를 부탁했다. 하지만 세자빈은 좋은 말로 거절했다.

"조선의 국법이 엄금하고 있어 종자만은 고려관에서도 들여올 수 없습니다."

가지고 올 수 없는 것이 아니라 종자는 내줄 수 없는 물건이었다. 청나라에서 남초가 재배된다면 세자빈이 아지거를 상대로 힘을 쓸 빌미가 아무것도 없어지게 되는 것이었다.

연이가 고려관에서 짐을 지고 온 사람에게 물었다.

"고려관에는 조선에서 온 의원들이 많습니까?"

"몇 명 안 됩니다만 왜 그러시는지요?"

"찾는 사람이 있어서요. 상주 존애원 원임 어른도 성경에 끌려오셨다는데 소식을 모르고 있습니다."

"존애원이라고요? 그거랑 비슷한 곳이 있는데 존애당이라고."

"그래요? 그 존애당이 뭘 하는 곳이며 어디에 있습니까?"

"조선에서 온 고려신의라는 분이 예친왕부에서 백성들을 무료로 치료해 주고 있습니다."

연이의 얼굴이 확 밝아졌다. 그녀는 틀림없다고 확신했다.

"존애당과 고려신의라……."

박치의가 존애당을 찾았다.

"팔왕이 병이 났다고 하네. 자네가 팔왕부로 가서 치료를 해줄 수 없겠는가?"

아지거는 도르곤과 물밑에서 세력 다툼을 하고 있는 사람이라 그의 왕부에 가는 것이 망설여졌다. 박치의가 말했다.

"이번 기회에 가서 팔왕부의 사정을 좀 살펴보고 오게."

가마에 타고 호위병들과 함께 팔왕부로 갔다. 그런데 아지거의 병은 별것 아니었다. 속으로 그가 왜 꾀병을 부렸을까 하는 의문이 들었다. 그의 집사 초코가 나를 으슥한 건물로 안내했다. 그가 시키는 대로 방 안에서 기다리고 있자니 한 여인이 들어왔다. 그녀는 나를 보더니 반가움에 어쩔 줄 몰라 했다.

"원임 어른, 소녀를 모르시겠습니까?"

원임 어른이라니? 그녀를 다시 쳐다봤다. 아, 그런데 이게 누구인가. 연이였다. 어린 여자아이로만 기억되던 것이 어느새 요조한 처자가 되어 있었다.

"연이야, 네가 여기엔 어떻게?"

연이는 그간의 곡절을 들려주었다. 나는 눈시울을 붉혔다. 연이는 편지를 한 통 꺼내놓았다.

"어의녀님이 원임 어른께 쓴 것입니다. 원임 어른이 명의시니까 청나라에 가서도 어떤 식으로든 살아계실 거라고 하셨지요. 과연 어의녀님 말씀이 틀림없습니다."

편지를 읽었다. 약초를 팔아 속환 값을 모으고 있다니, 연이가 나를 찾기 위해 청나라 시녀를 자원했다니……. 붉어져 있던 눈시울로 눈물이 쏟아져 나왔다. 엉엉 소리 내어 울지 못하는 것이 한스러웠다. 가까스로 눈물을 삼키며 참고 또 참았다. 살아서 돌아가야 할 이유가 생겼다. 나를 애타게 기다리는 사람이 있는 것이었다.

"원임 어른, 부디 일신을 잘 보전하옵소서."

"너는 도대체 어쩌려고 시녀를 자원했단 말이냐."

"어의녀님과 원임 어른께 은혜를 갚을 길이 생겼는데 제가 어찌 기쁘지 않겠습니까? 제 걱정은 마십시오."

아지거는 내게 양가죽으로 만든 윗도리 한 벌과 여우가죽으로 만든 청나라 치마 한 벌을 내렸다.

"왕야, 저는 아무것도 한 일이 없사옵니다."

받지 않으려고 하자 그가 말했다.

"받지 않으면 나를 무시하는 것이다. 그리고 시녀가 마침 의원과 같은 고향 사람이니 자주 들르도록 하라."

아지거의 말은 나를 배려하는 것이라기보다 나를 통해 예친왕부의 정보를 얻으려는 속셈이었다. 나는 그에게 받은 것을 연이에게 주었다. 연이는 잠시 망설이다가 받아들며 말했다.

"어의녀님께 원임 어른의 소식을 전하겠습니다. 편지 한 통을 써 주십시오."

"네가 무슨 재주로 머나먼 조선 땅에 편지를 보낸단 말이냐?"

"그건 제가 알아서 하겠습니다."

"만약 백화산에 소식을 전할 수 있다면 네가 본 대로 들은 대로 전하면 된다. 그리고 내가 언젠가는 꼭 그곳으로 돌아갈 것이다."

예친왕부로 돌아와 박치의에게 팔왕부에 갔던 일을 말해주었다. 박치의가 물었다.

"도찰원에서 팔왕야가 밀매를 하고 있다는 첩보를 입수했다던데 뭐 이상한 낌새는 없던가?"

"특별한 것은 보지도 듣지도 못했습니다."

"그런데 남초는 대체 어떤 효험이 있는가? 다들 남초에 미쳐 있는 것만 같네."

"남초의 말린 잎과 줄기를 잘게 썰어 대통에 담고 태워서 그 연기를 들이마시는 것인데 맛이 쓰고 맵습니다. 일설에는 가래를 가라앉히고 소화를 잘 되게 한다는데 그건 낭설일 뿐입니다. 오래 피우면 오장육부를 손상시키는데 특히 폐와 위장과 간을 상하게 하고 눈을 어둡게 합니다."

"그렇다면 백성에게 그걸 공급하는 사람이 있다면 큰 죄로 다스릴 수 있겠군?"

갑자기 섬뜩함을 느꼈다. 도르곤이 도찰원 도어사 잉굴다이를 통해 자신의 친형 아지거를 제거할 명분을 쌓아가고 있는 것은 아닌가 하는 생각이 들어서였다.

도르곤의 왕부, 아지거의 왕부, 그리고 고려관. 묘하게도 세 기관 사이에 낀 몸이 되었다. 그들은 서로 나를 통해 다른 기관의 정보를 얻으려 했다. 보고 들은 것이 없지 않았지만 정보가 될 만한 것은 그 어떤 것도 발설하지 않았다. 그것이 일신을 온전하게 보전하는 길이라고 믿었다.

청 황제 홍타이지가 도르곤과 아지거를 비롯한 여러 동생들을 앞세워 명나라 서북쪽의 영토를 공략했다. 그 출정에는 고려관에 있던 세자도 종군했다. 그 결과 36성을 함락시키고 6성으로부터는 투항을 받아냈으며 명군과 명나라 백성 12만 명을 사로잡아 성경으로 개

선했다.

　마푸타는 그 공훈으로 호부상서에 올랐고 잉굴다이는 팔기군 중에서 정백기의 구사이 어전을 겸하게 되었다. 그리하여 그들을 심복으로 두고 있는 도르곤의 권력이 한층 더 견고해졌다. 그런데 호부상서 마푸타가 관직에서 업무를 처리하던 중 급사하고 말았다. 권력의 굄돌 하나가 빠져버린 것이었다. 도르곤과 잉굴다이는 아끼는 부하의 죽음을 깊이 애도했다.

　홍타이지의 출정에 종군했다가 고려관으로 돌아온 세자는 오랜 시일 동안 야전에서의 생활로 병이 나 누웠다. 설상가상으로 고려관에 불이 나 서연청이 전소되는 등 막대한 피해를 입었다. 세자빈 강씨는 그간 아지거와의 밀거래로 벌어들인 재물로 고려관을 복구했다. 그 수완을 본 사람들은 다 강씨의 여장부다운 면모를 칭송했다.

　다만 한 사람 봉림대군만이 형수를 못마땅해 했다. 천한 것들이 국법을 어기면서 자행하는 밀거래라는 것을 일국의 세자빈이 일삼는 것은 있을 수 없다고 생각해온 것이었다. 강씨는 고려관이 처한 현실을 잘 알고 부득이한 처세를 해 왔지만 봉림대군에게는 어디까지나 왕실의 위엄과 체면이 중요했다.

　세자의 환후를 내가 살핀다는 것은 고려관 약방의 의관들을 기분 나쁘게 하는 일이었다. 그들은 의술이 미미한 청나라에서 자신들의 의술에 지대한 자부심을 가지고 있는 사람들이었다. 그런데 내가 예친왕부에 의국 존애당을 개설하여 고려신의라는 소리를 듣고 있는 것을 알고는 몹시 가소롭게 여겼다.

　그들과 마찰을 일으켜 시끄러운 소리가 나는 것을 회피하기 위해 세자를 진맥하는 일은 약방 의관들에게 미루었다. 세자방에서 나와 봉림대군의 방을 찾았다. 그는 무언가를 쓰고 있었다. 내가 들어가자 쓴 것을 보여주었다.

푸른 강에 비 듣는 소리 그 무엇이 우습기에
만산홍록이 몸 흔들며 웃는구나
두어라 춘풍이 몇 날이리 웃을 대로 웃어라.

조선의 왕자로서 오랑캐 나라에 볼모로 끌려와 있는 스스로의 신
세를 한탄하는 시였다. 또 세상의 조롱거리가 된 것을 자포자기하는
심정이 역력히 드러나 있었다.

"대구를 지어보겠는가?"

"소인이 어찌 감히⋯⋯."

동양위도 권했다.

"알고 보면 어려운 자리가 아닐세. 사양치 말게."

내가 종친이라는 것을 말했나 싶었다. 동양위는 눈을 찡긋해 보였
다. 싱겁고 짓궂은 사람이었다. 다행히도 봉림대군은 동양위의 말을
깊이 새겨듣지 않았다.

봉림대군은 시립해 있는 내관에게 하령했다.

"의원에게 지필묵을 가져다 주거라."

붓을 집어 들어 먹물을 찍고는 벼루의 가장자리에 붓나올을 고르
며 잠시 생각했다. 그런 뒤에 천천히 써 내렸다.

인간사 변치 않는 상황은 없다는 것
절망 다음엔 포기가 아니라 견뎌낼 일
인내의 끝에서조차 견디고 또 견디고.

"소인이 늘 가슴에 품고 있는 글귀이옵니다."

봉림대군은 내가 쓴 시를 한참 동안 바라보았다. 그러더니 내관에게 일렀다.

"이 시는 저 벽에 잘 붙여두거라."

"예, 대군 나리."

봉림대군이 내게 물었다.

"예친왕부에서 고려신의라 불리고 있다고 들었네. 과연 그러한가?"

"황공하옵니다, 대군 나리. 그저 청인들이 아무것도 몰라서 그렇게 부르는 것이옵니다."

"그들도 보고 듣고 체험한 바가 있어서 그런 것이겠지."

그는 잠시 망설이다가 말했다.

"내 병도 좀 봐줄 수 있겠는가?"

"어인?"

의아한 생각이 들어 잠깐 고개를 드는 사이에 봉림대군은 머리에 쓴 관을 벗었다. 그러고는 양쪽 귀 위에 손을 대고 탕건을 밀어 올렸다. 나는 마치 못 볼 것이라도 본 것처럼 황망하여 얼른 고개를 숙였다. 동양위가 말했다.

"그럴 것 없네. 대군 나리를 자세히 좀 보게."

다시 고개를 들었다.

세상에 이럴 수가? 봉림대군의 상투머리는 가채였다. 아, 그는 대머리였던 것이다.

"머리가 다 빠지더니 새로 나지 않은 지 꽤 되었네. 그대의 신령스러운 의술로 내 머리를 나게 할 수 있겠는가?"

대답을 하지 못했다. 봉림대군은 거듭 물었다.

"빠진 머리를 다시 나게 하는 의술은 없는가?"

2

백화산 산촌에 사는 사람들은 다 제각각 주어진 몫이 있었다. 사빈을 비롯한 남정들은 약초를 캐 와야 했고 아낙들은 그것을 포제를 하는 것이었다. 애종은 어린 여자아이들에게 약재 공부를 시켰다.

한 움막에서는 아낙들이 술을 이용해 약재를 만들고 있었다. 애종은 아이들에게 설명해 주었다.

"술로써 약재를 포제하는 방법에는 약재를 술에 씻는 주세, 술에 재어 두었다가 솥에 찌는 주증, 술에 불려서 누런 색깔이 감돌도록 볶는 주초, 술이 약재의 속까지 잘 배도록 술에 푹 담가두었다가 꾸덕꾸덕한 정도로 말려서 쓰는 주침, 그리고 술에 담갔다가 푹 삶는 주돈제 등이 있다. 이렇게 하는 이유는 약재에 있는 불필요한 성질을 다스리고 필요한 약성만 사람의 상반신으로 잘 퍼져 올라가도록 하기 위한 것이다."

애종은 그 옆집으로 갔다.

"여기는 식초를 이용해 약재를 가공하는 곳이다. 약재를 식초에 불려서 볶는 초자, 돌이나 쇠 성분의 약재는 벌겋게 달군 뒤에 식초에 담그는 초쉬와 같은 방법이 있다. 이렇게 하면 간에 병이 난 경우에 효험이 좋게 된다."

또 다른 집에 들렀다.

"여기는 소금을 써서 만드는구나. 약재를 소금물에 넣고 삶는 포제법을 염수자라고 하는데 그렇게 하면 약성이 신장이나 다리 쪽에 효험을 잘 발휘해 굳은 것을 풀어주는 경우가 많다. 향부자와 같은 약재를 주로 소금으로 포제한다."

밖으로 나온 애종은 그 자리에 멈추었다. 아이들이 둘러섰다.

"이밖에 탕포는 약재를 끓는 물에 잠깐 데치는 방법이고, 밀초는 약재를 꿀물에 재어 두었다가 볶아내는 방법이다. 또 강즙구는 약재를 생강즙에 담가 두었다가 볶는 것을 말함이고, 황토수초는 약재를 진흙물에 담갔다가 꺼내서 볶는 포제법이다."

여자아이들의 눈이 초롱초롱했다.

"또 동변제라고 하여 12세가 안 된 사내아이의 소변으로 포제를 하는 방법도 있다. 약성이 사람 몸의 하반신으로 내려가게 할 때 쓴다."

아이들이 까르르 웃었다. 애종은 걸음을 옮겼다. 아낙이 하지 못하는 일을 남정 하나가 거들어 주고 있었다. 커다란 자라의 피를 내어 약재에 바르고 있는 것이었다.

"약재에 갓 잡은 자라의 피를 골고루 발라서 약한 불에서 천천히 덖어내는 것을 별혈자라고 하고, 약한 불에 잘 볶는 것을 별혈초라고 한다. 이렇게 하면 시호와 같은 약재는 그 보하는 약성이 배가된다."

애종은 걸으면서 말했다.

"수비란 약재를 불에 달구었다가 물에 넣기를 반복한 뒤 아주 곱게 갈아서 만드는 것인데 뼈에 좋은 산골과 같은 약재를 그렇게 만든다. 철과단은 백반과 같은 광물 약재를 가마에 넣고 달구어 수분을 날려 보내는 포제법인데 그렇게 하면 새살을 돋아나게 하는 효험을 더 크게 볼 수 있다."

아낙 한 사람이 커다란 칼을 들고 사슴의 뿔을 얇게 발라내고 있었다.

"저건 방제라고 한다. 저 칼을 방도라고 하는데 녹용과 같이 단단하고 딱딱한 약재를 얇게 깎기 위해 특별히 만든 것이다."

한참을 돌고 난 뒤에 마지막 집에 이르렀다.

"여기는 사토탕을 하고 있구나. 솥에 모래를 넣고 먼저 뜨겁게 달구어서 그 위에 천산갑과 같은 약재를 넣어서 겉만 살짝 튀겨서 약성을 발휘하게 하는 포제법이다."

애종은 처소로 돌아와 아이들에게 말했다.

"모든 약재는 그마다 포제법이 있다. 땅에서 약초를 캤다고 해서 그대로 다 약재가 되는 것은 아니라는 말이다. 예를 들어 사약에 쓰는 약은 다 독약재다. 그 독약재를 검은콩과 감초를 이용해 포제를 하면 독성을 다스릴 수 있다. 모든 약초에는 독이 있다. 산에서 무턱대고 약초를 캐서 먹는다면 자칫 잘못해 몸이 상하기도 하고 심지어는 죽을 수도 있다. 사람을 건강하게 하고자 한다면, 더 나아가 사람의 병을 고치고자 한다면 그 무엇보다 약재마다 각각 알맞게 적용되는 포제법을 잘 알고 있어야 한다. 알겠느냐?"

아이들은 한입으로 대답했다.

"예, 어의녀님."

약재상 경설이 힘겹게 올라왔다. 그의 뒤에는 젊은 새 약재상과 짐꾼들이 있었다. 그는 지팡이를 놓고 툇마루에 걸터앉았다.

"아이고, 힘들어. 이제는 더 못 다니겠구나."

"그간 많이 다니셨으니 이제 좀 쉬실 때도 되었습니다."

애종은 사발 가득 샘물을 떠 내놓았다. 두 사람은 단숨에 벌컥벌컥 들이켰다.

"어, 시원하다. 허허. 예전 약할미 오두막이 이젠 성시가 되었구나."

"별 말씀을요. 그저 몇 사람 모여 살 뿐입니다."

"몇 사람? 어림잡아 백 명도 넘겠는걸?"

애종은 그간 포제해 놓은 약재를 내놓았다. 포제를 해서 팔면 단순히 말려서 파는 것보다 더 많은 값을 받을 수 있었다. 그동안 약재를 잘 포제한 까닭에 이제는 상주 백화산 약재라고 이름만 대면 알아줄 정도가 되었다.

경설이 젊은 약재상에게 살펴보게 했다. 그는 눈으로도 보고 집어 들어 냄새도 맡아보았다.

"다 상품입니다."

"어련하겠느냐. 어서 약재 값을 치르거라. 장사꾼은 손이 작아서는 안 된다."

경설이 일어섰다. 애종은 고마워했다.

"대행수 어르신 덕분에 이 산촌이 올 겨울은 잘 나겠습니다."

"그게 어디 내 덕인가? 약재마다 포제가 다 잘 되어서 그런 거지. 그런데 그 사람 소식은 없던가?"

"원임 어른도 연이도 다 소식이 없습니다."

경설은 먼 북녘 하늘을 바라보았다.

"하긴 거기가 어디라고. 자, 나는 이만 가네."

"어르신, 살펴 가십시오."

산촌이 워낙 깊어 낯선 사람이 찾아드는 경우가 드물었다. 또 낯선 사람이 찾아오면 경계부터 했다. 양가죽 윗도리를 입은 사람이 찾아들었다. 남정들은 잔뜩 굳은 얼굴로 그를 둘러쌌다.

"소인은 심부름을 온 사람입니다. 여기가 어의녀를 지내신 분이 사시는 곳이 맞습니까?"

뒤늦게 나타난 애종이 말했다.

"그렇습니다만?"

그는 편지와 은자 10냥을 내놓았다.

"편지를 읽어보시면 알 것입니다."

놀랍게도 편지는 연이가 보낸 것이었다. 애종은 믿을 수 없어 편지를 읽고 또 읽어보았다. 쓴 날짜를 보니 석 달 전이었다. 은자는 연이가 생길 때마다 한 푼 두 푼 모은 것이었다. 사빈에게 편지를 주었다. 그도 읽기를 거듭했다. 사빈의 얼굴이 상기되었다. 두 사람은 이역만리에 있는 다른 두 사람이 다 살아있음에 감격했다. 애종은 뜨거워진 눈시울을 닦은 뒤 물었다.

"원임 어른과 연이를 직접 만나보았습니까?"

"청상이 단둥에서 주는 것을 받아서 전해드리는 것입니다."

"심부름 값은 얼마나 드려야 합니까?"

"선금으로 많이 받았습니다. 아무것도 안 주셔도 됩니다."

"그래도 그러면 되나……."

애종이 뭘 어떻게 심부름 값을 쳐 줘야 하나 하고 망설이고 있는데 그가 말했다.

"소인은 만상입니다. 신용을 목숨보다 중하게 여기지요. 편지 심부름을 온 김에 이곳 백화산 약재를 좀 사 갈까 합니다."

"약재는 이미 며칠 전에 다 내어주었습니다."

"그러면 할 수 없군요. 상주에 온 김에 곶감을 사 가야겠습니다. 청인들이 곶감이라면 아주 환장을 합니다. 두고두고 먹을 수 있는 불로장수의 과실로 여기고 있습지요."

"그건 왜 그렇습니까?"

"곶감이 겉은 흰 분이 나 희지만 속은 검지 않습니까? 그런 곶감을 먹으면 사람도 겉은 머리가 세서 늙지만 속은 검은머리 나듯이 젊어진다고 생각해서지요."

"혹시 제가 편지를 써 드리면 청국에 있는 분들에게 전해줄 수 있습니까?"

"저야 단둥까지는 가겠지만 그 뒤에 청상이 받아서 전해줄 지는 모르겠습니다."

"어쨌든 써 드리기는 하겠습니다. 잠시만 기다려 주십시오."

만상을 보내고 난 뒤에 산촌은 술렁이는 분위기였다. 경설 일행에게 약재도 잘 팔았고 뜻하지 않게 나와 연이의 소식도 들었기 때문이다.

"촌장님, 좋은 일이 이어졌으니 한바탕 잔치를 펼치는 것이 어떻겠습니까?"

애종은 천지신명과 산신께 감사를 드리는 재를 지냈다. 이어서 산촌의 한가운데에 있는 너른 공터에 불을 피워 놓고 둘러앉아 잔치판을 벌였다. 부어라 마셔라 하는 가운데 분위기가 무르익자 남정과 아낙들이 어울려 춤을 추었다.

"촌장님도 한 사위 추시어요."

애종도 끌려나왔다. 걸음을 옮기며 팔을 흔들었다. 애종의 춤사위가 점점 달아올랐다. 사람들은 물러나 주었다. 어느새 혼자 남아 춤을 추고 있었다. 애종의 얼굴에는 기쁨의 눈물이 흘러내렸다. 나와 연이가 이역만리 먼 땅에서 무사히 살아있음에 무한한 감사를 드리는 춤이었다. 하늘에는 둥근 달이 떠 있었다. 북소리와 함께 산촌의 열기는 뜨거워지고 밤은 점점 깊어갔다.

"둥둥둥……."

경설은 백화산 말고도 웅이산, 백학산 등지에 있는 산촌을 찾아다니며 약재를 끌어 모았다. 남촌의 중심지인 청리로 내려왔다. 약뱅이들은 오래 묵어 폐허가 되어 있었다. 경설은 그냥 지나칠까 하다가 존애원에 들렀다. 쇠락하기는 잡초로 우거진 약뱅이들에 못지않았다. 경설이 하룻밤 자고 가기를 청했지만 보기 좋게 거절당하고 말았다. 그는 돌아서며 혀를 찼다.

"쯧쯧, 그 좋은 뜻을 표방했던 의국이 반백년도 못 가서 이렇게 되어버렸구나."

계원들은 걸핏하면 존애원으로 곡식을 빌리러 왔다. 그것을 안 남촌 고을 사람들이 다 찾아와 손을 내밀었다. 어차피 굶주린 백성들을 구휼하려고 세운 의국이 아니냐는 것이었다. 그런 항변에 계원들은 할 말이 없었다. 존애원의 재물은 더해지는 것 없이 날이 갈수록 줄어들기만 해 거의 고갈 상태에 이르렀다. 빌려가는 사람은 많았지만 한톨이라도 갚는 것이 없었다. 그러고도 다들 뻔뻔하게 나 몰라라 하는 상황이었다.

낙사계 계장 이원규, 유사 이신규 그리고 강용후, 정도응 등이 모여서 고심했다.

"이러다가는 의국이 파산하고 말겠네. 더 늦기 전에 관아에 가서 도움을 청하는 것이 어떻겠는가?"

"그러려면 먼저 체화당에 여쭈어봐야 되지 않겠습니까?"

"그게 좋겠네. 우리끼리 마음대로 했다간 나중에 어떤 불호령이 떨어질지 모르네."

그들은 체화당으로 갔다. 이전의 좌우에는 벗들이 앉아 있었다. 부제학을 지내고 낙향한 전식과 산양현 근암서당의 산장으로 있는 고인계였다. 그들은 오랜 친구로서 서로 허물없이 방담을 나누고 있었다.

이원규가 조심스럽게 말을 꺼냈다. 다 듣고 난 이전은 벗들이 있는 것도 아랑곳하지 않고 한심스럽다는 듯이 젊은 계원들을 쳐다보았다.

"자네들은 애초에 우리가 의국을 세운 뜻이 무엇인 줄 아는가? 지난 왜란이 끝난 뒤에 사대부라는 우리가 고을에서 하는 일 없이 헛기침만 하고 앉아 있는 것이 백성들 보기 부끄러워서였네. 그래서 13가

문의 24인이 좋은 뜻에서 각자 자발적으로 재물을 낸 것일세.

그런데 운영을 미숙하게 한 잘못은 돌아보지 않고 의국의 재물이 결손났다고 해서 무턱대고 관아로 달려가 보조금을 내놓으라고 한다면 애초에 의국을 설립한 뜻만 크게 손상될 뿐 무슨 떳떳한 명분이 있겠는가?

또 보조금이라는 것은 다 백성이 공납한 조세인데 우리는 상주에 대대로 살아온 세족으로서 백성들에게 우리의 것을 베풀지는 못할망정 오히려 그들의 것을 받아서야 되겠는가. 그러고도 우리가 어찌 선비라고 자부할 수 있겠나?"

다들 고개를 숙이고 있었다. 강용후가 말했다.

"세상이 변하고 상황이 달라졌습니다."

이전은 또 담담히 말했다.

"아무리 세월이 흐르고 시절이 달라져도 의국을 설립한 뜻을 훼손해서는 안 되네. 그것은 의국이 없어지는 것만 못한 일이 되네. 우리는 오직 우리의 것을 백성에게 베풀어야 할 사람들일 뿐 관아의 것을 받아서, 또 남의 것을 받아서 자네들의 낯을 세울 생각은 추호도 하지 말게. 이 점을 절대로 잊지 말고 자자손손 존심애물의 참뜻을 전해야 하네. 그렇지 않고 조금이라도 딴 마음을 지어먹는 순간 자네들은 존애원을 이끌어갈 자질이 없는 사람들이 되네. 다들 알겠는가?"

그들은 체화당에서 물러나왔다. 어떻게 할 방법이 없었다. 긴 가뭄이 이어졌다. 초여름에 접어들자 낙동강의 물줄기가 끊어졌다. 영남의 젖줄인 낙동강의 강물이 말라버린 것은 처음 겪는 일이었다.

존애원을 처음 설립할 당시에는 출연된 재물이 곡식 일백여 석을 헤아렸다. 그것을 밑천으로 약재를 매매하여 차차 불려서 가장 번창했을 때에는 2천 석이 넘었다. 그런데 이제 남은 것이라고는 전답 두어 마지기뿐이었다.

"기성(이원규의 관자) 형님, 곡식을 빌려가서 갚지 않고 있는 계원들에게 제가 편지를 한 통 쓰겠습니다."

"갚을 형편이 되는데도 안 갚고 있겠는가? 그들도 다 나름대로 사정이 있겠지."

"아무리 그래도 기한을 연기해 온 것이 벌써 몇 번째입니까? 더 늦춘다면 감당할 길이 없습니다."

이신규가 계원들에게 독촉장을 써서 보냈다.

낙사계 계원 여러분에게 드리는 글

본 고을에 있는 의국은 그 유래가 오래 되었지만 최근 십여 년 사이에 재물이 탕진된 것이 형언할 수 없는 지경에 이르렀습니다. 이자를 받고 곡식을 꾸어주던 일이 소홀해지는 즈음에 약탕관과 여러 가지 제약기구도 다 철거되었으니 당초에 고을 달사(뛰어난 선비)들이 의국을 설치한 뜻이 조금도 남지 않게 되었습니다.

이는 실로 가슴이 아프고 답답한 일이 아닐 수 없습니다. 이 의국은 공공물로서 막중한 곳이 아닙니까? 근래에 사람들이 오로지 받아먹을 줄만 알고 깊을 생각을 아니하여 체납이 적체되어 계속 쌓이기만 합니다. 해마다 이와 같아서 한 계원의 부채가 많은 이는 일백여 석에 이르고 적다고 해도 수십 석이니 염치가 없고도 도리를 외면하는 것이 너무 심하지 않습니까? 계령에 따른 처벌은 고사하고라도 심히 양심에 부끄러운 일일 것입니다.

만약 그 빌려간 수량대로 일체를 즉시 납부하라고 한다면 형편이 닿지 않는 사람이 대부분일 것이니 오늘 이후로 본색(원금)만이라도 약간 석이나마 진심으로 마련하여 갚는다면 어찌 서로 다 같이 선처

할 도리가 없겠습니까?

　혹시라도 계장과 유사의 이와 같은 뜻을 계원들이 여전히 경시하여 빌려간 곡식을 갚을 생각을 하지 않는다면 부득이 계령에 따른 벌로써 출계(계에서 내쫓아 계원의 자격을 상실시킴)를 시키고 관아에 고발할 수밖에 없으니 이는 계의 존속을 위해 지극히 당연한 일이라 하겠습니다. 이와 같은 뜻을 모든 계원들께 고지하건대 모쪼록 깊이 잘 생각하여 시급히 납부하기를 간곡히 부탁드리는 바입니다.

　거듭된 변란, 지속되는 기근, 창궐하는 돌림병, 그리고 청나라가 과도하게 요구하는 공물을 부담하느라 모든 백성들이 힘겨워하는 때였다. 갚을 능력이 있는데도 구차한 핑계로 차일피일 미루는 계원들이 있는가 하면 도저히 상환할 처지가 되지 못하는 계원들도 있었다. 존애원에서 빌린 곡식을 갚을 수 없게 된 몇몇 계원은 낯을 들고 다니기가 부끄럽고 체면이 너무 손상되어 야반도주를 했다. 그렇게 사라지는 계원들이 생기기 시작하자 존애원을 끝까지 지키려고 하던 이신규는 마음이 측은해져 더 독촉할 수도 없었다.

　이원규가 말했다.

　"참으로 말 못할 상황까지 이르렀는데 그렇다고 계원들을 야박하게 출계까지 하겠는가."

　이신규가 물었다.

　"기성 형님은 다 덮어두자는 말씀이군요?"

　"좋게 지내던 계원들끼리 재물로 서로 반목질시하게 되었으니 이는 고을의 풍속까지 해치게 되는 바이네. 더 험한 꼴이 생기기 전에 이쯤에서 그만 의국을 접는 편이 낫겠네."

　"계장이신 형님 뜻에 따르겠습니다."

"이보게 용빈(이신규의 관자), 곧 감시가 있지 않은가? 다 잊고 이제부터는 글공부에 전념하세."

대구 경상감영에서 회시(2차 과거시험)가 열렸다. 상주의 선비들도 대거 응시했다. 유생들은 시권(답안지)을 받아서 거기에 답안을 써서 제출해야 하는데 그때 경시관(조정에서 파견한 시험관)이 시권에 도장을 찍으면서 응시자의 이름과 얼굴을 확인하도록 되어 있었다.

그런데 상주 유생들 중 몇 사람이 시험장에서 부정행위를 저질렀다. 대리시험을 치는 사람이 있는가 하면 납권(시권을 제출함)할 때 다른 사람과 답안지를 바꿔치기를 하는 등 차마 그냥 넘기기 어려운 일들을 자행한 것이었다.

그로써 다른 고을의 유생 몇 사람이 항의를 했는데 경시관들은 대수롭지 않게 여겼다. 그러자 시험장에 있는 모든 유생들도 가세하여 사태는 걷잡을 수 없는 지경에 이르렀다. 응시생들은 회시가 무효가 되지 않는 한 물러서지 않을 태세였다.

조정의 문책을 두려워한 경시관은 되는 대로 시권을 거두어서 가버렸다. 그 후 얼마 지나지 않아 조정은 과거시험장에서 부정을 자행한 죄를 물어 상주 유생들 전체에 대해 앞으로 3년 간 과거시험을 치르지 못하도록 했다. 경상도의 웅주거목 상주에 사는 수백 명의 유생들이 정거(과거시험 보는 것이 일정기간 금지됨)되자 그 파장은 이만저만 아니었다. 그러나 결국 부정행위를 한 사람들을 가려내지는 못했다.

시험장에서 돌아오는 길에 이원규가 한탄했다.

"벼슬에 나아가는 길이 이토록 질퍽할 줄은 미처 몰랐구나. 앞으로 상주 땅에 사는 것이 부끄러워 어찌 고개를 들고 다닐꼬."

전 부제학 전식이 향년 80세를 일기로 졸서했다. 이전이 문상을 하면서 한탄했다.

"이제 남은 사람은 죽소(권별의 아호)와 나뿐이구나."

권별이 그를 위로했다.

"무슨 그런 말씀을."

"권죽소, 머잖아 내 나이 90일세. 아무 하는 일 없이 너무 오래 살았네. 그러니 차마 못 볼 꼴도 많이 본 게지."

3

존애당에서 나를 호위하는 기인(병사)은 여덟 명이었는데 이들은 번갈아가면서 근무했다. 그 중에 쥬마라고 하는 사람이 있었다. 그가 하루는 내게 요청하는 것이었다.

"신의 대인, 저를 제자로 삼아주십시오."

그는 사빈의 또래였다.

"그동안 대인께서 환자들을 치료하는 것을 보고 큰 감명을 받았습니다. 그래서 남몰래 천자문을 독학으로 익혔습니다."

"기인 일은 어떻게 하고 의술을 배우겠다는 것인가?"

"기술을 배운다는 증명서만 있으면 군 복무에서 해제될 수 있습니다."

그러잖아도 환자를 보고 약을 달이고 하는 일을 혼자 다 하려니 일이 너무 벅차 시중을 들어줄 사람을 하나 두었으면 하던 참이었다. 벽동은 너무 늙어 잡일을 시키기에 마땅치 않았다. 청나라 청년 쥬마라가 기특하게 여겨져 확인서를 써 주었다. 그는 자신의 상관인 좌령에게 허락을 받아냈다. 그리하여 드디어 존애당에서 의술을 배우기 시작했다.

"나의 첫 가르침도 이것이고 마지막 가르침도 오직 이것이다."

쥬마라에게 존애원 의학당 기서를 일러주었다.

"나는 어떤 경우라도 환자를 외면하지 않을 것이다."

그에게 말했다.

"따라 외거라."

"나는 어떤 경우라도 환자를 외면하지 않을 것이다."

"나는 어떤 환자라도 신분을 차별하지 않을 것이다."

"나는 어떤 환자라도 신분을 차별하지 않을 것이다."

"절대 이 가르침을 잊어서는 안 된다. 알겠느냐?"

"예, 스승님."

봉림대군의 대머리 증상을 치료하기 위한 계획을 짰다. 내관으로부터 들은 바로는 봉림대군이 강화도에서 청나라에 굴복한 뒤부터 큰 화병을 삭여오고 있었으며 그 바람에 식욕도 잃어 술과 기름진 안주로 수라를 대신하는 때가 많았다고 했다. 예상대로였다.

우선 그의 허손증부터 치료해야 했다. 허손증이란 비위가 약해져 심신이 쇠약해지는 증상을 말하는 것이었다. 또 기름지지 않은 음식을 위주로 수라를 제때 꼭 들게 해야 했다. 기름진 음식을 많이 먹게 되면 혈 속에 습담(찌꺼기)이 많이 생겨 혈기가 잘 돌지 않게 되었다. 머리카락은 혈이 두피에 이르러 자라게 하는 것인데 습담 때문에 두피에 도달하는 피가 모자라면 머리카락이 제대로 자라지 못하는 것이었다.

우선 봉림대군의 비위를 돋우는 처방으로 이중탕을 떠올렸다. 그리고 합방으로는 건리탕을 택했다. 직접 시범을 보이며 쥬마라에게 약

310

을 달이는 법을 설명해 주었다. 그는 차분한 청년이라 잘 알아들었다. 마치 사빈을 보는 것 같았다.

고려관으로 약재와 약탕관을 가지고 갔다. 봉림대군 처소에 낯익은 사람이 와 있었다. 채득기였다. 그는 고대의 병법서 《손자》를 펼쳐 놓고 대군과 얘기를 나누고 있다가 나를 보고는 말했다.

"하핫, 상감께서 쫓아 보내셔서 왔소이다."

웃으며 말했다.

"채영이께서 의술에 밝으시니 대군 나리의 증상을 돌보시는 게 좋겠습니다."

"천만에요. 다른 건 몰라도 의술에 있어서는 원임 어른을 따를 자가 없지요."

약을 달여서 봉림대군에게 권했다. 그는 물었다.

"무슨 약이오?"

"예제(본약을 먹기 전에 미리 먹는 약)이옵니다. 우선 비위를 보할 것이옵니다."

봉림대군은 탕제를 한 방울도 남기지 않고 비웠다.

"앞으로는 수라를 제때에 채소를 기반으로 해 소박하게 드시옵소서."

"알겠소."

"특히 검은콩을 소금물에 삶아서 드시든지 아니면 두부로 만들어서 하루에 한 번은 꼭 드셔야 하옵니다."

맛없는 것을 먹으라는 말에 대군은 시큰둥하게 대답했다. 동양위가 내게 물었다.

"허허, 이제 머잖아 우리 대군 나리의 머리가 나겠군 그래? 그런데 혹시 흰 머리가 검게 되는 약은 없는가?"

"전에 앓으시던 낭습증은 괜찮으십니까?"

"그거? 지금도 매년 봄철이면 산개구리를 서너 마리씩 꼭 먹고 있네. 재발도 없고 아주 좋다네."

"흰 머리를 검게 만드는 약이 있습니다. 처방해 드릴 테니 이곳 약방 의관들에게 조제해 달라고 하십시오."

처방전에 장천사초환단이라고 적고 그 밑에 5가지 약재를 적었다. 그 중에서 토사자는 술에 삶는 포제법을 써야 한다고 명시했다. 그렇게 해서 모든 약재를 똑같은 양이 되도록 약저울로 달아서 준비한 다음 한꺼번에 약절구에 넣고 곱게 빻아 가루를 내어야 하며 그것을 꿀에 반죽해 작은 환을 만들어야 한다고 적었다. 또 조제하는 과정에서 절대로 쇠로 된 도구를 써서는 안 된다고 못 박았다. 그러면 약성이 변해 약효를 내지 못하게 되는 것이었다.

"이것을 한 번에 33알씩 하루에 세 번 따뜻한 술이나 끓인 소금물로 드시면 효험을 보실 겁니다."

"알겠네. 내 꼭 자네가 시키는 대로 하겠네."

고려관 약방 의관들은 내가 봉림대군 방에 자주 드나드는 이유를 궁금해했다. 하지만 대군방에 딸린 사람은 그 누구도 그가 탈모증으로 대머리가 되어 있는 것을 발설하지 않았고 그것을 치료받고 있다는 것을 엄중히 비밀로 했다. 의관들은 또 내가 청인 한 사람을 수족처럼 데리고 다니는 것도 못마땅하게 여겼다.

그러던 중에 청 황제의 명으로 종군하러 갔다 온 세자가 몸에서 열이 나며 몹시 답답한 증상을 호소했다. 전쟁터의 참상을 보고 놀라 생긴 번열증이었다. 약방 의관들은 스스로 처방을 내지 못하고 조선의 내의원으로 급주마(말을 빨리 달려 소식을 주고받는 방법)를 내어 처방을 받으려고 했다. 그것을 안 봉림대군이 의관들을 호되게 나무랐다.

"너희들이 그러고도 의관이라고 할 수 있느냐? 처음부터 병을 모르는 의원은 할 수 없지만, 병을 알고도 처방을 못 하는 의원은 의원이 아니다."

그러면서 세자에게 나를 추천했다.

"형님 저하, 조선 의원이 예친왕부에서 약방을 열고 있는데 고려신의라고 불리고 있다고 합니다. 그 의원에게 저하의 환후를 살피게 하소서."

세자는 풍증 증세를 보였다. 오른쪽 어깨, 팔, 무릎, 정강이까지 제대로 쓰지 못하고 통증에 시달리고 있었다. 뜸을 떠 통증을 줄인 뒤에 욱실(웃풍이 없는 따뜻한 방)에서 몸을 따뜻하게 보전하도록 했다. 약으로는 십미도적산과 우황고를 처방했다. 세자가 내게 물었다.

"약방 의관들에게 침을 맞을 때면 종종 혈자리에서 고름이 생기는 증후가 있는데 그건 어찌해서 그런 것인가?"

"침독 탓이옵니다. 침을 펄펄 끓는 물의 증기를 쐬어 소독하면 고름이 잡히지 않을 것이옵니다."

"지금까지 약방 의관들은 그런 간단한 이치도 몰랐단 말인가."

그 뒤로 의관들은 더 이상 나를 무시하지 못했다. 내가 고려관에 모습을 나타낼 때면 슬그머니 피하여 자취를 감추기 일쑤였다.

예친왕 도르곤이 청 황제 홍타이지의 명을 받고 산해관을 공략하기 위해 잉굴다이를 비롯한 부하 장수들과 함께 군사를 이끌고 나아갔다. 박치의는 책사로서 따라갔지만 나는 존애당을 지키며 백성들의 병을 치료하라는 명령을 받았다.

10만 대군이 출정한 전쟁에서 도르곤과 아지거는 홍타이지가 후군으로 따라와 응원하는 데 힘입어 송산성, 금주성을 차례로 무너뜨렸다. 더 나아가 잉굴다이를 선봉으로 해 천하의 난공불락 요새라고 불리는 산해관을 치고 그 이북의 명나라 땅을 모조리 점령해 버렸다. 최후의 보루였던 산해관이 청나라의 수중에 넘어가는 바람에 이제 명나라가 망하는 것은 시간문제였다.

청나라 조정은 해마다 큰 전쟁을 수행하는 데 필요한 비용을 조달하는 일로 골치를 앓고 있었다. 백성들의 고혈을 짜내는 것도 한계가 있었다.

고려관은 청나라 호부로부터 더 이상 식량, 옷감 등과 같은 운영비를 충당해 줄 수 없다는 통보를 받았다. 다만 운영에 필요한 경비는 직접 조달해 쓰라고 하면서 성경 도성의 대남문에서 남쪽으로 수십 리 떨어진 곳에 있는 황무지 20만 평을 빌려주었다. 세금을 면제해 주겠다는 조건이었다.

봉림대군과 조선의 조정은 청나라의 황무지를 개간하는 일을 반대했다. 한번 농사를 짓기 시작하면 영영 고향 땅으로 돌아가지 못하고 청나라에 눌러앉게 될 것이라는 주장이었다. 하지만 세자빈 강씨의 생각은 달랐다.

"일 년에 은자 수천 냥이 드는 고려관 운영비용을 어떻게 조달하라는 말인가. 청나라는 더 이상 대주지 않겠다고 하는데 본국 조정은 부담할 능력이 없고. 그러면 가만히 앉아서 다 굶어 죽고 얼어 죽으라는 말이 아니냐. 막연한 적개심만으로는 살아남지 못한다. 살아야 복수를 할 게 아니냐."

강씨는 청나라 호부상서 잉굴다이에게 요청했다.

"청나라 사람들은 농사에 서툽니다. 그러니 조선인들을 데려와 농사를 지을 수 있도록 허락해 주십시오."

그리하여 평안도 북쪽 압록강에 인접한 고을인 의주, 삭주, 창성, 벽동의 농부들에게 삯을 많이 주겠다고 하고 데려왔다. 강씨는 그간 아지거와의 밀거래로 쌓은 재물이 효력을 발휘할 때가 되었다 싶었다.

20만 평에 달하는 황무지를 사하포 등 6개 지역으로 나누고 농부들을 배정했다. 그리고 각 농장마다 필요한 소를 비롯해 각종 농사연장과 종자를 사들였다. 그리하여 척박한 땅을 일군 첫 농사에서만 해도 큰 수확을 얻었다. 그에 그치지 않았다. 강빈은 고려관 앞에 장터를 열고 청나라 사람들에게 소매로 곡식을 팔았다. 청상들에게 도매로 파는 것보다 훨씬 비싼 값을 받을 수 있었다. 장터는 날마다 청인들로 북적였다.

조선에서 데려온 농부들에게 품삯을 넉넉히 주어 돌려보냈다. 그런 뒤 서문에서 노예시장이 열릴 때마다 속환되어 가지 못한 피로인 노예들을 사들였다.

"매번 점수를 매겨 일을 잘하는 사람은 3년 만에 고향 땅으로 보내주겠다. 그러면 아무 대가 없이 속환되는 것이 되니 선택은 너희들이 하거라."

피로인들은 죽을 둥 살 둥 농사일에 매달렸다. 청나라 사람들은 조선인들의 농사짓는 솜씨에 혀를 내둘렀다. 황무지는 어느새 옥토로 변했다. 세자빈 강씨는 아지거와의 밀거래에 이어 농사로 거금을 손에 쥘 수 있었다.

"채득기가 어느 때인지 모르게 어디로 사라졌다고?"

"워낙 그 속을 알 수 없는 자입니다만 아마도 조선으로 돌아간 것 같습니다."

임금은 채득기가 세자와 대군을 보필하지 않고 사라졌다는 말을 듣고 크게 진노했다. 그리하여 팔도에 수배령을 내렸다. 하지만 채득기는 좀처럼 종적을 드러내지 않았다. 누구는 청나라 깊은 곳으로 숨었을 것이라고 하고 또 누구는 신선이 되어 날아올랐을 것이라고 했다.

동양위가 말했다.

"그자는 조선 땅 어딘가에 숨어 있을 거야."

"어찌 그리 장담하십니까?"

"허허, 같은 종류의 사람끼리는 육감이라는 것이 있네. 그나 나나 무엇에도 걸림 없이 사는 것을 추구하는 사람들이니 말일세."

동양위는 상투를 만지며 몹시 좋아했다.

"이것 좀 보게. 하얗게 셌던 머리에 흑빛이 감돌고 있지 않은가?

그는 연신 싱글벙글했다.

"게다가 몸도 아주 가벼워졌다네."

"건강이 좋아지셨다니 참으로 다행입니다."

"장천사초환단인가 하는 진약(희귀한 약)은 아마도 신선의 약일 거야. 청인들이 자넬 두고 신의니 하는 말을 이제야 믿게 되었네."

"한 달쯤 쉬었다가 다시 드십시오. 오랫동안 연달아 먹는 것은 좋지 않습니다."

"어느 분의 분부라고 거역하겠는가. 잘 알겠네. 허허."

봉림대군에게 아뢰었다.

"비위는 어느 정도 좋아졌으니 이제부터 본제를 드실 것이옵니다. 본제는 전제(먼저 먹는 약)가 있고 후제(뒤에 먹는 약)가 있사옵니다. 전제는 몸의 화기로 인해 생긴 혈 속의 찌꺼기를 없애는 약인데 방풍통성산이라고 하옵니다."

봉림대군은 고개를 끄덕였다.

"하옵고, 수라 때마다 반드시 드셔야 할 것이 있사옵니다."

두 가지 음식을 내놓았다.

"이건 약이(약이 되는 음식)입니다. 호두는 하루에 세 알씩, 이 환약은 서른 알씩 잡수십시오."

"이 환약은 뭐로 만든 건가?"

"검은깨를 호마라고 하옵는데 물에 넣어서 위로 둥둥 뜨는 건 떠서 버리고 바닥에 가라앉은 것만 잘 씻사옵니다. 그리고 그것을 술에 한나절 쪄서 햇빛에 펴 말리옵니다. 그렇게 찌고 말리기를 아홉 번 하는 포제법을 구증구포라고 하옵니다. 그 구증구포한 호마를 절구에 찧어서 껍질을 까서 버리고 알맹이만 약한 불에 덖사옵니다. 그런 다음 빻아서 곱게 가루를 내어 환을 만든 것이옵니다."

"정성이 여간 아니군."

"제가 처방해 드린 약을 빠뜨림 없이 잘 복용하셔야 하옵니다."

"알겠네. 그런데 자네는 이러한 의술을 어디서 다 배웠는가?"

"경상도 상주 땅에 남촌이라 불리는 고을이 있사온데 그곳에 존애원이라고 하는 의국이 있사옵니다. 거기서 여러 스승님들을 모셨습니다."

"존애원이라……. 그것을 본떠 구왕부에 존애당이라고 의국 이름을 붙인 것인가?"

"그러하옵니다. 대군 나리."

호부상서 겸 도어사 잉굴다이는 팔왕 아지거가 밀거래를 해 부정하게 재물을 끌어 모았다는 첩보를 입수해 도찰원 어사들을 시켜 비밀리에 조사를 했다. 그리하여 전모를 밝혀내고 예친왕 도르곤에게 보고했다.

"강빈이 큰돈을 벌었다는 소문이 사실이었군."

도르곤은 고려관의 운영경비를 대주지 않고 있는 터라 세자빈 강씨는 눈감아 주기로 했다. 하지만 친형 아지거가 국법을 어기고 오랫동안 밀거래를 해온 사실은 그의 가장 큰 약점으로 확보해 놓았다. 도르곤은 잉굴다이에게 지시했다.

"계속 팔왕부를 잘 감시하게."

"예, 왕야."

청상 한 사람이 팔왕부를 찾아왔다.

"연이라는 분을 뵙고자 하옵니다."

그는 만상이 전한 애종의 편지를 가지고 있었다. 그런데 편지를 보여주기만 하고 내놓지 않았다. 족채(심부름 값)를 더 달라는 뜻이었다. 좋은 말을 하던 연이가 싸늘한 음성으로 말했다.

"네가 팔왕부를 우습게 보는구나. 여봐라. 이놈의 목을 쳐 시장 입구에 높이 매달아 놓거라."

청상은 깜짝 놀라 엎드렸다.

"마마님, 한 번만 살려주십시오."

연이는 은자가 든 주머니를 청상의 코앞에 던졌다.

"내 너를 단단히 기억해 놓겠다."

"뭐, 뭐든 시켜만 주옵소서."

그를 내보낸 뒤 연이는 애종이 보낸 편지를 읽었다. 두 사람 다 살아서 잘 지내고 있는 것만 알면 되었으니 앞으로는 비싼 값을 치르면서까지 사람을 사서 보내지 말라고 적혀 있었다.

연이의 두 볼에 눈물이 주르르 흘렀다.

아지거가 연이를 감싸 안았다.

"내 너를 시녀로 여기지 않는단다. 그러니 뭐든 말하면 다 들어주마."

"왕야께서는 언제까지 아우인 예친왕보다 못하다는 소리를 들어야 합니까?"

"엉? 도대체 어느 놈이 그런 소리를 하다냐? 두고 보거라. 머잖아 도르곤은 실각하고 말 것이다. 폐하께서 환후가 깊은데 곧 무슨 일이 일어날 것이니 너는 밖으로 나다니지 말고 왕부에 가만히 있거라. 알겠느냐?"

호부상서 잉굴다이가 고려관에 한 가지 요청을 했다.

"황상께서 풍증으로 두통이 심하니 그에 즉효방인 약재와 명의를 가려서 보내주기 바라오."

세자가 조선 조정에 알린 지 얼마 지나지 않아 내의원 침의 유달과 약의 박군이 죽력을 가지고 왔다. 세자는 그들을 황궁으로 보냈다. 두 사람은 정성을 다해 황제가 앓고 있는 지병을 치료했다.

그런데 청 황제 홍타이지가 갑자기 숨을 거두었다. 52세의 나이였다. 그는 급사하는 바람에 후사를 누구로 정한다는 유언을 남기지 못했다. 그 때문에 청 조정은 큰 혼란에 휩싸였다.

세자와 봉림대군이 황궁으로 나아가 홍타이지의 붕어를 애도했다. 그러면서 청 조정의 눈치를 살폈다. 홍타이지의 형제인 여덟 명의 왕이 황제의 자리를 놓고 권력 다툼을 할 게 뻔하고 그러는 동안 명나라가 반격을 개시할 수도 있다는 막연한 바람이 고려관에 일었다. 볼모에서 풀려날 희망이 생긴 것이었다.

그러나 예상은 빗나가고 말았다. 명나라는 아무런 준동도 하지 않았다. 그리고 청 조정과 홍타이지의 형제들은 한 달도 안 되어 서로 의견을 절충해 이제 갓 6살이 된 홍타이지의 9남 푸린을 새 황제로 모시기로 결정했다.

어린 푸린은 숙부들에 둘러싸인 채 황궁의 독공전에서 내년부터 쓸 새 연호를 반포했다. 순치였다. 푸린은 순치제로 즉위했다. 황제가 어려서 섭정이 불가피하다는 명분을 내세워 두 사람이 나라의 실권을 나누어 가졌다. 예친왕 도르곤이 병권을, 정친왕 지르갈랑은 조정을 관할하기로 한 것이었다.

그런데 섭정을 시작한 지 불과 한 달도 안 되어 지르갈랑은 도르곤의 권력이 이미 미치지 않은 데가 없다는 것을 눈치채고 자진해서 조정의 실권을 그에게 넘겨주었다. 이제 도르곤은 어린 조카 황제를 보필하여 섭정하는 위치가 아닌 실질적인 황제로서 나라를 다스리기 시작했다.

청 황제가 바뀌었어도 고려관은 바뀐 것이 아무 것도 없었다. 순치제의 즉위식에 참여했다가 돌아온 세자는 감기에 걸려 오랫동안 낫지 않았다. 청나라의 추운 겨울의 감기는 지독했다. 의관들이 본국 내의원에 의지하지 않고 내게 물었다.

"인삼강활산을 처방해도 되겠습니까?"

"아마도 효험이 크지 않을 것입니다. 그보다는 소시호탕에 주초한 황련과 건갈(전갈을 노릇하게 볶은 것) 등의 약재를 가미해서 쓰는 것이 좋겠습니다."

"그렇게 하겠습니다."

약방 의관들은 내 말을 순순히 잘 들었다. 그것은 나나 내 의술을 존중해서가 아니었다. 세자가 아플 때마다 본국으로 급주마를 냈다가 내의원 처방을 받아오는 데는 시일이 많이 걸렸다. 그동안에 증세가 악화되어 손을 쓸 수가 없기 일쑤였다. 또 내 처방대로 했다가 세자가 낫지 않으면 책임을 회피하기가 좋았다. 그들이 그들의 의도대로 나를 이용하거나 말거나 나는 환자를 내 몸 보살피듯이 하면 그만이었다.

봉림대군이 근심 어린 목소리로 물었다.

"잘 왔소. 얼마 전부터 두피가 가려운데 약이 잘못된 것은 아니오?"

웃으며 아뢰었다.

"머리를 씻은 후에도 머리 밑이 근질근질한 것은 이제 혈기가 두피로 왕성하게 몰리고 있다는 증거이옵니다."

"새 머리카락이 날 징조다?"

"그러하옵니다. 의가에서 말하기를, 머리카락은 혈이 그 나머지를 밀어내어 만드는 것인데 화가 성하면 혈이 마르고, 혈이 마르니 두피까지 갈 혈이 없는 것입니다. 그러니 두피가 물을 못 댄 논바닥처럼 푸석해지니 그 자리에서 어찌 머리카락이 자라나올 수 있겠습니까?"

봉림대군 옆에 앉아 있던 동양위는 싱글벙글거렸다. 그의 머리가 거의 까맣게 변해 있었다.

"나는 벌써 회춘했다네. 회춘했어. 허허허."

봉림대군은 그의 장난기 어린 말에 질투의 눈길을 가볍게 보냈다. 대군에게 아뢰었다.

"이후로는 본제 중에서 후제를 쓸 것인데 육미지황환이라는 약이옵니다. 또 호마유(검은깨를 생으로 기름을 짠 것)를 머리에 바르시는 게 좋겠습니다. 다만 이것을 음용하시는 것은 금물입니다. 또 호마 잎을 끓여서 머리를 자주 감으시면 좋습니다."

"잘 알겠소."

봉림대군도 회심의 미소를 지으며 동양위를 바라보았다.

"으음, 나도 드디어 새 머리가 나기 시작한다는구려."

그리운 조선 땅

1

제멋대로 조선으로 돌아가 숨어 지내던 채득기가 잡혔다. 그런데 그
는 임질이 심하게 걸려 배가 부르고 걷지도 못하는 몸이었다. 임금은
그를 용서하고 풀어주며 말했다.

"너의 병을 고쳐서 부디 과인과 백성을 위해 큰일을 해주기 바란다."

물러나온 채득기는 상주 옥주봉 기슭 낙동강변의 절벽 위에 있는
자천대에 자리 잡고 임질을 고치기 위해 의술 연구에 매진하기 시작
했다.

그 소식은 고려관에도 전해졌다. 동양위는 그의 병환을 안타까워
했다.

"당대 최고의 천재가 어쩌다가 그런 몹쓸 병에……. 아, 재인박명이
라고 했던가."

그 스스로 병을 고칠 처방을 찾을 수 있을 것으로 믿었다. 그런 우
울한 일도 있는 반면에 기쁜 일도 있었다. 봉림대군의 머리가 몰라보

322

게 자라난 것이었다. 빗질을 할 수 있을 정도였다. 대군은 머리카락을 세상에 둘도 없는 보물을 다루듯이 했다. 그것을 보고 동양위는 크게 웃었다. 대군에게 아뢰었다.

"한 번에 일백 번씩 하루에 세 번 빗질을 하십시오. 그러면 두피에 혈기가 잘 돌아 머리가 잘 자랄 것이옵니다."

청 조정이 고려관에 볼모로 두고 있던 사람들을 심사해 대신들의 자식들은 기한이 되어 교체하도록 하고 동양위의 귀국을 허락했다. 동양위는 조선으로 돌아가기 전에 봉림대군에게 비밀 한 가지를 알려 주었다.

"뭐라고요? 그 의원이 종친이었다니?"

동양위가 귀국한 뒤 대군은 나를 불렀다.

"제가 지금까지 우리 종조부를 몰라봤습니다."

"대군 나리, 속이려고 했던 것이 아니옵고……."

"귀영군의 갸륵한 마음씨는 그런 면에서도 잘 나타나는군요. 참으로 자랑스러운 분이십니다."

"대군 나리, 황송하옵니다."

"말씀 편하게 하십시오. 손자뻘한테 나리가 뭡니까? 허허."

그로부터 얼마 있지 않아 슬픈 소식이 들려왔다. 조선으로 귀국했던 동양위가 급작스럽게 졸서했다는 것이었다. 그로 인해 임금은 잠시 조회를 정지하고 그의 죽음을 애도했다.

세자와 대군을 비롯해 고려관 사람들은 다 그의 죽음을 안타깝게 여겼다. 깊은 학식을 가졌음에도 부마가 되는 바람에 벼슬길에 오르지 못했다. 하지만 그런 운명을 달갑게 받아들인 사람이었다. 천성이 호방하고 자유로웠으며 사람을 만나면 격의를 두지 않았다.

동양위의 죽음 뒤로 한동안 고려관을 방문하지 않았다. 그와의 추억이 자꾸만 떠올랐다. 지난날 정경세가 졸서한 뒤로 인생의 허무함을 느껴 방황한 때를 되풀이하게 될까 봐 청인들을 치료하는 일과 쥬마라에게 의술을 가르치는 일에 전념했다. 팔왕부에 있는 연이로부터도 별다른 소식이 없었다. 이따금 박치의가 들러 청 조정의 소식을 전했다.

그러던 어느 날, 명나라 반란군 이자성이 북경을 공격했는데 전세를 돌이킬 수 없다고 판단한 명나라 황제가 황궁의 후원인 매산에서 목을 매 자살하고 말았다. 그때를 틈타 도르곤은 재빨리 진격했다. 명나라 반란군은 산해관에서 대패했다. 이자성은 북경으로 후퇴한 뒤 자금성에 불을 지르고 도망쳤다.

도르곤은 군사를 이끌고 거침없이 나아가 드디어 북경을 점령하고 황궁을 수중에 넣었다. 그런 뒤 명나라 백성들의 민심을 달래기 위해 자살한 명 황제의 장례를 크게 치르고 불에 탄 황궁을 복구하는 데 심혈을 기울였다.

호부상서 잉굴다이는 도르곤의 명령을 받아 재빨리 호구조사와 농사의 실태를 점검했다. 그는 독거노인, 홀아비, 과부, 고아와 같은 약자들을 대대적으로 구휼하면서 도망친 백성들을 돌아오게 하기 위해 한곳에 정착해 농사 짓기를 원하는 사람들에게는 무상으로 토지를 분배했다.

이제 문제는 청나라의 수도를 천도하느냐 하는 것이었다. 팔왕 아지거가 말했다.

"여러 왕만 북경에 남겨두고 수도는 그대로 성경으로 삼아야 하옵니다."

도르곤은 반대 의견을 냈다.

"선황제께서 살아생전에 늘 말씀하시기를, 만약 청군이 북경을 함락한다면 당연히 수도를 옮겨 중원으로 나아가야 한다고 하셨사옵니다."

순치제는 도르곤의 말을 들었다. 그리하여 과감히 북경으로 천도했다. 어린 황제는 자금성 태화전에서 즉위식을 한 번 더 열고 청나라의 황제가 세상의 천자가 되었음을 선포했다. 순치제는 구왕 도르곤의 공적을 높이 사 존호를 황숙부섭정왕으로 향상시켰다.

"황숙부의 공적은 주공과 같습니다."

주공은 주나라의 공신이었다. 그는 형인 무왕을 보좌해 은나라를 멸망시키고 주나라를 세웠다. 무왕이 죽은 뒤에 그의 어린 아들 성왕을 잘 보좌했는데 도르곤의 역할이 그와 딱 들어맞았기에 순치제는 그를 주공에 비유한 것이었다.

청나라 수도가 성경에서 북경으로 옮겨감에 따라 고려관도 북경으로 옮겨갔다. 명나라를 멸망시키는 마지막 전쟁에 도르곤을 따라 종군했던 세자는 또다시 잦은 기침과 천식에 시달렸다. 약방 의관들은 청폐탕을 처방해 기침을 진정시키고 죽력을 써서 가래를 삭여냈다.

도르곤은 자금성 동궁을 자신의 왕부로 정했다. 자금성 내의 모든 건물 중에서 유일하게 푸른색 기와로 지붕을 얹은 건물이었다. 그에 따라 나도 동궁의 한 건물을 얻어 존애당의 현판을 내걸었다.

북경은 실로 거대한 도읍이었다. 틈나는 대로 자금성을 나와 시장으로 갔다. 성경과는 달리 없는 약재가 없었다. 당재라고 불리는 중국 약재들이었다. 은행나무가 곳곳에 서 있는 일대에 약방임을 알리는 깃발들이 수없이 세워져 있었다. 의가를 행림이라고 부르는 이유를 알 것 같았다.

박치의가 한 사람을 데리고 와 소개시켜 주었다.

"이분은 전조(명나라를 말함)의 명의라고 하네."

그가 말했다.

"왕앙이라고 합니다. 대인의 말씀은 많이 들었습니다. 고려신의라 불리우신다지요?"

"그건 다 허명일 뿐입니다. 제가 오히려 명의를 뵙게 되어 영광입니다."

"저의 선고께서 평소에 말씀하시기를, 조선인들을 만나면 잘해 주라고 하셨습니다. 그래서인지 조선인들을 보면 왠지 친근감이 듭니다."

"선친께서도 의원이셨습니까?"

"아닙니다. 약재상을 하셨지요. 고향을 떠나 안국현에서 크게 하셨습니다."

나는 왕앙의 왕씨에 주목했다.

"그렇다면 혹시 왕치엔이라는 분이 아닙니까?"

"맞습니다! 그런데 고려신의께서 저의 선고를 어떻게 아십니까?"

"예전에 사신을 따라왔다가 안국에 있는 의약시장에 있는 선친의 가게에서 약재를 산 적이 있습니다. 선친께서 임진년에 원병이 되어 조선으로 오셨다고 들었습니다."

왕앙은 내 손을 덥석 잡았다.

"허허. 어찌 이런 인연이 다? 말씀을 듣고 보니 더욱 반갑습니다."

"그때 왕 대인의 가게에서 어린 아들이 심부름을 곧잘 하고 있었는데 혹시?"

"예, 그 아들이 바로 접니다."

옛 인연으로 말미암아 왕앙과 아무 허물없이 지내게 되었다. 그는 관자를 인암이라 했다. 한때 선친 왕치엔의 뜻에 따라 과거 공부를 했지만 30세에 이르러 과거를 포기하고 의학에 뜻을 두어 여러 서적을 탐독해 왔다고 했다. 그와 때와 장소를 가리지 않고 자주 의학에 관해 토론을 했다.

"신의 대인, 좀 나와 보십시오."

왕앙의 목소리였다. 그는 나를 깍듯하게 대하고 있었다. 돌보던 환자를 쥬마라에게 맡기고 존애당을 나왔다. 왕앙 옆에는 키가 크고 코가 우뚝하며 눈이 부리부리한 양인이 서 있었다.

"이분은 독일에서 온 아담 샬 신부님입니다. 우리식 이름은 탕약망입니다."

그와 인사를 나누었다. 그가 말했다.

"고려관에 계시는 조선국의 세자저하와는 친밀하게 지내고 있습니다."

"아, 그래요?"

내친김에 왕앙과 아담 샬을 데리고 고려관으로 갔다. 세자의 기침과 천식이 거의 다 나아 있었다. 세자는 아담 샬을 보더니 유난히 반가워했다.

"우리 조선도 세계의 문물에 눈을 떠야 할 텐데 신부님이 좀 도와주시오."

"힘닿는 데까지 노력하겠습니다. 세자저하."

봉림대군은 세자가 양인과 친하게 지내는 것에 불쾌한 기색을 드러냈다.

"청인들이 이 고려관에 함부로 드나드는 것만도 자존심 상하는 일인데 북경으로 옮겨 온 뒤부터는 머나먼 데서 온 요사스러운 사람들까지 들락거리게 하는가."

봉림대군의 머리를 살펴보았다. 한 뼘 가량 자라 있었다. 머리숱이 조금만 더 차면 굳이 가체를 하지 않아도 될 것 같았다.

"대군 나리, 다른 데 어디 불편하신 데는 없습니까?"

"없습니다. 귀영군께서는 저들과 깊이 어울리지 마십시오. 다 구밀복검인 자들입니다."

구밀복검. 입으로는 달콤한 말을 하지만 뱃속에는 칼이 들었다는 말, 처음에는 위하는 척 하지만 나중에는 그 검은 속셈을 드러낼 것이니 조심하라는 뜻이었다.

"저들의 좋은 점을 배우고 나쁜 점은 무시하면 되지 않겠사옵니까?"

"어디 흙과 먼지가 따로 묻어온답디까?"

세자는 새로운 문물이 어떤 것일까 하여 깊은 관심을 보이는 반면에 봉림대군은 그런 문물이 가져다 줄 부작용을 우려하는 편이었다. 한부모에게서 난 같은 형제라도 기질과 품성은 그렇게 각기 다른 것이었다.

아담 샬은 의학에 해박한 지식을 가지고 있었다. 피가 어떻게 사람의 몸을 순환하는지부터 시작해 호흡을 하면 폐가 어떻게 되며 또 척수신경에 대한 이론까지 참으로 신기한 견해가 아닐 수 없었다. 나는 그에게 12경맥과 기경8맥을 얘기했다. 그리고 침과 뜸의 효능에 대해서 알려주었다. 그도 놀라움을 나타냈다.

존애당에서 환자에게 침을 놓고 뜸을 뜨는 시술을 보여주었다. 여러 날에 걸쳐 관찰하던 그가 말했다.

"조선의 의술은 작은 병증 하나라도 인체 전체를 살피는 통찰력이 있군요. 우리 의술은 그렇지 않고 병증 그 자체만 살피는 게 특징이지요. 그렇게 본다면 조선의 의술이 고등 의술이라고 하겠습니다."

그에게 물었다.

"혹시 양의에서는 사람의 배를 칼로 가르고 병증이 있는 내장을 치료한 뒤에 다시 가른 배의 살갗을 붙여 낫게 하는 수술법이 있습니까?"

"아직까지 그런 수술법에 대한 얘기는 못 들어봤습니다. 다만 지금으로부터 2백 년 전에 폴 스포인트라고 하는 의사가 환자의 팔뚝 살을 잘라내어 코가 없는 사람에게 코를 만들어서 붙여주었다는 기록이 있긴 합니다."

"아, 어떻게 그런 방법을?"

"폴은 주로 전쟁터를 종군하면서 화살에 입은 상처나 총상을 치료하는 방법을 터득했다고 합니다. 그가 처음 만들어 소독약으로 즐겨쓴 것이 있는데 테레빈유라고 합니다."

"그건 어떤 기름입니까?"

"송진을 쪄서 얻는 기름인데 연한 노란색이 감돕니다."

존애당에서 왕앙과 아담 샬과 함께 그들이 가지고 온 기구를 써서 송진을 증류시켰다. 그리하여 나온 것이 그들이 말하는 기름이었다. 우리가 송진을 달여서 굳힌 것으로 가루를 만들어서 상처의 지혈에 쓰는 것과 맥이 통하는 약재였다. 아담 샬이 또 말했다.

"100년 전에는 파레라는 의사가 달걀 노른자와 이 테레빈유를 배합해서 연고를 만들어서 총상을 치료했다고 합니다. 그런데 더 좋은 방법을 고민하다가 바늘로 꿰매는 방법을 고안해 냈다고 하더군요."

"바늘로 꿰맸다고요?"

"그렇습니다. 하지만 저는 아직까지 그렇게 하는 의사를 직접 보지는 못했습니다."

다급한 목소리가 들려왔다.

"고려신의님! 신의님 어디 계십니까?"

팔왕부에서 온 사람이었다. 그의 뒤에는 박치의가 있었다.

"팔왕야의 아드님이 낙상을 했는데 크게 다쳤다고 하네. 우리 황숙부섭정왕야께서 허락을 하셨으니 속히 가서 치료를 해드리도록 하게."

"어딜 다치셨답니까?"

"다리가 부러졌는데 뼈가 밖으로 튀어나와 눈뜨고 못 볼 지경입니다요."

박치의, 왕앙, 아담 샬 그리고 쥬마라를 데리고 팔왕부로 갔다. 다친 사람은 팔왕 아지거의 셋째아들 바이어쒼이었다. 명나라 어의부터 용하다는 의원을 다 불러다 놓았는데 어느 누구 하나 손을 쓰지 못하고 있었다. 팔왕 아지거가 내게 물었다.

"어떤가? 치료할 수 있겠는가?"

"치료를 끝마칠 때까지 어떤 방해도 하지 않는다고 약속하시면 제가 수술을 시행해 보겠습니다."

"물론이네. 약속하겠네. 여기 있는 모든 사람들이 이 약속의 증인일세."

"시중을 들 사람이 한 사람 더 필요합니다. 여기 있는 조선의 시녀를 데려와 주십시오. 그녀가 의술에 뛰어납니다."

"오? 그래?"

아지거는 연이를 불러왔다. 나는 연이와 쥬마라에게 여러 가지를 시켰다.

"칼, 바늘, 실, 의포, 목화솜을 모두 솥에 쪄 뜨거운 김을 오래 쐬도록 하거라."

"송진을 끓여 기름을 얻고 아교풀도 끓이거라."

"숯불을 피운 화로에 해부육도와 크고 작은 쇠꼬챙이, 그리고 인두를 달구어 놓도록 하거라."

존애당에서 가져온 약재로 마취약을 만들었다. 백화산 약할미가 언문으로 적은 책《독약》에 나오는 비방이었다. 전에는 그것이 병을 치료하는데 먹는 약인 줄 알았다. 그런데 식견이 늘고 보니 그건 치료약이 아니라 치료하기 전 단계로 마취에 쓰는 약이었다. 바로 오석산과 마비산이었다.

오석산은 다섯 가지 광물로 만드는데 뜨거운 술에 타 먹으면 이내 정신이 몽롱해지는 마약의 효과를 낸다고 적혀 있었다. 마비산은 전설적인 명의로 알려져 있는 화타가 외과 수술할 때 쓴 마취제로 알려져 있는 것이었다. 그런데 마비산은 그 이름만 전할 뿐이었다. 약재를 어떤 것을 쓰는지 또 배합은 어떻게 해야 하는지 미지로 남아 있었다. 의원들은 생초오니 대마니 독말풀이니 하고 추측을 해 왔지만 그건 어디까지나 추측일 따름이었다. 그런데 놀랍게도 그 마비산을 이루는 약재들의 포제법과 배합 비율이 약할미의 책《독약》에 적혀 있었다.

팔왕 아지거의 아들 바이어쉰은 온 얼굴에 땀을 흘리고 있었다. 극심한 고통을 참느라 용을 써서 그런 것이었다. 우선 그를 안심시켰다.

"소왕야, 편안하게 한숨 자고 일어나면 다 해결되어 있을 것입니다."

"내, 내가 죽게 됩니까?"

"죽다니요? 멀쩡하게 걸어 다니게 해드리겠습니다. 자, 이제 이걸 드십시오."

그에게 오석산을 탄 술을 한 모금씩 다섯 모금을 먹였다. 둘러서 있는 사람들이 몹시 궁금하게 여기고 있었다.

"이 오석산은 마취를 하기 위해 예제로 씁니다."

그의 얼굴이 평온해졌다. 혈색도 돌아와 있었다. 그다음 마비산을 또 술에 타서 먹였다.

"본제인 마비산입니다."

사람들이 우우 하고 수군거렸다. 마비산, 그것은 말로만 듣던 이름이었기 때문이다. 바이어쒼은 차츰 몽롱해졌다. 잠시도 지나지 않아 눈을 감고 축 늘어졌다. 그의 몸에 있는 혈자리 아홉 군데에 침을 놓았다. 그런 뒤 잠시 기다렸다. 목화솜 솜털을 그의 코에 가져다 대어보았다. 솜털이 움직였다. 바이어쒼은 가늘게나마 숨을 쉬고 있었다.

부러져 튀어나온 정강이뼈 주위의 피부를 절개했다. 피가 몽근히 배어 나왔다.

"연잠!"

쥬마라가 화롯불에 벌겋게 달군 비녀 모양의 작은 쇠꼬챙이를 내 손에 쥐어 주었다. 그것을 가지고 피가 나는 곳을 지졌다. 그렇게 지혈을 한 다음 또 절개하고 지혈하기를 반복했다. 이윽고 허연 뼈가 드러났다.

"쥬마라는 발목을 힘껏 당기고 있거라."

그리고 왕앙에게 말했다.

"환자의 양 허벅지를 안고 좀 당겨주시겠소?"

두 사람은 다리를 늘이듯이 당겼다. 나는 밖으로 튀어나온 뼈를 안으로 집어넣어 부서져 있는 다른 쪽 뼈와 잘 맞추었다. 그런 뒤 끓여 놓은 아교풀을 맞춰 놓은 뼈에 발랐다. 아교풀이 어느 정도 굳기를 기다렸다가 절개한 살을 붙이고 반달 모양의 둥근 바늘에 실을 끼워 피부를 꿰매기 시작했다.

사람들이 또다시 탄성을 질렀다.

"세상에나! 사람 살을 옷 깁듯이 하네?"

"허어, 저런 의술이 다 있을 줄이야."

살갗을 촘촘히 다 기운 뒤에 테레빈유를 발라 소독을 했다. 또 독한 초로 한 번 더 닦아냈다. 꿰매 놓은 자리에 증기에 쩐 목화솜과 면포를 댔다. 그런 뒤 발목에서 무릎 위까지 황토진흙을 바르면서 면띠로 감았다. 그렇게 몇 차례 한 뒤에 마지막으로는 띠만 여러 겹 둘렀다.

"이제 다 되었습니다."

박치의는 물론 왕앙과 아담 샬이 크게 놀라움을 표시했다. 수많은 구경꾼들이 탄성과 함께 아낌없이 박수를 쳤다.

"고려신의가 아니라 천하신의로다."

"화타가 환생한 거야."

"놀라워. 정말 대단하군."

"차제에 죽은 사람도 살려내겠어."

고려관에서 세자와 봉림대군도 와 있었다. 그들에게 가볍게 목례를 했다. 그들은 장하다는 듯이 고개를 끄덕였다. 팔왕 아지거가 다가와 물었다.

"눈으로 보고도 믿기지 않는구먼. 그런데 저 아이는 언제 깨어나는 가?"

잠들어 있는 바이어쉰에게 다가갔다. 침을 다 뽑고 얼굴을 살살 흔들었다. 그는 신음 소리를 내며 눈을 떴다. 눈자위가 벌겋게 충혈되어 있었다.

"어떻게 된 겁니까?"

"소왕야, 다 끝났습니다. 이제부터 다친 다리를 움직이지 말고 가만히 지내시기만 하면 됩니다. 접골산을 지어서 보내드릴 테니 때맞춰 드십시오."

아지거가 물었다.

"의원의 소원이 무엇인가?"

조금도 주저하지 않고 대답했다.

"대청은 국토가 넓고 사람이 많으며 의원 또한 많습니다. 조선은 그렇지 못해 백성들이 늘 질병에 허덕이고 있습니다. 대청과 조선은 군신지국이 되었습니다. 부디 제가 돌아가서 불쌍한 조선 백성들을 치료하게 해주십시오."

아지거는 고개를 저었다.

"그대같이 뛰어난 의술을 지닌 자는 우리 대청에서도 드물 것이네."

"그렇지 않습니다. 대청에는 곳곳에 명의가 있습니다. 소인같이 미천한 사람 하나 있고 없고는 전혀 표시가 나지 않습니다."

"큰 사람은 큰 나라에 있어야 하네. 조선으로 보내달라는 말은 들어줄 수가 없다."

주위에 있는 청나라 사람들이 다 그 말에 동조했다. 나는 그들이 듣기에 불편한 쓴소리를 한마디 했다.

"땅이 크다고 큰 나라가 아닙니다. 도량이 커야 큰 나라입니다."

그 말을 들은 팔왕 아지거는 잠시 나를 노려보더니 몸을 홱 돌려 자리를 떠나버렸다.

2

이전은 눈이 침침해져서 더 이상 글을 읽을 수 없었다. 외운 것을 기억해 내어 읊조리는 것으로 무료함을 달래고 있었다. 권별과 고인계는 그것만 해도 대단하다고 여겼다. 이신규가 올해 만든 새 곶감을 가지고 체화당을 찾았다. 이전은 맛을 본 뒤에 〈건시〉라는 제목으로 시를 지었다. 건시는 곶감을 뜻하는 말이었다.

334

곶감을 먹으면 항상 위장이 고르고
침을 삼키면 다시 속이 편안해지네.
늙은 내가 이러한 이법을 터득하니
근래에 건강에 많은 효험을 보았네.

"의국은 아직도 문을 닫고 있는가?"

"예, 아버님."

"백화산에 있는 어의녀를 데려다가 재건을 하게. 지금은 그 방법뿐이네."

"계원들이……."

"계원? 그 잘난 낙사계가 파계 지경인데 무슨 계원 타령인가?"

"면구합니다, 아버님."

이신규는 차마 이전의 말을 거역할 수 없어 백화산 산촌을 찾았다. 면목이 없기는 애종 앞에서도 마찬가지였다.

"지난날 우리가 생각을 잘못했던 것 같소. 사과드리는 바이오."

"사과까지 하실 필요는 없습니다."

"아버님께서 어의녀를 모셔다가 다시 의국을 일으켜보라고 하셨소."

애종은 내가 없는 존애원으로 돌아갈 마음이 눈꼽만큼도 없었다. 그녀에게는 존애원이 곧 나였고 내가 곧 존애원이었다. 시골의 작은 의국을 팔도에 명성이 나게 하고 수많은 의원들을 배출했으며 살림을 크게 일으켜 늘 부족함이 없던 존애원이었다.

존애원을 창설한 사람들의 자식들이 그들의 어버이를 본받아 존심애물의 정신에 입각해 재물을 출자하기는커녕 있는 살림도 다 거덜낸 형편이었다. 그 이유야 여러 가지가 있겠지만 결코 용납할 수 있는 일이 아니었다. 그러면서도 그들이 빈껍데기만 남은 존애원의 허울 좋은 주인 행세를 하며 남에게 기대어 되살리려는 발상을 하는 것 자체에서 아직 멀었구나 하는 생각이 들었던 것이다.

"한두 사람의 힘으로 되는 일이 아닌 것을 잘 아시지 않습니까? 지금은 때가 아닌 것 같습니다."

이신규도 애초에 애종이 받아들이지 않을 거라고 예상했던 바라 크게 실망하지는 않았다. 산촌에 모여 사는 사람들의 얼굴이 다 밝아 보였다. 곳곳에서 약을 찌고 덖고 말리고 하는 까닭에 온 산이 약초로 가득 찬 듯했다. 꼭 예전의 존애원의 냄새와 똑같았다. 그 때문에 이신규는 존애원에 대한 향수가 더 깊어졌다.

"어쩌다 이 지경이 되었는지……."

산에서 내려와 고을 가까이 이르니 저 앞에서 불길이 치솟고 있었다. 존애원이 있는 방향이었다. 이신규는 설마 하면서 다급한 마음에 걸음을 재촉했다. 아, 불타고 있는 당우는 존애원의 도청이었다.

약뱅이들에서 곡식 농사를 짓고 있던 농부들이 도랑의 물을 퍼다가 불을 끄려고 안간힘을 쏟고 있었다. 고을 사람들이 하나둘 몰려들었다. 그들도 불을 끄는데 가세했다. 다행히 불은 의사나 의학당과 같은 다른 당우로 번지지 않고 도청과 약재창고만 태웠다.

"아, 장책!"

이신규는 문득 도청의 복벽장 속에 넣어둔 낙사계의 계목이며 재물의 출납에 관한 서권이 떠올랐다. 하지만 불은 껐어도 연기가 자욱한 잔해 속으로 들어갈 수 없었다. 그는 망연자실한 얼굴로 그 자리에 털썩 주저앉았다. 계원들이 속속 도착했다.

"이게 도대체 어떻게 된 일인가?"

"도청에 불까지 나다니, 설상가상이로다."

"이보게, 용빈. 정신 좀 차려보게."

"형님, 다 끝났습니다. 이제 더 이상 어떻게 해 볼 도리가 없어졌어요."

그제야 이원규도 사태를 짐작했다. 복벽장 속에 넣어둔 회원명부며 각종 장부가 다 타버려 누가 언제 곡식을 빌려갔는지, 빌려가서 얼마나 갚았는지 알 길이 전혀 없어진 것이었다. 강용후, 정도웅, 송준길 등도 안타까움을 금치 못했다.

낙사계 계회가 열렸다. 존애원은커녕 낙사계조차 운영하는 것이 불가능하다는 결론에 이르렀다.

"남촌 사람들에게 조소를 당하고 있습니다. 차라리 파계하는 게 나을 것 같습니다."

"월간 어르신이 아직 살아계시니……."

"그러면 파계를 하는 것은 여기서 기정사실화하고 나중에 때를 봐서 처리하십시다."

계를 없애더라도 이전이 죽고 나서 없애자는 말이었다. 몇 명 남지 않은 계원들은 다 그 말에 수긍했다.

약뱅이들을 빌려 농사를 짓고 있던 고을 사람들이 입방아를 찧었다.

"누가 불을 질렀는지는 뻔한 거지."

"누군데?"

"곡식을 빌려가서는 갚을 길이 없는 자들의 소행이지 누구긴 누구겠는가. 남이 무엇 하러 의국의 멀쩡한 당우에 불을 놓는단 말인가."

"그 말이 일리가 있군 그래."

"저기 누가 찾아왔는데? 저 사람 걸음이 왜 저런가?"

채득기가 어기적거리는 걸음으로 존애원을 찾았다. 그는 불에 탄 도
청과 약재창고를 보더니 탄식했다.

"아, 약을 구하러 예까지 왔더니 허사로다."

약뱅이들에서 일하고 있는 농부들에게 물었다.

"거 약포에 있는 댁네들, 이 의국은 문을 닫았는가 보오?"

"백화산으로 옮겨갔습지요."

"그게 무슨 말이오?"

"전에 의국에서 원임으로 계셨던 어의녀께서 그곳 어딘가에서 산촌
을 이루고 살고 있다고 하니 거기로 가보십시오."

채득기는 먼 백화산을 바라보며 엄두가 나지 않아 고개를 절레절레
흔들었다. 잔뜩 불러 오른 아랫배가 또 살살 아파 왔다. 마음을 굳게
다잡았다. 그는 지팡이에 의지해 근근이 힘든 걸음을 옮겼다.

"내가 살려면 저 산에 가야 하리로다."

채득기는 백화산 기슭 고을인 중모현에서 하룻밤 자고 난 뒤에 산
을 올랐다. 새벽부터 걷기 시작한 걸음이 한나절이나 걸렸다. 그에게
는 애종이 마지막 희망이었다.

"내가 아랫도리 말 못할 곳에 병이 나서 자신환을 자방(스스로 처방
함)해서 먹었는데 효험이 적은 것 같아서 녹각상환을 지어먹어 보려고
하오. 한데 녹각상을 구할 길이 없어 이렇게 무거운 몸을 이끌고 찾아
왔소."

녹각상은 사슴 뿔을 끓여서 골수를 뺀 순수한 뿔 덩어리를 일컫는
약재의 이름이었다. 서리와 같이 희다고 해서 녹각에다가 상 자를 붙
인 것이었다. 애종은 말했다.

"임병(임질)에 걸리셨다면 한양 큰 약방에 가보시지 않고 어찌하여

이렇게 궁벽한 산속을 다 찾으셨습니까?"

"달사(뛰어난 선비)는 전원에 있고 명의는 산속에 있다는 말도 있지 않소. 제발 나를 좀 도와주시오. 내 매부의 선친이 존애원 초대 원임을 지내신 청죽 어른이라오. 오는 길에 존애원에 들렀는데 도청에 불이 나서 폐허가 되어 있습디다."

애종은 측은한 마음이 들어 그에게 방을 내주어 하룻밤 묵어가게 했다. 어차피 날이 어두워져 횃불을 쥐어 줘도 혼자서는 산을 내려가지 못할 몸이었다. 다음날 아침에 애종은 사빈을 시켜 약재를 싸게 했다.

"임병 중에서도 고림을 앓고 계시는 듯하군요. 누런 기름 같은 오줌이 찔끔찔끔 나오는 것이 아주 따가우니 소변을 볼 때마다 곤욕일 것입니다."

"맞소. 바로 그렇소."

"원하시는 약재인 녹각상뿐만 아니라 백복령과 추석(불에 달구어 정련한 것)도 쌌습니다. 꼭 효험을 보셨으면 합니다."

"고, 고맙소. 내가 역시 잘 찾아왔구먼."

좋은 약을 얻어 신이 난 채득기는 백화산을 내려와 사벌면 옥주봉 아래로 숨어들었다. 그곳은 낙동강의 높다란 절벽이 있는데 그 꼭대기 바위를 자천대라고 하는 곳이었다. 거 너머에는 작은 밭을 일굴만한 한 뙈기 땅이 있었다.

그곳에 초당을 한 채 지은 채득기는 눈여겨봐 놓은 바위 하나를 정으로 두드려 돌절구를 만들었다. 애종에게서 받아온 약재를 다시 펴보았다. 서리 같이 흰 녹각상, 술에 담가 수비하여 주사를 미량으로 입힌 백복령, 그리고 어린아이의 오줌을 달여서 정제한 추석이었다.

세 가지 약재를 각각 같은 양으로 덜어서 절구에 넣고 빻았다. 고운

가루가 되자 밀가루를 쑤어 만든 풀로 벽오동 열매만한 환약을 만들었다. 그런 뒤 그것을 밥 대신에 미음과 함께 쉰 알을 빈속에 먹었다.

채득기는 매일같이 경천대에 올라가 황궁의 후원에서 목을 매 자살한 명나라 마지막 황제의 명복을 빌었다. 그러다가 자천대를 경천대로 바꿔 불렀다.

"불사이군의 의리가 이때에 필요한 법!"

채득기는 병이 걸리게 된 이유를 곰곰이 돌이켜보았다. 발단은 임금의 환후를 살피러 가서 이형익을 만났을 때였다.

"그놈 때문에 청나라로 쫓겨 가서 결국 이렇게 되었네. 내가 그때 단둥 기방에는 왜 들러가지고, 쯧."

이형익은 그 나름대로 채득기가 괘씸했다. 임금 앞에서 자신에게 사사건건 반론을 제기한 사람은 그밖에 없었다. 어전에서 채득기와의 다툼으로 의술의 밑천이 드러난 것만 같았다. 그리고 그 이후로 신경을 많이 쓰는 바람에 종기가 생겼는데 좀처럼 낫지 않고 있었다.

신하들이 때를 봐서 임금에게 간곡히 아뢰었다.

"전하, 의학의 지론을 외면하고 헛되고 얄팍한 잡술에 현혹되어서는 아니 되옵니다."

이형익과 반충익을 내치라는 말과 같았다.

"신들이 듣자하니 청나라 북경에 고려신의라는 의원이 구왕부에 있다고 하옵니다. 그자는 피로인이온데 뛰어난 의술로써 청 황실의 마음을 얻은 줄로 아옵니다."

"그래? 대단한 자로다. 그자를 귀국시킬 수만 있다면 우리 조선에 큰 이로움이 아니겠는가?"

"그 의원과 같이 의술을 연마한 사람이 우리 조선에도 엄연히 있사옵니다."

"그게 누구인고?"

"당대의 명의로서 항간에도 잘 알려진 이찬과 채득기와 같은 의원이옵니다. 하오니 그들로 하여금 약을 짓고 침구를 잡게 하소서."

그 바람에 임금도 물러설 수밖에 없었다. 드디어 이형익과 반충익으로부터 번침을 맞는 것을 중지했다.

임금은 조 소용의 처소에 들렀다. 눈에 넣어도 아프지 않을 어린 효명옹주가 있었다. 그 재롱을 보는 것이 매일 밤의 유일한 낙이었다. 어린 옹주는 임금을 아바마마라고 하지 않았다. 아바님도 아니고 그저 아바였다. 6살 난 어린아이라고 해도 무엄하기 이를 데 없었다. 하지만 임금은 그런 딸이 그저 귀엽기만 했다.

옹주가 버릇처럼 저고리와 치마 속에 손을 넣어 몸을 긁었다.

"아바, 가려워."

임금은 슬그머니 진노가 일었다.

"내의원 의관들은 대체 무얼 하길래 어린 옹주의 가려움증 하나 못 다스린단 말이냐."

대령의녀 별난이가 서 있다가 대답했다.

"아뢰옵기 황공하오나, 옹주마마의 가려움증은 태독 탓이옵니다. 난치병이라 쉽게 다스릴 수 있는 병증이 아니옵니다. 통촉하옵소서."

"에잇, 고약한 태독 같으니라고."

옹주는 쪼르르 달려가 임금의 무릎 위에 엉덩방아를 찧으며 척 내려앉았다. 임금은 옹주를 보물단지 마냥 안고 놀았다. 밖에서 상궁이 아뢰었다.

"전하, 이 의관이 입시해 있사옵니다."

임금은 그를 크게 반기며 다정히 말했다.

"신하들이 하도 성화를 부려서 잠시 쉬게 하는 것이니 과히 괘념치 말라."

"성은이 망극하옵니다. 전하."

"이 의관도 소용의 처소에 자주 드나든다지? 우리가 오늘 여기서 이렇게 보는 것도 나쁘지 않군. 허허허. 그렇지 않느냐, 옹주?"

"아바, 좋아."

임금이 돌아가고 난 뒤에 어린 옹주와 두 살 터울이 나는 왕자를 돌보는 것은 별난이 몫이었다. 그녀는 스스로 의녀인지 보모인지 모를 지경이었다. 조 소용이 믿는 사람은 오직 자신뿐이라는 데야 할 말이 없었다.

이형익은 한번 둔 눈독을 거두지 않았다.

"그년 참. 나이가 들어도 가시가 있는 것이 아직 탱탱하여 구미가 썩 당긴단 말이야."

하지만 별난이는 이형익의 야릇한 눈길을 느낄 때마다 소름이 돋았다.

'별 미친……. 보면 볼수록 능글맞은 놈.'

3

황숙부섭정왕 도르곤은 뜻밖의 칙서를 고려관으로 보냈다. 세자의 환국을 윤허한다는 내용이었다. 세자와 세자빈에 딸린 관원, 궁녀, 의관들만 수백 명이었다. 그들은 모두 환호했다. 드디어 고향 땅으로 돌아가게 된 것이었다.

명나라가 없어진 이상 조선은 더 이상 섬길 나라가 청나라 말고는 따로 존재하지 않게 되었다. 도르곤은 조선의 세자를 계속 볼모로 붙잡아두는 것은 필요치 않는 일이라고 여겼다. 명나라가 망한 뒤인데도 만약 그대로 붙잡아 둔다면 그것은 청나라가 조선을 두려워하고 있다는 반증이 되는 것이었다.

세자는 황궁으로 가서 순치제에게 귀국 인사를 올렸다. 어린 황제 곁에는 황숙부섭정왕 도르곤이 서 있었다.

"오랫동안 고생이 많았소. 잘 돌아가시오."

"그동안 여러 가지로 많은 배려를 해주셔서 고맙습니다."

세자는 아지거 등 여러 왕들과 대신들에게 일일이 감사 인사를 전했다. 맨 마지막으로 가장 특별한 사람 독일인 신부 아담 샬에게는 약재 종이 등 조선에서 나는 특산물을 선물로 안겨주었다. 아담 샬도 세자의 귀국을 몹시 아쉽게 여기며 서양의 여러 가지 책과 천구의 등을 선물했다.

세자가 북경을 떠나는 날, 봉림대군이 환송했다. 세자와 세자빈 강씨만 귀국하게 된 것에 봉림대군은 애써 쓸쓸함을 감추었다.

"자네도 나를 뒤따라 귀국하게 될 것이니 너무 상심 말게."

"예, 형님 저하. 부디 무사 환국하시길 기원하겠사옵니다."

세자빈 강씨는 대군부인 장씨에게 말했다.

"여보게, 성경의 농장을 잘 부탁하네."

그런데 대군부인 장씨는 딱 잘라 말했다.

"빈궁마마, 소인은 그런 것을 할 줄 모르옵니다."

"그동안 좀 배워두라고 그렇게 일렀거늘 이런 날을 당해 난감하지 않은가?"

"환국하시면 그만인 마당에 농장 일이 다 무엇이옵니까? 이제 더는 필요 없지 않사옵니까?"

"아닐세. 여기 있는 피로인을 생각해야지."

세자는 강씨를 제지시켰고 봉림대군은 장씨를 말렸다. 대군이 말했다.

"형수님 마마, 너무 지체되었습니다. 이제 가마에 오르시지요."

드디어 세자의 환국 행차가 출발했다. 뒤따르는 사람들의 행렬이 길게 이어졌다. 봉림대군을 호위하는 반당 8장사가 중얼거렸다.

"고려관이 텅 빈 것 같군."

"자, 우리는 들어가서 남은 것 뭐 있는지 찾아나 보자고."

그들은 봉림대군에게 아뢰었다.

"대군 나리, 안으로 듭시옵소서. 조금만 더 인내하시면 될 것이옵니다."

"암, 그래야지. 인내의 끝에서조차 견디고 또 견뎌야지. 자, 다들 들어가세."

아지거의 아들 바이어쑨이 황숙부섭정왕부를 찾았다. 그는 숙부 도르곤에게 예배를 한 뒤에 존애당에 들렀다. 그의 다리가 언제 다쳤더냐는 듯이 멀쩡하게 나아 있었다.

"신의 대인, 내가 마치 새 생명을 얻은 것만 같소."

"소왕야, 과찬이옵니다."

"과찬이 아니오. 아무리 칭찬을 해도 모자랄 것이오."

그는 가지고 온 것을 내놓았다. 불세신의(不世神醫) 넉 자를 쓴 편액이었다.

"아버님께서 직접 쓰셨소. 대인께 드리는 선물이오."

"신의라니 당치 않습니다. 민망하게도 이걸 어떻게 걸어두라는 말씀입니까? 도로 가지고 가시는 게 좋겠습니다."

"대인은 어찌 그리 겸손하고 사양만 하오? 혹시 팔왕부에서 보낸 물건이라 숙부님이 탐탁지 않아 할까 봐 그러오?"

"그럴 리가 있겠습니까? 그런 뜻이 아닙니다."

"그러면 그냥 걸어두시오."

그는 또 많은 재물을 내놓았다. 존애당을 운영하는 데 쓰라는 것이었다. 은자 1,000냥과 황금 500냥이었다. 아무리 받을 수 없다고 해도 그는 막무가내였다. 시끄러운 소리가 나서인지 박치의가 왔다. 바이어쒼의 얘기를 들은 그는 공손히 읍을 했다.

"소인이 잘 받아두겠습니다."

그제야 바이어쒼이 돌아갔다. 박치의가 당부했다.

"조선하고는 예법이 다르다네. 사양은 두 번만 하고 세 번째까지 권하거든 못 이기는 척 받아두게. 그것이 이 나라 예법일세."

"알겠습니다."

박치의는 또 말했다.

"그나저나 세자저하께서는 잘 돌아가셨는지 모르겠네. 고려관에서 전하는 소식은 없던가?"

"아직 아무 말도 못 들었습니다. 들리는 대로 말씀드리겠습니다."

긴 볼모 생활을 마치고 환국한 세자를 크게 반기며 기뻐해야 할 조정이 마치 장대 끝에 앉은 듯 위태로웠다. 세자가 청나라에서 싸 가지고 온 서적과 물건 때문이었다. 동궁인 창경궁 환경당에 들렀다가 그것들을 본 임금의 진노는 대단했다.

"네가 오랑캐 나라에 가더니 오랑캐가 다 되어서 돌아왔구나. 저 요사스러운 것들을 썩 내다버리지 못할까!"

"아바마마, 부디 진노를 거두어 주옵소서. 소자가 얼른 없애겠사옵

니다."

그로부터 얼마 있지 않아 세자가 학질을 앓았다. 이형익이 침을 놓아도 열이 오르고 추위를 타는 증세는 오히려 심해졌다. 몹시 갈증을 호소했으며 밤이 되자 숨이 더욱 거칠어졌다.

한언협이 물었다.

"스승님, 세자저하의 환후가 어찌하여 자꾸만 더 깊어지는 것입니까?"

"조 소용마마의 근심이 자꾸만 덜어지는 것과 같은 이치일세."

어의녀 천생이 이형익의 번침이 부당함을 지적하는 언문 상소를 올렸다. 의술은 사술이 아니다. 번침은 사람을 현혹시키는 사술에 불과하니 이를 계속 허용해서는 안 된다는 것이 그 요지였다. 또 의원은 환자의 병을 두고 크게 부풀려서 말해도 안 되며 고칠 수 없는 것을 교묘한 언변으로 모면하려 해서도 안 된다고 했다.

내의원은 물론 조정이 발칵 뒤집혔다. 이형익이 임금의 총애가 깊어 대간들도 감히 말하지 못하는 것을 일개 의녀가 당당히 공론화시킨 것이었다. 임금은 도제조와 제조, 그리고 어의를 불러 상소의 내용을 물었으나 그들은 어물쩍 넘어가려고만 했다.

"두 사람을 대질해 누가 옳고 그른지 확인하는 게 좋겠사옵니다."

임금은 망설였다. 아끼는 의관 이형익이 행여 망신이라도 당한다면 그것은 임금 자신의 망신이기 때문이었다.

"무릇 의가에서는 여러 견해가 있을 수 있지 않겠는가?"

"망극하옵니다, 전하."

이형익은 의술이 뛰어난 천생과 대질이나 의술 대결을 하게 될 것을 우려했다. 어의녀 천생이 괘씸하기도 했다. 그는 내의원 의녀 정향을 사주했다. 그리하여 정향은 소문을 퍼뜨렸다. 어의녀 천생이 평소에 임금이 후궁의 처소에만 들락거리며 그 치마폭에서 헤어나지를 못한다고, 그래서 정수가 고갈되어 병이 오래 가고 낫지 않는다고 떠벌리고 다녔다는 무함이었다.

그 말은 마침내 어의의 귀에 들어갔다. 어의는 사태가 커질 것을 우려해 어의녀 직을 박탈하고 천생을 감옥에 가두게 했다. 그 공으로 정향은 내의원 수의녀에 올랐다. 천생이 감옥에 있으니 이형익은 거칠 것이 없었다. 그는 조 소용이 준 약낭을 받아들고 정향과 둘이서만 세자의 약을 조제하고 달였다.

임금은 세자의 병이 나을 때까지 이형익을 궐내에 입직시켰다. 그런데 한낮에 세자가 약을 들고 나서 얼마 지나지 않아 갑자기 훙서(왕족의 죽음)하고 말았다. 학질에 걸려 시달린 지 나흘 만에 일어난 일이었다.

임금은 슬퍼할 새도 없이 서둘러 염습을 명했다. 임금이나 왕자의 죽음에는 종실이 참관하는 것이 상례였다. 세자의 염습에는 종실 진원군 이세완이 참관했다. 그는 염습하기 전에 죽은 모습 그대로의 세자를 보았는데 칠규(사람 몸에 있는 일곱 개의 구멍)에서 피가 낭자했으며 온몸에 검은 빛이 감도는 것이었다.

'이건 독살이다!'

그는 순간적으로 세자가 독약에 중독되어 죽은 것임을 알아챘지만 함부로 발설하지는 못했다. 만약 목격한 바를 밝힌다면 스스로에게 어떤 해가 돌아올지도 모를 일이었다. 또 조정에 불러올 파장이 너무 컸다.

사헌부와 사간원의 관원들이 임금에게 아뢰었다.

"의원 이형익은 괴이하고 허탄한 의술을 믿고서 날마다 망령되이 침만 놓다가 세자저하께서 훙서하는 참람한 일이 벌어졌으니 이형익을 잡아다 국문하소서."

임금은 시큰둥하게 답했다.

"이형익이 세자를 진료함에 있어서 정성을 다했으니 굳이 잡아다가 국문할 것까지는 없다."

이어 하명했다.

"청국에 있는 봉림대군을 빨리 귀국시키도록 하라."

세자가 급작스럽게 훙서했다는 소식이 고려관에 전해졌다. 그리고 조선 조정이 청 조정에 봉림대군을 하루빨리 환국시켜 달라고 요청했다는 것이 알려지자 고려관은 크게 술렁였다.

"우리 대군 나리를 세자로 세우려는 것 아닌가?"

"세손이 엄연히 계신데?"

임금의 의중이 어떠한 것인지 알지 못해 갖가지 억측이 난무했다. 그러는 가운데 황숙부섭정왕 도르곤은 봉림대군의 환국을 윤허했다. 명나라 땅도 전역이 안정되었고 더 이상 조선이 망국 명나라에 미련을 가지고 있지 않다고 판단했다. 그래서 왕자와 대신들의 자식들을 더 이상 볼모로 잡아놓을 이유가 없었다. 고려관은 잔치 분위기였다.

"이제 우리도 집으로 간다!"

"기다려라, 그리운 고향산천아!"

고려관으로 가서 봉림대군에게 하례했다.

"대군마마, 봉하드리옵니다."

"귀영군께서도 저와 같이 가야지요."

나는 그의 말에 약간의 희망을 가졌다. 도르곤에게 말만 잘하면 봉림대군을 따라 돌아갈 수 있으리라 믿었다. 그런데 박치의가 존애당으로 와서 먼저 얘기를 꺼내는 것이었다.

"왕야께서 자네까지 보낼 마음은 없는 것 같네. 나도 어쩔 수 없네. 미안하이."

밤새 고심했다. 보내주지 않는다면 달리 방법을 찾는 수밖에 없었다. 그리하여 탈출을 하기로 결심했다. 드넓은 땅에 사람이 많지만 믿고 의지할 사람은 박치의뿐이었다. 조심스럽게 내 속내를 밝히고 간곡히 도움을 청했다.

"계획을 짜 보도록 하겠네. 하지만 몇 사람이 더 필요하네."

쥬마라와 연이를 추천했다.

"자네 목숨을 대신할 만큼 믿을 만한 사람들인가?"

비장한 각오로 대답했다.

"그렇습니다."

여러 날에 걸쳐 계획을 마련한 박치의는 수족 같은 자신의 수하에게 나와 비슷한 체격을 가진 6척 장신의 시체를 한 구 구해 놓으라고 지시했다. 나를 청나라에서 조선으로 탈출시킬 계획을 실행에 옮기기 시작한 것이었다.

봉림대군의 귀국을 며칠 앞둔 날이었다. 쥬마라에게 말했다.

"저 현판을 내리거라."

아지거가 불세신의 넉 자를 써서 내게 보낸 것이었다. 그것은 쥬마라에게 내가 조선으로 돌아갈 것을 암시하는 말이었다. 그는 차분한 음성으로 물었다.

"스승님께서 떠나시면 저 많은 재물은 어찌 하옵니까?"

"의학 공부를 하는 데 쓰거라."

"신분과 재물에 조금도 흔들림이 없는 스승님이야말로 참 대인이십

니다."

쥬마라는 전낭 하나를 두 손으로 받쳐 올렸다.

"얼마 안 됩니다만, 전별의 예로써 드리는 것이니 노자에 보태 쓰옵소서."

"네가 돈이 어디 있다고 이런 걸 내놓느냐. 받을 수 없다."

"멀리 갈수록 노자는 반드시 필요한 법이옵니다."

"잘 넣어뒀다가 네가 필요한 데 쓰거라."

"스승님, 받아주옵소서."

"알았다. 염치없지만 고맙게 받겠다."

"스승님께서 떠나신 뒤로 이 존애당은 문을 닫아야 하겠습니까?"

"아니다. 네가 공부를 하면서 계속 운영하거라. 이 황궁에는 의서가 넘쳐나니 공부하기에 이보다 좋은 곳은 없다."

"하오면 제가 죽을 때까지는 존애당이 문 닫는 일이 없도록 하겠습니다."

"고맙구나. 어느 때 어느 곳에서나 존애당 기서를 명심하거라. 그러면 명의 소리는 못 들을지언정 좋은 의원은 충분히 될 수 있다. 또 존심애물의 정신만 마음 가득 지닌다면 존애당은 세세영영 없어지지 않을 것이다."

박치의는 도르곤에게 아뢰었다.

"앞으로 행차하실 때에는 존애당 의원을 데리고 다니는 것이 좋겠습니다."

"왜 그런 생각을 했는가?"

"그자가 고려관의 대군과 친하게 지냈사온데 며칠 뒤에 대군이 떠나고 나면 왕야도 저도 없는 이곳 왕부에 혼자 있다가 도망칠지 모르

350

는 일이 아니겠습니까? 그의 늙은 시종도 죽고 없으니 말입니다."

"그러면 데리고 다니도록 하지."

도르곤은 황궁의 전용 호수 중남해 인근에서 팔기군 중에서 황제의 직속부대인 양황기를 사열했다. 그러던 중에 갑자기 누군가의 외침이 들렸다.

"사람이 물에 빠졌다!"

군사들이 몰려와 호수를 바라보았다. 아무것도 없었다. 잠시 후 시체가 한 구 떠올랐다. 건져내고 보니 얼굴과 온몸이 물속 바위에 부딪혀 엉망이고 물을 먹어 퉁퉁 불어 있었다. 쥬마라가 울먹이면서 말했다.

"우리 스승님은 항상 비단 약낭을 차고 다니셨는데 그 안에 청심환이 다섯 알 들어있습니다."

박치의가 내 옷을 들추어 허리에 찬 약낭을 확인했다. 청심환은 다녹아 주머니 안에 찌꺼기 같은 흔적만 남아 있었다. 쥬마라가 서럽게 울기 시작했다. 도르곤이 물었다.

"의원이 어찌하여 물에 빠졌느냐?"

"잉어를 구경하려고 가까이 다가가다가 발이 미끄러졌사옵니다."

"음, 아까운 자를 잃었군."

도르곤은 훈련을 멈추고 돌아갔다. 그때까지 물속에 있던 나는 눈을 빼꼼 내밀고 살핀 뒤 아무도 없는 것을 확인하고 헤엄쳐 올라왔다. 호숫가 숲속으로 갔다. 청병의 옷이 놓여 있었다. 그것으로 갈아입었다. 또 수염을 깎고 모자를 썼다. 그런 뒤에 요도까지 차고는 그 자리에서 기다렸다.

"뭐라고? 고려신의가 죽어?"

"구왕야를 따라나섰다가 중남해 호수에 익사했다고 하네."

"저런 변이 있나?"

"그분이 돌아가셨으니 이제 환자들은 어쩌나?"

쥬마라가 떠들고 다녔다.

"신의 대인께서는 당신의 죽음을 내다보셨습니다. 돌아가시기 전날 편액을 내리라고 하시지 않겠습니까? 그건 신의로 오셨다가 다시 신선계로 돌아가신다는 암시였던 거지요."

"역시 신의셨군, 신의셨어."

도르곤은 박치의에게 말했다.

"그 조선 의원이 그동안 우리 청나라에서 큰 공을 이루었으니 비명에 간 원혼을 달래주고 장례도 후히 치러주게."

박치의가 청병을 거느리고 중남해 호숫가에 나타났다. 내가 물에 빠져 죽은 곳에서 재를 지내주기 위해서였다. 그는 주문을 외며 넋을 달랬다. 노잣돈으로 가짜 종이돈을 물속에 뿌렸다. 이목이 그쪽으로 쏠려 있는 동안에 나는 숲을 나와 슬그머니 청병의 꽁무니에 따라붙었다.

왕부에 돌아오자마자 박치의는 나를 수하로 삼아 곁에 두었다. 존애당에 있는 쥬마라조차 나를 알아보지 못했다. 그날부터 잠은 박치의의 곁방에서 자며 낮에는 모자 속에 얼굴을 감추고 있으면서 때를 기다렸다.

봉림대군이 환국길에 올랐다. 박치의는 도르곤에게 아뢰었다.

"대군을 국경까지 호위해 주고자 합니다."

"같은 조선인으로서 섭섭하겠군. 마지막 가는 길이니 그렇게 하게."

박치의는 아병을 거느리고 봉림대군 일행을 호위해 갔다. 단둥에서 마지막으로 하룻밤 묵게 되었다. 그는 여러 청병들이 보는 앞에서 나를 불러 북경에 있는 도르곤의 왕부로 심부름을 보냈다. 얼른 말을 타고 그 자리를 떴다.

그다음날 봉림대군은 압록강 가에 이르렀다. 박치의는 작별 인사를 했다.

"대군마마, 부디 남은 길도 무사히 돌아가십시오."

"먼 길을 배웅해 주어 고맙소."

봉림대군은 배를 타고 압록강을 건넜다. 건너편 나루에는 조정에서 보낸 접위사가 대기하고 있었다. 박치의는 대군 일행이 다 건널 때까지 지켜보았다. 대군이 접위사와 만나는 것을 보고는 말머리를 돌려 돌아갔다.

"똑똑똑똑!"

문을 네 번 두드렸다. 안에서 사람이 나왔다. 청상이었다.

"어서 오십시오. 팔왕부 작은마마님의 지시를 받고 기다리고 있었습니다."

집안으로 들어가 조선옷으로 갈아입었다. 만상 차림을 한 나는 청상과 함께 집을 나와 산길을 걸었다. 그리하여 단둥 읍내로 들어갔다. 여러 만상들 틈에 섞였다. 그들이 의주로 돌아가는 행렬에 들어갔다.

압록강 가에 이르렀다. 청나라 군사들이 밀거래를 적발하기 위해 검문검색을 하고 있었다. 그런데 청병들 뒤로 은빛 갑옷을 입은 정예 군들이 서 있는 것이었다. 그들의 군교가 나를 발견했다.

"저자다! 잡아라!"

도망칠 새도 없었다. 그 자리에서 붙잡히고 말았다. 그들은 도르곤이 보낸 수은갑이었다. 좌령이 내게 말했다.

"그딴 가소로운 수법이 통할 줄 알았더냐?"

아, 절망이었다.

"구왕야께서 네놈의 수작을 훤히 읽고 계셨느니라."

모든 것이 수포로 돌아가는 순간이었다. 바로 그때 말발굽 소리가 들렸다.

"두두두두두……."

말을 탄 복면인들은 수은갑 군사들을 공격하기 시작했다. 그들은 검문소에서 서로 맞붙어 싸웠다. 팔기군의 정예병 중의 정예병이라는 수은갑의 무예 솜씨는 실로 눈부셨다. 하지만 복면인들의 솜씨 또한 그에 못지않았다. 무거운 갑옷을 입은 수은갑이 차츰 날랜 복면인들에게 밀리기 시작했다. 이윽고 전세는 기울어 수은갑 군사들이 전멸하고 말았다.

복면인들이 나를 에워쌌다.

"신의 대인, 대인께 다리 하나 신세진 분의 보은이라고 생각하시오."

팔왕 아지거와 그의 아들 바이어쒼이 떠올랐다. 그들은 나를 호위해 압록강 가까지 데려다 주었다.

"왕야와 소왕야께 고맙다고 전해주시오."

복면인들이 사라졌다. 나는 뗏목을 빌려 타고 강을 건너기 시작했다. 불현듯 박치의가 떠올랐다. 눈앞이 아찔해졌다.

'아! 내가 탈출한 것이 들켰으니 박치의, 쥬마라, 연이, 그들은 이제 어찌 되는 것인가?'

"다 건넜소."

뗏목에서 내렸다. 드디어 조선 땅을 다시 밟았다. 너무 반가운 나머지 땅바닥에 드러누워 구르고 싶은 심정이었다. 상주 백화산 산촌으로 빨리 가고 싶었다. 나를 애타게 기다리고 있을 한 여인의 용모와 자태가 어른거렸다. 곧장 남쪽으로 걸음을 재촉하기 시작했다.

존애원 기서

1

어의녀 천생이 감옥에 갇혀 있는 동안 내의원 수의관 유후성이 내의녀들을 조사했다. 그런데 아무도 천생이 임금을 흉보는 소리를 들은 적이 없다는 것이었다. 탕약의녀 산홍이 말했다.

"사실은 정향 그년이 혼자 떠들고 다니는 것 같았습니다."

의미 있는 진술을 확보한 유후성은 의녀들을 모아놓고 말했다.

"억울하게 누명을 쓰고 감옥에 갇혀 있는 어의녀를 구해야 하지 않겠는가?"

다들 말이 없었다. 속으로는 일신의 출세에만 눈이 먼 의관이 웬일인가 하는 의문이 일었다.

"정옥아? 청심아?"

"소녀는 무섭기만 합니다."

"저도 그냥 가만히 있고 싶습니다."

"너희들이 외면하면 어의녀는 구제받을 길이 없다. 차후에 너희들도 억울한 일을 당했을 때 모두가 등을 돌리면 어떻겠느냐?"

의녀들은 침묵했다.

"나도 지난날 내 한 몸 사리고 모든 불의를 모른 척한 것이 몹시 부끄럽게 여겨졌단다. 앞으로 다시는 그런 부끄러운 사람으로 살지 않겠다고 맹세했다. 너희들이 나를 따라만 준다면 목숨은 나의 것 하나만 바치도록 하마."

유후성은 의녀들을 간곡히 설득해 연명서를 받았다. 그리하여 내의원 제조 예조판서 김육이 재조사를 했다. 그 결과 정향이 무고한 것이 밝혀져 천생은 풀려나고 오히려 정향이 감옥에 갇혔다.

"네 이년! 그런 무엄한 짓을 하도록 사주한 사람이 분명히 있을 터, 그게 누구냐?"

"이 의관 나리가 그렇게 하라고 해서 했을 뿐입니다요. 저는 아무것도 모릅니다요."

정향이 이형익이 사주했음을 자백했지만 그는 완강히 잡아뗐다. 제조는 그가 임금이 총애하는 사람인지라 정향이 무단히 그를 끌어들인 것으로 판단했다. 결국 정향은 모든 죄를 혼자 뒤집어쓰고 성문 밖 새남터에서 처형되고 말았다.

풀려난 천생은 다시 의연하게 어의녀 직을 수행했다. 그것을 본 이형익은 뒷목이 서늘했다. 천생은 정향의 자백을 곱씹으며 그의 행동을 더 면밀히 주목하기 시작했다.

봉림대군이 돌아와 임금에게 사은숙배를 했다. 임금은 하명했다.

"대군의 짐을 다 가져오라."

내관들이 짐을 가져다 놓고 다 풀었다. 지필묵과 너덜너덜한 사서삼경뿐이었다. 경서가 아닌 책으로는 《손자》가 있었다. 성경 고려관에 있을 때 채득기로부터 받은 것이었다. 임금이 물었다.

"이 책은 어인 까닭으로 읽었느냐?"

"원수를 갚으려면 병법을 알아야 한다고 생각했사옵니다."

임금은 크게 흡족했다.

"대군은 그 힘든 시련 속에서도 학문을 게을리하지 않았으니 만백성의 본보기가 될 만하다."

그런데 그 무렵, 궐내에 쉬쉬하면서 은밀히 흐르는 소문이 하나 있었다. 소현세자를 조 소용이 독살했다는 것이었다. 그녀가 자신이 낳은 어린 서왕자를 장차 보위에 올리기 위해 다른 적왕자들도 차례로 다 제거할 것이라는 흉문은 입에서 입으로 귀에서 귀로 전해지고 있었다. 봉림대군을 그림자처럼 지켜온 반당 8장사는 그러한 첩보를 입수했다. 그들은 밤낮으로 대군을 삼엄하게 호위했다. 하지만 그들도 어찌할 수 없는 영역이 있었다. 그곳은 바로 내의원이었다.

진원군이 귀천군을 찾아가 고민하고 있던 것을 털어놓았다.

"세자가 독살당했다니, 그것 참."

"형님, 그다음 목표는 봉림대군이 아니겠습니까?"

"아니, 아닐지도 모르지."

"그러면 누구?"

"원손이 있지 아니한가? 대군보다는 원손을 먼저 없애는 게 순서겠지."

원손이란 소현세자의 아들이었다. 그가 다음 왕권을 물려받을 1순위에 있었다.

"아, 그렇군요. 가만히 생각하니 위험에 처하지 않은 사람이 없군요. 이를 어찌해야 합니까?"

"의혹이나 조짐이 있다손 치더라도 아무런 증거 없이 함부로 떠벌릴 수는 없는 일일세. 옳지 못한 짓은 꼬투리가 잡히기 마련이니 좀 두고 보기로 하세."

이형익은 조 소용의 처소를 찾았다.
"이 의관께서는 조용히 새 한 마리를 잡으시오."
"알겠습니다. 소의마마."
새 한 마리란 봉황을 뜻했다. 바로 봉림대군을 일컫는 말이었다.
"나는 내 나름대로 할 일이 있소."
"그것이 무엇인지요?"
"내 아들을 위해서 싹을 하나씩 잘라야지."
대령의녀 별난이는 이게 아니다 싶었다. 아무리 생각해도 조 소용이 사람이 아닌 것 같았다. 마치 악마의 화신을 보는 듯했다. 조 소용의 곁에 더 있다가는 머잖아 대역죄인으로 몰려 죽임을 당할 것만 같았다. 하루하루가 너무 무서웠다. 밤에도 잠을 쉽게 이루지 못했다. 갑자기 군사들이 들이닥쳐서 잡아갈 것만 같았다. 갈수록 대궐 생활이 무서워졌다. 의녀가 되고자 했던 꿈이 처음으로 후회되었다.
내의원이 아니어도 좋았다. 혜민서 아니 활인서라도 얼른 옮겨가고 싶었다. 아무 데라도 다른 곳으로 전근을 가고 싶었지만 조 소용에게 발목이 잡혀 도저히 갈 수가 없었다. 방법이 전혀 없는 것은 아니었다. 이형익에게 부탁하는 것이었다. 그렇게 하면 그는 음탕한 요구를 해올 것이 뻔했다. 별난이는 이러지도 저러지도 못하는 제 신세가 한탄스러웠다.
존애원은 어떻게 되었을까. 담야는 어떻게 지내고 있을까. 할머니는 벌써 돌아가셨겠지. 존애원이든 백화산이든 돌아갈 수만 있다면. 세상에 아무 무서울 게 없이 맘 편히 지내던 그때가 좋은 때였어. 이젠 너무 늦은 걸까. 의녀를 그만둔다고 하면 나도 죽게 될까. 아마 그럴 거야. 너무 많이 보고 들었으니……

공조정랑 이찬, 그리고 내의원 수의관 유후성과 약의 박군이 임금의 탕제를 논의했다. 그 논의에서 배제된 이형익이 사람들의 이목을 끌어볼 작정으로 아뢰었다.

"수달의 간을 쓴다면 효험을 볼 것이옵니다."

"이 의관의 말대로 하라."

내의원에서는 어의를 비롯해 여러 의관들이 모여서 논의했다.

"아무리 생각해도 수달의 간을 썼다는 기록은 본 적이 없습니다."

"민간에서도 그런 용례가 있다는 얘기는 들어보지 못했습니다."

내의원 고문 격으로 불려와 있던 이찬이 말했다.

"《본초》에 보면, 수달의 간에는 독이 있다는 조목이 있네. 그런데 수달의 간은 돌림병에 쓰는 것이지 지금 상감께는 쓸 것이 못 되네."

유후성은 새삼 스승의 식견에 감탄했다. 어의가 어전으로 가 이찬의 말을 아뢰었다. 임금이 이형익을 불러서 물었다. 그는 당황해서 나오는 대로 말해버렸다.

"포, 포제를 하면 보약이 되는데 해구신 못지않게 정력에 아주 좋사옵니다."

모르는 사람이 들으면 사실인 줄 알도록 거짓말을 서슴없이 하는 버릇. 그것이 이형익의 사람 됨됨이였다. 자신의 말에 자신이 발목 잡히기 일쑤였어도 그는 그런 버릇을 전혀 고칠 수 없었다. 생각하기도 전에 말부터 먼저 튀어나오는 데야 그 자신도 도리 없는 일이었다.

임금은 밤에 조 소용의 처소에서 몰래 이형익을 불러 번침을 맞고 요안혈에 뜸을 떴다. 요안혈은 허리 양쪽에 오목한 곳에 있는 두 혈로 그곳에 뜸을 뜨거나 침을 맞으면 정력이 좋아진다고 해서였다.

효명옹주의 태독을 다스리는 약을 가지러 내의원에 들렀던 별난이가 넌지시 그런 사실을 의녀들에게 흘렸다. 결국 신하들의 귀에까지 들어가게 되었고 간원들로부터 이형익을 잡아다 국문하라는 주청이 빗발쳤다.

"과인이 뜸을 뜨고 싶었던 것이지 이형익의 죄가 아니다."

그즈음 그동안 은밀히 떠돌던 소문이 수면 위로 올라오는 일이 벌어졌다. 알 만한 사람들은 다 우려했던 일이 드디어 일어나고야 만 것이었다. 그것은 또 임금의 의중을 확인시켜 주는 사건이기도 했다.

죽은 소현세자빈 강씨가 조 소용을 저주했다는 발고가 있었다. 임금은 대노했다. 빈궁전에 있던 궁녀들 중에서 조 소용에게 매수된 신생이 폭로했다.

"나인(궁녀)들이 대궐 곳곳에 저주하는 물건을 숨겨 놨사옵니다."

"어디에 숨겨 묻어놨느냐?"

"그건 소녀도 모르옵니다."

빈궁전 궁녀들은 모두 고문을 당했다. 하지만 하지 않은 일을 했다고 인정하는 궁녀는 아무도 없었다. 의심이 가는 곳을 여러 군데 파보았지만 증거는 하나도 나오지 않았다. 그래도 임금은 막무가내로 세자빈 강씨에게 죄를 물어 경덕궁에 유폐시켰다.

사태는 거기서 그치지 않았다. 임금의 수라에 올라온 전복에서 독이 검출되었다. 임금은 또다시 크게 진노했다. 그런데 법사를 통하지 않고 대전 내관들을 시켜 조사했다. 그러한 끝에 어전 수라간이나 소주방에는 어떠한 벌도 내리지 않았다. 다만 경덕궁에 유폐되어 있는 세자빈 강씨가 사주한 것이라고 단정하여 세자빈을 폐위하고 사약을 내리기에 이르렀다.

이형익은 조 소용의 계략과 수완에 탄복했다.

"대단하시옵니다, 소용마마."

"이 의관은 새를 잡으라고 했더니 뭘 그리 꾸물대고 있소? 그거 하나 빨리 처리하지 못하고. 쯧쯧."

"무슨 뜻인지 잘 알겠사옵니다. 조금만 기다려 주옵소서."

드디어 세자빈 강씨를 제거한 조 소용은 그녀의 자식들에 주목했다. 소현세자와 강씨 사이에 난 맏아들이 아직까지는 원손이었다. 대통을 이어받을 1순위였다. 조 소용은 이부자리에서 나중에 후환이 될 것이라고 임금을 꼬드겼다.

다음날 아침 임금은 원손을 비롯한 손자들을 모두 제주도로 유배 보내 버렸다. 그리하여 세자 자리와 세자빈 자리는 공석이 되었다. 조 소용은 임금이 세자 책봉을 서둘지 말기를 간곡히 부탁했다. 자신의 아들이 그 자리를 차지할 때까지 시간을 벌어야 했다.

하지만 신하들은 달랐다. 연이어 아뢰었다.

"전하, 하루라도 빨리 세자를 책봉해야 혼란이 없을 것이옵니다."

"그러하옵니다. 저군의 자리는 잠시라도 비워둘 수 없사옵니다."

결국 임금은 신하들의 간청을 이기지 못하고 봉림대군을 왕세자로, 대군부인 장씨를 세자빈으로 책봉했다. 그리고 조 소용의 마음을 달래기 위해 소의(정2품)로 내명부 벼슬을 높여 주었다. 조 소의는 중얼거렸다.

"세자가 되었다고 목숨이 여러 개 생기는 것은 아니지, 암."

귀천군과 진원군은 고심을 거듭했다.

"귀천군 형님, 봉림대군이 세자가 되었으니 불온한 무리에게 가장 큰 표적이 되지 않겠습니까?"

귀천군은 고개를 끄덕였다.

"서명이 없는 익명의 편지를 한 통 작성하세. 우리 필치가 아닌 다른 사람이 쓰도록 하고."

"그걸 어떻게 하시려고?"

"세자에게는 대군 시절부터 호위하던 믿음직한 반당들이 있네. 그 중에서 한 사람을 물색해서 세자에게 전달되도록 해 보겠네."

팔장사의 우두머리인 도두반당이 세자에게 편지 한 통을 내놓았다. 읽어본 세자는 얼른 밀촉불에 태워버렸다. 세자는 자신도 형 소현세자와 마찬가지로 독살당하지 않을까 했다. 독은 먹는 것으로 찾아올 것만 같았다. 그렇다면 가장 손쉬운 방법이 수라와 탕제에 독을 타는 것일 터, 수하 장사들이 수라간을 지키고 있다고는 하지만 열 사람이 한 도둑을 못 막는다는 말도 있지 않는가.

세자는 청나라에서 탈모증을 고쳐준 나를 떠올렸다.

"귀영군, 그가 살아서 곁에 있어 주었으면 좋으련만. 이런 상황에 데려다 놓으면 그도 혹시 권력을 저울질하면서 어느 한쪽에 빌붙으려는가."

아닐 것 같았다.

"그에게서는 뭔가 듬직한 느낌이 있었어. 의술 말고 다른 것은 다 초월한 사람 같았지."

세자는 고개를 흔들었다.

"아, 나 자신이 만백성의 곁이 되어야 할 사람인데 오히려 내 곁에 둘 사람을 찾다니. 내가 이 나라의 세자 자격이 없구나. 내가 장차 조선의 군왕이 될 자격이 없구나."

세자가 감기를 앓았다. 임금은 이형익에게 진맥할 것을 하명했다. 새 한 마리를 없앨 좋은 기회였다.

"이 병은 사질(사악한 기운으로 생긴 병)이므로 사기(사악한 기운)를 다스리는 혈자리에 침을 놓아야 하옵니다."

그러자 세자가 황급히 임금에게 아뢰었다.

"아바마마, 이것은 감기일 뿐입니다. 어찌 사질이겠습니까? 통촉하옵소서."

"네가 의관이 아니지 않느냐? 의관의 말이 옳을 것이다."

"그렇지 않사옵니다. 감기를 사질이라고 하는 예는 만고에 없사옵니다."

임금은 유후성을 불러들였다.

"세자가 침을 맞는 것이 옳은가?"

유후성에 앞서 이형익이 먼저 아뢰었다.

"맥도(맥이 뛰는 모양)가 불규칙한 증상은 침을 맞는 즉시 효험이 나타나는 것은 아니지만 그렇다고 큰 해로움은 없을 것이옵니다."

이어 유후성이 진달했다.

"세자저하의 감기 증세는 요즘과 같은 추운 겨울철에 땀을 많이 흘리시어 기운이 수척해진 탓이옵니다. 이러한 때에는 결코 침을 놓아서는 안 되옵니다."

그 말을 듣고 임금은 세자에게 침을 맞으라는 소리를 더 강권하지 못했다. 얼마 뒤에 내의원 제조가 동궁에 문안했다.

"저하, 감기 증세는 좀 어떠하옵니까?"

"거의 다 나았으니 심려 마시오."

어의녀 천생은 세자의 탕약에 이상이 있음을 감지했다. 달인 약을 덩(음식이나 약을 싣던 가마)에 싣기 전에 은잠으로 독을 검사했을 때는 아무 이상 없던 것이 동궁에 도착해 약을 올리기 전에 한 번 더 검사하면 은잠이 유난히 반짝거리는 듯한 느낌이 있었다.

그럴 때면 그 약을 꺼림칙하게 여겨서 도로 가지고 돌아와서는 다 쏟아버리고 똑같은 약을 다시 달여 올리곤 했다. 그 바람에 약이 늦어져 혼날 때가 한두 번이 아니었다. 어떤 의녀가 누구의 사주를 받고 어떤 짓을 하는지 전혀 알 길이 없었다. 소의전 대령의녀 별난이가 부쩍 자주 내의원을 드나드는 것이 수상쩍었지만 아무 증거는 없었다. 천생은 내의원 수의녀 정옥과 탕약방 수의녀 청심에게 일렀다.

"별난이가 올 때마다 행여 무슨 이상한 짓은 하지 않는지 잘 살펴보거라."

어의녀 천생은 수의관 유후성의 처방전을 확인하고는 똑같은 약 두 첩을 각기 따로 달였다. 그러면서 한 첩은 저군제(세자의 약)라고 짐짓 큰소리로 알리면서 달였고 다른 한 첩은 탕약방 한쪽 구석에서 누구의 약인지 관심이 가지 않도록 달였다. 그런 뒤에 저군제를 먼저 덩에 실어 보낸 뒤 따로 달인 약을 뒤따라 보내면서 약이 바뀌었다고 핑계를 대고는 안전하게 달인 약을 세자에게 올리곤 했다.

감기가 다 나을 무렵에 세자의 왼쪽 눈썹 끝에 팥알만한 붉은 종기가 돋았다. 곪을 조짐을 보이더니 다행히 사그라졌다. 그런데 연이어 코 옆에도 그것과 똑같은 종기가 났는데 붓기 시작했고 또 턱에 난 것은 곪아서 멍울이 섰다.

"틀림없이 독 때문이야."

어떤 경로로든 세자가 독에 노출되어 있는 것이 틀림없었다. 천생은 세자의 얼굴 여러 군데에 종기가 생기는 것은 몸이 독을 배출하려고 안간힘을 쓰고 있는 것으로 여겼다.

유후성이 청상방풍탕을 처방하고 종기가 난 부위에 고약을 붙였다. 다행히 종기는 다 가라앉았다. 그런데 거기서 그치지 않았다. 이번에는 오른쪽 눈꺼풀 위에 부스럼 증세가 나타났다. 이형익이 또 침을 놓으려고 했다. 유후성이 아뢰었다.

"이것은 위의 열기 때문에 생긴 것인데 침을 놓아서는 안 되니 승마
황련탕을 쓰겠사옵니다."

세자는 얼른 말했다.

"그리 하라."

"아니옵니다. 번거롭게 탕제를 드시기보다는 침을 한 이틀 맞으면
씻은 듯이 나을 것이옵니다."

세자가 물끄러미 바라보았다. 이형익은 그런 세자에게서는 왠지 모
를 위압감이 느껴졌다.

"유후성은 남고 이형익은 물러가라."

이형익은 하는 수 없이 물러나왔다. 세자가 유후성에게 물었다.

"유 의관은 의술을 어디에서 배웠느냐?"

"소신은 상주 존애원 의생으로 있으면서 여러 의학교수님께 의술을
익혔사옵니다."

"상주 존애원? 그렇다면 혹시 담야라는 의원을 아느냐?"

"저하께서 어찌 그분을? 알다 뿐이겠사옵니까? 담야 의원님은 참
으로 대단한 분이시옵니다. 만약 그분이 계신다면 이런 종기쯤은 문
제도 아니옵니다."

"그 의원이 어디 있는지 아느냐?"

"병자년 때 청나라에 끌려갔다고 들었을 뿐 그다음 일은 모르옵니
다."

"내가 청나라에서 그를 만난 적이 있지. 그런데 불운을 당해 아깝
게 목숨을 잃었다."

"어찌 그런 불운한 일이……."

"그 의원은 나를 제 몸처럼 보살폈다. 너는 나를 그렇게 할 수 있겠

느냐?"

"목숨을 다해 저하의 환후를 보살피겠사옵니다."

"내 너를 믿으마."

동궁에서 물러나온 이형익은 조 소의의 처소가 갔다.

"소의마마, 새를 잡기가 쉽지 않사옵니다. 조언을 좀 해주옵소서."

"모든 일은 기회가 왔다 싶을 때 과감하게 밀어붙여야 성사시킬 수 있는 법이지. 알았소. 내가 방법을 찾아보겠소."

밤사이 임금의 귀 뒤쪽이 갑자기 부어올랐다. 내의원 의관들은 그것이 곪아 부스럼이 될까 염려했다. 불려간 이형익이 침을 놓아 곪는 증세를 풀고 탕약을 진어했다. 며칠 지나지 않아 다행히 부스럼이 난 곳은 좋아졌다.

세자의 오른쪽 귀 안에도 작은 부스럼이 생겼다. 유후성은 형방패독산과 조자정을 처방했다. 그 소식을 들은 임금은 이형익에게 하명했다.

"세자에게 침을 놓으라. 과인도 침을 맞고 나았다."

이형익은 침 끝에 극독을 발라놓았다.

"이번에는 그냥 넘어가지 않을 것이다."

그런데 세자가 침 맞는 것을 미루었다.

"내일 저녁에 맞겠다."

다음날 저녁에 세자의 귓속 부스럼이 곪아 터져서 진물이 나왔다. 침을 들고 들어온 이형익이 들으라는 듯이 유후성이 말했다.

"이제 자연히 차차 나을 것이옵니다."

천생은 임금과 세자가 둘 다 귓병을 앓은 것은 누군가가 같은 독을 쓴 것으로 여겼다. 왕실이 이렇게 위험에 처해 있을 때 애종 어의녀님이 계셨더라면 어떤 지혜를 내셨을까. 가까이 있다면 묻고 가르침을 받고 싶은 마음이 간절했다.

2

"누구셔요?"

"이곳이 전 어의녀님이 사시는 곳이 맞소?"

"그렇긴 한데 어디서 오신 뉘신지요?"

사빈이 산에서 내려오다가 나를 보고는 다가왔다. 반가움에 얼른 말했다.

"사빈아, 나다."

그는 단번에 못 알아보았다. 고개를 갸웃거렸다. 청나라에서 보낸 8년의 세월. 게다가 탈출한답시고 수염까지 깎았으니 알아보지 못하는 것도 당연했다. 애종이 나타났다. 나는 재회의 감격을 억누르고 다가 갔다.

"누님도 나를 못 알아보시겠소?"

나는 은으로 만든 침통을 꺼내 들어보였다.

"담야? 아니, 원임 어른!"

그제야 사빈도 나를 알아보고는 절을 올리는 것이었다.

"사빈아! 애종누님!"

우리 세 사람은 얼싸안았다. 한참 만에야 재회의 흥분을 가라앉혔다. 사빈이 물었다.

"스승님, 연이는 어떻게 되었습니까?"

얼른 대답하지 못했다. 곤혹스러웠다.

"연이는, 연이는 어찌 되었는지 알지 못한다. 미안하다."

사빈은 그 자리를 떴다. 애종이 그를 불렀다. 하지만 뒤도 돌아보지 않고 숲으로 몸을 감추었다.

산촌 사람들이 무슨 일인가 의아해하면서 우리를 둘러쌌다. 애종이 내 팔을 잡고 말했다.

"이 어른은 전에 저 아래 남촌의 의국 원임으로 계셨던 분이시오. 청나라에 피로인으로 끌려가셨다가 이제야 돌아오셨소."

사람들은 모두 다행한 일로 여기며 기뻐했다.

"허허허, 또 잔치를 벌여야겠구먼."

"그래요. 우리 잔치를 해요."

"좋지. 좋고말고. 크게 한판 벌여봅시다."

산촌 사람들의 신명은 특별한 것이었다. 의주에서 상주까지 1,300리 길을 오면서 본 백성들의 얼굴은 하나같이 어둡고 피폐했다. 그에 비해 이들은 어디서 그런 밝은 용모가 나오는지 모를 일이었다.

긴 여독이 거의 다 풀릴 즈음 애종이 말했다.

"저승골에 가보지 않으시렵니까?"

잊고 있던 곳이었다. 애종과 함께 길을 나섰다. 사빈이 앞장섰다. 저승골 어귀에 이르러 발길을 멈추었다. 황폐했던 그 일대가 말끔하게 가꾸어져 있었다. 사빈이 말했다.

"어의녀님이 이렇게 해 놓으셨습니다. 원임 어른께서 돌아오시면 혹시 여기서 우거하실지도 모른다고 하시면서."

공동묘지 끝에 있는 오래된 자작나무 아래에 낯선 무덤이 하나 있었다. 봉분 앞에 큰 자연석이 놓여 있었는데 거기에는 '명의천수인지묘'라고 새겨져 있었다. 그런데 명의가 뛰어난 의원을 가리키는 그 명의가 아니라 저승을 뜻하는 명 자를 쓴 것이었다. 생명을 많이 죽여

저승으로 보낸 의원이라고 스스로 입버릇처럼 말하던 바로 그 표현인
듯했다.

"저 묘는 언제 누가 쓴 겁니까?"

"나도 모릅니다."

최근에 쓴 무덤이었다. 묘지석을 손으로 쓸며 감회에 젖었다.

"스승님, 결국 고향으로 돌아오셨군요."

남촌 고을로 내려가서 살기 싫었다. 그렇다고 산촌에 있자니 사람
들이 불편해할 것 같았다. 더 생각할 것도 없이 저승골이 딱 맞춤이
었다. 그곳에서 의술을 연구하며 평생 애종의 가까이에서 지내고 싶
었다.

"의국은 거쳐서 오신 겁니까?"

"아니, 그냥 왔습니다. 누님이 여기 계신데요 뭐."

"그래도 한번 가보셔야 하지 않겠습니까?"

"요즘 의국에는 누가 있습니까?"

"옛 어른으로는 월간 어르신과 죽소 어르신 두 분뿐입니다. 가끔 산
양현에 계시는 월봉 어르신이 다녀가시고요. 서산 기슭 달내골에 체
화당이 있습니다. 존애원으로 가는 길에 있으니 거기로 가보십시오."

"알겠습니다. 조만간 한번 다녀오겠습니다."

"그리고 채우담(우담은 채득기의 아호)이 사벌 옥주봉 아래에 은거하
고 계십니다. 불의의 큰 병을 앓고 계시는 듯합니다. 여러 어른들이 그
식견과 재주를 크게 아끼셨던 분이 아닙니까? 원임 어른께서 가서 좀
봐 드리는 것이 어떻겠습니까?"

"채영이 그 사람, 참으로 신출귀몰하여 동에 번쩍 서에 번쩍 하는
사람이군요."

작은 예물을 들고 체화당을 찾았다. 이전, 권별 그리고 고인계가 함

게 앉아 있다가 나를 크게 반겼다. 고인계는 임금이 우로지전(신하가 80세가 되면 벼슬을 높여 주던 것을 말함)을 내려 통정대부 용양위부호군에 가자되어 있었다.

이전이 그 자리에서 젊은 계원들을 불렀다.

"이제 옛 원임도 돌아왔으니 의국을 재건해야 하지 않겠는가. 서로 머리를 맞대고 논의하거라."

계원들은 재물을 갹출하는 데 난색을 나타냈다. 그것을 본 이전이 크게 나무랐다.

"우리가 세운 의국을 가지고 너희들이 명리는 챙기고 싶고 재물을 출연하는 것은 아까우냐?"

"그런 것이 아니오라……."

"꼴도 보기 싫다. 다들 썩 물러가거라!"

나는 체화당을 나와서 사벌 옥주봉으로 갔다. 낙동강이 내려다보이는 절벽 위에 자천대가 있었다. 채득기는 그 대를 경천대로 이름을 바꾸어 놓았다. 대 아래는 깎아지른 절벽인데 낙동강의 강물이 깊은 소를 이루고 있었다. 용소라고 불리는 곳이었다. 어릴 적 놀던 산양현 영강의 송정소가 생각났다.

"이게 누구시오? 신의께서 여길 어찌 알고 찾아왔소?"

"신의는 아니고 한낱 돌팔이 의원이 바람 따라 흘러왔습니다."

그와 경천대에 마주 앉았다. 멀리 흘러가는 낙동강이 한눈에 굽어 보였다. 낙동강 8경 중에서 제 1경으로 꼽는 이유를 알 것 같았다. 채득기는 그대로 신선의 모습이었다. 병을 앓고 있다니 참으로 안타까웠다. 경서, 천문, 지리, 복서, 의술……. 한 번 보면 잊는 법이 없고 한 번 읽으면 외우지 못하는 책이 없다는 그였다.

"앞으로 조선은 어떻게 될 것 같습니까? 세상은 또 어떻게 될 거 같고요?"

"아마도 4갑자쯤 뒤에는 세상이 뒤집어져서 왜놈들 때문에 청도 조선도 망할 것입니다. 그다음에 나라가 다시 설 것인데 양반 상놈이 없어지고 남자고 여자고 간에 사람이면 다 똑같이 될 것입니다. 또 천문, 영건(건축), 의술과 같은 잡술이 대접받게 되겠지요."

그는 놀라운 얘기를 이어갔다.

"지금은 말업이라는 상업이 그때가 되면 본업이 될 것이고, 지금 본업이라는 농업은 그때가 되면 말업 취급을 받을 것입니다."

그의 진면목을 알 수 있었다. 세상의 앞날을 예견하며 유유자적하고 있는 그였다. 다만 치료하기 어려운 몹쓸 병에 걸려 있는 것이 안타까웠다.

"사람이 제 타고난 명줄은 어쩌지 못하는가 보오."

"저에게 좀 보여주십시오."

그는 고개를 저었다.

"이미 늦었소. 옥황상제께서 이장길은 기문 짓는 일을 맡기려 일찍이 데려갔는데 어정쩡한 중늙은이인 나는 어디에 쓰려고 하는지 모르겠소."

장길은 당나라 시인이며 문재로 이름을 날린 이하의 관자였다. 그가 27세 때 옥황상제가 천계에 백옥루를 지어놓고 그 기문을 쓰게 하려고 사자를 보내 데려가는 바람에 숨을 거두었다는 일화가 있었다. 채득기는 그에 자신을 빗대어 말한 것이었다.

"아마도 이장길이 친구가 없다고 상제께 부탁했나 봅니다."

채득기는 웃었다. 잠시 후 내게 부탁했다.

"내 살날이 얼마 남지 않았소. 죽었다는 소식이 들리거든 일가에게 천마산 기슭에 묻으라고 말 좀 해주시오."

"하필 천마산입니까?"

"내가 오래전에 그 산꼭대기에 철마를 한 필 매어 두었는데 나라에 외적의 변고가 있을 때마다 그 철마를 타고서 한달음에 내달아 모조리 무찌르려고 하오."

해가 바뀌어 늦봄에 체화당에서 이전의 동리연(90세 기념 잔치를 일컫는 말)이 열렸다. 그가 90세가 된 것을 경탄하고 100세까지 살기를 축수하는 자리였다. 낙사계 젊은 계원들 몇 명이 술과 음식을 마련해 이전을 비롯해 권별, 고인계 등 장수하고 있는 어른들께 올렸다.

"월간 어르신, 도대체 장수 비법이 뭡니까?"

"밖에는 의국이 있고 안에는 곶감이 있으니 오래 살 수밖에. 허허."

그 후 고인계는 84세를 일기로 세상을 버렸다. 그 충격을 받아서인지 이전은 비위가 불편한 병을 앓다가 체화당 정침에서 향년 91세로 졸서했다.

이전은 왜란을 겪은 후로 종신토록 왜의 물건은 집안에 들이지 않았으며 왜에서 들여온 음식도 먹지 않은 것으로 유명했다. 그는 슬하에 세 아들이 있었는데 다 벼슬길에 나아갔다. 맏아들 이일규는 사축(종6품) 벼슬을, 둘째 이덕규는 별제(종6품) 벼슬을 하고 있었고 막내인 이신규는 생원으로서 대과를 준비하고 있었다.

장례는 크게 치러졌으며 정경세의 손자 정도응과 동생 이준의 아들인 조카 이대규와 이원규 등이 상주 남촌 고을의 마지막 어른의 죽음을 슬퍼하며 제문을 지어 바쳤다.

이신규 등이 이전의 유지를 받들고 백화산 산촌을 찾아왔다. 어느 누구도 저승골을 알게 해서는 안 된다고 미리 당부해 놓았던지라 애종은 사빈을 저승골로 보내서 알려왔다. 사빈과 함께 산촌으로 갔다.

"선고께서 간곡히 원하시던 일입니다. 부디 의국을 다시 맡아 주십시오."

"이제 와서 나 혼자서 뭘 할 수 있겠습니까?"

"앞으로는 의국을 낙사계의 소유물로 여기지 않을 것입니다. 도청이 불타 버려서 계원명부며 여러 장부가 하나도 남아 있지 않습니다. 의국은 오직 의국으로서 새로 시작한다고 생각하시면 될 것입니다. 앞으로 낙사계는 낙사계, 의국은 의국, 이 둘을 철저히 별개로 생각하라는 선고의 유지가 있었습니다. 그래야만 의국이 의국답게 된다고 하셨습니다."

"그렇다면 의국의 주인은 누구란 말입니까?"

"의국이 어려움에 처했을 때 십시일반 보태지 않은 백성이 없을진대 어찌 한 개인이나 단체의 것이라고 주장하겠습니까? 의국은 청리면민의 것이고 남촌 촌민들의 것이며 상주 목민들의 것입니다."

"지난날 영천자께서 우리 상주 고을 전역에 수십 곳의 서당을 세우셨는데 지금에 와서 그 후손들이 나서서 서당은 우리 선조가 세운 것이니 우리 것이라고 주장한다면 얼마나 비웃음을 살 일이겠습니까?"

"여러 곳에 세워져 있는 서원에 있어서도 마찬가지고요."

"이미 의국은 명실공히 천하의 공공물이 되었으니 큰 식견과 혜안을 가진 사람으로서 널리 적임자를 찾아서 의국을 처음 설립한 뜻인 존심애물의 취지를 만방에 선양하도록 해야 할 것입니다."

"좋은 뜻이긴 하나 낙사계 계원들 중에는 견해를 달리하는 사람도 있을 것이 아니겠습니까?"

"의국은 다만 어른들이 세운 것일 뿐 저희들의 것은 아니지요. 몇 남지 않은 계원들도 다 수긍하는 바입니다. 처음 의국을 설립했던 13

개 문중의 자손들 수백수천 명이 장차 다 의국을 제 것처럼 여기고 나서다면 어찌 되겠습니까?"

"이제야 선고의 깊은 뜻을 알 수 있을 것 같습니다. 우리가 미처 그것을 헤아리지 못하고 얕은 생각에 너무 집착한 것 같습니다. 담야 원임 같은 분으로서 선대의 숭고한 뜻이 길이 이어져 가도록 잘 맡아주십시오."

"생각을 좀 해 보겠습니다."

애종과 의논했다.

"잘된 일입니다. 다시 의국의 원임을 맡으십시오."

"누님도 같이 가 주시겠습니까?"

산촌에 방이 나붙었다. 존애원으로 함께 갈 사람은 자원하라는 것이었다. 산촌 사람들 중 적지 않은 이들이 애종을 따라가기를 원했다.

남촌 고을에는 어느새 말이 나돌고 있었다. 청나라에서 신의 칭호를 받고 돌아온 전 원임과 대궐에서 오랫동안 어의녀를 지냈던 여의가 존애원을 다시 일으키려 한다는 것이었다. 소문의 진위를 확인하려고 백성들이 연일 존애원 앞을 서성거렸다. 그러더니 곡식을 한 줌 두 줌 가져다 놓기 시작했다. 존애원의 재건에 보태라는 뜻이었다.

존애원에 함께 있을 새로운 사람들에게 각각 알맞은 일을 맡겼다. 그들은 사람의 키만큼 우거진 풀을 뽑고 낡은 당우를 수리했다. 문제는 불타 내려앉은 도청과 약재창고였다. 더미를 뒤졌더니 손대는 것마다 다 바스러질 뿐 쓸만한 목재는 단 하나도 건지지 못했다.

"도청은 나중에 형편이 돌아가면 새로 짓기로 하고 약재창고는 손님들이 묵어가던 행랑을 임시로 사용하도록 합시다."

어느덧 존애원이 사람 사는 집으로 모양을 갖추어갔다. 그렇더라도 환자를 받을 상황은 되지 못했다. 여러 가지 약재와 의료기구들이 온전히 갖추어지지 않았기 때문이다. 환자들이 찾아오면 아쉬운 대로 창고에 있는 약을 처방하고, 약이 없어 처방을 하지 못하는 증상에는 약이 되는 음식의 비법을 일러주었다.

경설의 뒤를 이은 젊은 약재상이 존애원을 찾아왔다.

"과연 의원님이 의국을 다시 맡게 되었다는 소문이 사실이군요."

"여러 모로 부족한 게 많습니다."

"대행수께서 존애원을 도우라는 유지를 남기셨습니다."

젊은 약재상은 짐꾼들이 지고 있는 고리짝을 내려놓게 했다.

"몇 가지 약재입니다. 우선 요긴한 대로 쓰십시오."

나는 애종과 마주보았다. 부족했던 약재가 갖추어졌다. 환자들이 앓고 있는 병증에 대한 처방을 하기가 한결 수월해졌다.

"약방이 다시 모습을 갖추어가니 마음이 한결 편안해지는군."

"그러게. 예전처럼 아프더라도 쪼르르 달려갈 곳이 있으니 그 아니 다행인가."

"임금이 환후를 앓고 있다는데 어의로 불려 가시는 건 아닌가 몰라."

어의를 비롯한 내의원 의관들이 거의 10년 동안 침과 약을 썼어도 옹주의 태독을 뿌리 뽑지 못했다. 조 소의는 효명옹주가 하가(공주나 옹주가 신하에게 시집감)할 때까지 피부가 가렵고 부어오르며 진물까지 나는 병을 고치지 못할까 봐 걱정되었다.

"옹주가 10살에 이르렀는데도 더 심해지기만 하니 도대체 내의원에 의술이 있기나 한 것이오?"

"망극하옵니다. 소의마마. 지금이라도 번침을 놓는 것이 어떠하올지."

"번침? 그 잘난 번침으로 옹주의 몸을 지지자는 것이오? 옹주의 피부에 여기저기 흉터가 생기면 보기 좋겠소?"

이형익은 끙 하며 말을 하지 못했다. 대령의녀 별난이가 말했다.

"마마, 항간에 이런 말이 있사옵니다. 영의(경상도 의원) 한 사람이 지난 병자년에 청나라로 끌려갔는데 성경과 북경에서 수많은 청인들에게 화타와 같은 의술을 펼쳐 신의라고 추앙을 받았다고 하옵니다. 그런데 그가 천신만고 끝에 청국에서 돌아와 다시 우리 조선 백성들에게 의술을 베풀고 있다고 하옵니다."

"그래? 그 의원이 어디에 있다던가?"

"경상도 상주 땅 존애원이라는 곳이라 하옵니다."

이형익이 존애원이라는 말을 듣더니 쌍심지를 돋우었다.

"소의마마, 소관도 그자에 관해서 들은 바가 있사온데 그는 물에 빠져 죽었사옵니다."

"아니오. 분명히 돌아와 있소."

별난이는 또 아뢰었다.

"예전에 정화옹주마마의 벙어리 병을 낫게 한 의원이 바로 그 의원이옵니다."

조 소의의 귀가 번쩍 뜨였다.

"그 의원을 당장 데리고 와야겠군."

어명이 내려졌다. 선전관과 금부도사가 존애원으로 왔다. 그들은 나를 데려가려고 온 것이었다. 나는 그들에게 잘라 말했다.

"환자가 의원을 찾아 의국에 오는 것이지 의원이 환자를 찾아 나다니는 것은 아니오. 나는 못 가니 그리 알고 돌아가시오."

"이자가? 어명이라고 하지 않는가!"

애종이 걱정스러운 얼굴을 하며 내게 말했다.

"왜 그런 말씀을?"

"그래야만 하오. 그래야 환자를 차별 없이 볼 수 있소."

"안 가면 목숨이 위태롭습니다."

"목숨이 별거요? 죽어도 못 따라가니 썩 돌아가 그렇게 전하시오."

사람들의 걱정이 이만저만 아니었다.

"곧 불호령이 떨어지겠군."

"원임 어른께서 오라에 묶여 잡혀가시고 말겠지."

"거기서 그치지 않을 게야. 그 불똥이 튀어서 여러 사람이 다 벌을 받고 말 거야."

선전관의 아룀을 들은 임금은 난처했다. 내가 종실임을 익히 알고 있었기에 벌을 줄 수 없었다.

"그 의원이 옹주의 병을 치료는 할 수 있다더냐?"

"그건 알지 못하옵니다. 하온데 신의라고 하면서 사람들의 칭송이 여간 아니었사옵니다."

조 소의가 말했다.

"전하, 그런 의원이 어떻게 그런 궁벽한 시골에 처박혀 있는지 모르겠사옵니다. 혹시 허명이 아닐는지요?"

"명의는 무명의라는 말도 있으니."

이름난 의원은 실제로 그 이름이 제대로 알려지지 않는다는 뜻이었다. 의원은 오직 환자를 돌아볼 뿐 스스로를 뽐내며 드러내지 않는다는 뜻이기도 했다.

"그자의 의술이 아무리 뛰어나다 해도 어명을 거역하다니 일률로 다스리옵소서."

임금은 조 소의를 달래는 수밖에 없었다.

"그러면 옹주를 치료할 길이 없게 되지 않겠는가? 치료부터 하는 게 우선일 것이네."

임금은 조 소의를 가자해 귀인(종1품)으로 삼았다. 조 귀의는 결국 자신의 뜻을 굽히고 효명옹주를 존애원으로 보내 치료를 받아보기로 했다. 옹주의 행차에는 외할머니인 한옥과 대령의녀 별난이가 배종하기로 했다. 조 귀인는 한옥에게 각별히 일렀다.

"어머님, 혹시라도 그 의원이 옹주의 병을 고치지 못하게 되거든 그 자리에서 목을 쳐 버리십시오."

"귀인마마, 아무 염려 마십시오."

파발이 대구 경상감영을 거쳐 상주 관아로 달려와 존애원으로 효명옹주가 행차한다는 소식을 전했다. 권세가 임금에 버금간다는 조 귀인이었다. 그리고 임금과 그녀 사이의 소생 효명옹주니 세상을 다 가진 아이였다.

상주 관아로부터 옹주의 행차가 곧 당도할 것이라는 전갈을 받은 나는 치료할 채비를 했다. 애종은 사람들을 데리고 의학당을 새로 단장했다. 옹주가 묵을 곳이었다.

"원임 어른은 참으로 대단해."

"또 뭐가?"

"어명을 꺾은 분이 아닌가?"

"그렇군. 암, 어명을 이겨낸 분이지. 우리 상주의 자랑이야."

효명옹주의 행차는 그것만으로 큰 볼거리였다. 옹주가 탄 가마인 덩은 온갖 치장을 했고 궁녀, 내관, 군사 그리고 반당이 호종하는 행렬이 길게 이어졌다. 그전까지 가장 큰 볼거리는 경상감사의 이임과 취임 행차였는데 옹주의 행차는 그 화려함과 규모에 있어서 경상감사 행차와는 비교도 되지 않았다.

옹주의 행차는 경상감사 이만과 상주목사 이한의 호종 하에 존애원에 도착했다. 나는 애종을 비롯해 모든 존애원 사람들을 이끌고 대문 밖에 나가 있다가 행차를 맞이했다. 옹주의 가마가 그대로 대문으로 들어오려고 했다. 그런데 가마가 들기에는 대문이 좁았다. 호종해 온 군사들이 대문을 부수려고 했다. 내가 막아섰다.

"여기서부터는 모두가 똑같은 환자입니다. 내려서 걸어들어가셔야 합니다."

"뭣이? 이자가? 무엄하다!"

금군의 초관이 허리에 차고 있던 칼에 손을 댔다. 그 순간 내 주위에 있던 일단의 사람들도 감추고 있던 장검을 넌지시 매만졌다. 나는 초관 앞에서 벨 테면 베라는 식으로 아무렇지도 않게 서 있었다.

애종이 말했다.

"초관은 저 대문 위에 걸려 있는 금란패도 보이지 않는단 말이오?"

그제야 초관은 그것이 임금이 내린 패라는 것을 알고 한 걸음 물러섰다. 옹주의 뒤에 있던 가마에서 늙은 여인이 내렸다. 한옥이었다.

"무슨 일인가?"

초관이 다가가 무어라 아뢰었다. 한옥이 내게 다가왔다. 그러고는 아래위로 훑어보았다. 천박하기 이를 데 없는 행동이었다.

"소문이 자자한 바로 그 의원이군. 어디 나중에도 그렇게 뻣뻣하게 서 있을 수 있는지 두고 보지."

한옥의 말을 듣고 옹주는 가마에서 내렸다. 어린 옹주를 난생 처음 보는지라 백성들은 서로 마주보며 끊임없이 수군거렸다. 애종이 옹주 일행을 천천히 의학당으로 이끌었다.

"옹주마마, 누추하옵니다만 예서 먼 길을 오신 노독도 푸십시오."

대령의녀 별난이가 가만히 애종에게 시선을 보내고 있었다. 애종은 별난이를 알아보지 못했다. 그날 밤 사빈을 보내 별난이를 의서각으로 청해 왔다. 내 처소로 쓰고 있는 곳이었다. 애종도 불렀다.

우리 세 사람은 솥발처럼 벌려 앉았다. 애종이 다정한 목소리로 별난이에게 말했다.

"우리가 이게 얼마 만이냐?"

별난이는 잠시 머뭇거리더니 갑자기 울음을 쏟아냈다. 애종이 다가가 등을 어루만졌다. 애종의 품에서 한참 울고 난 별난이가 눈물을 닦았다. 내가 물었다.

"별난이 너는 의녀가 되는 것이 꿈이었지 않나?"

"꿈이었지. 그런데 그 꿈이 다 부질없는 것이라는 걸 깨달았어."

별난이가 또 말했다.

"두 사람이 존애원을 다시 일으키고 있다고 들었어. 정말 보기 좋네."

"너도 돌아와. 같이 꾸려나가자."

별난이는 허망한 표정을 지으며 웃었다.

"내가 의녀를 그만두더라도 여긴 안 올 거야. 그러니 두 사람은 아무 걱정 마."

"아직도 그런 말투는 여전하구나."

다음날 의학당으로 가서 효명옹주를 뵈었다. 치료를 하기 전에 단단히 알려줄 것이 있었다.

"마마의 가려움증은 태독으로 인해 나타나는 증상이지 병이 아니옵니다. 태독이 곧 태열인데 그것이 마마의 몸속에서 자연히 밖으로 배출되어야 하옵는데 몸이 그럴 힘이 없어서 피부 밖으로 떨쳐내지 못하고 그대로 피부에 머무는 것이옵니다.

제가 이제 약을 써서 태독을 다 빼낼 것인데 그 과정이 몹시 참고 견디기 힘드옵니다. 몸속에 있는 모든 태독을 피부로 몰아내게 되면 마치 가려움증이 더 악화되는 것 같이 보이옵니다. 그것을 견디셔야만 나을 수 있사옵니다."

효명옹주는 외할머니 한옥을 쳐다보았다. 한옥이 말했다.

"마마, 의원이 용하다니 한번 믿어보시옵소서."

"그래 좋아. 그 대신 빨리 낫게 해줘."

옹주의 태독을 치료하는 데는 특별한 물이 필요했다. 적송(속이 붉은 빛깔을 띠는 소나무)의 솔잎에 맺힌 이슬이었다. 그것을 송로수라고 하는데 부스럼을 낫게 한다는 효험이 있는 물이었다. 그 물은 하루아침에 다량으로 얻어지는 것이 아니었다. 여러 날 모았어도 탕제 한 첩 달일 양이 되지 않았다. 그래서 존애원에 있는 약초꾼과 장정들은 다 동원해 꾸준히 모았다.

태독에는 주초한 약재를 많이 써야 했다. 약성이 몸에 들어가면 온몸에 퍼져서 태독을 피부 쪽으로 몰아가야 하기 때문이었다. 주초한 황금과 형개를 주된 약재로 하여 약을 처방했다. 그리고 옹주가 여자임을 감안해 약재 몇 가지를 가감했다.

복약을 시작한 지 며칠 뒤 옹주의 두드러기가 더 심해졌다. 어린아이인지라 참지 못하고 온몸을 긁어댔다. 한옥이 끓어오르는 노기를 참으며 말했다.

"내 조금 더 인내하겠다."

애종은 별난이와 번갈아가며 버들가지와 형개를 달인 물로 옹주의 몸을 자주 닦아주었다.

하루는 한옥이 나를 찾더니 물었다.

"내가 괴이한 소리를 듣게 되어 물어보는 것이오. 예전에 이 의국에

서 의원한테 우리 옹주마마와 같은 태독을 앓는 사내아이를 치료하다
가 상처가 점점 더 심해져 급기야 그 부자가 자살한 사실이 있었소?"

"그런 일이 있었습니다."

한옥의 얼굴이 더 한층 표독스러워졌다.

"있었다? 얼마나 더 심해지길래 자살까지 한단 말이오?"

"치료 과정을 참으셔야 한다고 분명히 말씀드렸습니다."

"무조건 참으라?"

"더 심해지는 이유를 처음에 소상히 말씀드렸으니 저는 이만 물러
가겠습니다."

옹주의 온몸이 부스럼으로 덮이다시피 했다. 얼굴까지 덕지덕지 퍼
져 진물이 줄줄 흘렀다. 옹주는 엉엉 울었다.

"할머니, 너무 아파. 대궐로 돌아가자. 응?"

어린 외손녀를 안고 있던 한옥은 드디어 폭발했다.

"치료받던 그 부자가 왜 자살했는지 이제 똑똑히 알겠다."

한옥은 의학당 밖으로 나오며 소리쳤다.

"여봐라! 그 돌팔이의원 놈을 당장 잡아오너라!"

금군이 우르르 의사로 몰려왔다.

"의원은 밖으로 나와 오라를 받으라!"

사람들이 웅성거리며 몰려들었다. 금군 초관이 다시 소리쳤다.

"의원은 속히 나오지 못할까!"

그래도 의사에서는 아무런 반응이 없었다. 초관이 군사들에게 하령
했다.

"여봐라, 들어가서 의원을 끌어내거라!"

바로 그때 가면을 쓴 사람이 대청마루로 나왔다.

"아, 아니? 저분은?"

가면을 쓴 사람은 옥룡패를 높이 들고 있었다. 군사들이 흠칫했다. 초관은 옥룡패를 보더니 칼을 떨어뜨리고 말았다. 어디선가 반당들이 나타나 칼을 빼어 들며 소리쳤다.

"귀영군 나리시다. 모두 봉례하렷다!"

군사들도 주위 사람들도 다 무릎을 꿇고 조아렸다. 도두반당이 말했다.

"귀영군 나리는 상감마마의 종숙이 되시니 옹주마마에게는 종조부뻘이 된다. 그 누구도 이 의국에서는 귀영군 나리보다 지위가 높을 수 없다."

도두반당에 이어 귀영군이 말했다.

"의국은 의원이 환자를 치료하는 곳이니 오직 의원의 말을 따르시오. 내 당부는 그뿐이오."

복면을 한 귀영군은 바람처럼 사라졌다. 잠시 후 도두반당이 말했다.

"다들 그만 일어나도 되오."

사람들이 일어났다. 그들은 서로 마주보며 수군거렸다.

"귀영군이라니 도대체 누구야?"

"그러게나 말이야."

"우리 존애원에 임금의 종친이 있다는 거야, 뭐야?"

"신분을 감추고 있는 그 종친이 도대체 누구일꼬?"

한옥이 의학당에서 나와 의사 안으로 들어왔다. 나는 태연히 환자들을 돌보고 있었다. 그녀는 내 앞에 털썩 주저앉으며 울음 섞인 소리로 말했다.

"의원님, 제발 우리 옹주마마를 어떻게 좀 해 보시오!"

"잘하고 있으니 그만 돌아가십시오."

그녀가 돌아가면서 한 차례 흘겨보는 눈길이 느껴졌다. 다시 의학당에 든 한옥은 옹주를 어루만지며 중얼거렸다.

"만약 못 고치기만 해 봐. 귀영군이고 귀신이고 간에 다 죽여버리고 말겠어. 이놈의 의국도 불을 질러 흔적도 없이 만들어 버리겠어."

그날이 고비였다. 그 이후로 옹주의 몸을 뒤덮었던 태독의 부스럼이 차차 줄어들었다. 마치 피부에서 허공으로 날려가는 듯했다. 한 달도 지나지 않아 옹주의 몸이 깨끗해졌다. 푸석했던 용모가 윤이 나는 얼굴로 바뀌었다. 한옥은 기뻐서 어쩔 줄을 몰라 했다.

"호호호, 의원님은 참으로 신의님이십니다. 세상에 어쩌면……. 내 돌아가는 대로 소의마마께 아뢰어 큰상을 내리도록 하겠습니다."

효명옹주는 존애원에 와서 치료를 한 지 꼭 석 달 만에 도성으로 돌아갔다. 존애원 사람들은 물론 목사와 백성들의 관심은 옹주가 존애원에서 태독을 고친 일이 아니었다. 가면을 쓴 채 귀영군이라고 하는 임금의 종친이 과연 누구냐는 것이었다.

3

임금이 학질을 앓았다. 앞서 죽은 소현세자가 앓았던 것과 똑같은 증세를 보였다. 이형익이 아뢰었다.

"전하, 학질은 반드시 침을 놓아야 효험이 있사옵니다."

임금은 이형익의 말을 따랐다. 침을 놓고 난 이형익이 또 아뢰었다.

"학질은 종류가 여러 가지이온데 전하의 증세는 풍사에 감촉된 열학질이옵니다. 이러한 때에 번침을 쓴다면 그것은 열을 더 돋우는 일이 되므로 엽침(날이 있는 침)으로 열을 쓸어내리는 것이 좋겠사옵니다."

어의 곁에 서 있던 어의녀 천생은 기가 막힐 노릇이었다. 엽침을 쓰겠다는 말은 임금의 옥체에 칼질을 하겠다는 것과 똑같았다. 그러다가 피가 나서 지혈을 하지 못하게 되면 목숨을 보장하지 못할 바였다.

어의를 보니 아무 말도 하지 않을 것 같았다. 천생은 용기를 냈다.

"전하, 소녀가 감히 입을 놀릴 자리는 아니오나 침은 이미 맞았으니 연이어 맞는 것은 불가하옵니다. 무릇 의가에서 말하기를, 침은 체력이 손상된 때에는 맞지 않는다고 했사옵니다. 통촉하옵소서."

임금은 천생의 말을 옳게 여겨 이형익이 권하는 엽침을 맞지 않았다. 천생은 그동안 대신들과 다른 의관들이 입시하지 않았을 때에 과연 이형익의 방자함이 어땠을까 생각하니 소름이 돋았다.

정오를 넘길 무렵, 임금이 한기를 호소했다. 그리고 저녁이 되기 전에 옥체에 두드러기가 퍼졌다. 이형익이 장담했다.

"이제 곧 학질 증세가 그칠 것이다."

그런데 그의 말과는 반대로 임금의 증세가 위중해졌다. 도제조와 제조가 어의를 비롯한 여러 의관을 불러들였다. 유후성 등은 다 희정당의 북쪽 대조전의 뜰에 시립했다. 뒤늦게 세자도 달려와 희정당으로 들어갔다.

밤새 임금의 머리맡을 지키고 있던 세자가 임금이 숨을 거두려는 것을 보고는 얼른 손가락을 잘랐다. 곁에 있던 아우 인평대군이 말릴 새도 없었다. 세자는 피가 철철 흐르는 손가락을 임금의 입에 대었다.

그러나 허사였다. 마침내 임금이 숨을 거두었다. 세자가 통곡하기 시작했다. 그러자 궐내에 있던 모든 사람들이 그 자리에서 엎드려 곡을 따라 했다.

"전하!"

귀천군과 진원군은 임금이 소현세자와 같은 수법으로 독살당했음을 직감했다. 역란이 일어날지 모르는 일이었다. 세자를 보호해야 했다. 두 종친은 자신들의 반당을 시켜 세자를 호위하게 했다.

세자가 희정당을 나왔다. 그는 범이 포효하는 것과 같은 소리로 하령했다.

"팔장사는 선전관과 금군을 거느리고 대궐을 여덟 구역으로 나누어 지키도록 하라. 어느 누구도 경거망동하면 그 자리에서 베어도 좋다."

팔장사 중 도두반당 김지웅이 휘하 장사들에게 영을 내렸다.

"박배원 장사와 박기성 장사는 내명부로 가라. 그 중에서 조 귀인의 처소를 특별히 물샐 틈 없이 경계하라. 신진익 장사와 오효성 장사는 내각사를 맡으라. 그리고 장사민 장사와 장애성 장사는 후원으로 가라. 조양 장사는 나를 따르라."

"예, 도두 어른!"

박배원 장사가 금군을 거느리고 조 귀인의 처소를 지키고 있었다. 이형익은 결국 세자를 죽이는 데 실패하고 임금만 죽게 만들고 말았다. 그는 크게 탄식했다. 조 귀인의 어린 맏아들 숭선군을 왕위에 올려 그녀가 수렴청정하는 가운데 자신은 영의정에 오르는 꿈, 마지막에는 두 모자를 몰아내고 스스로 왕이 되려는 원대한 꿈이 물거품이 되었다.

조 귀인이 씁쓸히 말했다.

"권불십년이라고 했던가. 그나마 다행이군. 나는 15년이나 그 맛을 보았으니."

그녀는 이형익을 바라보았다.

"이 의관도 이제 그만 접으시오. 다 끝났소. 그래도 우리는 천한 신분으로 태어나 이만큼 누렸으니 원통한 생각일랑 하지 맙시다."

며칠 뒤 만조백관이 우러러보는 가운데 봉림대군이 왕위에 올랐다. 왕비는 대군부인 장씨였다. 신하들이 일제히 축원을 올렸다.

"천세, 천세, 천천세!"

신하들이 가장 먼저 주청한 일은 이형익의 치죄였다. 새 임금은 어질었다.

"경들은 어찌하여 갑자기 그자를 극률(사형)로 다스리라고 하는가. 지금 만약 그를 죽인다면 아바마마께옵서 총애하시던 뜻을 거스르는 것이 될 것이다."

그래도 신하들의 아룀은 그치지 않았다. 임금은 하는 수 없이 하명했다.

"사형은 너무 과하다. 이형익을 경원부에 유배하라."

이형익을 따라 한언협도 유배형에 처해졌다. 신하들은 또 조 귀인의 온갖 못된 짓을 다 밝히며 죄를 줄 것을 아뢰었다.

"귀인 역시 아바마마께서 총애하던 사람이다. 죄를 줄 수 없다. 내명부에서 잡음을 일으키지 말고 조용히 살아가도록 하라."

별난이는 천생을 찾아가 말했다.

"어의녀님, 저는 늙고 힘이 다해 이제 그만 출궁을 할까 하옵니다. 허락해 주옵소서."

천생은 별난이의 간청을 들어주었다. 의녀를 사직하고 한밤중에 대궐을 나온 별난이는 먼 남쪽 하늘을 바라보았다. 어느 이름 없는 산골에 들어가 약할미 노릇이나 하고 싶었다.

"그게 애초에 내 팔자였던 게지. 그렇지만 뭐……."

별난이는 중얼거리며 걸음을 옮겼다. 그녀의 뒷모습이 어둠 속으로 사라져 갔다.

"세상구경 한번 잘했지 뭐야."

임금은 신하들 몰래 장사 중 한 사람을 골라 어사로 삼았다. 어사는 몰래 상주 남촌에 이르러 여러 날 존애원을 살피고 돌아갔다. 그가 아뢰는 말을 듣고 임금은 빙그레 웃으며 고개를 끄덕였다. 이어 어의 유후성에게 전교했다.

"무릇 의적에 오르고자 하는 모든 의생과 의원 취재에 입격하는 의관들은 반드시 상주 남촌에 있는 존애원을 방문하여 의원의 도리를 적어놓은 편액 앞에서 기서를 하도록 하라."

"전하, 성은이 망극하옵니다."

날을 가려 귀천군이 진원군과 함께 존애원을 찾았다. 그들을 안내하여 존애원을 둘러보게 해주었다. 두 사람은 의학당에 걸려 있는 편액을 읽었다.

존애원 의학당 기서

나는 어떤 경우라도 환자를 외면하지 않을 것이다.

나는 어떤 환자라도 신분을 차별하지 않을 것이다.

진원군이 말했다.

"좋은 문구네요. 상감께서 행림에 전교를 내리실 만합니다. 허허."

귀천군은 나를 보며 민망해했다.

"아우님, 청나라에 잡혀가 있을 때 속환을 못해 미안하네."

진원군이 해명했다.

"귀천군 형님은 병자년 호란 때 오랑캐 놈들과 끝까지 싸우자고 했다가 청나라로 끌려갈 뻔했는데 감시가 소홀한 틈을 타 도망치셨습니다. 동양위 대감은 순순히 따라 가셨지만요. 그 때문에 오랫동안 숨어 지내셨어요."

"그러셨군요. 다행입니다 형님."

"그간 종친부에서 녹봉을 한 번도 안 타 갔더군. 내가 챙겨서 권계(어음)로 가지고 왔네. 여기 와서 보니 돈 들어갈 데가 많구먼."

"고맙습니다."

그것을 받아서 불타 버린 존애원 도청과 약재창고를 재건하는 데 썼다. 그리고 여러 가지로 요긴한 데에 충당했다. 존애원은 다시 중흥의 발판을 마련하게 되었다. 소문을 들은 백성들이 점차 치료를 받으러 찾아들었고 예전과 같은 생기가 감돌았다.

서산 위 하늘로 해가 지고 있었다. 길게 비낀 노을이 참 예뻤다. 정경세의 고택 앞에 있는 연당에는 예전과 같이 연꽃이 만발했다. 저녁 바람이 선선하고 좋았다. 애종과 함께 연못가를 천천히 걸었다.

"엊그제 같은 시간이 벌써 50년 세월입니다."

"그동안 참 많은 일들이 있었지요."

애종은 뜸을 들였다가 말을 돌렸다.

"종친이셨다니……."

"누님, 저는 예전의 담야 그대로 여전히 담야일 뿐입니다."

"원임께서는 여전히 참 소탈하십니다."

이번에는 내가 잠시 침묵했다. 애종이 물었다.

"청나라에 오랫동안 계시면서 무얼 느끼셨어요?"

"세상의 큰 변혁은 이미 시작되었는데 우리 조선만 다가오는 앞날에 눈길을 두지 않고 지난 옛것에 집착하는 것 같은 느낌을 받았습

니다."

"그건 왜 그럴까요?"

"새사람과 새것을 받아들이기가 두려운 거지요. 해묵은 권위를 잃게 될까 봐."

"권위? 그게 뭐지요?"

"늘 해왔던 대로 맘대로 하고 싶은 소인배들의 못된 속셈이라고나 할까요?"

"우리 담야 원임처럼 사리사욕 없는 대의를 가진 큰 사람이 나와야 하는데……."

애종은 미소를 지었다. 그녀가 다시 물었다.

"원임께서는 꿈이 무엇이었나요? 이제는 말씀해 주셔요."

대답을 하지 않고 먼 하늘을 바라보았다. 입을 열어 말을 하려는 순간 애종이 손을 들어 가리켰다.

"저기 좀 보십시오. 무슨 일일까요?"

한 무리의 사람들이 존애원 쪽으로 걸어오고 있었다. 애종과 함께 존애원으로 돌아왔다. 그들은 대문 앞으로 다가왔다.

"여기가 존애원이라고 하는 의국입니까?"

"그렇습니다만?"

"우리가 잘 찾아왔군 그래."

그들은 내 어깨 너머로 존애원의 당우들을 훔쳐보았다.

"생각보다 규모가 큰데?"

맨 앞에 서 있는 사람이 밝게 웃으며 말했다

"우리는 이번에 의원 취재에 입격한 의원들입니다. 나라의 의관으로 임용되기 위해 이곳 존애원에 기서를 하러 왔지요."

에필로그

박물관에 다시 모이기로 한다. 약속 시간 전인데도 이 기자와 김 기자가 먼저 와 있다. 그만큼 일기 내용에 대해 할 말이 많다는 것인지도 모르겠다.

"일기가 상, 중권만 있고 하권이 없어서 아쉽네요."

"아마도 중권 이후부터 죽기 전까지 쓴 것이 하권의 내용이 아니겠나. 그런데 담야가 결혼도 안 했고 슬하에 자식도 없는데 어떻게 이 일기가 그 독거노인에게 전해져 왔을까?"

"양자를 삼을 수도 있고. 뭐. 여러 경우가 있을 수 있지 않겠습니까?"

"사빈을 양자로 삼았나?"

"하하. 그럴 수도 있겠네요."

"담야가 애종과는 연하남과 연상녀 사이가 되네. 그런데 별난이는 어떻게 되었을까요?"

"조 귀인은 효종임금이 등극하고 2년 뒤에 사돈인 김자점과 역모 혐의로 사사되었으니까 아마 별난이도 무사하지 못했을 거야."

"제 생각도 그렇습니다. 하권이 마저 있으면 좋을 텐데."

"효종임금이 의생과 의관들에게 존애원에 가서 선서를 하라는 명을 내린 것도 의미가 크네요. 이런 것이 바로 콘텐츠 아닙니까?"

"그래. 서양의학에서 히포크라테스 선서를 하듯이 우리 한의학계에서도 존애원에 가서 기서를 하면 좋겠네."

"하권에서 효종임금과 담야, 아니 귀영군이 다시 만났을까요?"

"만났겠지. 청나라에서 대머리를 치료해 줬는데."

다들 웃는다.

"효종임금이 대머리였다니, 그래서 영조임금도 대머리였나. 유전되었나 보네."

"영조임금도 대머리였어요?"

"그럼."

박물관장이 말한다.

"이 기자님도 이 일기 속에 나오는 처방을 써보시지요?"

"안 그래도 그 생각뿐이네."

내가 웃는 얼굴로 놀린다.

"형님, 그러다 남은 것까지 다 빠질지 몰라요. 한의사한테 잘 문의해 보십시오."

"거 뭐. 내가 봉림대군도 아니고, 흐흠."

우리는 다 웃는다. 내가 말한다.

"정경세의 종인 사람이 한문을 알고 주인 이름을 함부로 적은 것도 다 이해가 되었습니다. 결국 그는 종친이었기 때문에 가능했던 겁니다. 결과적으로 이 일기는 제목은 일기라고 적었지만 사실은 일기가 아니라 회고록인 거지요."

박물관장이 말한다.

"학계에서 이 일기의 내용을 면밀히 검토 중입니다. 존애원의 역사적 의의를 정립해서 현대에 그 정신을 되살릴 수 있도록 말입니다."

김 기자가 말을 잇는다.

"새로운 문화 관광 콘텐츠로 아주 좋은 소재가 아닌가 싶네요. 한마디로 블루오션 아니겠습니까?"

"지금까지 한의학 콘텐츠는 허준과 동의보감에 머물러 있었다고 해도 과언이 아니지요. 이런 시점에서 우리 상주의 존애원이 부각된다면 새롭고 신선한 콘텐츠가 될 수 있겠습니다."

"이준이 쓴《존애원기》에 보면 존애원에서 약재를 무역했다고 하는데 그건 달리 말해서 약재를 사고팔았다는 뜻이 아닙니까?"

"그렇지. 그런데 그건 양반이 할 일이 아닌데?"

"바로 그겁니다. 남촌 양반들이 직접 장사를 했다면 당시 선비 사회에서 크게 지탄을 받을 일이 되지요."

"그러니까 약재 매매는 다른 사람들이 했다는 말이 되는군?"

"당연히 그렇게 해야 되지요."

"그 비밀이《담야일기》로 인해서 다 풀린 셈이군."

나는 사람들에게 제의한다.

"그 독거노인을 만나보러 가지 않으시렵니까? 존애원에도 가보고."

박물관장의 차로 이동한다. 가는 길에 가게에 들러 음료수 한 상자를 산다. 노인은 마당에서 병에 든 농약을 큰 물통에 타다가 우리를 맞이한다. 나는 그에게서 담야의 얼굴을 보려고 애쓴다. 김 기자가 노인에게 여쭌다.

"어르신, 혹시 조상님이 왕족이라는 얘기는 못 들으셨습니까?"

"왕족? 그런 말을 듣긴 했지. 그런데 우리 집이 무슨 왕족이겠어. 그냥 듣기 좋으라고 하는 소리지. 요즘은 뭐 돈만 있으면 다 왕족이고 양반이잖아."

김 기자가 힘주어 말한다.

"어르신은 진짜 왕족 맞습니다. 그러니까 앞으로 우리는 왕족이다 하고 동네 양반들 앞에서 목에 힘주고 다니셔도 됩니다."

노인은 허허 웃는다. 박물관장이 노인의 손을 잡는다.

"정말 귀한 자료를 주셔서 고맙습니다."

노인은 먼 서산 쪽 하늘을 바라본다.

"고맙긴 뭐."

집안에 특별히 전해 내려오는 이야기라도 있나 했지만 노인은 별다른 얘기를 들려주지 않는다. 깍듯이 인사를 드리고 존애원으로 향한다.

존애원은 《담야일기》에서 말하는 도청만 덩그러니 남아 있다. 설립 이후에 여러 번 중건을 했다는 기록이 있는 건물이다.

대청마루에 걸터앉아 담야와 애종과 별난이를 떠올린다. 한 시대를 억척으로 살아낸 사람들이다. 일기의 내용 중에서 누군가 담야를 두고 한 말이 떠오른다. 의원님은 의술 말고 다른 것은 다 초월한 사람 같다고.

나는 살아오는 동안 과연 초월한 것이 어느 것 하나라도 있나 하고 돌이켜본다. 아무것도 없다. 나 자신한테 몹시 실망스럽다.

"작가님, 빨리 오세요."

그 소리에 정신이 퍼뜩 든다. 박물관장이 차 앞에서 손짓을 하고 있다. 천천히 존애원을 나선다. 이 기자가 내 심정을 다 넘겨짚으면서도 농담으로 말한다.

"젊은 사람이 걸음이 그렇게 느려서야 쓰나."

"그러게 말입니다."

"어디로 가서 한잔 할까?"

"형님 좋으실 대로."

읍내로 향한다. 박물관장이 차의 속력을 높인다. 세상 사람들 모두 앞만 바라보고 바쁘게 달려갈 때, 나는 설령 낙오자 소리를 들을망정 천천히 뒤따라가고 싶다. 그들이 급하게 가느라 미처 챙기지 못한 소중한 것들을 나만이라도 하나씩 주워 담고픈 마음.

그 중에 하나가 우리나라뿐만 아니라 세계 최초로 민간이 설립한 무료 의료시설, 바로 존애원이다. 비록 이름 없는 시골 마을에 있다고 하더라도 이 소중한 것을 그냥 잊어버리고 잃어버리기엔 너무 아깝지 않나. 〈끝〉

존애원 2

1판 1쇄 발행 2025년 1월 10일

지은이 · 하용준
펴낸이 · 주연선

(주)은행나무
04035 서울특별시 마포구 양화로11길 54
전화 · 02)3143-0651~3 │ 팩스 · 02)3143-0654
신고번호 · 제 1997—000168호(1997. 12. 12.)
www.ehbook.co.kr
ehbook@ehbook.co.kr

ISBN 979-11-6737-519-3 04810
      979-11-6737-517-9 (세트)